BEN ESCHER
72 Stunden – Fürchte die Stille

AF287187

Über den Autor:

Ben Escher ist das Pseudonym eines preisgekrönten deutsch-
sprachigen Thrillerautors. Er arbeitete unter anderem als
Journalist und Werbetexter, bevor er begann, seine Leiden-
schaft für düstere psychologische Geschichten im Schreiben
von Thrillern auszuleben. Heute pendelt der begeisterte
Hobbykoch und -musiker zwischen Stadt und Land, bevor-
zugt mit der Bahn.

BEN ESCHER

72 STUNDEN

THRILLER

FÜRCHTE DIE STILLE

lübbe

Die Bastei Lübbe AG verfolgt eine nachhaltige Buchproduktion. Wir verwenden Papiere aus nachhaltiger Forstwirtschaft und verzichten darauf, Bücher einzeln in Folie zu verpacken. Wir stellen unsere Bücher in Deutschland und Europa (EU) her und arbeiten mit den Druckereien kontinuierlich an einer positiven Ökobilanz.

MIX
Papier aus verantwortungsvollen Quellen
FSC® C014496

Dieser Titel ist auch als Hörbuch und E-Book erschienen

Originalausgabe

Copyright © 2022 by Bastei Lübbe AG, Köln
Textredaktion: René Stein, Kusterdingen
Einband-/Umschlagmotive: © shutterstock.com: Nicola_K_photos
Umschlaggestaltung: Kristin Pang
Satz: Dörlemann Satz, Lemförde
Gesetzt aus der Baskerville MT
Druck und Verarbeitung: GGP Media GmbH, Pößneck
Printed in Germany
ISBN 978-3-404-18769-0

2   4   5   3   1

Sie finden uns im Internet unter luebbe.de
Bitte beachten Sie auch: lesejury.de

»Die Zunge ist ein außergewöhnliches Organ. Sie ist Trägerin des Geschmackssinns, Werkzeug, Lustobjekt und Musikinstrument. Alle Glieder des menschlichen Körpers brauchen ein stützendes Knochengerüst, doch die Zunge ist darüber erhaben, sie besteht nur aus miteinander im Wechselspiel stehenden Muskeln. Wussten Sie, dass die Zunge eines Wals mehrere hundert Kilo schwer sein kann? Die von Affen sieht der eines Menschen sehr ähnlich, doch mit ihr lassen sich keine Worte bilden. Es gelang Forschern, Schimpansen eine Zeichensprache beizubringen, doch mehr nicht – die Anatomie erlaubt es nicht. Querschnittgelähmte, die nicht mehr selbst atmen können, sind immer noch in der Lage zu sprechen! Nur der Verlust der Zunge macht Menschen wirklich stumm.«

Ich warte auf eine Reaktion des Riesen, der mir gegenübersitzt und so überhaupt nicht aussieht wie ein Psychiater, doch er hat die Hände verschränkt und sein Blick ist unergründlich.

»Wenn sie so vor einem liegt, sieht sie fast unscheinbar aus«, fahre ich fort. »Ein einfacher Fleischklumpen. Eine Laune der Natur, die uns nur Unglück bringt und uns glauben macht, wir könnten Gefühle artikulieren. Was passiert ist, war unvermeidlich. Wenn Sie mir zuhören, werden Sie das verstehen. Bea sah es nicht kommen. Sie war immer noch zu sehr mit Reden beschäftigt. Sie konnte das ganze Bild noch nicht sehen, weil sie ignorierte, was sich direkt vor ihren Augen befand.«

DEZEMBER, ZWEI JAHRE ZUVOR

»Natürlich freue ich mich! Auch wenn ich nicht weiß, ob ich das wirklich verdient habe.«

Bea spürt, wie ihr die Einkaufstasche aus Leinen von der Schulter rutscht. Sie bleibt stehen und lässt die Hand ihres Sohnes Elias los. In der Tasche befinden sich zwei Flaschen Champagner, die dumpf klirrend aneinanderstoßen, als sie sie abstellt. Ihr Handy hat sie zwischen Schulter und Kopf eingeklemmt, und aus ihrer Handtasche ragt unförmig die gläserne Trophäe.

Über dem Abendkleid trägt Bea nur eine dünne Weste. Sie friert, doch all das nimmt sie kaum wahr, so aufgewühlt ist sie. Sie ist gleich von der Gala noch hierhergefahren. Das Einkaufszentrum hat geöffnet, es ist Vorweihnachtszeit, und die Geschäfte wimmeln vor gestressten Leuten. Ein mechanischer Weihnachtsmann klettert ein Seil auf und ab, und aus einem Lautsprecher erklingt *Last Christmas* so laut, dass es in den Ohren dröhnt.

Ihr Bruder spricht am anderen Ende der Leitung weiter, doch Beas Handy verrutscht und sie versteht ihn nicht.

»Was sagst du?«

»Natürlich hast du dir das verdient, Bea. Du darfst nicht daran zweifeln.«

»Findest du?«

»Das ist so ein schreckliches Business. Ich begreife immer noch nicht, wie du es aushältst.«

»So schlimm ist es nicht.«

»Du bist einfach so gut, dass sie dir nichts anhaben können. Ich bin so stolz auf dich, dass du deine Karenzzeit voll genutzt hast. Es hat dir nicht geschadet.«

»Weil Harry zu mir steht, nur darum.«

»Dein Chef ist doch nicht dumm. Er hat sonst niemanden wie dich.«

»Er hätte Lisa nehmen können. Sie hätte die Unterstützung vom Management gehabt.«

»Das ist ein Witz, oder?«

»Sie ist noch jung.«

»Lisa wird nie etwas anderes als das Wetter moderieren. Sie eifert dir nach, aber sie hat keine Chance.«

Ihr Bruder spricht weiter, doch Bea nimmt das Handy vom Ohr, um sich nach Elias umzusehen, der ein paar Schritte entfernt vor einem Schaufenster mit glitzernder Weihnachtsdekoration steht, mit der roten Zipfelmütze auf dem Kopf, die sie ihm an einem Stand mit Krimskrams gekauft hat, ein billiges Produkt aus dünnem Stoff. Sie wollte wissen, wie er damit aussieht – ihr eigener kleiner Weihnachtsmann –, und natürlich hat er sich sofort in die Mütze verliebt.

»Elias! Bleib hier!«

Der Kleine scheint sie nicht zu hören, also nimmt sie ihre Einkaufstasche mit dem Champagner auf und läuft ihm nach.

»Elias! Was habe ich dir gesagt? Über das Fortlaufen?«

Der Kleine sieht sich erschrocken zu ihr um. Sie ist laut geworden. Kurz sieht es so aus, als würde er zu heulen beginnen, was bei ihm herzzerreißend aussieht, mit der Mütze auf dem Kopf. Also geht sie in die Hocke. Sie will ihn trösten, doch sie sieht, dass er sich bereits beruhigt hat und begeistert auf etwas hinter dem Schaufenster zeigt.

»Mama, schau!«

Er hat schnell verstanden, dass Mama heute nicht böse sein kann, denn für einen Vierjährigen ist er verdammt gerissen. Normalerweise lässt sie ihm so etwas nicht durchgehen. Sie ist keine strenge Mutter, aber wenn es um seine Sicherheit geht, kennt sie kein Pardon.

Elias will sie zum Eingang des Geschäfts zerren.

»Nein, wir können da jetzt nicht hinein«, sagt Bea.

Sie bemerkt, dass ihr Bruder noch dran ist. Er fragt, ob alles gut ist.

»Ja, ich bin mit Elias einkaufen. Wir stoßen später noch darauf an. Kommst du vorbei?«

»Ich kann nicht. Nicht nur du hast Kinder.«

»Bring sie doch mit!«

Ihr Bruder zögert. Bea sieht, dass Elias seinen Blick auf ein neues Schaufenster gerichtet hat. Sie fasst nach seinem Handgelenk, als er entwischen will. Dabei fällt ihr Handy zu Boden.

So geht das nicht. Ich brauche unbedingt etwas zum Knabbern für die Gäste.

Sie hebt das Handy auf, und als sie sich wieder aufrichtet, sieht sie im Schaufenster die Reflexion eines Blitzes. Bea dreht sich um, doch sie kann nicht ausmachen, was sie da gesehen hat. Es sah aus wie der Blitz einer Kamera. Elias zieht mit aller Kraft an ihrer Hand, und sie folgt ihm zum nächsten Schaufenster.

Bea hält erneut nach einer Kamera Ausschau, als der Kinderspielplatz des Einkaufszentrums ihre Aufmerksamkeit fesselt. Dort gibt es ein Klettergerüst und ein Bällebad –

einen Pool aus bunten Plastikbällen. Elias ist ganz verrückt danach. Als sie ihn das letzte Mal dort spielen ließ, war er fast eine Stunde beschäftigt. Danach wollte er nicht nach Hause gehen und heulte während der ganzen Heimfahrt. Bea hat eine Idee. Heute könnten die bunten Bälle ihre Rettung sein.

Bea vergewissert sich, dass die Trophäe noch an ihrem Platz ist, und geht los, wobei sie Elias hinter sich herzieht. Der Bereich des Spielplatzes ist rundum verglast, der Zutritt ist nur über eine kleine Eingangstür möglich. Als Elias das Bällebad sieht, beginnt er zu jauchzen. Er läuft voraus und zieht Bea hinter sich her.

Bea kniet sich hin und zieht Elias die Schuhe aus.

»Hör zu, du musst Mama jetzt einen Gefallen tun. Mama ist im Stress. Wenn du ganz brav bist, darfst du zwanzig Minuten ins Bällebad.«

Elias kann sein Glück nicht fassen. Er will sich losreißen und hat den Blick schon auf die bunten Bälle gerichtet, zwischen denen zwei Kinder herumtoben.

»Warte!«, fordert Bea. »Schau mich an! Du gehst ins Bällebad und wartest dort, bis ich wiederkomme, verstanden?«

Elias nickt eifrig.

»Ich bin gleich wieder da«, sagt Bea.

Doch da hat er sich bereits befreit und rennt zu den Bällen, wobei die weiße Quaste seiner Mütze baumelt. Sie sieht, wie er kopfüber in dem Becken verschwindet. Er wird die Mütze bestimmt verlieren, doch das ist egal. Die nächsten zwanzig Minuten wird er beschäftigt sein.

Hier ist er sicherer als an meiner Hand, denkt Bea, während sie zum nächsten Supermarkt eilt. *Ich kann ihn einen Moment aus den Augen lassen. Andere Mütter tun so etwas auch.*

Sie braucht nur noch Antipasti und etwas Parmesan, das muss für heute genügen.

Sie bemerkt, dass sie ihr Handy immer noch in der Hand hält. Ihr Bruder ist noch in der Leitung.

»Bea, was ist los, bist du noch dran?«

»Ja, ich muss nur noch ein paar Sachen besorgen. Für heute Abend.«

»Mach dir keinen Stress. Ich kann etwas mitbringen.«

Bea freut sich, das zu hören. »Du kommst also?«

»Ich versuch's.«

Als Bea sich durch eine Warteschlange drängt, die an einem Stand für Kerzen und Christbaumschmuck ansteht, sieht sie in ihrem Augenwinkel erneut etwas blitzen. Diesmal kann sie erkennen, dass der Blitz aus der Silhouette eines Mobiltelefons kommt. Jemand fotografiert sie.

»Was soll das?«, murmelt sie.

»Mit wem sprichst du?«

»Da hat mich gerade jemand fotografiert.«

»Wer?«

»Weiß ich nicht. Manchmal hasse ich es, prominent zu sein.« Bea bleibt am Eingang des Supermarkts stehen. »Hör zu, ich muss jetzt Schluss machen. Wir sehen uns später, ja?«

Sie beendet das Gespräch und sieht sich um. Das Einkaufszentrum gleicht einem Bienenstock. Leute hetzen mit vollen Einkaufstaschen von einem Shop zum nächsten, weichen einander aus, ohne sich anzusehen. Das Bild hat etwas Kunstvolles, wie eine zu schnell abgespielte Aufnahme eines Stummfilms. Niemand beachtet sie, niemand macht ein Foto von ihr. Der unbekannte Fotograf ist bestimmt längst über alle Berge. Sie trägt noch ihre Studio-Frisur, so erkennt sie jeder Idiot. Die Fans werden langsam lästiger. Bea tastet nach dem kalten Glas der Trophäe, die aus ihrer Tasche ragt. Heute kann dieser Gedanke ihre gute Laune nicht trüben.

In einer Auslage entdeckt sie ein Buch, das eine Hütte an

einem See zeigt, irgendwas über kleine Häuser in der Natur. Es ist ein Bild, das gute Erinnerungen heraufbeschwört – sie im Urlaub mit ihrem Bruder, der einige Jahre jünger ist als sie. Bea führt ihn an der Hand. Es riecht nach Lagerfeuer und Gegrilltem. Der Gedanke zaubert ihr ein Lächeln ins Gesicht und lässt sie den Fotografen vergessen.

Doch dann geschieht plötzlich etwas mit ihr. Die Erinnerung löst eine Kettenreaktion aus. Ihre Gedanken wandern von ihrem Bruder zu ihren Eltern und schließlich zu Elias. Diese Elemente sind wie eine Gleichung in ihrem Kopf, deren Lösung sie plötzlich spüren kann, ohne sie genau benennen zu können.

Elias.

Bea kehrt um und eilt zu dem Kinderspielplatz zurück. Auf halbem Weg beginnt sie zu rennen. Sie bemerkt nicht, dass die Trophäe dadurch aus ihrer Tasche gerüttelt wird. Jemand rempelt sie an, und der Preis für die »Journalistin des Jahres im Bereich TV« fällt zu Boden, wo er in unzählige Splitter zerbirst. Bea versucht, zwischen den Köpfen der Menschen einen Blick auf das Bällebad zu erhaschen. Sie sieht dort Kinder, doch sie kann sie nicht genau erkennen. Als sie den Teppich erreicht, auf dem die Kinder ihre Schuhe abgelegt haben, sucht sie nach den Schuhen ihres Sohnes.

Doch sie sind nicht da.

Druck zu groß – Moderatorin bricht vor laufender Kamera zusammen

Gerüchte über persönliche Probleme gab es schon lang, gestern kam es dann zur Katastrophe. Volle zehn Sekunden blieb das Mikrofon der bekannten Nachrichtensprecherin Bea Winterleitner mitten in der Anmoderation des Wetters plötzlich still, vor den Augen von Millionen Zusehern. Sie schnappte nach Luft, ihre Augen irrten umher – eine bizarre Situation, wie sie wohl in der Geschichte des Fernsehens einzigartig ist.

»Das ist ihr Ende«, sagt ein Insider und Vertrauter Winterleitners. Er fühle sich schuldig: »Ich hätte ihr raten sollen, eine Auszeit zu nehmen.« Über Winterleitners persönlichen Abstieg seit dem Verschwinden ihres Sohnes war seit Monaten viel spekuliert werden, auch von Medikamentenmissbrauch war die Rede. Nun scheinen sich die Gerüchte zu bestätigen. Bea Winterleitner war für eine Stellungnahme nicht erreichbar, ein Sprecher der Nachrichtenredaktion des Senders tritt Spekulationen über eine Kündigung entgegen. Winterleitner sei eine verdiente Mitarbeiterin, man werde sie bestimmt nicht fallen lassen. Was ihren Aufenthaltsort angeht, hält man sich bedeckt.

MÄRZ
NOCH DREI STUNDEN

Bea hat sich verlaufen.

Von dem verlassenen Bahnsteig, an dem sie ausgestiegen ist, führte ein enger Tunnel unter einer Bahntrasse hindurch. Dahinter ein Einkaufszentrum, das geschlossen hatte, leblos und kahl ohne die Menschen. Nun marschiert sie durch ein Gewerbegebiet. Eine Spenglerei befindet sich hier, daneben ein Reifenhändler. Weiter hinten sieht sie eine aufgelassene Tankstelle, mit Bauzäunen umgrenzt.

Das Gebäude, das sie sucht, ist nirgends zu sehen, dabei müsste es ganz in der Nähe sein. Bea stellt ihren Trolley ab und holt ihr Handy heraus. Die Koordinaten liegen direkt zu ihrer Rechten. Dort ragt ein Berg aus Erde auf, dahinter ertönt der Lärm von Baumaschinen.

Es ist absurd. Sie ist hier falsch. Jemand aus der Redaktion hat sich einen Scherz erlaubt. Sie sollte nicht überrascht sein und ist es doch.

Bea fährt den Teleskopgriff ihres Trolleys ein, hebt ihn auf und hält auf die Baustelle zu. Der Erdhügel grenzt auf einer Seite an eine Hecke, auf der anderen Seite versperren ein Transformator und ein abgestellter Kleinlaster den Weg. Aus Trotz visiert Bea direkt den Hügel an.

Sie ist froh, nicht die hohen Schuhe angezogen zu haben.

Als sie den höchsten Punkt des Hügels erreicht, sieht sie auf der anderen Seite einen Bauarbeiter mit weißem Helm neben einer Baugrube stehen. Ein zweiter sitzt in einem kleinen Bagger in der Grube. Der Schaufelarm bewegt sich zuckend, wobei der Bagger erzittert und der Motor stöhnt.

Vorsichtig steigt Bea die Böschung hinab und tritt zu dem Stehenden hin. »Entschuldigen Sie!«

Er dreht sich um. Bea zeigt ihm ihr Handy mit den Koordinaten.

»Ich suche diese Adresse.«

Der Bauarbeiter starrt sie an.

»Wissen Sie, wo das ist?«

Bea hebt das Mobiltelefon vor seine Nase.

»Verstehen Sie mich?«

Der Typ zeigt keine Reaktion.

Sie will es auf Englisch probieren, als er seinen Arm ausstreckt und nach rechts deutet.

Bea stapft davon, wobei sie eine Spur feuchter Erdbrocken hinter sich herzieht, die von ihren Schuhsohlen abfallen.

Ich kann nicht einmal nach dem Weg fragen. So viel also zu meinem Kommunikationstalent.

Sie erreicht einen asphaltierten Weg. Sie passiert große Holzstapel, die mit Planen abgedeckt sind. Weiter hinten sieht sie Baumwipfel aufragen. Das Gewerbegebiet ist hier zu Ende und geht in dichten Wald über. Und da entdeckt sie das Ziel ihrer Reise. Unmittelbar am Rand des Waldes liegt ein mächtiger Gebäudekomplex mit zwei Türmen und einem verglasten Eingangsbereich, wie in einem Krankenhaus.

Bea hat das Schloss gefunden.

*

Der Parkplatz vor dem Eingang ist leer. Die Rollen von Beas Koffer sind klein, immer wieder verhaken sich Schottersteine und blockieren die Räder. Bea tritt vor das Tor, zischend öffnet sich eine gläserne Schiebetür.

Der Raum hat einen dunklen Teppichboden, der alles Licht schluckt. Links und rechts führen Korridore weg, vor ihr ist ein Treppenhaus, daneben eine Rezeption, die den Charme eines Hotels aus den Sechzigern versprüht. Da erst sieht sie, dass dort jemand steht und sie ansieht. Er ist klein, hat eine Glatze und trägt das wallende orange Gewand eines buddhistischen Mönchs.

»Guten Tag!«, grüßt Bea verlegen.

Die Lippen des Mannes zeigen die Andeutung eines Lächelns. Er scheint jung zu sein, vielleicht zwanzig, doch seine asiatischen Augen sind älter.

»Ich komme zu dem Retreat«, sagt sie.

Wortlos zeigt er auf ein Blatt Papier auf dem Tresen. Daneben liegt ein Zimmerschlüssel mit einem schweren Schlüsselanhänger aus Messing. Sie hat die Zimmernummer 15.

Bea ringt sich ein Lächeln ab, trägt ihren Namen und ihre Adresse in das Formular ein und nimmt den Schlüssel. Der Mönch gibt ihr noch einen Computerausdruck.

»Danke«, murmelt Bea und macht sich auf die Suche nach ihrem Zimmer. Sie muss in den linken Trakt des Gebäudes.

Auf dem Weg überfliegt sie den Zettel, bei dem es sich um ein Programm für die nächsten Tage handelt. Das Wort *Meditation* springt ihr ins Auge, aber viele der Begriffe hat sie noch nie gehört, wie: *Zazen* oder *Samu*.

Sie steckt den Zettel ein.

Zweiundsiebzig Stunden schweigen, fasten und meditieren. Nun, da sie das Programm gesehen hat, fühlt sie sich beklommen. Ihr Kommunikationstalent ist ihre große Stärke, mir ihm kann sie jedes Problem lösen. Sie weiß immer, was zu sagen ist. Doch von einem Tag auf den anderen funktionierte das plötzlich nicht mehr. Worte sind auf einmal schrecklich kompliziert geworden.

Mit Rainer musste sie nicht reden. Dafür liebte sie ihn. Als sie dann hätten reden müssen, konnten sie es nicht.

Bea versteht inzwischen, dass sie nicht der Mensch ist, den sie nach außen hin gespielt hat. Sie weiß nicht mehr, wer sie wirklich ist. Sie muss es herausfinden.

NOCH ZWEI STUNDEN

Bea sitzt auf einer Bank vor dem Schloss in der Sonne. Es ist beinah idyllisch hier, wären da nicht die schmutzigen Planen über den Holzstößen in hundert Metern Entfernung. Das winzige Zimmer, in dem sie ihren Koffer abgestellt hat, bietet kaum Platz für ein schmales Bett und eine Stehlampe aus Messing. Statt einem Badezimmer gibt es neben der Eingangstür eine Nische mit einer Duschwanne. An der Wand hängt ein Bild mit einem Jagdmotiv, ein röhrender Hirsch. Nichtssagend und doch unangenehm düster. Sie hat die Tür wieder abgeschlossen und ist zurück ins Freie gegangen. Der Frühling zeigt sich gnädig. Sie glaubt, dass ihr das warme Gefühl im Gesicht guttut.

Bea hört Schotter knirschen. Ein schwarzes SUV nähert sich, ein Modell eines deutschen Autobauers mit lackierten Alufelgen und getönten Scheiben. Es hält in einiger Entfernung vom Schloss, als bemühe sich der Fahrer, nicht weiter aufzufallen, was mit so einem protzigen Wagen natürlich unmöglich ist. Einige Minuten lang passiert gar nichts, dann steigt ein Mann in einem Anzug aus dem Fahrzeug und geht zum Kofferraum, um eine Sporttasche herauszunehmen. Er sperrt sein Auto ab, das kurz aufblinkt, und kommt auf Bea zu. Da wird ihr klar, dass sie ihn kennt.

Ohne Gel in seinen Haaren sieht er ganz anders aus, aber er ist es.

»Was sagt eigentlich Ihre Frau dazu? Stimmt es, dass Ihre Partei erwägt, sie auszuschließen?«

Ein Mann mit einem gemeißelten Lächeln, der ihr im Fernsehstudio gegenübersitzt.

»Ich verstehe nicht, was mein Privatleben hier zur Sache tut. Ich bin Politiker.«

»Aber waren das nicht Sie, der den Stellenwert der Familie über alles gehoben hat? Der alternative Lebensentwürfe als Verirrung bezeichnete und beklagte, dass Paare zu wenig Kinder haben? Der sich darüber beschwerte, dass Treue keinen Wert mehr habe?«

Das Knirschen seiner Zähne kann man im Fernsehbeitrag förmlich hören.

»Das Leben ist kompliziert.«

Matthias Lang, ein konservativer Politiker und Abgeordneter. Der mit flotten Sprüchen und einem aufgeräumten Auftreten als Landespolitiker einige bemerkenswerte Wahlerfolge einfuhr und als Parteichef im Gespräch war. Vor wenigen Wochen kam er dann zu Bea ins Studio, um sein Lebenswerk zu verteidigen. Ein Mann, der Familienwerte gepredigt hatte, die Treue zwischen Eheleuten, die Verantwortung gegenüber den Kindern. Bis zum Auftauchen des Videos, das ihn beim enthemmten Liebesspiel mit einer Politikerkollegin der Linken zeigt. Die beiden verstanden sich prächtig und machten sich über ihre Parteien lustig, Alkohol und Kokain wurden in Mengen konsumiert. Das hat den Staatsanwalt auf den Plan gerufen. Seither ist in Langs Leben kein Stein auf dem anderen geblieben. Seine Frau ist auf Tauchstation, seine Parteimitgliedschaft ruht, parteiinterne Konkurrenten teilen sich bereits seine politische Hinterlassenschaft untereinander auf. Die Medien schlachteten die Sache genüsslich aus, und Bea machte natürlich mit, solche Gelegenheiten kann auch sie sich nicht entgehen lassen. Auffällig war, dass die erregten Anrufe seiner Parteifreunde in der Nachrichtenredaktion ausblieben, mit denen normalerweise versucht wurde, eine günstige Berichterstattung zu erzwingen. Man hatte ihn offenbar bereits fallen gelassen. Und auch sie empfand Schadenfreude, wobei sie das Video selbst nicht wirklich skandalös fand, sondern äußerst amüsant. Wie er über seine Partei sprach, war schon beinahe sympathisch.

Kurz darauf gab er alle Ämter auf und tauchte unter. Seither hat Bea nichts mehr von ihm gehört.

Als er an ihr vorbeigeht, wendet sie sich ab, in der Hoffnung, dass er sie nicht anspricht. Er scheint zum Glück so mit sich selbst beschäftigt zu sein, dass er Bea nicht bemerkt.

Matthias Lang ist hier? Wo ist sie da gelandet?

Sie versucht, nicht zu viel darüber nachzudenken. In den nächsten drei Tagen werden sie schweigen, so ist es ausgemacht. Bea muss mit niemandem kommunizieren.

Noch hat sie über eine Stunde Zeit. Als sie den Motorenlärm eines weiteren Autos hört, steht sie auf und geht wieder hinein.

Das Schloss ist viel größer, als es auf den Bildern gewirkt hat. Der Weg in den Garten ist nicht ganz einfach zu finden, sie steht mehrmals vor verschlossenen Türen. Der ganze rechte Gebäudeflügel scheint abgeschlossen zu sein. Sie geht von der Rezeption eine Zwischenetage nach unten und durchquert einen Keller, in dem ausgeblichene Coca-Cola-Sonnenschirme an der Wand lehnen. An einer niedrigen Tür prangt ein Schild mit einem Lieferanten für Heizöl. Schließlich findet sie einen Ausgang durch einen Raum mit Gartengeräten.

Der Garten besteht aus einer kleinen Rasenfläche, die

von Unterholz zwischen hohen Bäumen begrenzt wird, und dahinter beginnt der Wald. Der Ausgang befindet sich neben einer Veranda, die etwas erhöht ist und von einer Trauerweide überragt wird. Davor stehen vier Hochbeete, trockene Tomatenpflanzen ranken sich gewundene Stangen aus Stahl empor. Neben den Beeten hängt ein Gong aus Bronze, von einem kleinen Holzdach geschützt. Mitten auf der Wiese steht ein Springbrunnen mit Fischen aus Stuck, die Wasser speien sollten, aber deren Mäuler trocken sind. Im Auffangbecken sammelt sich eine grünliche Brühe, in der eine Gruppe Spatzen badet. Sie tauchen kurz ein und flattern dann wild mit ihren Flügeln, wie spielende Kinder. Bea sieht keinen Zaun, nur eine Umgrenzungsmauer, die beim Schloss beginnt und sich in den Bäumen verliert. Es scheint zu aufwendig zu sein, diesen Garten zu pflegen, also lässt man ihn verwildern. Der Wald holt sich sein Gebiet zurück.

Als sie sich umdreht, sieht sie, dass das Schloss an der rückwärtigen Front in einem schlechteren Zustand ist als die Fassade am Eingang. Schwarze Wasserstreifen verlaufen über die Ziegel. Der rechte Flügel des Schlosses scheint nicht genutzt zu werden, bei fast allen Fenstern sind die Jalousien heruntergelassen. Diese Ecke des Gebäudes ist mit einem Baugerüst versehen. Frische Säcke mit Zement liegen auf einer Palette im Gras davor. Die Fenster des Erdgeschosses sind vergittert, die schwarz gestrichenen schmiedeeisernen Stangen wölben sich bauchig hervor. Fenstersimse aus Sandstein erodieren, zerfallen langsam zu dem Sand, aus dem sie entstanden sind, an manchen Stellen wurden brüchige Stellen mit zu hellem Mörtel fixiert. Das Gebäude hat etwas Tragisches an sich, als wäre Draculas Schloss von einem Gewerbegebiet eingekesselt worden. Der Graf konnte sich die Erhaltung nicht mehr leisten und musste in ein Altersheim.

Bea schlingt die Arme um ihren Körper. Hier ist es kühl. Wann war sie zum letzten Mal draußen in der Natur? Sie weiß es nicht mehr. Ihr Leben spielte sich in ihrer Wohnung ab. Sie liebte es, ihren Wohnraum zu gestalten, eine Höhle, in der sie sich verkriechen konnte. Ihre letzte Höhle hatte zweihundert Quadratmeter in bester Lage, mit Möbeln aus geöltem Holz. Sie hat einen teuren Geschmack, aber sie konnte es sich leisten, wobei die beiden Privatdetektive ein Loch in ihr Budget gerissen haben. Auf die Kosten hat sie nicht geschaut, bis sie den ersten Mahnbrief bekam.

Zumindest kann ich sicher sein, dass die beiden mich hier nicht finden, so unfähig, wie die sind.

Galgenhumor. Auch das ist neu. Sie wusste nicht, dass sie dazu fähig ist.

Welche Ironie, dass die Wohnung jetzt leer steht. Jetzt erst realisiert sie, dass sie sich dort eingeschlossen hatte. Ihr Leben bestand nur aus ihrer Arbeit und dieser Wohnung.

Ihr bleibt ganz plötzlich die Luft weg. Die Bilder brechen über sie herein, und sie braucht all ihre Kraft, um sie zurückzudrängen. Die Arbeit hat sie davon abgelenkt, aber nun, da sie allein ist, kommen sie heftiger und in kürzeren Abständen.

Einige Sekunden lang schließt sie die Augen. Dann ist der Moment überwunden.

Das muss irgendwann besser werden.

Die Natur. Sie muss öfter ins Freie. Sie sollte die Zeit hier nutzen, um sich in dieses Unterholz zu schlagen, den Garten zu erforschen. Bea versucht sich einzureden, dass das die Lösung für ihre Probleme ist. Doch sie weiß, dass es nicht stimmt. So einfach liegen die Dinge nicht. Vielleicht gibt es für ihr Problem keine Lösung. Aber noch ist sie nicht bereit, ihr Schicksal zu akzeptieren. Lieber jagt sie sinnlosen Hoffnungen nach.

Ich bin armselig.

Ihr Bruder würde ihr widersprechen, doch sie will niemanden, der sie aufbaut. Sie will mit dem klarkommen, was ist.

»Schön hier«, sagt eine Stimme neben ihr. Matthias Lang ist neben sie getreten und blickt in den Garten hinaus. »Wild, aber schön.« Er dreht den Kopf. »Finden Sie nicht?«

»Doch«, sagt Bea.

»Ich hätte Sie fast nicht erkannt. Das war nicht so angenehm, bei Ihnen im Studio. Sie haben mich ganz schön in die Mangel genommen.«

»Tut mir leid.«

Er zuckt mit den Schultern. »Wissen Sie, was mit dem Mönch an der Rezeption los ist? Er hat auf keine meiner Fragen geantwortet. Hat man ihm die Zunge herausgeschnitten?«

Lang lacht unsicher, doch Bea lacht nicht mit.

»Ich weiß es nicht«, gesteht sie.

Einige Sekunden herrscht Stille, dann hört sie ihn seufzen.

»Schon gut. Ich lasse Sie in Ruhe.«

Bea verkrampft sich. Sie will ihm widersprechen, doch er ist bereits wieder auf dem Weg hinein und murmelt etwas vor sich hin. Bea spürt ein Gefühl des Verlusts, als die Tür hinter ihm zugeht.

Ist es so? Will ich in Ruhe gelassen werden?

Bea weiß es nicht. Sie weiß im Moment gar nichts mit Sicherheit.

Und plötzlich bemerkt sie, dass da noch jemand ist. Eine Frau, die aus einer anderen Tür den Garten betreten hat. Getönte Kurzhaarfrisur, lange Perlenohrringe. Sie steht direkt beim Schloss und blickt hinaus. Feiner Dunst steigt auf, sie raucht eine Zigarette. Sie hat Bea noch nicht bemerkt, deshalb tritt sie einen Schritt zurück, damit das so bleibt.

Sie ist es. Die Frau von der Website. Dr. Katalina Klaffer, die Leiterin des Retreats. Psychiaterin und Spezialistin für depressive Störungen, Mitglied mehrerer Forschungsgremien zu Methoden der Gewaltprävention sowie Autorin, wenn man ihrer Kurzbiografie glauben kann. *72 Stunden Stille — finde auch du deine innere Stimme.* Bea konnte über das Werk nichts Genaueres herausfinden, es scheint vergriffen zu sein. Klaffer ist jung, strahlt etwas Vertrauenerweckendes aus. Man wird sehen, Vertrauen ist nicht Beas Stärke. Aber zweiundsiebzig Stunden, das klingt gut. Wenn sie in dieser Zeit etwas lernen kann, wird sie die Chance dazu nützen.

Etwas an Klaffer ist anders als auf den Bildern, aber Bea kann es nicht genau eingrenzen. Egal. Sie ist hier, weil sie etwas über sich herausfinden will, nicht über andere Menschen. Wenn diese Frau ihr dabei helfen kann, genügt das.

Klaffer drückt ihre Zigarette aus und sieht plötzlich zu Bea her. Sie wusste offenbar die ganze Zeit, dass da jemand steht. Bea will ihr zunicken, doch da wendet sie sich ab und verschwindet im Haus.

Es fröstelt Bea, und auch sie geht hinein. Sie muss noch kurz in ihr Zimmer, sich umziehen, bevor sie zur offiziellen Begrüßung in den Meditationsraum geht, wo sie die anderen Teilnehmer kennenlernen wird.

Sie schließt die Zimmertür auf und ist gezwungen, über ihren Trolley zu steigen, so winzig ist der Raum. Als sie die Verschlüsse öffnet, entdeckt sie zuoberst ihre Kopfhörer. Sie hat sie als Letztes hineingelegt. Etwas Musik kann nicht schaden, war ihr Gedanke.

Bea nimmt ihr Handy aus der Tasche, steckt die Kopfhörer an und drückt die Knöpfe in ihre Ohren. Ihr Telefon fragt, ob es den letzten Song fortsetzen soll, den sie gehört hat. Sie erinnert sich nicht, was das gewesen ist, es muss ein Jahr her sein. *Lithium* von Nirvana. Ein Song aus Jugendtagen. Warum sie ihn gehört hat, weiß sie nicht mehr, aber sie drückt auf Play, und Curt Cobain erzählt ihr etwas über die Freunde in seinem Kopf.

I'm so lonely, that's okay, I shaved my head, I'm not sad.

Sie schließt die Augen und versucht zu verstehen, was ihr der Text früher gesagt hat.

I like it, I'm not gonna crack …

Sie kann es nicht mehr fassen, die Person, die diese Musik damals gehört hat, ist zu weit weg. Vielleicht hilft es, sich an diese Person zu erinnern. Die Bea von früher hat zu dieser Musik getanzt und ihre Haare wild hin und her geworfen.

Die Bea von heute schafft es, mit dem Kopf zu dem Text zu nicken, den sie nicht ganz ernst nehmen kann. Vielleicht muss man dafür ein Teenager sein. Doch sie vermutet, dass es auch damals nicht darum ging, den Text für voll zu nehmen. Es ist ein Liedtext, eine Geschichte, die erzählt wird. Es ist nicht Curt Cobain, der ihr erzählt, wie es ihm geht. Er hat nur kokettiert, die Gründe für seinen Selbstmord waren andere. So muss es gewesen sein.

Als sie die Augen wieder öffnet, um die Wäsche auf das Bett zu legen, liegt dort etwas.

Die Musik verschwindet mit einem Mal, so gefesselt ist sie von dem Anblick.

Es ist ein winziger Turnschuh, der Schuh eines Kindes. Er liegt auf der Decke, als wäre er schon immer da gewesen. Doch er war vorhin noch nicht da, sie hätte ihn doch bemerkt, als sie das Zimmer betrat, oder etwa nicht?

Sie zieht die Kopfhörer aus den Ohren und horcht. Draußen vor der Tür ist alles still. Und hier drin ist niemand außer ihr. Das bedeutet, dass der Schuh schon da gewesen ist. Natürlich, was denn sonst?

Bea hebt den Schuh auf und dreht ihn hin und her. Als sie hineinsieht, um zu lesen, um welche Größe es sich handelt, sieht sie, dass er benutzt wurde. Die Aufschrift mit der Schuhgröße ist abgewetzt und nicht mehr lesbar. Sie führt ihn vorsichtig an die Nase und riecht daran, doch er riecht nach gar nichts.

Beas Herz schlägt schnell und schwer. Sie lässt den Schuh wie ein glühendes Stück Eisen auf das Bett fallen und stürzt zur Tür, reißt sie auf und bleibt mitten auf dem Gang stehen.

Dort wartet sie, dass die Panik sie einholt.

Es kann nicht sein. Das ist nicht sein Schuh.

Seine Schuhe sahen doch ganz anders aus, oder etwa nicht? Sie forscht in ihrer Erinnerung, doch sie war zu oft dort, alles ist verschwommen. Sie hat diese Bilder zu oft gewaltsam heraufbeschworen und sie dabei beschädigt. Sie fühlen sich an wie die Erinnerung an einen Traum, unwirklich und fremd.

Er kann es nicht sein. Du bist verwirrt. Du kannst dir selbst nicht vertrauen.

Bea wird sich bewusst, was für ein Bild sie abgibt. Sie blickt sich um. Niemand hat ihre kleine Episode bemerkt, also geht sie zurück ins Zimmer.

Unschuldig liegt der Schuh da. Nichts an ihm ist ungewöhnlich. Es ist nur ihr Verstand, der sich zur Wehr setzt. Beas persönliche Geschichte lässt ihn besonders erscheinen, obwohl es einfach nur ein Kinderschuh ist, der vermutlich nichts bedeutet.

Sie denkt daran, ihn in den Mülleimer zu werfen.

Sei vernünftig. Deshalb bist du doch hier, weil du vergessen willst.

Doch so sehr sie es sich auch einreden will, sie glaubt nicht, dass es so einfach ist. Sie beginnt stattdessen, das Zimmer zu durchsuchen. An der Badezimmerwand ist ein Metalldeckel eingefasst, den sie mithilfe einer Nagelfeile abschrauben kann. Dahinter befindet sich ein Rohr mit einem Ventil, und drumherum etwas Platz. Bea hebt den Schuh mit spitzen Fingern auf, wickelt ihn in ein Halstuch ein, dann schiebt sie ihn hinter das Rohr und dreht die Schrauben wieder hinein.

Das bedeutet nichts, sagt sie sich beim Hinausgehen. Es ist nur irgendein Schuh. Aber womöglich hat sie einen Verdacht, von wem er stammen könnte.

NOCH VIERZIG MINUTEN

Das Schloss hat zwei Stockwerke und ist in zwei Trakte unterteilt, die annähernd symmetrisch sind. Nur die beiden Türme sind unterschiedlich, der eine breit und gedrungen, der andere spitz aufragend, mit einem Wetterhahn aus Metall.

Der Saal liegt genau in der Mitte zwischen den beiden Gebäudeflügeln und sieht aus, als wären hier früher Bälle veranstaltet worden. Der Parkettboden glänzt, zwei Kristalllüster hängen von der stuckverzierten Decke. Die Wände sind weiß vertäfelt, großzügige Glasfenster öffnen sich zur Veranda in den Garten hinaus. In der Mitte steht ein Kreis aus Holzstühlen. Dort sitzt bereits der Politiker Matthias Lang mit zwei Frauen. Eine davon ist jung und sehr zart, mit langen Haaren, die ihr ins Gesicht fallen. Sie sitzt still da und wartet. Die andere ist kleiner, mit einem Pagenschnitt. Sie scheint so mit sich und ihrem Mobiltelefon beschäftigt zu sein, dass sie ihre Umgebung nicht wahrnimmt.

In diesem Moment betritt ein weiterer Mann den Raum, und als Bea ihn erkennt, setzt ihr Herz kurz aus. Der Mann hat eine Glatze und ist so groß und kräftig, dass der Stuhl, auf den er sich setzt, unter ihm beinah verschwindet. Seine rechte Hand ist bandagiert, und er legt sie auf seinen Schoß, als wollte er sie schonen. Als er zu ihr herblickt, kann Bea sehen, dass auch er sie erkennt. Sie wendet sich schnell ab.

Otto Jacobi, ein Comedian. Das Publikum liebt ihn, seine Vorstellungen auf den Kabarettbühnen des Landes sind ausverkauft. Ein Clown mit dem Körper eines Schlägers, ein sanfter Riese, der sich hinreißend über sich selbst lustig macht. Den Sprung ins Fernsehen schaffte er als Co-Kommentator für Sportveranstaltungen, später gelang ihm als Stimmenimitator mit überraschend piepsiger Kopfstimme der Aufstieg zum Publikumsliebling. Seither ist er auf den Bildschirmen nahezu omnipräsent, sei es bei Comedy-Stammtischen, Reality-Soaps oder Lifestylemagazinen. Früher hat er geboxt, Schwergewicht, in verschiedenen regionalen Verbänden, bis der Körper nicht mehr mitspielte. Wenn er geht, sieht man, dass er Knieschmerzen hat, obwohl er gerade einmal fünfzig sein kann.

Bea zwingt sich dazu, nicht zu ihm hinzusehen. Ihr ist übel. Sie verflucht sich dafür, dass sie nicht nachgefragt hat, wer sonst noch an diesem Seminar teilnimmt. Vielleicht hätte es einen Ausweichtermin gegeben.

Egal. Es muss auch so gehen. Sie wird ihn einfach ignorieren, wie die anderen.

Bea setzt sich neben Lang, in sicherem Abstand zu Jacobi.

NOCH DREISSIG MINUTEN

Als Klaffer eintritt und ihre Absätze über den Parkettboden klappern, blicken alle auf. Sie trägt nun eine Brille zu den großen Ohrringen. Die sauber zurechtgemachte Frisur bewegt sich beim Gehen kein bisschen, nicht ein Haar rührt sich. Im Fernsehen fällt so etwas nicht auf, hier schon. Klaffer geht zu einem Beistelltisch an der Wand, auf dem neben einem Tee-Spender aus Edelstahl eine Karaffe mit Wasser und ein leeres Glas stehen. Neben dem Tisch lehnen einige Stapel mit Polstern. Sie schenkt sich Wasser ein und trinkt einen Schluck, um schließlich die Polster durchzuzählen. Bea könnte schwören, dass die Brille aus Fensterglas besteht.

Klaffer kommt auf sie zu und stellt sich vor den Halbkreis aus Stühlen. Als Bea ihr kurz in die Augen sieht, glaubt sie dort einen Anflug von Unsicherheit zu erkennen.

Doch plötzlich wird Klaffer merkwürdig ruhig. Sie sieht zu Boden und scheint sich zu sammeln. Als sie aufblickt, ist in ihrem Gesicht ein Lächeln und die Unsicherheit verschwunden.

»Herzlich willkommen! Mein Name ist Katalina Klaffer, und ich werde Sie während der folgenden zweiundsiebzig Stunden begleiten. Die buddhistische Gesellschaft stellt uns dankenswerterweise dieses wunderbare Haus zur Verfügung.

Es freut mich, dass Sie alle den Weg hierher gefunden haben.«

Sie kann sprechen, denkt Bea. Ihre Stimme ist melodisch und tiefer als erwartet.

Zum ersten Mal seit ihrer Ankunft hier im Schloss denkt Bea, dass es vielleicht doch eine gute Entscheidung war hierherzukommen.

»Retreat bedeutet Rückzug«, erklärt Klaffer, wobei sie den Blick senkt, als müsste sie sich konzentrieren, die richtigen Worte zu finden. »Wir alle brauchen hin und wieder Orte, an die wir uns zurückziehen können, um uns zu sammeln und mit neuer Kraft in unser Leben zurückzukehren. Wie Sie wissen, ist das Thema dieser Veranstaltung das Schweigen. Schweigen ist eine unterschätzte Kunst. Worte lenken unseren Alltag, aber das Wesentliche liegt tiefer, und Worte führen uns davon weg. Ich habe das in meiner jahrelangen Praxis als Therapeutin oft genug erlebt. Irgendwann erkannte ich, dass Worte nicht die Lösung sind. Der Schlüssel zur Lösung unserer Probleme, zu unserem Glück, liegt in uns selbst. Nur wir allein können ihn finden, indem wir ganz in uns gehen. Ich freue mich, Sie dabei in den nächsten Tagen zu begleiten. Nach diesen zweiundsiebzig Stunden wird jeder von Ihnen ein neuer Mensch sein.« Klaffer macht eine Kunstpause, bevor sie in die Runde blickt. »Ich bitte Sie nun darum, sich vorzustellen. Sie werden in den kommenden Tagen nicht miteinander kommunizieren, deshalb ist es gut, wenn Sie die Gelegenheit nutzen, einander etwas kennenzulernen. Herr Lang, möchten Sie beginnen? Was Sie tun, warum Sie hier sind.«

Er möchte nicht, das sieht man ihm an. Ihm wäre es am liebsten, wenn ihn niemand kennen würde. Doch er holt Luft, hält kurz den Atem an und beginnt.

»Matthias Lang, Politiker.« Er lacht bitter. »Ich weiß nicht, was ich mir erwarte. Aber vorerst genügt mir, wenn mich niemand auf die letzten Wochen anspricht. Vielleicht kann ich hier ein paar Dinge auf die Reihe kriegen, ich weiß es noch nicht.«

Klaffer wartet, ob noch mehr kommt, dann nickt sie und wendet sich Jacobi zu.

»Otto Jacobi«, sagt der Comedian. »Schauspieler, Autor.«

Diese Vorstellung ist vorbereitet, sie kommt ohne Zögern. Bea erinnert sich, Jacobi hat unlängst ein Buch geschrieben. Und wie andere Comedians hat er in Filmen mitgespielt.

»Ich muss beruflich viel reden«, erklärt er. »Einmal im Jahr nehme ich mir Zeit nur für mich. Ich finde das befreiend.«

Jacobi ist nicht hier, weil er ein Problem hat, das ist seine Botschaft an die Anwesenden. Im Gegensatz zu ihnen weiß Bea, dass das eine schamlose Lüge ist, doch sie schweigt natürlich. Sie will nicht daran denken. Jacobi ignorieren, das ist der Plan.

Als Nächstes spricht die junge Frau mit dem Pagenschnitt.

»Hallo, ich bin Cleo. Cleo Wiesinger. Ihr kennt mich wahrscheinlich aus dem Fernsehen. Ich habe bei dieser Show mitgemacht.«

Da erkennt Bea sie plötzlich. Cleo Wiesinger, die Sängerin. Sie hat Cleo wirklich schon einmal gesehen, damals war ihre Frisur anders. Sie war gerade Dritte bei einer landesweiten Casting-Show geworden und schwärmte von ihrem ersten Album, betete brav die von der Marketingabteilung vorbereiteten Messages herunter. Sie hat ein wenig zugenommen, seit sie bei Bea im Studio war. Es steht ihr.

Noch ein Fernsehpromi? Die Veranstaltung hier scheint der letzte Schrei zu sein.

»Mein Agent hat das hier für mich gebucht«, sagt sie. »Er sagt, das würde mir guttun. Ich überlege, mit dem Singen aufzuhören. Ich will eine Ausbildung als Masseuse machen, wenn ich hier fertig bin. Ich will etwas mit meinen Händen machen.«

Bea versteht. Sie vermutet, dass die Kleine den branchenüblichen Knebelvertrag bekommen hat. Ihr Agent, mit dem sie vermutlich eine Affäre hat, will verhindern, dass sie abspringt, weshalb er sie im erstbesten Retreat angemeldet hat.

Während Bea darüber nachdenkt, wer ihr Agent sein könnte – sie kennt selbst einige dieser Typen –, stellt sich die zweite Frau vor. Bea nimmt am Rande wahr, dass sie Cindy Hermann heißt, als Verkäuferin arbeitet und im Internet auf das Retreat gestoßen ist.

Plötzlich merkt Bea, dass es still geworden ist und alle sie anstarren. Sie spürt, wie sie rot wird, gibt sich einen Ruck und nennt ihren Namen. Sie sagt, dass sie beim Fernsehen arbeitet und sich über ein paar Probleme klar werden will, darüber aber nicht reden möchte.

Klaffer und die anderen scheinen das zu akzeptieren.

»Sie alle haben das Programm bekommen«, fährt Klaffer fort.

Bea erinnert sich an den Ausdruck und an die kryptischen Begriffe.

»Wir treffen uns jeden Morgen um fünf Uhr fünfundvierzig hier im Saal, er ist aber natürlich schon vorher geöffnet, falls Sie allein meditieren wollen. Beginn ist um sechs Uhr, aber ich ersuche Sie, immer pünktlich eine Viertelstunde früher hier zu sein. Wir praktizieren gemeinsam Zazen, das ist eine Meditationspraxis aus dem Zen-Buddhismus.«

Bea kann spüren, wie sich ihr Nacken verspannt. Sechs Uhr? Sie kann sich nicht erinnern, darüber in der Ankündigung gelesen zu haben. Währenddessen spricht Klaffer weiter, erläutert den Begriff *Samu* und erwähnt etwas über Gartenarbeit. Bea muss sich konzentrieren.

»Samu dauert bis zwölf. Währenddessen finden die Therapiegespräche statt, zu denen ich Sie nach und nach in mein Büro bitten werde. Danach essen wir. Um ein Uhr nachmittags sind wir wieder hier zum Zazen. Ab zwei steht wieder *Samu* auf dem Programm. Um sechs gibt es Tee, danach folgt die *Samadhi*-Meditation. Anschließend haben Sie eine Stunde für sich, um neun Uhr herrscht Nachtruhe. Bis dahin bitte ich Sie, in Ihren Zimmern zu sein.«

Bea kann sehen, dass Lang und Cleo genauso schockiert sind wie sie. Nachtruhe um neun Uhr abends? Ist das ihr Ernst? In den letzten Wochen hat Bea nie vor drei Uhr morgens Schlaf gefunden, zumindest nicht ohne pharmazeutische Hilfe. Nur Jacobi scheint damit einverstanden zu sein.

Doch Bea verkneift sich einen Kommentar. Sie hat nicht vor, den Rammbock für die anderen zu machen. Und wenn sie nicht zumindest versucht, Klaffer zu vertrauen, hat es ohnehin keinen Sinn.

»Sie können sich hier natürlich frei bewegen«, fährt Klaffer fort. »Ein paar Regeln gibt es allerdings zu beachten. Sobald wir schweigen, vermeiden Sie jeden Kontakt zueinander. Keine Gesten, keine Berührungen, kein Blickkontakt, auch nicht bei der Arbeit im Garten. Außerdem bitte ich Sie, während Ihres Aufenthalts auf Alkohol, Nikotin oder andere Substanzen zu verzichten. Und noch eine Warnung: Teile des Schlosses werden gerade renoviert. Manche Räume sind abgeschlossen. Das dient zu Ihrem Schutz, auf der Baustelle besteht Verletzungsgefahr. Das sind die wichtigsten Punkte. Ich gehe davon aus, dass Sie sich daran halten. Haben Sie sonst noch Fragen?«

Cleo strahlt. »Müssen wir wirklich die ganze Zeit über still sein?«, fragt sie. »Ich stelle mir das sehr schwierig vor, drei ganze Tage.«

Klaffer sieht sie einige Sekunden lang an, als müsste sie sich vergewissern, dass die Frage ernst gemeint ist. »Es ist weniger schwierig, als Sie denken.«

Cleo lächelt unschuldig. »Für Sie vielleicht. Aber nicht alle sind so wie Sie! Mir wird immer schrecklich langweilig, wenn ich nichts tue.« Sie sieht sich im Raum um und zwinkert in die Runde.

»Das wird sich nicht ändern lassen«, erwidert Klaffer lapidar. »Was Sie als Langeweile wahrnehmen, ist der Beginn eines wichtigen Prozesses, das gehört zum Meditieren dazu.«

Die junge Sängerin seufzt gekünstelt. »Können wir wenigstens beim Essen reden?«

»Versuchen Sie es doch einfach einmal«, sagt Klaffer schnell, »gerade beim Essen sollte man schweigen.«

»Also ich rede immer beim Essen!«

Klaffer geht nicht mehr darauf ein und spricht wieder zur ganzen Gruppe.

»Ich möchte eines festhalten: Was wir hier vorhaben, ist kein Entspannungstrip. Schweigen kann eine sehr intensive Erfahrung sein. Sie werden Momente erleben, wo es sich schwierig, ja, vielleicht unerträglich anfühlt. Sie werden an Ihre Grenzen gelangen. Ich will Ihnen nichts vormachen, manche der Methoden, die wir anwenden werden, haben genau diesen Zweck. Wir wollen alles entfernen, was Ihnen den Blick auf Ihr Innerstes verstellt. Wenn es schwierig wird, halten Sie sich vor Augen, dass es nur daran liegt, dass tief in Ihnen verborgene Dinge zum Vorschein kommen. Dinge, die Sie vielleicht nicht sehen wollen oder die Ihnen Angst machen. Auch diese Dinge gehören zu Ihnen, zu Ihrer Persönlichkeit. Bei Veranstaltungen dieser Art ist deshalb ein tägliches Therapiegespräch mit einer speziell ausgebildeten Person vorgesehen – mit mir. Das Schweigegebot gilt dann natürlich nicht. Diese Gespräche sind wichtig, und ich erwarte, dass Sie pünktlich erscheinen. Ich habe ein Büro im ersten Stock und erwarte Sie dort, der Zeitplan hängt jeden Tag bei der Rezeption aus.« Klaffer macht ein betont ernstes Gesicht. »Diese Therapiegespräche sind unerlässlich. Unbetreut kann diese intensive Art der Selbsterfahrung unerwartete Nebenwirkungen haben. Aber seien Sie unbesorgt, ich habe viele Jahre Erfahrung in diesem Bereich. Lassen Sie mich Ihnen helfen, zu sich selbst zu finden, sich selbst besser kennenzulernen.«

Das scheint nicht zu sein, was Cleo hören wollte. Ihr Lächeln ist verschwunden, und Bea kann sehen, dass sie sich unwohl fühlt.

»Ist das hier also ein Zen-Retreat?«, fragt Lang plötzlich. Er scheint davon nicht begeistert zu sein.

Doch Klaffer schüttelt den Kopf. »Wir praktizieren kein Zen, wenn Sie das meinen. Es gibt keinen Zen-Meister, keine Sprüche. Aber Sie haben recht, ich benutze effektive Methoden aus dem Zen-Buddhismus, die ich nach psychologischen Gesichtspunkten ausgewählt habe.«

»Methoden, die nicht unumstritten sind, oder?«, fügt Lang hinzu und wartet auf ihre Reaktion.

Die beiden sehen sich an.

»Wo haben Sie das denn her?«

Er zuckt mit den Schultern. »Man findet so einiges, wenn man Sie googelt.«

»Sie sollten nicht alles glauben, was Sie im Internet lesen.« Klaffer wendet sich wieder an die ganze Gruppe. »Da ist noch etwas: Es ist möglich, dass nicht alle von Ihnen es schaffen. Nicht jeder ist bereit für die Stille. Daran kann ich nichts ändern.«

Nun wagt niemand mehr zu widersprechen. Klaffer nickt zufrieden.

»Gut. Dann geht Hanh nun durch und wird Ihre Mobiltelefone einsammeln.«

Klaffer deutet auf den jungen buddhistischen Mönch von der Rezeption, der plötzlich in der Nähe des Eingangs steht. Sie haben ihn nicht kommen gehört.

Cleo reißt die Augen auf. »Waaas?«

»Das stand deutlich in der Ausschreibung.«

»Ich möchte aber …«

Klaffer schneidet ihr mit einer scharfen Geste das Wort ab. »Keine elektronischen Medien, bitte geben Sie auch Ihren Laptop ab, falls Sie noch einen auf dem Zimmer haben. Die Dinge werden in meinem Büro sicher verwahrt. Und versuchen Sie nicht, die Geräte vor mir zu verstecken, ich merke das.« Klaffer ist nun sichtlich gereizt.

»Wenn ich das gewusst hätte …«, murmelt Cleo.

Plötzlich schaltet Lang sich ein. »Ich verstehe, dass Sie Ablenkung vermeiden wollen, aber ich muss morgen dringend meinen Anwalt anrufen.«

»Das wird nicht möglich sein«, sagt Klaffer kühl.

»Es wird nicht lang dauern«, sagt Lang ruhig, sichtlich überzeugt, dass sie ihn verstehen wird. »Es geht um einen Prozess. Ich bin als Beschuldigter geführt.«

»Wie gesagt, es ist nicht möglich. Wenn Sie teilnehmen wollen, müssen Sie Ihr Handy abgeben. Das war bei der Anmeldung ganz klar ersichtlich.«

Lang ist irritiert. Derartigen Widerstand scheint er nicht gewohnt zu sein. »Das heißt im Klartext, Sie werfen mich raus, wenn ich telefoniere?«

»Ich schlage vor, Sie tätigen Ihren Anruf jetzt gleich«, sagt Klaffer.

Da steht Lang auf, holt sein Handy aus der Tasche und wählt eine Nummer, während er eilig den Raum verlässt. Auf eine Geste Klaffers hin beginnt der Mönch, die Telefone einzusammeln und in einen Müllsack aus blauem Kunststoff zu legen. Cleo schaltet ihr Gerät umständlich aus, was eine Ewigkeit dauert, doch der Mönch wartet, bis sie fertig ist. Auch Bea kramt ihres widerwillig hervor. Ein Blick aufs Display verrät ihr, dass sie vierzehn entgangene Anrufe und elf neue Sprachnachrichten hat. Sie hatte das Gerät auf lautlos. Sie überfliegt die Liste zwei Mal, aber ein Anruf von Rainer ist nicht dabei. Bea schaltet das Handy aus und steckt es in den Sack.

»Gut«, sagt Klaffer, »dann möchte ich zur Einstimmung mit einer Meditationsübung starten.

Bea legt ihr Polster in größtmöglichem Abstand zu den anderen hin. Sie hört, wie Lang zurückkommt und sein Handy abgibt. Bea weiß nicht, wie sie am besten sitzen soll, und blickt sich nach den anderen um. Jacobi sitzt im Lotossitz, mit nach oben gedrehten Fußsohlen. Es sieht bei ihm ganz einfach aus, doch als Bea es probiert, stellt sie fest, dass sie zu ungelenkig ist. Lang dagegen hat sich hingekniet und setzt sich auf seine Fersen. Bea überlegt, es ihm nachzumachen, entscheidet sich aber dann für einen Schneidersitz.

Als alle sitzen, geht Klaffer zur Kontrolle durch die Reihen. Bei Bea bleibt sie stehen und gibt ihr Anweisungen, wie sie sich positionieren soll. Bea sitzt sonst nie im Schneidersitz. Das Polster unter ihr soll dieses Defizit ausgleichen. Dennoch schläft ihr schon nach Sekunden das linke Bein ein. Bea soll den Körper noch weiter aufrichten und das Kinn nach hinten nehmen. Die Schultern sollen locker sein. Zugleich sollen die Hände vor dem Bauchnabel gehalten werden, in einer komplizierten Geste mit aneinanderliegenden Daumen, die sie als kraftraubend empfindet.

»So«, sagt Klaffer.

Beas ganzer Körper ist nun unter Spannung, und sie fragt sich, ob das so sein soll.

»Kann ich die Hände nicht ablegen?«, fragt sie und gönnt ihren Fingern eine Ruhepause.

Klaffer sieht sie nur fragend an und deutet dann erneut auf die Hände, bevor sie sich Lang zuwendet.

Nachdem alle einigermaßen die Position halten, die Klaffer sich vorstellt – entspannt sieht das nur bei Jacobi aus –, erläutert sie noch einige Punkte.

»Diese Art der Meditation wird von Zen-Buddhisten praktiziert. Ihr Ziel ist dabei die Erleuchtung. Das wird uns hier nicht gelingen. Uns wird es aber helfen, uns selbst besser wahrzunehmen. Im Alltag lenken uns unzählige Gedanken und Eindrücke davon ab – all der Lärm ist hier ausgeschaltet. Sie werden merken, dass der Geist das Fehlen von Ablenkung nicht gewohnt ist. Er wird versuchen, den bekannten Zustand wiederherzustellen. Sie werden unzählige Gedanken haben, vielleicht zu grübeln beginnen. Falls das passiert, besinnen sie sich auf das Hier und Jetzt. Konzentrieren Sie sich auf Ihre Atmung. Außerdem rate ich Ihnen, einen Punkt vor Ihnen auf dem Boden anzuvisieren. Sehen Sie nur diesen Punkt an, nichts sonst. Schließen Sie die Augen nicht! Sie sollen schließlich nicht einschlafen, sondern ganz wach sein. Zu Beginn wollen wir es nicht übertreiben, eine halbe Stunde genügt. In den nächsten Tagen werden wir die Zeiten dann kontinuierlich steigern.«

Bea fragt sich, ob sie sich verhört hat. Eine halbe Stunde soll sie in der Haltung hier sitzen? Es kommt völlig überraschend. Klaffer fragt sie nicht, ob sie bereit sind, sondern beugt sich hinab, um eine kleine Glocke aufzuheben. Als das Signal ertönt, ist Beas Fuß vollständig eingeschlafen. Ihre Schultern sind verkrampft, und sie merkt, dass ihr Oberkörper nach vorne gesunken ist, doch sie wagt nicht, sich zu bewegen, sondern versucht einfach, diese Position zu halten. Über einen längeren Zeitraum hinweg nur einen einzigen Punkt anzusehen, ist schwieriger, als sie gedacht hat. Immer wieder will ihr Blick ausweichen, und sie muss ihn zurück zu dem dunkleren Stück Holz im Parkett zwingen, das sie sich ausgesucht hat. Als sie es schafft, die Augen nicht mehr zu bewegen, ist ihr Blick trotzdem nicht ruhig. Sie verliert plötzlich den Fokus, ihr Blickfeld wird klein, dann wieder groß. Sie bemerkt etwas im Augenwinkel, und schon wieder wandern ihre Augen umher. Sie wusste nicht, dass eine so einfache Aufgabe so schwierig sein kann. Ihr Geist ist seit Minuten mit diesem Kampf beschäftigt. Währenddessen ist sie noch weiter vornüber gesunken und muss sich nun doch von Neuem aufrichten. Das soll Meditation sein? Sie kann sich nicht vorstellen, dass das, was sie hier tut, irgendeinen positiven Effekt hat.

Bea wirft einen Blick zu den anderen, die immer noch ganz ruhig sind. Niemand lässt sich anmerken, dass er irgendwelche Probleme hat. Sie lässt also die Hände auf ihren Schoß sinken und schließt die Augen. Sofort entspannt sie sich ein wenig, und es geschieht, was Klaffer vorhergesagt hat. Bea wird schläfrig. Und plötzlich driften ihre Gedanken ab. Der Saal verwandelt sich in ein Fernsehstudio.

*

40

Es ist kurz vor 20 Uhr, wie betäubt verlässt Bea das Studio. Lisa kommt auf sie zu und umarmt sie. Lisa Markovic aus der Wetter-Redaktion, ihre Gegnerin.

»Mach dir keine Gedanken, so etwas kann jedem passieren. Sogar dir.«

Bea will widersprechen, doch es sind genau die Worte, die sie in diesem Moment braucht.

Dann steht da plötzlich Mike, der Produktionsassistent. Der Chef wolle sie sprechen. Bea weiß, dass Lisa unrecht hat, dass dieser Fauxpas das Ende ihrer Karriere bedeutet.

Zehn Sekunden dauerte ihr Blackout. Die Stille im Studio war gespenstisch. Sie wird den Schrecken in den Augen des Kameramanns nie vergessen.

Mit feuchten Händen steht sie kurz darauf in Harrys Büro. Er wirkt nicht verärgert, was die Sache nur noch schlimmer macht. Bea setzt zu einer Entschuldigung an, doch er schneidet ihr mit einer Geste das Wort ab.

»Du bist ab sofort beurlaubt.«

»Gefeuert«, gibt Bea zurück.

Er erklärt müde, dass er Verständnis für ihre Situation hat. Jeder hier im Sender habe Verständnis. »Aber ich brauche die Bea, die ich kenne. Und das gerade eben warst nicht du.«

Bea weiß, dass nun der Zeitpunkt gekommen ist, ihn um eine zweite Chance zu bitten. Sie hat sich bisher nie etwas zuschulden kommen lassen. Er kann sie nicht einfach so in den Urlaub schicken, das hat sie nicht verdient. Doch Bea widerspricht ihm nicht. Sie schiebt es darauf, dass sie müde ist, doch das ist nur die halbe Wahrheit. Vielleicht hat sie nur darauf gewartet, dass so etwas passiert. Vielleicht ist sie insgeheim sogar erleichtert, dass es nun so weit ist.

Als sie zu ihrem Schreibtisch geht, um ihre Sachen zu packen, liegt dort eine Nachricht für sie.

Wenn du dich ausklinken willst. Mir hat es gutgetan.

Daneben eine Visitenkarte:

Dr. Katalina Klaffer
Schweigeseminare & Coaching

»Bitte, konzentrieren Sie sich!«, hört Bea die Stimme von Klaffer und wird zurück ins Hier und Jetzt katapultiert. Sie blickt auf und erkennt, dass nicht sie gemeint ist, sondern Cleo, die offenbar die Meditation gestört hat. Sie hält den Kopf gerade und wagt nicht mehr, sich zu rühren.

Bea merkt, dass sie den Punkt verloren hat, den sie anschauen soll. Sie versucht es erneut, doch ihre Konzentration driftet sofort wieder weg. Die Erschöpfung der letzten Wochen macht sich nun bemerkbar, und die Aufgekratztheit weicht steinerner Schwere. Die Erinnerung kommt zurück und wird zu einem Traumbild. Bea driftet in einen Zustand zwischen Schlaf und Wachsein.

Als sie plötzlich ein dumpfes Klopfen hört, schreckt sie auf. Es klang, als würde jemand mit der Faust gegen ein Glasfenster schlagen. Bea hebt den Blick und sieht, dass da draußen vor dem Fenster jemand steht. Ein schriller Schrei zerreißt endgültig die Stille.

Reflexartig wirft Bea einen Blick zur Seite und sieht, dass es Cleo ist, die da schreit. Sie sitzt immer noch in der Position, die Klaffer ihr gezeigt hat, nur ihr Gesicht ist verzerrt, Tränen kullern über ihre Wangen.

Beas Blick wandert wieder zum Fenster und sucht die Glasfront nach dem Schatten ab, den sie dort gerade gesehen hat, doch er ist nicht mehr da. Währenddessen hört Cleo nicht auf zu schreien. Niemand steht auf, um zu ihr hinzugehen. Alle bleiben gehorsam auf ihren Plätzen.

»Himmel!«, sagt Klaffer plötzlich und stapft zu Cleo hin. Sie beugt sich zu ihr hinunter und redet beruhigend auf sie ein, wobei sie ihre Hände festhält. Cleo japst nach Luft.

»Es war nur ein Vogel«, sagt Klaffer eindringlich. »Sie fliegen gegen die Scheiben. Es ist nichts passiert!«

Die Psychiaterin nickt jemandem zu, und da tritt der junge Mönch Hanh zu ihr. Gemeinsam heben sie Cleo auf die Beine, die sich umblickt, als wüsste sie nicht, wo sie sich befindet.

»Bring sie in ihr Zimmer«, sagt Klaffer leise zu ihm. »Ich komme gleich nach.«

Die anderen betrachten die Szene verschlafen, drehen sich nach der Scheibe um. Sie scheinen ebenfalls weit weg gewesen zu sein und haben Mühe, sich zu orientieren. Nur Jacobi sitzt immer noch ganz ruhig da und schlägt gerade die Augen auf. Er sieht aus, als hätte er einen Powernap gemacht.

»Es tut mir leid«, sagt Klaffer. »Das kann passieren. Es besteht kein Grund zur Beunruhigung. Eine Zazen-Meditation kann unangenehme Erinnerungen triggern, die in uns schlummern. Damit werden wir uns in den folgenden drei Tagen auseinandersetzen.« Klaffer richtet sich auf. »Bei diesen Übungen werden immer wieder Dinge auftauchen, die für Ihr Leben große Bedeutung haben. Ich habe das vor Jahren selbst erlebt. Diese Erfahrung will ich an Sie weitergeben, wenn Sie mir vertrauen. Dazu müssen Sie nichts tun als schweigen, und zwar ab sofort. Die zweiundsiebzig Stunden beginnen jetzt.«

Da wendet Klaffer sich ab und eilt davon.

Bea blickt wieder zur Scheibe. Dort ist niemand. Vermutlich war es nur eine Einbildung.

Ein Vogel, hat Klaffer gesagt. So muss es sein. Doch ihr Herz schlägt immer noch, als wäre sie auf der Flucht.

STUNDE EINS

Bea betritt den Speisesaal zehn Minuten zu früh. Seit sie ihr Handy abgegeben hat, besitzt sie keine Uhr mehr. Im Haus hat sie bisher nur eine Uhr ausmachen können, eine Wanduhr, die sich über der Rezeption befindet.

Lang ist auch schon hier. Er steht mit dem Rücken zu ihr vor einer Kaffeemaschine mit Kapseln – Koffein scheint also erlaubt zu sein. Bea schleicht an ihm vorbei und setzt sich an einen der Tische. Auf einer Anrichte sind bereits Teller und Besteck vorbereitet. Ein Speisenwärmer mit zwei brennenden Kerzen wartet auf den Essensbehälter.

Bea blickt aus dem Fenster, wo es dunkel geworden ist. Ein Ast zeichnet sich als feiner dunkler Schatten vor dem Himmel ab, der ein tiefes Blau angenommen hat.

Zurück in ihrem Zimmer wurde Beas Blick magisch von der Platte im Badezimmer angezogen, hinter dem sie den Schuh deponiert hat. Sie spürte einen starken Drang, die Platte herunterzuschrauben und nachzusehen, ob er noch da war. Es bedurfte all ihrer Willenskraft, ihm nicht nachzugeben. Es gab dafür sicher eine einfache Erklärung, auch wenn sie sie gerade nicht ausmachen konnte.

Stattdessen hat sie begonnen, ihr Gepäck zu durchsuchen, ob sich nicht doch irgendwo eine von den Beruhigungstabletten zwischen ihre Sachen verirrt hat. Doch nachdem sie alles dreimal durchwühlt hatte und nur die Packung Schlaftabletten fand, gab sie ihre Suche auf. Ihr blieb nichts weiter, als zu warten.

Bea hört langsame, schlurfende Schritte und wird aus ihren Gedanken gerissen. Es ist Cleo, die mit hängendem Kopf den Speisesaal betritt. Sie hat gerötete Augen und nimmt von den Anwesenden keinerlei Notiz, als sie sich an einen freien Tisch setzt. Dort seufzt sie hörbar.

Bea ist überrascht. Sie war sich nicht sicher, ob es Klaffer gelingen würde, Cleo zu beruhigen. Doch die junge Sängerin wirkt wach und strahlt eine gewisse Entschlossenheit aus, nur mit ihren Händen kann sie scheinbar ohne ihr Handy nichts anfangen.

Bea erschrickt, als jemand neben sie tritt. Es ist Lang, der ihr eine Tasse Kaffee hinstellt. Lang macht ein fragendes Gesicht. Als Bea nicht reagiert, zuckt er mit den Schultern und will den Kaffee wieder mitnehmen, doch Bea legt schützend die Hände darüber. Sie wird den Kaffee trinken, sie kann die kleine Aufmerksamkeit gerade gut vertragen, selbst wenn sie von Lang kommt. Er geht zufrieden von dannen und setzt sich an einen eigenen Tisch.

Nun betritt auch Jacobi den Raum. Bea wendet schnell den Blick ab, doch er scheint ganz bei sich zu sein und macht sich ebenfalls einen Kaffee, bevor er sich ans andere Ende des Raums setzt, mit maximalem Abstand zu Bea. In einer Ecke sitzt nun das schlanke Mädchen. Bea hat sie nicht kommen gehört.

Da taucht plötzlich Hanh auf. Er trägt eine Wanne aus Edelstahl, deren Inhalt nach Koriander und Sojasoße duftet. Hanh stellt die Wanne in den Wärmer und verschwindet wieder. Träge stehen alle auf und stellen sich an, um gebratene Nudeln und grünen Salat auf die vorbereiteten Teller zu schaufeln.

Die Nudeln sind richtig gut, wie Bea zufrieden feststellt, mit reichlich Zitronengras und Pilzen. Sie fragt sich, ob der junge Mönch das Essen selbst gekocht hat. Bea mag authentische asiatische Küche, und genau darum handelt es sich hier. Während sie isst, lauscht sie dem Klimpern von Gabeln auf Geschirr.

Das lauteste Klimpern kommt von Jacobi. Er isst mit der linken Hand, und das fällt ihm sichtlich schwer. Die Rechte liegt unbenutzt neben dem Teller auf dem Tisch, eingehüllt in saubere Bandagen.

Sie fragt sich, wo Klaffer eigentlich steckt, und sieht zur Tür.

Bea ärgert sich, weil es da einen Gedanken gibt, den sie nicht loswird. Sie ist eine prominente Person. Fast jeder kennt sie, jeder erinnert sich an sie. Doch Bea trifft so viele Leute, dass sie sich keineswegs an jedes Gesicht erinnert. Das ist ihr manchmal unangenehm.

Bei Klaffer hat sie das starke Gefühl, dass sie ihr Gesicht schon einmal gesehen hat. Sie kann nur beim besten Willen nicht sagen, wo.

STUNDE DREI

Bea hält die kleine Schlaftablette zwischen ihren Fingerspitzen.

Triazolam. Zur kurzfristigen Behandlung von schweren Schlafstörungen.

Mittlerweile ist sie von diesem Medikament abhängig, und das wurde in letzter Zeit zum Problem. Als Elias klein war, lag sie nachts regelmäßig wach, dann schien es sich zu bessern. Doch nach seinem Verschwinden war es so schlimm wie nie zuvor, und irgendwann hatte Bea sich Schlaftabletten verschreiben lassen. Sie wollte die Tabletten nur nehmen, wenn es besonders schlimm war, aber es war eigentlich jede Nacht schlimm.

Bea sieht hinüber zu dem Stapel Bücher, die sie mitgebracht hat und die einen Großteil ihres Gepäcks ausmachten. Lebensratgeber, die Lösungen versprechen.

Leben. Jetzt. Spirituell.

Die Titel sind voller Schlüsselbegriffe, die Hoffnung wecken. Sie hat diese Bücher in den letzten Monaten gekauft, wenn sie Mut fasste und versuchte, etwas zu ändern. Die Gesichter auf den Covern bilden Vertrauen. Die Autorinnen sind Menschen, die es geschafft und mit einer einfachen Methode ihr Leben neu ausgerichtet haben. Diese Methode, so hat Bea inzwischen herausgefunden, muss schmerzhaft sein, damit sie funktioniert. Ob Fasten, Verzicht aufs Handy, Sport, immer geht es um etwas, das wehtut. Das ist das Muster. Die Idee ist, sich zu bestrafen für seine Unfähigkeit, Glück zu empfinden. Das bringt kurzfristige Erleichterung, bevor man zum nächsten Buch wechseln muss.

Auch Klaffer hat so ein Buch geschrieben, verrät ihre Website. Bea hätte es sich gern angesehen, doch es war nirgends lieferbar. Der Link auf Klaffers Seite ist veraltet und geht ins Leere.

Eines der Bücher in ihrem Gepäck ist kein Ratgeber, sondern ein Liebesroman mit zerschlissenem Einband. Sie hat dieses Buch als Teenager geliebt. Seither liest sie es alle paar Jahre, und noch immer gibt es ihr ein gutes Gefühl. Das letzte Mal ist allerdings lange her, vor ihrem Wechsel zum Fernsehen.

Die Bücher sollen sie beschäftigen. Sie hat sich vorgenommen, das Seminar ohne Tabletten durchzustehen. Nur eine Tablette hat sie eingepackt, als Reserve, falls es besonders schlimm ist.

Doch nun ist es noch nicht einmal neun Uhr abends, sie fühlt sich nicht in der Lage zu lesen, und an Schlaf ist nicht zu denken. Die Stunden, die vor ihr liegen, machen ihr Angst.

Wenn sie nur ihr Handy hier hätte. Sie würde eine Stunde auf Facebook und Instagram verbringen und nachsehen, was andere Leute tun, wenn ihnen langweilig ist. Geteilte Langeweile, sozusagen. Sie würde die Illusion einer heilen Welt genießen, die Menschen einander in sozialen Medien vorgaukeln. Natürlich ist auch das keine Hilfe für ihre Probleme, aber eine Stunde lang würde es funktionieren. Zumindest würde es ihr helfen, nicht ständig an die Platte im

Badezimmer zu denken und an das, was sich hinter ihr befindet.

Sie hat nur diese eine Pille. Morgen wird es exakt genauso sein, das ist ihr bewusst. Was soll sie tun?

Ich lebe aber nicht morgen, ich lebe jetzt.

Bea öffnet den Mund und wirft sich die Pille ein. Danach geht sie ins Bad, um einen Schluck Wasser aus dem Hahn zu trinken. Schließlich schaltet sie das Licht aus, legt sich aufs Bett und schließt die Augen.

STUNDE ELF

Als Bea am nächsten Morgen den Meditationsraum betritt, fühlt sie sich wie gerädert. Die Tablette hat gewirkt, doch es war ein erzwungener Schlaf, der kaum Erholung gebracht hat. Dann hat ein Gong sie geweckt. Zuerst dachte sie, der tiefe Ton müsse Teil eines Traums sein. Draußen war es noch stockfinster, der Regen prasselte vor dem Fenster. Doch der Gong ertönte erneut, es war das Signal zum Aufstehen. Als sie die Uhr über der Rezeption sah, erkannte sie, dass sie sich zu viel Zeit gelassen hatte und bereits fünf Minuten zu spät dran war. Doch nun sieht sie, dass Klaffer noch nicht da ist. Der Stress war umsonst.

Die Sessel sind weg, die Polster stehen wieder sauber aufgestapelt an der Wand. Jacobi ist schon hier, er hat sich einen genommen und sitzt im Lotossitz darauf. Er hat seine Augen geschlossen und scheint ganz bei sich zu sein. Bea geht zu den Polstern und nimmt sich eines.

Während sie sich niederlässt, beobachtet sie Jacobi aus den Augenwinkeln. Er scheint sie nicht wahrzunehmen, ist fast auffällig ruhig.

*

Als Klaffer den Raum betritt, zählt sie zuerst stumm die Menschen im Raum, bevor sie auf Cleo zugeht, die in der Nähe des Eingangs liegt. Sie beugt sich zu ihr und legt ihr die Hand auf die Schulter.

Alles in Ordnung?, sagt diese Geste.

Cleo nickt.

Klaffer richtet sich wieder auf. Bea stützt sich auf die Ellbogen, um besser sehen zu können.

Nun, da sie Klaffers Gesicht wieder vor sich hat, kann sie nicht mehr sagen, ob sie sich wirklich an sie erinnert. Das Gefühl von gestern ist verschwunden.

Klaffer wendet sich an die Gruppe.

»Zazen«, flüstert sie, »ich unterstütze Sie akustisch.«

Klaffer geht zu dem Beistelltisch, auf dem zwei unterschiedlich große Klangschalen stehen.

»Denken Sie an nichts Bestimmtes. Meditation ist nicht Festhalten, sondern Loslassen.«

Bea ist nicht sicher, ob sie versteht, was Klaffer ihr sagen will, doch sie schließt die Augen, und kurz darauf ertönt ein heller Klang, der trotzdem so dicht ist, dass er bis in jede Ritze des Raums vorzudringen scheint.

Bea spürt, wie sich ihre Muskeln verkrampfen.

Loslassen.

Als ob das so einfach wäre, wenn einem das Bein einschläft, weil man in einer völlig irrwitzigen Position verharren muss.

Der nächste Klang ertönt, tiefer. Er scheint ihren Körper zu durchdringen.

Bea merkt, wie erschöpft sie ist. Die Müdigkeit ist inzwischen sogar größer als die Angst oder das unangenehme Kribbeln im Bein, das wieder langsam taub wird. Einige Minuten lang wehrt sie sich, versucht sich an Klaffers Vorgabe zu halten und an nichts zu denken, dann ist ihr Widerstand gebrochen und sie lässt die Gedanken von der Leine, die sofort mit der Wucht einer Flutwelle über sie hereinbrechen.

Sie kann nicht glauben, dass es so weit kommen konnte. Gerade erst hat sie begonnen, sich in ihrem Job sicherer zu fühlen. Sie hat angefangen, das zu glauben, was über sie gesagt wurde. Dass sie richtig gut ist, besonders unter Druck, wenn andere kurz vor dem Verzweifeln sind. Es gab Zeiten, da hat sie überlegt, die Arbeit beim Fernsehen hinzuschmeißen. Sie hat für einen kleinen Lokalsender gearbeitet, der Quote generieren wollte, indem er die Formate größerer Sender imitierte, aber mit einem Bruchteil des Budgets. Dort hat sie keine Perspektiven mehr gesehen. Doch dann wurde unerwartet eine Stelle bei einem der großen Privatsender frei, und sie wurde gegen jede Erwartung sofort eingestellt. In dieser Phase, noch voller Zweifel, ob das überhaupt der richtige Weg ist, hat sie ohne großen Druck und ohne viel Nachdenken ihren Job gemacht. Das hat Harry, den Programmchef der Abendnachrichten, so beeindruckt, dass er sie schon ein Jahr später in sein Team geholt hat. Sie kann sich selbst nicht genau erklären, wie das so schnell gehen konnte. Ihre Familie hielt die Arbeit beim Fernsehen immer für schrecklich und war der Überzeugung, dass man dort nur mit ausgefahrenen Ellenbogen überleben konnte. Vielleicht stimmte das auch für die anderen, aber sie erlebte das nie so. Sie spürte immer Harrys Rückhalt.

Dabei war Beas Einstand in ihrem Job denkbar schlecht abgelaufen. Sie sollte spontan eine Sondersendung moderieren. Vor lauter Nervosität, weil sie alles richtig machen wollte, kam sie etwas später von zu Hause weg, und wegen eines unerwarteten Staus parkte sie ihr Auto in einiger Entfernung vom Sender und lief zu Fuß durchs halbe Viertel, ihre Abendgarderobe über den Arm gehängt, bis sie plötzlich in einer Menschenansammlung landete, deren Ursprung sie nicht eruieren konnte. Sie kämpfte sich durch dichtgedrängte Menschenketten, ohne zu bemerken, dass vor ihr ein Tumult entstanden war. Leute, die Plakate trugen, schrien sich die Kehlen wund. Bea hatte keine Zeit, sich damit zu beschäftigen. Sie drängte sich nach vorn, als sie plötzlich einem Mann in dunkler Kampfmontur gegenüberstand. Noch bevor sie wusste, wie ihr geschah, holte der mit seinem Schlagstock aus und schlug zum Glück nicht auf sie, sondern auf einen Mann neben ihr ein. Als sie vor Schreck zurückwich, blieb sie mit der dünnen Plastikfolie, in die das Kleid gepackt war, irgendwo hängen. Die Folie riss auf, und schließlich konnte sie das Kleid nicht mehr festhalten.

Kurz darauf betrat sie das Sendergebäude, keine Viertelstunde vor Übertragungsbeginn. Bea stürmte in die Maske, borgte sich eine Bluse und ein Sakko aus und rannte ins Studio, wobei sie den Produktionsassistenten ignorierte, der ihr irgendetwas nachrief. Gleichzeitig mit dem Einsetzen des roten Lichts an der Kamera, das stets anzeigt, dass sie nun auf Sendung sind, setzte sie ihr professionelles Lächeln auf und las die erste Meldung vom Teleprompter ab, die von Ausschreitungen bei einer Demonstration gegen die Erhöhung des Strafrahmens für Cannabis-Missbrauch handelte, bei der es mehrere Verletzte gegeben hatte – eben jene Demo, in die sie eben hineingeraten war. Weil sich die Lage nicht entspannte, zog sich die Sendung in die Länge, und erst nach drei Stunden höchster Konzentration verabschiedete sie sich und es wurde zur Werbung geschaltet. Ohne nach links und rechts zu blicken, verließ Bea das Studio und rannte in die Garderobe. Sie trug immer noch ihre Jeans, die von der

Demonstration ganz staubig waren. Die Zuseher hatten das natürlich nicht sehen können, doch Bea war überzeugt, dass man ihr Unwohlsein gespürt hatte. Sie fühlte sich schrecklich und dachte, dass es ein schwerer Fehler gewesen war, zu dem neuen Sender zu wechseln. Der Druck war einfach zu hoch, das war nichts für sie. Sie hatte sich lächerlich gemacht, und von nun an würde sie die heutige Episode wie eine Visitenkarte vor sich hertragen.

Sie weinte, während sie die ausgeborgten Sachen auszog und wieder in ihre Kleidung schlüpfte, mit der sie zum Sender gekommen war. Als sie die Garderobe verließ, hoffte sie, sich irgendwie unauffällig aus dem Gebäude schleichen zu können.

Doch sobald sie die Tür öffnete, standen da plötzlich Kollegen Spalier und applaudierten ihr. Ihr Chef war da, um ihr die Hand zu schütteln. Sie erfuhr, dass eigentlich schon eine Kollegin bereit gewesen war, für sie einzuspringen, doch weil Bea sich einfach an ihren Platz im Newsroom gesetzt hatte, hatte niemand gewagt, es ihr zu sagen. Jemand aus dem Schneideraum hatte sie dann auf den Fernsehbildern erkannt, wie sie mitten unter die Demonstranten geraten war. Alle fragten, wie es gewesen war, während Bea nur erklärte, dass eben die Zeit knapp war und sie den schnellsten Weg gesucht hatte. Während der Sendung hatte sie eine solche Ruhe ausgestrahlt, dass es selbst den erfahrenen Kollegen Respekt abverlangt hatte. Bea musste zugeben, dass sie sich nicht erinnern konnte, einen Fehler gemacht zu haben. Darauf hatte sie in all dem Stress gar nicht geachtet.

Von da an war sie im Kollegium akzeptiert.

Aber sie muss zugeben, dass die Welt des Senders ihr fremd geblieben ist. Sie erlebt die meisten Kollegen als Workaholics, deren Lebenstraum es immer schon war, in einem

Nachrichtenstudio zu arbeiten. Menschen, die von Berufs wegen gut gelaunt sind und abends nur widerwillig in ihre zu teure Single-Wohnung direkt neben dem Sender gehen. Bea gegenüber sind sie meistens reserviert. Die Sprecherinnen sind für das Produktionsteam fremde Wesen, die vor die Kamera treten müssen, um dort – zu stark geschminkt und in bizarren Klamotten, die nur auf dem Bildschirm natürlich wirken – dem Publikum Souveränität vorzugaukeln. Sie sollen darüber hinwegtäuschen, wie improvisiert Live-Nachrichtensendungen sind.

Was ist geschehen? Wie konnte aus der orientierungslosen Studentin, die sich einst als Kellnerin und Telefonistin über Wasser hielt, eine landesweit bekannte, preisgekrönte Journalistin werden?

Sie kennt die Antwort, auch wenn sie ihr nicht gefällt. Weil sie alle an der Nase herumgeführt hat. Sie hat allen eine Selbstsicherheit vorgespielt, die nie existiert hat. Weil sie sich sicher fühlt, wenn sie reden kann. Warum, weiß sie nicht. Aber es war immer so. Rainer war der Einzige, bei dem es ihr die Sprache verschlagen hat.

Das Gefühl des Verlusts versetzt ihr einen Stich ins Herz.

Und sie versteht, dass der Blackout unvermeidlich war. Sie hat geglaubt, nach Elias' Verschwinden irgendwie weitermachen zu können, was sich als Irrtum herausgestellt hat. Doch was soll sie tun? Sie weiß nicht, wie sie darüber hinwegkommen soll. Sie hat lange Gespräche mit ihrem Bruder geführt, doch irgendwann hat sie gemerkt, dass es dadurch nicht besser wird. Sie hat erkannt, dass auch er sich verantwortlich fühlt. Schließlich war er es, mit dem sie telefoniert hat, als Elias verschwand. Seither hat sie sich niemandem mehr wirklich geöffnet.

Ob sie mit Klaffer darüber reden kann? Der Gedanke erfüllt sie mit Widerwillen. Sie bezweifelt, dass sie sich Klaffer gegenüber ganz öffnen kann.

Vor allem müsste sie ihr eigentlich von dem Schuh erzählen, der sie mehr beschäftigt, als sie wahrhaben will.

STUNDE ZWÖLF

Als Bea das Buch hineinbringen will, erregt plötzlich eine Bewegung im Garten ihre Aufmerksamkeit. Etwas Kleines, Buntes steht da bei dem Brunnen. Bea blinzelt. Sie glaubt zuerst, dass es eine Illusion sein muss, doch das Ding bewegt sich tatsächlich. Unsicher geht sie darauf zu und drückt das Buch an ihre Brust.

Es handelt sich um eine Sandmühle. Elias hat so eine besessen, als er zwei war. Er hat gern im Sand gespielt, und irgendwann haben sie die Sandmühle am Spielplatz vergessen. Es ist ein ganz ähnliches Modell wie jenes von Elias, mit einem Trichter, in den man trockenen Sand gießt, der dann nach unten rieselt und zwei einfach gearbeitete Schaufelräder antreibt.

In diesem Augenblick allerdings drehen sich die Schaufelräder, weil Wasser aus dem Trichter auf sie niederrinnt, ein dünnes Rinnsal.

Bea scannt die Umgebung. Sie ist ganz allein hier.

Und das kann nicht sein. Die Räder drehen sich, weil Wasser in dem Trichter ist. Dort kann aber eigentlich kein Wasser sein, denn das Brunnenbecken ist einen Meter weit entfernt. Wie ist von dort Wasser in den Trichter gekommen? Immer noch rinnt Wasser über die Räder nach unten, doch schon leert sich der Trichter. Dann versiegt das Rinnsal, und die Räder verlangsamen ihre Drehung, bevor sie zum Stillstand kommen.

Unfähig, sich zu bewegen, steht Bea vor der Sandmühle. Was tut dieses Kinderspielzeug hier?

Und mit einem Mal schlägt ihre Verwirrung in Angst um, die völlig unbegründet ist. Bea versucht sich einzureden, dass sie sich nur konzentrieren muss. Sie kann dieses Bild in Ordnung bringen, den Fehler finden, doch ihre Gedanken folgen ihr nicht. Eine innere Stimme sagt ihr, dass sie schnell von hier wegmuss, dass alles andere egal ist.

Ein Ruck geht durch ihren Körper, und sie rennt in den Wald.

*

Schon nach wenigen Schritten im hohen Gras sind Beas Hosenbeine nass und kleben an ihren Waden. Sie erreicht die Bäume, und als sie den Waldrand hinter sich gelassen hat und sicher ist, dass niemand ihr folgt, verlangsamt sie ihre Schritte.

Der Regen hat aufgehört, doch die grauen Wolken sehen aus, als trügen sie weitere Schauer in sich. Es hat so stark abgekühlt, dass Bea ihren eigenen Atem sehen kann. Im Wald tropft weiterhin Wasser zu Boden, unter den Kronen der dicken Buchen regnet es weiter. Bea stellt den Kragen ihrer Jacke auf und kämpft sich durch Gebüsch, bevor der Waldboden sich lichtet.

Ihre Gedanken rotieren. Erst der Schuh auf ihrem Bett, nun dieses Spielzeug. Was soll das? Sie kann sich nicht konzentrieren. Sie weiß nur, dass sie gerade weit von diesem Schloss wegwill.

Bea erreicht eine Stelle, wo sich der Wald noch mehr lichtet. Auf dem Boden wachsen Farne, die ihr bis zur Hüfte reichen und ihre Hose weiter durchnässen. Es ist ihr egal, nur das Buch darf nicht klamm werden. Sie tritt in die Mitte der Lichtung und wendet das Gesicht zum Himmel, während um sie herum noch Reste des Regens von dem Blätterdach auf den Waldboden niederprasseln. Der Untergrund erscheint hier ungewöhnlich hart, fast so, als wäre er aus Stein. Sie spürt einen Regentropfen im Gesicht. Er ist frisch auf ihrer Haut.

Es ist ein Kinderspielzeug. Es bedeutet, dass Kinder hier waren. Das muss es sein.

Sie wiederholt es in ihrem Kopf, bis die Unruhe nachlässt. Immer wieder passieren einem im Leben seltsame Dinge, doch fast immer gibt es dafür fast banal einfache Erklärungen. Das gilt auch hier – gerade hier.

In diesem Moment raschelt es vernehmbar, und Bea zuckt vor Schreck zusammen. Sie hört, wie sich ein Tier über den Waldboden entfernt. Bea wirbelt herum, doch sie sieht gerade noch einen Umriss hinter den Blättern eines Busches verschwinden.

*

Bea ist froh, als sie durch die Baumkronen einen der Türme des Schlosses erspäht. Kurz hatte sie gemeint, sich verlaufen zu haben. Es führen keine Wege durch den Wald, er sieht überall gleich aus. Sie war sich nicht sicher, ob sie in die richtige Richtung marschierte.

Doch statt sich im Garten des Schlosses wiederzufinden, steht sie plötzlich vor einem Maschendrahtzaun, hinter dem sich ein niedriges Gebäude befindet. Bea fragt sich, ob das

Gebäude zum Schloss gehört. Es scheint jünger zu sein, vielleicht eine Wohngelegenheit für Bedienstete. Da sieht sie hinter einer Hausecke einen Mönch auftauchen, der einen Sack Blumenerde trägt. Es ist nicht Hanh von der Rezeption, der auch das Essen gebracht hat, sondern ein älterer. Bea muss an das denken, was Klaffer gesagt hat. Eine buddhistische Gesellschaft stellt das Schloss zur Verfügung. Bea hat bisher nicht darüber nachgedacht, aber es ergibt Sinn, dass es auf diesem Gelände weitere Mönche gibt. Sie scheinen das Schloss zu vermieten und leben selbst in diesem einfachen Bungalow.

Bea folgt mit ihrem Blick dem Mönch und sieht, dass er den Sack in einen Garten neben dem Bungalow bringt. Es ist ein Zen-Garten, mit sauber gestutzten Büschen und streng abgetrennten Graspolstern neben einem weiß geschotterten Weg. Die Präzision, mit der dieser Garten gestaltet wurde, passt nicht zu dem einfachen, billig aufgestellten Bungalow. Etwas daran bedrückt sie, doch sie kann den Grund dafür nicht benennen. Wenn es in den Mönchen so aussieht wie in diesem Garten, weiß sie nicht, wie sie das aushalten.

Plötzlich dreht der Mönch sich um und sieht Bea unverwandt an. Sie erschrickt und zieht sich zurück.

Als sie den Garten erreicht, sucht sie die Sandmühle, kann sie aber nicht mehr finden.

STUNDE DREIZEHN

»Da sind Sie ja! Bitte setzen Sie sich.«

Bea tritt näher und nimmt sich Zeit, den Raum auf sich wirken zu lassen. Das Erste, was ihr ins Auge springt, ist der ausgestopfte Kopf eines Wasserbüffels an der Wand, vielleicht ist es auch ein anderes exotisches Rind. Die Fenster sind abgedunkelt, aber die Möbel im Kolonialstil sind unverkennbar, dazu ein Globus und Bücherregale. Auf einer Anrichte stehen Vasen mit asiatischer Malerei. Der Schreibtisch ist wie eine Befestigungsanlage, hinter der Klaffer sitzt – Bea könnte schwören, dass ihr Sessel etwas erhöht ist – und in irgendwelchen Notizen blättert. Ein Blick auf die Bücher in dem Regal sagt Bea, dass es nicht Klaffers Büro ist. Keine psychologische Fachliteratur, nur alte gebundene Bücher. An der Wand hinter der Retreat-Leiterin hängt ein stark nachgedunkeltes Porträt eines alten Mannes.

Bea nimmt auf einem knarrenden Sessel Platz, als Klaffer die Notizen weglegt und ein Lächeln aufsetzt.

»Wie geht es Ihnen?«, fragt sie. Es klingt wie ein Seufzen.

»Es geht mir gut«, sagt Bea, weil sie nicht das Gefühl hat, dass die Frage ernst gemeint ist. Sie will nicht darüber reden, wie es ihr geht.

»Sie haben sich gut eingelebt? Ist das Zimmer in Ordnung?«

»Danke, alles ist gut.«

Klaffer mustert sie. Beas Blick bleibt an den Ohrringen hängen. Sie sind so übertrieben wie dieses Büro und der Büffelkopf. Und doch erlaubt Klaffers fester Blick keine Zweifel. Alles hier ist Absicht und wohl durchdacht. Bea bemerkt, dass die Lächerlichkeit der großen Ohrringe sie mehr einschüchtert als belustigt. Sie konzentriert sich auf das Lächeln.

»Ich möchte, dass Sie wissen: Sie müssen hier über nichts reden, über das Sie nicht reden wollen. Dieses Gespräch dient nur zur Kontrolle. Es kann ungewohnt sein, von einem Moment auf den nächsten in völliger Stille zu leben, gerade für jemanden wie Sie. Ich finde es sehr mutig von Ihnen, dass Sie sich darauf einlassen. Eine Erfahrung wie diese kann Ihnen viel Kraft geben, Sie werden sehen.«

»Danke«, sagt Bea.

»Und doch kann das Fehlen von Worten beängstigend sein. Wir sind auf uns selbst zurückgeworfen, und diese Erfahrung kann verstören. Ich will, dass Sie wissen: Sie sind nicht allein. Sie müssen keine Angst haben.«

»Ich verstehe.«

»Dann ist es gut.«

Klaffer und Bea schweigen sich einen Moment an. Eine Pendeluhr an der Wand tickt schwer.

»Sie verstehen, dass es wichtig ist, offen darüber zu sprechen, nicht wahr? Seien Sie ganz ehrlich, ich beiße nicht!«

»Okay«, sagt Bea.

Sie überlegt tatsächlich, ihr zu erzählen, was gerade passiert ist. Sie will fragen, ob hier auf dem Gelände manchmal Kinder spielen. *Warum? Nur so.*

Doch sie zögert. Kurz glaubt sie, dass es einfach aus ihr

herausplatzen wird, doch der Moment geht vorbei und sie weiß, sie wird stumm bleiben. Es sind Klaffers Ohrringe. Sie sind einfach zu schräg.

»Kennen Sie und Herr Jacobi sich?«, fragt Klaffer plötzlich aus dem Nichts.

Bea ist überrumpelt, und ihr wird heiß. Dabei ist es naheliegend. Klaffer muss wissen, dass Jacobi und sie im selben Studio aus- und eingehen. Jeder im Land weiß das, wenn er etwas Grips hat.

»Mir ist aufgefallen, wie Sie ihn angesehen haben«, fügt sie erklärend hinzu.

»Ja, wir kennen uns«, sagt Bea. Es hat keinen Zweck, das Offensichtliche zu leugnen.

»Und wie stehen Sie zueinander?«

»Wir laufen uns hin und wieder über den Weg. Das ist im Sender unvermeidlich. Man könnte sagen, wir sind Kollegen.«

»Das ist alles?«, fragt Klaffer.

»Ja.«

Klaffer nickt nachdenklich.

»Dann sind wir hier fertig. Wir sehen uns dann morgen um dieselbe Zeit.«

Klaffer wendet sich wieder ihren Notizen zu und schreibt etwas auf. Vermutlich etwas, das mit Bea zu tun hat. Die Therapiesitzung ist offenbar beendet.

Plötzlich zögert Bea. Wenn sie durch diese Tür geht, wird sie wieder allein sein. Niemand wird da sein, um mit ihr zu sprechen.

»Da ist tatsächlich etwas«, platzt es aus ihr heraus. »Als ich in mein Zimmer kam, lag dort etwas auf dem Bett.«

»Wirklich?« Klaffer wartet auf eine Erklärung. »Was denn?«

Bea ringt einen Moment lang mit sich. »Ein Kinderschuh.«

»Ein Schuh?« Klaffer wirkt ehrlich verblüfft.

»Wissen Sie etwas darüber?«

Die Psychiaterin lacht gekünstelt. »Ich? Warum?«

»Gibt es Kinder hier im Schloss?«, fragt Bea.

»Keine, die mir bekannt sind. Wegen des Schuhs? Sie glauben, dass ihn jemand vergessen hat? Tut mir leid, keine Kinder. Hier gibt es nur Veranstaltungen für Erwachsene.«

»Sie haben also nichts damit zu tun?«

Sie sieht Bea an wie eine Zurückgebliebene, mit der man geduldig sein muss. »Er muss von der Gruppe vor uns stammen. Vielleicht ist es ja ein sehr kleiner Damenschuh? Ich bin nicht die Einzige, die sich hier einmietet. Warum beschäftigt Sie das denn so? Sie sind ganz blass.«

Bea schüttelt den Kopf. Das passt Klaffer nicht, sie will wissen, was Bea gemeint hat.

»Es ist wegen Ihres Sohnes, nicht wahr? Erinnert der Schuh Sie an Ihren Sohn?«

»Das ist es nicht«, erwidert Bea.

»Was dann?« Da geht Klaffer ein Licht auf: »Sie glauben, jemand hat den Schuh für Sie dort drapiert, damit Sie ihn finden? Warum sollte jemand das tun?«

»Ich bin eine ziemlich bekannte Person«, erklärt Bea.

»Das sind die anderen Teilnehmer teilweise auch.«

»Schon, aber bei mir gibt es seit ein paar Monaten jemanden, der mir nachstellt.«

Sie erzählt von dem Stalker, der nach dem Verschwinden von Elias aufgetaucht ist. Jemand, der sich Zutritt ins Treppenhaus ihres Wohngebäudes verschafft hat und ihr Blumen vor die Tür legte. Fans gab es immer schon, aber die beiden Privatdetektive konnten belegen, dass in letzter Zeit eine bestimmte Person Bea verfolgte.

»Und Sie glauben, diese Person war hier?«

»Das nicht unbedingt«, sagt Bea schnell, »aber vielleicht hat er jemanden beauftragt.«

Klaffer sieht sie fragend an, dann schüttelt sie den Kopf. »Das ist ausgeschlossen. So etwas ist noch nie vorgekommen.« Dann scheint Klaffer eine Idee zu haben. »Sie glauben, Otto Jacobi hat etwas damit zu tun?«

Bea zögert, und das ist ein Fehler. »Nein, natürlich nicht er.«

»Sie können unbesorgt sein«, entgegnet Klaffer mit einem nachsichtigen Lächeln. »Otto Jacobi würde so etwas nicht tun. Er hat mehrmals an meinen Seminaren teilgenommen, und ich kann Ihnen versichern, dass er einfach nur allein sein will.«

»Nein, ich sagte ja, er ist es nicht. Es muss jemand anderes sein.«

»Er genießt die Stille zu sehr, um den Kontakt zu jemand anderem zu suchen. Was auch immer es ist, von dem Sie sprechen, hat bestimmt jemand von der letzten Gruppe vergessen. Ich werde Hanh sagen, dass er besser aufpassen soll. Die Zimmer unterliegen seiner Verantwortung. So etwas wird nicht wieder vorkommen, versprochen.«

Bea nickt zum Dank und verlässt den Raum, in dem die Luft plötzlich dick geworden zu sein scheint. Das Atmen fiel ihr zunehmend schwer. Sie bereut sofort, den Stalker erwähnt zu haben, denn der Gedanke ist auch zu absurd. Warum sollte jemand, der ihr anonym Blumen schenkt, plötzlich Kinderschuhe und Spielzeug für sie platzieren?

Draußen auf dem Gang ist Bea so in Gedanken, dass sie die Gestalt übersieht, die ihr entgegenkommt. Sie rammt den großen Körper ungebremst und wird zurückgeworfen, sodass sie nur mit Mühe das Gleichgewicht halten kann.

Als sie aufblickt, sieht sie Jacobis Gesicht. Seine Überraschung verwandelt sich in Ärger. Er macht einen großen Bogen um sie und geht weiter. Offenbar ist er der Nächste, der mit Klaffer verabredet ist. Bea hofft, dass sie ihn nicht auf die Sache mit dem Schuh in ihrem Zimmer anspricht, aber sie beruhigt sich gleich wieder: Es gibt doch sicher etwas wie eine therapeutische Schweigepflicht.

Auf dem Weg in ihr Zimmer kann sie das Gefühl vom Kontakt mit Jacobis Körper nicht abschütteln, der schwabbelige Bauch, der Schweißgeruch seines T-Shirts, in das sie mit dem Gesicht eingetaucht ist. Sie hat es eilig, weil sie das Gefühl abwaschen will. Doch als sie vor ihrer Zimmertür steht, sieht sie, dass diese einen Spalt offen steht. Durch die offene Tür hört sie Geräusche. Jemand ist in ihrem Zimmer. Ihr Herzschlag beschleunigt sich.

Wer ist das? Was tut er hier?

Sie zögert. Soll sie zurück zu Klaffer gehen? Ihr sagen, dass tatsächlich jemand in ihrem Zimmer ist, jetzt gerade?

Bea verwirft den Gedanken. Sie tritt einen Schritt nach vorn und stößt die Tür mit der Hand auf. Vor ihr steht Hanh, mit einem frischen Bettlaken in der Hand, und lächelt sie unschuldig an.

Sie wirft einen Blick an ihm vorbei in den Raum, um zu kontrollieren, ob der Deckel noch immer fest verschraubt ist.

Bekannte Fernsehsprecherin
verursacht Autounfall

Bea Winterleitner, Sprecherin der Abendnachrichten, war gestern Abend auf der Autobahn nahe Fischerau in einen Autounfall verwickelt. Beim Wechseln der Spur dürfte sie einen überholenden Kleinbus übersehen haben. Der Bus touchierte die Leitplanke und schaffte es wie durch ein Wunder auf den Seitenstreifen. Während der Fahrer mit leichten Verletzungen ins Krankenhaus gebracht wurde, blieb Winterleitner unverletzt. Laut Informationen der Behörden war sie zum Zeitpunkt des Unfalls nicht alkoholisiert.

Bea Winterleitner erlangte vor etwas mehr als einem Jahr mediale Aufmerksamkeit, als ihr Sohn in einem Einkaufszentrum verschwand (wir berichteten). Trotz intensiver Suche und Aufrufen an die Bevölkerung bleibt das Kind verschollen. In den letzten Monaten ist es still geworden um die Fernsehsprecherin. Ob der Unfall mit den Ereignissen um ihren Sohn in Verbindung steht, konnte bei den Behörden niemand beantworten. Bea Winterleitner war für eine Stellungnahme nicht erreichbar.

STUNDE VIERZEHN

Bea steht auf der Veranda und sieht zu, wie Cleo im Garten arbeitet. Sie hat Handschuhe an, jätet Unkraut und ist dabei ganz in ihre Arbeit versunken. Bea glaubt sich zu erinnern, dass Klaffer die Gartenarbeit *Samu* genannt hat.

Sie kann nicht sagen, ob die Psychiaterin ihre Lüge geschluckt hat. Sie und Otto Jacobi sind natürlich mehr als einfach nur Arbeitskollegen.

Im Sender kommt man sich nahe, das lässt sich gar nicht vermeiden. Die Arbeit für das Fernsehen ist purer Stress, und sie müssen vor der Kamera eine Offenheit an den Tag legen, die manche auch außerhalb des Studios zelebrieren. Diese Kombination führt zu unzähligen Affären und viel mehr Nähe, als manchen guttut. Das Fernsehen ist ihr Leben, und sie fühlen sich oft wie eine Familie.

Jacobi fiel ihr zum ersten Mal auf, als er einen Kurzauftritt für ein Satireformat absolvierte. Er stapfte in Frauenkleidern über die Bühne, mit einer schrecklichen Perücke, und sang ein Lied von Nancy Sinatra. Als er mit den Stöckelschuhen umknickte und der Länge nach hinfiel, brüllte das Live-Publikum vor Lachen. Er rappelte sich hoch, machte einen gekonnten Knicks und sang weiter. Später sah sie ihn zum Taxi humpeln.

Hinter der Kamera war er ruhiger und nachdenklicher, ihr gegenüber zumindest. Etwas Trauriges umgab diesen Clown, das niemand zu sehen schien.

Einmal, während es mit Rainer kriselte, hatte sie ein Date mit ihm. Sechs Jahre ist das her, und Jacobi war damals noch nicht lange beim Fernsehen. Sie bekommt Gänsehaut, wenn sie daran zurückdenkt. In einem teuren französischen Restaurant, das winzige Häppchen servierte, saß er vor ihr, nervös und irgendwie gar nicht so ausgeglichen, wie er immer gewirkt hatte. Schnell wurde ihr bewusst, wie falsch das war, was sie hier tat. Sie sagte ihm, dass sie ihn mochte, aber dass sie Rainer liebte und die Beziehung zu ihm außer Frage stand. Jacobi nahm das gefasst auf. Noch am selben Abend übergab sie sich das erste Mal. Eine Woche später hielt sie einen positiven Schwangerschaftstest in der Hand. Rainer war überglücklich und machte ihr zwei Wochen darauf einen Antrag. Neun Monate später kam Elias auf die Welt.

Wirklich kennengelernt hat sie Jacobi erst letztes Jahr, nach dem Unfall. Sie sieht ihn vor sich, wie er in der dunklen Kantine des Senders sitzt. Es ist kurz nach Mitternacht, Bea hat etwas in der Redaktion vergessen, doch in der Tasche findet sie die Unterlagen nicht. In letzter Zeit vergisst sie ständig Dinge, und seit dem Unfall ist es noch schlimmer. Sie ist also noch einmal zurück zum Sender, hat ihr kleines Büro abgesucht, die Garderobe, dann das Nachrichtenstudio, in dem gerade die letzte Übertragung beendet wurde. Um diese Zeit ist nur noch selten jemand in der Kantine, aber noch nie hat sie jemanden im Dunkeln hier sitzen sehen. Vor Jacobi steht eine halb leere Weinflasche. Als er zu ihr aufsieht, weiß sie, dass es nicht seine erste ist. Jacobi kann einiges vertragen, und dass er eine Flasche Wein alleine leert, ist nicht ungewöhnlich. Aber normalerweise wird er dann immer aufgedrehter. Diese Lethargie kennt sie nicht. Er wendet den Blick ab, ohne sie zu begrüßen. Bea kann nicht anders, sie geht zu ihm hin.

»Kommst du, um den Clown ohne Maske zu sehen?«, fragt er.

»Alles in Ordnung?«, erkundigt sie sich.

»Wie machst du das?«, fragt er statt einer Antwort.

Sie weiß nicht, wovon er spricht.

»Wie kannst du ihnen jeden Tag etwas vorspielen?«, fragt er weiter. »Gerade du, mit deiner Geschichte? Wie kannst du weitermachen, als wäre nichts geschehen? Hast du nicht Angst, dass sie eines Tages dahinterkommen?«

»Ich weiß nicht, wovon du redest«, gibt sie zurück.

»Du glaubst das wirklich, nicht wahr? Du glaubst, dir kann nichts passieren. Du wirst schon noch merken, wie es wirklich ist. Wir verarschen die Leute doch nur.«

»Ich weiß nicht«, sagt Bea. »Verarschst du die Leute?«

»Natürlich!«, platzt er heraus. »Dafür werde ich bezahlt! Und du tust es auch. Nur weißt du es nicht.«

Er schenkt ihr ein schmieriges Lächeln, das seine unnatürlich weißen Zähne entblößt. »Du tust so souverän, dabei bist du es nicht. Du bist ganz klein, wie wir alle.«

Bea seufzt. »Du bist besoffen. Ich höre mir das nicht an. Hast du hier ein paar Zettel herumliegen sehen?«

»Welche Zettel?«

»Vergiss es.«

»Was ist mit deinem Unfall?«, fragt er plötzlich.

Der Themenwechsel irritiert sie. »Was soll damit sein?«

Er grinst, und es sieht gespenstisch aus in dem schwachen Neonlicht. »Ich weiß, dass du drauf warst. Ein Freund von mir ist bei der Polizei. Sie haben absichtlich keinen Bluttest gemacht. Prominentenbonus, du bist ihnen wohl sympathisch. Wusstest du das gar nicht?«

Bea erschrickt, davon hatte sie keine Ahnung. Es stimmt, dass sie vor dem Unfall eine Tablette genommen hat. Normalerweise nimmt sie erst nach der Arbeit etwas, doch der Tag war sehr stressig.

»Ich sag ja, du bist genauso wie wir alle. Du weißt es nur noch nicht.«

»Und wenn schon«, fährt Bea ihn an. »Was interessiert es dich?«

»Ich frage mich, was passiert, wenn ihnen jemand von den Tabletten erzählt.«

Bea ist erschüttert über seine angedeutete Drohung. Sie will keine Sekunde länger in seiner Gegenwart verbringen. Harry wird ihr die Unterlagen schicken, er checkt seine Mails zu jeder Tages- und Nachtzeit.

Als sie sich umdreht und gehen will, wandelt sich Jacobis Miene.

»Warte, Bea. Tut mir leid. Ich wollte nicht so sein.« Er steht auf und wankt einen Moment hin und her. »Komm, trink einen Schluck mit mir«, bittet er sie, »ich hole dir ein Glas.«

Er gibt sich versöhnlich und macht sich auf den Weg zur Theke, die nicht mehr besetzt ist, doch sie kehrt ihm den Rücken zu und verschwindet.

Bea wird aus ihren Gedanken gerissen, als Cleo plötzlich neben ihr steht. Sie hat einen Rechen in der Hand und hält ihn ihr hin. Dabei strahlt sie über das ganze Gesicht. Bea schüttelt schnell den Kopf, doch Cleo legt den Kopf schief und stößt ein künstlich klingendes Seufzen aus. Dann lehnt sie den Rechen neben das Geländer, und bevor Bea weiß, was passiert, nimmt Cleo sie in die Arme.

Bea ist so perplex, dass einige Sekunden vergehen, bevor sie sich aus der Umarmung windet. Cleo strahlt, und ihre Augen scheinen zu glänzen. Bea bringt ein schiefes Grinsen zusammen. Es scheint zu genügen, denn Cleo nimmt den Rechen und geht wieder hinunter in den Garten.

Gerade will Bea sich umdrehen, als eine Hand nach ihrem Arm greift. Bevor sie reagieren kann, wird sie vom Geländer weg in Richtung der Wand gezogen. Sie entwindet sich dem Griff und sieht Jacobis wütendes Gesicht vor sich.

»Bea, was fällt dir eigentlich ein?«, zischt er. »Verfolgst du mich?«

Sie ist überrumpelt. Einerseits ist der Vorwurf so absurd, dass sie es nicht fassen kann, andererseits fällt es ihr schwer, das verordnete Schweigen zu brechen, an das sie sich zu gewöhnen beginnt.

»Sag es mir! Oder ich schwöre …« Er lässt es unausgesprochen.

»Ich soll dich verfolgen?«, flüstert Bea zurück.

»Das hier ist wichtig für mich!«, presst er hervor. »Ich komme hierher, weil ich Ruhe brauche. Ich muss abschalten. Doch dann tauchst du da auf.«

»Wenn ich gewusst hätte, dass du hier bist, wäre ich nicht hergekommen!«

Er stößt ein Lachen aus. Es ist seine Linke, die sie mit solcher Kraft festhält, die rechte, bandagierte Hand streckt er weg, als wollte er sie schützen. Sie will seine Hand abschütteln, doch er lässt nicht los.

»Ich will nichts von dir!«, sagt sie mit so viel Nachdruck wie möglich. »Wann wirst du das endlich verstehen?«

»Warum unterstellst du mir dann, ich würde dir Dinge auf dein Bett legen?«

Das ist es also. Er hat mit Klaffer geredet, und sie hat ihm von dem Schuh erzählt, so viel zur therapeutischen Schweigepflicht. Sie sieht ihm in die Augen. »Ich habe gar nichts getan. Wenn Klaffer sagt, dass ich dir etwas unterstelle, lügt sie.«

Jacobi ist irritiert. Sein Griff lockert sich, und Bea reißt sich mit einer schnellen Bewegung los.

»Wenn du es nicht warst, ist ja alles gut!«, sagt Bea.

Auch wenn das nicht ganz stimmt. Kann sie ausschließen, dass er den Schuh hingelegt hat? Könnte er der Stalker sein?

»Ich kann nicht verhindern, dass du an dem Retreat teilnimmst«, flüstert er. »Wenn ich es gewusst hätte, hätte ich mich abgemeldet. Aber wenn du weiterhin Lügen über mich erzählst, fliegst du raus. Ist das klar?«

»Sonnenklar«, sagt sie, und es klingt wie ein Schuldeingeständnis. Das passt ihr nicht.

Er scheint zu überlegen, ob ihm das genügt.

Sie will gehen, doch seine Hand fasst wieder nach ihrem Oberarm. Er drückt zu fest zu. Sie will schreien, doch sie hält sich zurück. Jemand würde kommen, und sie müsste erklären, was passiert ist.

»Ich habe dich gewarnt, denk daran!«, sagt er und lockert seinen Griff.

Als sie durch die offene Terrassentür den Meditationsraum betritt, sieht sie plötzlich Lang, der auf dem Weg ins Freie zu sein scheint. Er blickt sie erstaunt an. Sein Instinkt sagt ihm sofort, dass gerade etwas vorgefallen ist. In diesem Moment sieht er auch Jacobi, sein Blick pendelt zwischen ihm und Bea hin und her.

Sie zieht den Kopf ein und stürmt an ihm vorbei.

STUNDE FÜNFZEHN

»Was war da vorhin los?«

Lang ist ihr nachgegangen und kümmert sich nicht um die Anordnung zu schweigen. Er spricht leise, aber ohne Scham. Bea ist seine Aufmerksamkeit unangenehm.

»Gar nichts«, sagt sie.

»Sah aber nicht so aus.«

Bea sieht sich um. Klaffer ist nirgends zu sehen. Sie will nicht beim Reden erwischt werden, ihr ist so schon unbehaglich genug zumute. Lang bemerkt das.

»Komm mit«, sagt er. »Wir sollten nicht hier reden.«

Er geht voraus, bevor sie noch etwas sagen kann. Sie folgt widerwillig. Lang geht in den linken Trakt, wo die Zimmer sind. Er bleibt einige Türen vor ihrer Unterkunft stehen. Zuerst glaubt sie, er will sie in sein Zimmer bitten. Das kann er vergessen, so klein, wie die Räume sind. Außerdem will sie ohnehin nicht mit ihm reden. Doch dann sieht sie ihn nur kurz hinter der Tür verschwinden, bevor er mit einem Stoffsack in der Hand wieder auftaucht. Bea macht ein fragendes Gesicht. Er schließt die Tür ab und öffnet den Sack, damit sie hineinsehen kann. Darin befindet sich eine Wodkaflasche und noch etwas, das sie nicht genau erkennen kann.

Bea schüttelt den Kopf, doch er geht schon wieder voraus.

Sie schleicht ihm hinterher. Er hält auf den rechten Trakt zu. Zuerst glaubt sie, dass er in Richtung von Klaffers Büro will, doch dann geht er daran vorbei und bleibt an einer weißen Tür stehen, die älter aussieht als jene im linken Trakt, Sechzigerjahre, nie erneuert. Dahinter muss sich der andere Trakt befinden. Sie kam hier vorbei, als sie zum ersten Mal den Garten suchte. Diese Tür war abgeschlossen, doch als Lang die Klinke nach unten drückt, schwingt die Tür auf, und er tritt ein.

»Kommst du?«

Bea zögert kurz, dann folgt sie ihm.

Sie betreten einen leeren Korridor, auf dem einige Möbel stehen – ein Ledersofa, ein morscher IKEA-Gartenstuhl, ein runder Beistelltisch mit einem Aschenbecher darauf. An der Wand hängt ein durchlöchertes Dartbrett.

Lang lässt sich auf das Sofa fallen, von dem der Staub aufwirbelt. Er schraubt die Verschlusskappe der Flasche auf, die halb leer ist, und reicht sie ihr. Bea hebt reflexartig die Hand.

»Warum nicht? Sieht uns doch keiner.«

»Klaffer hat doch gesagt …« Sie beendet den Satz nicht.

Bea fühlt sich an ihre Teenager-Zeit zurückversetzt. Nachts beim Schulausflug, mit einer Schachtel Zigaretten in der Tasche. Ihr wird klar, wie lächerlich ihre Hemmungen sind. Sie greift nach der Flasche und nimmt einen großen Schluck. Er nimmt die Flasche zurück und trinkt ebenfalls. Bea überlegt, dass er bestimmt keine halb leere Flasche hierher mitgebracht hat.

»Also, was war da los?«, will er wissen, nachdem er sich den Mund mit dem Unterarm abgewischt hat.

Bea setzt sich auf den Sessel, der ein Knarren von sich gibt. »Es war gar nichts«, sagt sie. »Wirklich.«

Es klingt überzeugend, findet sie. Das sind die Fähigkeiten der alten Bea, die plötzlich zurückkommen. Er scheint zu verstehen, dass sie nicht darüber sprechen will. Es ist nicht der Grund, warum er sie hierhergebracht hat. Er will sich zurückziehen, ein wenig Freiheit kosten. Was er von Klaffer hält, kann sie nur ahnen.

»Wie bist du auf den Retreat aufmerksam geworden?«, fragt sie.

»Google«, sagt er. »Ich wollte mich eine Weile ausklinken. Ein katholisches Kloster war die andere Option. Aber ich dachte mir, eine Woche eingesperrt mit frustrierten Männern ...«

»Toll, jetzt bist du mit einer frustrierten Frau eingesperrt.«

Er schmunzelt, dann hält er sich die Hand vor den Mund, als wäre er ertappt worden. »Und du?«, fragt er. »Warum bist du hier?«

»Ein Tipp«, sagt sie.

Er wartet vergeblich auf eine Erklärung. »Aber du kennst den Dicken, oder?«

Bea nickt. Sie weiß, dass es kindisch ist, aber sie freut sich über diese kleine Beleidigung. »Du weißt, wer das ist, oder? Das ist Otto Jacobi!«

Er schüttelt den Kopf. »Sollte man den kennen?«

Sie zuckt mit den Schultern. »Ich dachte, jeder kennt den.«

»Wusstest du, dass er hier ist?«

Als sie verneint, scheint ihm manches klar zu werden.

»Geht mich auch nichts an«, sagt er. »Aber wenn er dich noch einmal angreift, sehe ich nicht einfach so zu. Damit du das weißt.«

Sie weiß nicht, was sie darauf sagen soll. Sie hat keine Lust, diese beiden Männer zu sehen, wie sie ihretwegen eine

Rauferei beginnen. Doch die Selbstverständlichkeit, mit der er das sagt, tut ihr gut, das kann sie nicht leugnen.

Er reicht ihr noch einmal die Flasche, wie um sein Versprechen zu unterstreichen, und sie greift bereitwillig danach. Ein kleiner Schluck noch. Es kann nicht schaden.

»Ich habe auch noch etwas anderes«, grinst er und holt ein Plastiksäckchen aus der Tasche. »Ein Freund von mir importiert es selbst.«

Sie erkennt, dass darin ein weißes Pulver ist, und schüttelt den Kopf.

»Tut mir leid«, sagt er. »Ich dachte …«

Er packt das Koks wieder weg. »Ich habe das mit deinem Kind gehört«, sagt er.

Das kommt unerwartet. Bea spürt, wie ihr heiß wird. Die Geräusche um sie herum scheinen plötzlich leiser zu werden. Sie nickt schnell und hofft, dass er nicht weiterspricht.

»Weiß man schon etwas?«

»Noch nichts«, sagt sie.

Bea atmet flach, bereit, weitere Fragen zu beantworten. Es ist unvermeidlich, die Leute wollen Anteilnahme heucheln und fragen immer dieselben Dinge. Bea könnte die Antworten auf Band aufnehmen und automatisch abspielen lassen.

Nein, wir wissen noch nichts …

Er war vier …

Ja, die Polizei fahndet immer noch …

Dann wäre sie das Gefühl los, dass sie es ist, die die Fragenden trösten muss und nicht umgekehrt.

»Neben dir komme ich mir dumm vor«, sagt er. »Was mir passiert ist, ist eigentlich nicht wirklich schlimm. Ich bin im Selbstmitleid versunken, aber in Wirklichkeit habe ich es verdient.«

»Ich fand es nicht schlimm, eher amüsant«, gesteht Bea.

Er muss grinsen. »Vielleicht. Von außen betrachtet ist es das vermutlich. Ich sollte froh sein, dass alle ihren Spaß hatten.«

Lang bietet ihr noch einmal die Flasche an, doch sie lehnt ab. Er genehmigt sich einen großen Schluck.

Bea muss an Klaffer denken. »Wir werden die nächste Meditation versäumen.«

Er denkt nach. »Klangschalen?«

Bea zuckt mit den Schultern, sie weiß es nicht.

»Willst du hin?«, fragt er.

»Eigentlich nicht.«

Er hat recht, sie sind freiwillig hier. Es hat keinen Sinn, sich verrückt machen zu lassen. Hier ist sie im Moment besser aufgehoben.

»Seltsames Haus«, sagt sie und lässt den Blick nach oben schweifen. »Warst du schon weiter drinnen?«

»Nur ein bisschen. Scheint alles leer zu stehen.«

Bea wirft einen Blick auf das Dartbrett und fragt sich, ob es die Mönche sind, die hier spielen.

»Wer das Haus wohl erbaut hat?«

»Ich habe versucht, das zu googeln, bevor ich herkam. Man findet nichts.«

»Das Büro«, sagt Bea. »Dort hängt ein Bild.«

»Du meinst, das ist er?«

Bea weiß es nicht, aber es ist naheliegend. Sie ärgert sich nun, das Bild nicht genauer betrachtet zu haben.

»Das Gebäude gehört offenbar diesen Buddhisten«, sagt sie.

»Ja, seltsam, nicht wahr? Wie ist es in ihren Besitz gelangt?«

Beide schweigen. Bea muss zugeben, dass dieses Schloss

sie zu interessieren beginnt. Hier passt manches nicht zusammen.

Plötzlich hebt Lang den Kopf.

»Hast du das gehört?«, fragt er.

»Was?«

Bea hat nichts gehört. Sie lauscht, doch alles scheint ruhig zu sein.

»Mir kam vor, dass da jemand war.«

»Glaubst du, Klaffer spioniert uns nach?«

Lang steigt nicht darauf ein. Er horcht immer noch. Dann steht er auf. »Ich glaube, es ist besser, wir gehen«, flüstert er.

Und da hört sie es auch. Ein Knarren, ganz in der Nähe, wie von Holzdielen. Ob es von einem Menschen stammt oder nur das Rumoren eines alten Gebäudes ist, vermag sie nicht zu sagen. Dennoch steht sie ebenfalls auf. Lang wirft ihr einen fordernden Blick zu. *Bereit?*

Er wartet nicht, sondern tappt leise und doch überraschend flink in die Richtung, aus der sie gekommen sind. Die Wodkaflasche hat er stehen gelassen. Bevor sie den rechten Trakt durch die Tür verlassen, wirft Bea noch einen Blick zurück, doch sie kann niemanden sehen. In diesem Moment glaubt sie noch etwas anderes zu hören. Sie erschrickt darüber so, dass sie erstarrt. Sie sieht sich schnell um, doch da ist niemand. Plötzlich ist Lang bei ihr und packt sie am Oberarm.

Er zerrt sie zum Ausgang in den Garten. Sie rennen hinaus und gehen hinter einem Busch in Deckung, damit sie von den Hochbeeten aus nicht entdeckt werden. Er ist außer Atem, doch er grinst Bea an.

»Das ging nochmal gut!«, sagt er leise. »Wer, glaubst du, war das? Klaffer? Die sollte doch bei der nächsten Meditation sein.«

Bea ist nicht fähig zu antworten. Sie steht zu sehr unter dem Eindruck dessen, was sie gerade gehört hat.

»Es war eine Schnapsidee herzukommen«, sagt er. »Ich bin mir noch nicht sicher, ob ich bleibe.«

Er wartet vergeblich auf Bestätigung, also fährt er fort.

»Während ich hier herumsitze, geht meine Karriere den Bach runter. Das, was davon übrig ist. Sie haben mir Geld geboten, damit ich mein Parteibuch abgebe, kannst du dir das vorstellen? Aber ich werde wieder auf die Beine kommen.«

Sie kann sehen, wie er die Zähne zusammenbeißt.

»Ich gehe wieder hinein«, sagt er. »Kommst du mit?«

»Ich bleibe noch etwas hier«, sagt sie schnell.

Er steht auf. »Und wegen dem Dicken – ich weiß ja nicht, was ihr beide miteinander zu tun habt. Aber wenn ich noch einmal sehe, dass er dir Gewalt antut, hole ich die Polizei. Das ist kein männliches Beschützerding. Ich bin einfach der Meinung, dass Gewalt in einer zivilisierten Gesellschaft keinen Platz hat.«

»Er wird mir nichts tun«, sagt Bea und hofft, dass er sich damit zufriedengibt.

Er akzeptiert es und verabschiedet sich.

Bea wartet, bis Lang in dem Gebäude verschwindet, dann eilt sie zurück ins Schloss.

*

Es klingt, als würde jemand heftig eine kleine Glocke läuten.

Sie sind auf einem Zeltfest. Eine Band spielt, Bier wird getrunken, der Bürgermeister trägt seinen besten Trachtenanzug und schüttelt Hände. Ein Freund von Rainer ist bei der Stadtregierung angestellt und hat sie eingeladen.

Bea hat zugesagt, denn Feste wie dieses haben fast immer auch ein Programm für Kinder. Hier ist es eine Hüpfburg, alt und mehrfach geflickt, mit dem Cartoon-Maskottchen einer Bank geschmückt, die ebenfalls der Partei nahesteht. Davon bemerkt Elias natürlich nichts, er ist viel zu beschäftigt, lauthals zu lachen. Er hüpft gar nicht richtig, sondern wippt nur auf und ab, während er seinem Vater zusieht. Der ist ebenfalls in der Hüpfburg und springt wild umher. Einer seiner Socken hat ein Loch, und gerade das belustigt Elias ganz besonders. Und auch Rainer hat so viel Spaß wie schon lange nicht mehr. Sie hatten beide einige lange, harte Arbeitswochen, jetzt muss der angestaute Frust raus.

Bea nimmt wahr, dass eine andere Frau neben ihr steht und die Szene missmutig beobachtet. Es sind weitere Kinder in der Hüpfburg, doch Rainer hat sie an den Rand gedrängt. Sie scheinen verängstigt, und Bea muss zugeben, dass sie es ihnen nicht verdenken kann. Ein enthemmter Erwachsener kann ziemlich bedrohlich sein, wenn man fünf Jahre alt ist.

Rainer macht sich gerade lächerlich, er verhält sich wirklich unmöglich. Und dennoch verschwindet das Lächeln nicht von Beas Lippen. Sie sollte eingreifen und sagen, dass es genug ist. Sie wird es tun, aber einen Moment lang will sie die beiden noch spielen lassen. Sie will dem Klang des Lachens von Elias lauschen, diesem Stakkato, das fast aufgesetzt klingen könnte, wenn man nicht wüsste, dass es echt ist.

Doch in diesem Moment beginnt eins der anderen Kinder zu schreien. Rainer ist umgefallen und hat es erwischt. Sofort ist er bei dem kleinen Jungen, der etwa in Elias' Alter ist, und fragt, ob alles in Ordnung ist. Doch da ist schon die Mutter des Kleinen bei ihnen und lässt eine Schimpftriade über ihn ergehen.

»Was fällt Ihnen eigentlich ein?«

Rainer hebt die Hände. »Es war doch keine Absicht!«

»Ich werde mich beim Veranstalter beschweren!«

Sie nimmt ihren Sohn bei der Hand und reißt ihn grob mit sich, als sie geht.

»Richten Sie ihm einen lieben Gruß aus«, ruft Rainer ihr nach.

Auch Elias verlässt die Hüpfburg, er hat offenbar auch die Lust verloren. Als Rainer zu ihr geht, wirkt er verunsichert. Die gute Stimmung ist getrübt.

»Tut mir leid«, sagt er. »Das war unnötig.«

»War es«, gesteht Bea.

Rainer sieht zu Boden und nickt. Als er zu Bea hochsieht und ihr Grinsen entdeckt, muss er auch grinsen. Sie versuchen noch, das Lachen zurückzuhalten, dann prusten sie los. Und da ist Elias auch schon bei ihnen und stimmt ein.

*

Bea lässt die Erinnerung vorüberziehen. Sie ist wieder im rechten Trakt des Schlosses, genau dort, wo sie vorhin das Geräusch gehört hat. Sie versucht, sich zu erinnern, aus welcher Richtung es kam. Da war ein Knarren, aber auch noch etwas anderes. Sie muss sich verhört haben, aber es lässt ihr keine Ruhe. Sie will wissen, was sie da gehört hat.

Bea steht ganz still und schließt die Augen. Sie lässt sich ganz auf die Geräusche des Schlosses ein, und die Stille wird lebendig. Es sind gedämpfte Laute aus dem Garten, die durch undichte Fenster hereindringen, Vogelgezwitscher und Wind. Sie mischen sich mit der Akustik des leeren Gangs. Sonst ist da nichts, keine Schuhe auf Marmor, keine knarrenden Dielen. Sie ist allein.

Und vor allem ist da kein Kinderlachen. Wie sollte da auch eines sein? Was hat sie denn geglaubt?

Es war nicht einfach nur ein Kinderlachen. Ich kenne dieses Lachen genau.

Deshalb ist sie auch sicher, dass sie sich getäuscht haben muss. Es ist nicht auszuschließen, dass herumstreunende Kinder auf der Suche nach Abenteuern sich hierhin verirren.

Es sind ihre angespannten Nerven. Ihr Hirn spielt ihr einen Streich. Vielleicht ist es das, was Klaffer gemeint hat. Wovor sie gewarnt hat.

Der Schuh und die Sandmühle machen sie verrückt, weil sie nicht aufhören kann, darüber nachzudenken. Dass sie kurz darauf ein Kinderspielzeug im Garten findet, kann kein Zufall sein.

Der Gedanke lässt sich nicht abschütteln, so sehr sie es auch probiert.

Jemand ist darauf aus, mich zu quälen.

Bea will gehen, doch sie zögert. Es fällt ihr schwer, diesen Ort zu verlassen. Deshalb ist sie hergekommen, nicht weil sie glaubte, wirklich etwas gehört zu haben. Sondern weil sie es sich *wünschte*. Sie wollte das Lachen ihres Sohnes hören, selbst wenn es nur eine Illusion war.

Bea spürt, wie ihr Tränen in die Augen steigen. Sie presst die Lider zusammen und schüttelt den Kopf.

Sie vermisst ihn so schrecklich, dass es fast nicht zu ertragen ist. Immer noch. Das ist gut. Es darf nie aufhören. Sie könnte es sich nicht verzeihen, wenn es aufhören würde.

STUNDE SECHZEHN

Bea hat die Lichtung wiedergefunden. Hier beruhigt sie sich wieder.

Durchhalten.

Vielleicht hat Lang recht, vielleicht ist das Retreat wirklich eine Schnapsidee. Aber Bea will sich selbst darüber klar werden. Sie ist das ganze letzte Jahr davongelaufen. Sie ist das Davonlaufen leid, es ist Zeit, die Dinge so zu nehmen, wie sie sind, und sich ihnen zu stellen. Das Retreat gehört dazu. Wenn sie ehrlich ist, gibt es keinen wirklichen Grund, Klaffer und ihren Methoden zu misstrauen. Was sie als unangenehm empfindet, ist vielleicht wirklich nur das Fehlen von Ablenkung. Dass sie Probleme hat, ist nicht Klaffers Schuld. Diesen Problemen will sie sich stellen, und dieser Ort ist in Wahrheit genauso gut wie jeder andere. Die unerträgliche Wahrheit folgt ihr sowieso überallhin.

Sie beschließt in diesem Moment dennoch, Klaffers Vorgaben nicht allzu genau zu nehmen. Sie will auf sich selbst hören und das tun, was für sie richtig ist. Und wenn sie eine der Meditationen verpasst, weil sie lieber im Wald ist, dann ist es gut so. Klaffer muss das akzeptieren. Der Beschluss gibt ihr Mut.

Ganz will die Unsicherheit dennoch nicht weichen. Sie

weiß immer noch nicht, wer den Schuh auf ihr Bett gelegt hat. Jacobi leugnet, es getan zu haben, und Klaffer wusste nichts davon, das hat sie gespürt.

Bea hat geglaubt, dass Lisa ihr die Visitenkarte auf den Tisch gelegt hat. Sie weiß nicht genau, wie sie darauf kam. War es die Handschrift? Sie kann sich nicht erinnern.

Vielleicht wollte sie glauben, dass Lisa dahintersteckte. Der schwelende Konflikt mit Lisa hat sie seit ihrem Wechsel zu den Abendnachrichten belastet. Jeder wusste, dass Lisa auf ihren Job schielte, und an Beas Karrieresprung hatte sie schwer zu knabbern. Bea weiß, dass Lisa eine Zeit lang alles getan hat, um ihr diese Position streitig zu machen. Sie hat privat viel Geld in Fortbildungen investiert. Sprachtraining, Schauspielstunden. Als Bea nicht einmal ein Jahr nach ihrem Aufstieg schwanger wurde, schien ihre Chance gekommen zu sein. Bei der Weihnachtsfeier, kurz bevor Bea sich in die Karenz verabschiedete, wich sie nicht von Harrys Seite. Bea blieb nicht lange genug, um zu sehen, wie die Sache ausging, aber Harry ist auch nur ein Mann. An jenem Abend war sie sicher, dass ihr Job bei den Abendnachrichten Geschichte war. Und irgendwie war sie sogar froh darüber. Ein wenig hat sie sich immer wie eine Betrügerin gefühlt, der man irgendwann dahinterkommen wird. Wobei sie nicht genau sagen kann, worin ihr Betrug bestanden haben soll. Vielleicht hatte sie auch nur ein schlechtes Gewissen, weil sie es leichter hatte als Leute wie Lisa.

Deshalb hat ihr diese Versöhnungsgeste so gutgetan. Sie hat geglaubt, von Lisa endlich akzeptiert zu werden. Deshalb hat sie nicht daran gezweifelt, dass der Tipp von ihr kam.

Und vielleicht stammte er ja wirklich von ihr. Vielleicht hat sie den Schuh in ihr Zimmer legen lassen.

Bea entdeckt etwas vor sich, und ihre Gedanken kehren

ins Hier und Jetzt zurück. Es sieht aus wie ein Fels, aber irgendwie ist es dafür zu regelmäßig. Ihr fällt auf, dass der Boden unter ihren Füßen ganz flach ist.

Das ist kein Fels. Das ist Beton.

Sie tritt näher und erkennt, dass vor ihr eine ringförmige Struktur unter Efeuranken versteckt ist, wie ein Brunnen. Und da ist noch etwas. Einige Meter neben dem Fundament steht etwas, das wie ein Grabstein aussieht. Sie geht näher heran, weil sie die Schrift nicht lesen kann. Mit den Fingern streicht sie über die in den Stein gehauenen Buchstaben und streift darübergewachsenes Moos ab. Die Inschrift ist in gutem Zustand und weniger alt, als es zuerst den Anschein hatte. Sie glaubt, die Zeichen entziffern zu können, und beugt sich noch näher heran.

Als hinter ihr ein Ast knackt, ist es anders als noch im Schloss. Diesmal läuft ihr ein Schauer über den Rücken, noch bevor sie bewusst erfasst hat, woher das Geräusch kam. Das Knacken erschien so nah, dass sie unwillkürlich den Kopf einzieht. Die Plötzlichkeit verstört sie, als wäre sie schon eine ganze Weile beobachtet worden. Sie hat Angst, sich umzudrehen.

War das, was ich vorhin im Wald gehört habe, wirklich ein Tier?

Bea spürt ihren Herzschlag bis hinauf in ihre Kehle. Sie hört keinen Laut mehr, es ist auf einmal gespenstisch still.

Fluchtartig verlässt sie die Lichtung.

Als sie sich dem Schloss nähert, sieht sie jemanden auf dem Baugerüst stehen und arbeiten.

*

Pjotr rührt mit der Maurerkelle den Mörtel im Eimer neben ihm um. Große Krümel bleiben auf dem Metall kleben, die

Mischung ist etwas zu trocken geraten. Er müsste eigentlich von seinem Gerüst heruntersteigen und noch etwas Wasser nachgießen.

Pjotr hängt die Kelle über den Rand des Eimers und betrachtet beides missbilligend. Wird ihm jemand den zusätzlichen Aufwand bezahlen? Natürlich nicht. Sein Auftraggeber, ein alter Asiate, der immerzu gelächelt hat, hat den Preis auf das absolute Minimum gedrückt. Pjotr betrachtet die Risse im Verputz. Das Schloss ist eigentlich schön, hätte einen echten Restaurator verdient. Jemanden, der sich mehr Zeit nehmen kann als er.

Pjotr betrachtet die Stelle, die er gerade eben notdürftig mit Mörtel ausgebessert hat. Es genügt gerade eben, um die Erosion der Fassade aufzuhalten, damit in den kommenden Jahren keine Mauerreste herabfallen und jemanden erschlagen. Für mehr wird er nicht bezahlt.

Pjotr muss an die Leute denken, die er vorhin im Garten gesehen hat. Er weiß, dass gerade eine Art Workshop im Schloss stattfindet. Irgendeine Selbstfindungssache. Pjotr glaubt nicht, dass man sich selbst finden kann. Man selbst ist ja immer da, genau so, wie man wirklich ist. Wer behauptet, nach sich selbst zu suchen, sucht also vermutlich nach etwas völlig anderem. Wahrscheinlich nach Glück. Danach sucht er auch. Er würde gern mit seiner Frau in dieses Hotel fahren, von dem sie immer redet, er es sich aber nicht leisten kann. Doch dazu muss er nicht erst sich selbst finden, sondern einen Job, der besser bezahlt ist.

Außerdem scheinen die Leute hier keine Ahnung zu haben, wo sie da eigentlich wohnen. Pjotr hat im Inneren des Gebäudes ein paar Dinge gefunden, die er sich nicht erklären kann. Bizarre Dinge. So bizarr, dass er überlegt hat, ob er das nicht irgendwo melden sollte. Er glaubt nicht, dass die

Teilnehmer davon wissen. Er kann sich nicht vorstellen, dass sie hier einen Selbstfindungstrip machen würden, wenn sie davon wüssten.

Vorhin hat er zweimal versucht, seinen Chef bei der Leiharbeitsfirma zu erreichen, doch der hebt wie immer nicht ab. Soll der sich damit auseinandersetzen.

Pjotr bemerkt plötzlich, wie ein Zittern durch die Gerüststangen geht. Er steht ganz still und lauscht. War da wirklich etwas, oder hat er es sich nur eingebildet?

Da, wieder spürt er eine dumpfe Vibration. Als würde jemand an den Fundamenten des Gerüsts hantieren. Pjotr macht einen Schritt zum Geländer hin und blickt nach unten. Er kann nichts erkennen. Da hört er plötzlich ein Geräusch hinter sich.

STUNDE SIEBZEHN

Bea zieht sich gerade um, als sie in ihrem Zimmer die Sirene eines Einsatzfahrzeugs hört. Durch die Fenster sieht sie Leute durch den Garten laufen.

Sie findet die anderen Teilnehmer des Retreats im Garten, wie sie in einigem Abstand dastehen und in die Büsche vor dem Schloss starren. Dort sind zwei Leute über eine Stelle auf dem Boden gebeugt, direkt unter dem Gerüst. Das Rot ihrer Uniformen weist sie als Sanitäter aus. Einer richtet sich auf und wechselt einen Blick mit Klaffer. Sie haben keine Eile, und dieses Fehlen von Geschäftigkeit hat etwas Bedrohliches.

Da muss sie an den Arbeiter auf dem Gerüst denken. Sie kann ihn nirgends mehr sehen.

Der Sanitäter geht zu Klaffer hin und spricht leise mit ihr. Bea geht näher heran, um besser hören zu können.

»Was sagt er?«, fragt Lang den vor ihm stehenden Jacobi.

Doch der schüttelt nur den Kopf und geht wieder zurück ins Schloss. Lang folgt ihm, ebenso die junge Frau in dem braunen Kleid. Bea will auch hineingehen, doch sie kann nicht anders, als einen Blick auf die Stelle unter dem Gerüst zu werfen. Und da sieht sie ihn.

Auf den ersten Blick sieht es aus, als würde er in der Wiese

90

schlafen. Doch dann erkennt sie, dass alles falsch ist. Ein Unterschenkel steht in unnatürlichem Winkel nach oben, ein Arm liegt verdreht hinter dem Rücken. Er müsste eigentlich vor Schmerzen schreien, doch die Augen sind geschlossen und der Mund geöffnet, friedlich, als würde er schnarchen. Es sieht aus wie eine absurde Yoga-Position, wäre da nicht das sattrote Rinnsal aus dem Mundwinkel.

Bea wendet den Blick ab. Sie will gerade hineingehen, als der Sanitäter wieder zu Klaffer spricht.

»Wie geht es ihr?«

Klaffers knappe Antwort versteht sie nicht.

»Wenn sie psychologische Betreuung braucht, rufen Sie bitte an«, sagt der Sanitäter.

Bea versteht, von wem die Rede ist.

Cleo. Sie war es, die den Toten gefunden hat.

STUNDE ACHTZEHN

Alle sind schon hier, sitzen auf ihren Polstern und blicken zu ihr hoch, als sie eintritt. Nur Jacobi blickt demonstrativ geradeaus. Cleo fehlt.

Insgeheim hatte Bea gehofft, dass die nächste Meditation schon begonnen hat und sie eine Ausrede hätte, nicht daran teilzunehmen, doch die Uhr über der Rezeption zeigte ihr, dass noch nicht einmal das Mittagessen anstand. In ihrem Zimmer hat sie darauf gewartet, den Schlüssel im Schloss, damit keiner der Mönche sich ungebeten Zutritt verschaffen konnte, und dabei versucht, das Bild des toten Bauarbeiters aus ihrem Kopf zu bekommen. Als sie dann zum Essen wollte, war Hanh gerade dabei, die Teller abzuräumen. Der Behälter aus Edelstahl war bereits weg. Sie hat zu lang gewartet.

Klaffer schenkt ihr nur einen kurzen Blick, bevor sie zur Wand geht, dort ein Polster nimmt und vor Bea hinlegt. Dann wendet sie sich ab und gibt der Gruppe mit einer Geste zu verstehen, dass sie sich setzen soll. Bea gehorcht.

»Wir haben gerade über den Vorfall im Garten gesprochen«, erklärt Klaffer. »Jemand von der Polizei war hier. Man hat mir gesagt, dass das Gerüst offensichtlich nicht richtig gesichert war.«

Klaffer wendet sich an Bea.

»Wir haben auch darüber gesprochen, ob wir das Retreat aussetzen sollen, doch wir sind zum Schluss gekommen, dass es besser ist weiterzumachen. Wir haben ja ohnehin unsere täglichen Therapiegespräche. Aber ich möchte noch einmal betonen, dass Sie jederzeit zu mir kommen können, auch außerhalb der vereinbarten Zeiten.«

Bea nickt apathisch. Sie hat ein neues Stadium der Erschöpfung erreicht. Jetzt, wo die Aufregung nachlässt, ist ihr, als würde sie schweben.

Klaffer will wirklich weitermachen, als wäre nichts geschehen. Niemand scheint sich dagegen zu wehren, als sie die Meditation beginnt.

Hier geschieht etwas Seltsames. Seht ihr das denn nicht?

Sie tun es nicht. Die Meditation beginnt. Bea gibt auf, und nun kommen und gehen die Gedanken ungehindert.

Und da lässt sich ihr Geist nicht mehr aufhalten. Er zwingt Bea zurück zu dem Ort, den sie um nichts in der Welt betreten will.

Bea sitzt in einer Polizeiwache mit einer Tasse heißem Tee in der Hand. Jemand hat sie ihr hingestellt, weil sie völlig unterkühlt ist.

»Trinken Sie«, sagt ein Polizist.

Als Bea nippt, verbrennt sie sich die Zungenspitze, doch der Schmerz dringt kaum zu ihr durch. Neben ihr steht der Sockel der gläsernen Trophäe, aus dem noch zwei Scherben ragen, die von zwei Beamten neugierig beäugt werden. Einer von beiden lacht leise.

Rainer hat sich einen Stuhl genommen und sitzt ihr gegenüber. Er hat die Ellbogen auf die Knie gestützt und sucht ihren Blick. Ein Polizist tritt zu ihnen.

»Herr Winterleitner, wir würden jetzt gern die Aussage Ihrer Frau aufnehmen. Denken Sie, das geht?«

»Einen Moment noch«, sagt Rainer. Er streckt die Hand aus und berührt Beas Knie. »Bea, bitte. Du musst mit mir reden.«

Bea sieht ihn an. Er ist ruhig, wie er es immer ist. Der Ruhepol in ihrem Leben. Nur in seinen Augen kann sie die Angst erkennen.

»Ich habe es dir doch alles gesagt. Ich bin zurückgekommen, und er war weg.«

»Wie lange warst du fort?«, fragt er.

Bea schließt die Augen. Fünf Minuten, mehr kann es nicht gewesen sein. Er fragt immer wieder. »Was hast du vorher gemacht? Ist dir etwas verdächtig vorgekommen?«

Sie hat ihm von der Person erzählt, die ein Foto gemacht hat. Doch die Person mit dem Handy kann unmöglich innerhalb von fünf Minuten Fotos von ihr gemacht und ihren Sohn aus dem Bällebad gelockt haben. Oder handelt es sich um mehrere Personen?

Bea hat das Bedürfnis, wie bei einer VHS-Kassette auf einem veralteten Videorekorder zurückzuspulen. Es war doch nur eine Kleinigkeit. Sie war im Stress und musste eine Lösung finden. In diesem Moment fühlte sie sich zum ersten Mal seit Langem ihrem Leben wirklich gewachsen. Sie war erfolgreich in ihrem Beruf und hatte eine wundervolle Familie. Sie wollte nicht einsehen, dass sie überfordert war. Und da machte sie einen winzigen Fehler. Sie fühlt sich vom Schicksal betrogen. Sie hat das absurde Gefühl, dass sie das verdammte Recht hat, ihr Leben zu dem Zeitpunkt zurückzuspulen, an dem sie diese Entscheidung getroffen hat, deren Auswirkungen sie nicht erahnen konnte. Doch wenn sie die Augen aufmacht, sieht sie das Gesicht ihres Mannes vor sich und weiß, dass all das real ist. Sie kann nicht mehr zurück, dies ist ihr Leben.

»Bitte Bea, du musst dich erinnern!«

Da hält sie es nicht mehr aus. »ICH ERINNERE MICH ABER NICHT!«, schreit sie. »Ich habe ihn verloren, mehr ist da nicht! Ich habe versagt! Wir hätten nie Kinder haben dürfen, warum hast du das nicht gesehen?«

Bea ist erschrocken darüber, was sie da gesagt hat. Sie kann sehen, dass Rainer nun Tränen in den Augen hat. Sie wartet darauf, wie er reagiert, dass er sie berührt.

»Er taucht bestimmt wieder auf«, sagt er schließlich.

Sie weiß nicht, ob sie das glauben darf, doch seine Worte geben ihr Kraft, ein Strohfeuer, das ist ihr bewusst. Dennoch wärmt es einen Moment lang.

»Seine Schuhe waren weg«, erklärt sie zum vielleicht hundertsten Mal. »Er hat sie angezogen. Das bedeutet, er ist weggelaufen. Wahrscheinlich sucht er uns.«

Der Polizist taucht wieder auf. Rainer macht Platz für ihn. Der Beamte bringt Bea zu seinem Schreibtisch, wo sie alles noch einmal wiederholt.

Der Mann, der die Fotos gemacht hat, wird später ermittelt, stellt sich aber als harmlos heraus. Seine Fotos liefern keine neuen Informationen. Es ist so, wie die Polizei gesagt hat. Diese übereifrigen Fans sind lästig, aber harmlos.

Da hört Bea ein Klatschen, dann noch eines.

Bea öffnet die Augen. Klaffer hält die Hände erhoben. Sie klatscht ein drittes Mal als Zeichen, dass die Meditation beendet ist. Die anderen richten sich auf und beginnen, ihre Polster wegzuräumen.

Bea hat das Gefühl, keine Luft zu bekommen. Sie muss sich aufsetzen, und ihr Atem beruhigt sich. Auch sie steht auf. Das Interessante ist, dass es ihr etwas besser geht. Sie war an dem dunkelsten aller Orte – den Stunden, als sie langsam zu realisieren begann, dass sie Elias tatsächlich verloren hat –

und ist ins Hier und Jetzt zurückgekehrt. Sie hat es überstanden. Ihr wird klar, dass sie noch nie seit ihrer Kindheit so wenig gesprochen hat. Sie wusste gar nicht, dass sie das kann. Das gibt ihr Mut. Sie weiß, dass sie diesen Prozess noch viele Male wird durchleben müssen, und vielleicht ist es mehr, als sie ertragen kann. Diese Angst ist nach wie vor da. Doch hier und jetzt hat sie es überstanden, und das erfüllt sie mit Stolz. Das gute Gefühl wird nicht anhalten, aber sie wird das Beste daraus machen.

Und außerdem fällt ihr auf, dass sie das kurze Gespräch mit Rainer völlig vergessen hatte. Sie erschrickt, als sie realisiert, was sie ihm da gesagt hat. Doch sie sieht auch, dass es ihr hilft, sich zu erinnern. Ihr fallen Details ein, die sie beinah vergessen hatte. Vielleicht ist das ein gutes Zeichen.

Als sie ihr Polster wegräumt, sieht sie versehentlich zu Jacobi hin. Sie hat seine Anwesenheit völlig vergessen. Deshalb zuckt sie zusammen, als sich ihre Blicke treffen. Doch ihre Irritation dauert nur einen Moment. Sie schenkt ihm ein souveränes Lächeln, dann wendet sie sich dem Polster zu, als sei nichts gewesen. Im Augenwinkel sieht sie ihn hinausstürmen.

STUNDE NEUNZEHN

Als Bea ihre Zimmertür aufschließt, steht plötzlich jemand neben ihr. Sie erschrickt so sehr, dass sie einen Sprung zur Seite macht, doch es ist nur Lang.

»Da bist du ja«, sagt er leise, aber ohne zu flüstern.

Sie steht unschlüssig da, den Schlüssel in der Hand. »Was willst du?«

»Wie geht es dir?«, fragt er.

Sie versteht, dass er wegen dem toten Bauarbeiter fragt. »Geht schon. Wie geht es Cleo?«

»Schon besser, glaube ich. Zumindest hat Klaffer das gesagt. Ich möchte dir etwas zeigen. Hast du Lust?«

Er wirkt unbeschwert. Nichts deutet darauf hin, dass ihm der tödliche Unfall gerade eben nahegeht. Irgendwie findet sie das unpassend. Doch vielleicht ist es eine Gelegenheit, sich von dem Bild des Toten abzulenken, das vor ihrem geistigen Auge steht, als wäre es eingebrannt.

Bea blickt den Zimmerschlüssel an, dann steckt sie ihn ein. »Okay«, sagt sie.

Als sie sieht, wohin er sie führt, bleibt sie stehen. »Wieder Wodka?«

Er dreht sich um. »Es ist nichts dergleichen, ich schwöre!«

»Was ist es dann?«

»Du wirst schon sehen«, meint er geheimnisvoll grinsend und öffnet die Tür in den rechten Trakt.

Sie passieren das Sofa und das Dartbrett und kommen zu einer Treppe, die nach oben führt. Sie hat ein fein geschmiedetes Eisengeländer, von dem schwarzer Lack abblättert. An den geschwungenen Linien des Geländers lässt sich erahnen, wie prunkvoll möbliert dieser Teil des Gebäudes einmal gewesen sein muss. Davon ist wenig übrig, hinter offenen Türen sieht sie Gerümpel, einen Tisch voller Geschirr, daneben ein Wäschekorb mit alter Kleidung, eine Waage, wie sie auf Bauernmärkten verwendet wird.

Bea folgt Lang nach oben. Sie betreten einen Korridor mit einem Fenster an seinem Ende, von dem links und rechts Türen wegführen. Obwohl sie neugierig ist, ist ihr unbehaglich zumute.

»Wo gehen wir hin?«

»Wir sind gleich da!«, sagt Lang statt einer Antwort und öffnet eine der Türen.

Ein Schwall stickiger Luft weht ihr entgegen, als Lang eintritt. In dem Raum ist es dunkel, er hat zwei Fenster, deren Vorhänge zugezogen sind. Sie sehen dick und schwer aus, nur an ihren Rändern dringt etwas Licht in den Raum, der kaum kleiner als das Meditationszimmer ist. Ihr Orientierungssinn sagt ihr, dass sie sich vermutlich genau über dem Saal befinden. Als sich ihre Augen an das Zwielicht gewöhnen, erkennt sie, dass in der Mitte ein riesiges Himmelbett steht.

Gebannt tritt sie näher. Sie kann nun erkennen, dass auch noch andere Möbel hier sind, mit weißen Tüchern verhangen. Der Raum scheint wie das Büro vollständig möbliert zu sein.

»Wer wohl hier gewohnt hat?«, fragt Bea.

»Vielleicht der hier«, sagt Lang.

Bea dreht sie zu ihm um. Er hält ein kleines Buch in der Hand, das aufgeschlagen ist, und zeigt mit dem Finger auf eine eng mit einer feinen Handschrift beschriebenen Seite.

»Matignon. Der Name taucht hier überall auf.«

Sie sieht das Wort, das er meint. Er könnte recht haben. Das Buch scheint keinen Einband zu haben.

»Kannst du Französisch?«, fragt er.

Sie sieht, dass er recht hat. Der Text ist in französischer Sprache verfasst und sieht aus wie ein Tagebuch, jedem Eintrag ist ein Datum vorangestellt. Die Jahreszahlen sind aus den Sechzigerjahren.

»Wo hast du das her?«, fragt sie.

»Ich hab es unter dem Sofa gefunden. Wo wir Wodka getrunken haben.«

Er zeigt auf die Tür, durch die sie hereingekommen sind.

»Den Namen Matignon findet man überall hier im Schloss. Hast du das Bild in Dr. Klaffers Büro gesehen?«

»Du glaubst, das ist er?«

Lang nickt.

»Ich dachte, das sei älter.«

»Soll wohl so aussehen. Aber ich glaube, das ist nur auf alt getrimmt, wie dieses Schloss. Und das ist nicht das Interessanteste«, sagt er. »Komm her!«

Er klappt das Buch zu, steckt es in die Gesäßtasche und führt sie ans Ende des Raums, wo er plötzlich eine Tür öffnet, die sie zuvor nicht gesehen hat, und mit einem Mal verschwindet.

»Hallo?«, ruft sie.

»Ich bin hier!«, tönt es gedämpft.

Er taucht wieder auf und geht zum nächsten Vorhang,

um ihn aufzuziehen. Gleißendes Licht erhellt Staubwirbel in der Luft. Sie sieht nun, dass er eine Art Tapetentür geöffnet hat.

»Sie stand offen«, erklärt er. »So habe ich das hier entdeckt. Komm mit.«

Sie folgt Lang in einen Raum, der maximal einen halben Meter breit ist. Es handelt sich eher um eine doppelte Wand. Und da sieht sie, was er meint: Auf einer an die Wand geschraubten Plattform steht eine Kamera. Bea muss ihre Augen anstrengen, doch sie erkennt sofort, dass es sich um ein Museumsstück handelt, mit zylinderförmigem Gehäuse und einem schwarzen Objektiv mit feinem weißen Schriftzug. Es ist auf eine Glasscheibe gerichtet. Bea erinnert sich nicht, von außen Glas gesehen zu haben. Als sie wieder hinausgeht, stellt sie fest, dass dort ein Ölbild von einer nächtlichen Landschaft hängt. Der Himmel ist ganz schwarz und scheint in Wirklichkeit durchsichtig zu sein. Sie geht wieder zu Lang hinein, der die Kamera untersucht.

»Was zum Teufel ist das denn?«, sagt Bea laut. »Wurde Matignon etwa überwacht?«

»In seinem eigenen Haus? Das glaube ich nicht. Ich vermute eher, dass er selbst das installiert hat.«

Lang hat recht. Doch diese Kamera wirft ein paar unangenehme Fragen auf.

»Glaubst du, es gibt noch mehr von denen?«, fragt Bea.

»Wenn ja, dann sind sie sicher nicht mehr in Betrieb«, antwortet Lang und hält das abgeschnittene Ende eines schwarzen Kabels in die Höhe.

»Aber wo führte es hin? Wurde das hier aufgezeichnet?«

Lang zuckt mit den Schultern. Er lässt die Kabel fallen und geht in die Mitte des Raumes zurück. »Ich weiß nur, dass ich auch gern so wohnen würde. Du nicht?«

Er lässt sich auf das Bett fallen. Eine dichte Staubwolke steigt von der samtenen Tagesdecke auf.

»Danke, aber ich mag meine Wohnung; retro ist zwar mein Ding, aber nur bei Möbeln. Für mich darf es der Komfort des 21. Jahrhunderts sein.«

»Du hast es doch gar nicht ausprobiert!«, lacht er. »Komm, hier ist noch Platz.«

Als sie nicht reagiert, fügt er hinzu: »Die Überwachungskamera ist aus, niemand wird dich sehen.«

Sie sieht sein bübisches Grinsen und wendet sich seufzend ab.

Er versucht doch nicht tatsächlich, mich anzubaggern?

Als er den Blick nicht von ihr abwendet, muss sie akzeptieren, dass er genau das tut.

»Komm wieder runter, ja?«, sagt sie genervt. »Ich lege mich bestimmt nicht zu dir.«

Er seufzt. »Schade.«

Als sie ihn da so liegen sieht, muss sie plötzlich lachen. »Im Ernst? So hast du dir das vorgestellt?«

»Man wird ja wohl noch träumen dürfen«, sagt er.

Er steht wieder auf und klopft sich den Staub von der Hose.

Währenddessen geht Bea ans andere Ende des Raumes, wo sich ein großer, offener Kamin befindet. Auf dem Sims darüber steht eine Uhr, die ihr Interesse geweckt hat. Sie glänzt golden und sieht alt und teuer aus. Die Zeiger stehen still. Bea vermutet, dass sie seit langer Zeit nicht mehr aufgezogen wurde. Dennoch steht sie immer noch hier, niemand hat sie weggeräumt.

Als Bea zu ihren Füßen ein Geräusch hört, zuckt sie zusammen. Mit einem Schrei springt sie einen Meter nach hinten. Etwas ist da vor ihr im Kamin.

»Was ist?«, fragt Lang.

Bea weiß es nicht. Sie wartet, doch alles ist still. Langsam beugt sie sich hinunter, um in das schwarze Loch zu blicken. Da hört sie auf einmal ein Flattern. Ein Vogel schießt aus dem Kamin hervor, nur Zentimeter an ihr vorbei. Er dreht eine Runde im Raum, bevor er eine Wand touchiert und zu Boden stürzt.

Hast du mich erschreckt!

»Nur ein Spatz!«, sagt Lang.

»Ich habe es gesehen.«

Bea geht zu dem kleinen Vogel hin, der auf dem Parkettboden kauert, zitternd und mit angezogenen Flügeln. Bea hat das Gefühl, dass etwas mit ihm nicht in Ordnung ist.

»Ich mache das Fenster auf«, sagt Lang. »Vielleicht findet er von selbst hinaus.«

»Ich glaube nicht«, sagt Bea.

Sie geht neben dem Vogel in die Knie, der Panik bekommt und mit seinen Flügeln zu flattern beginnt. Doch er dreht sich dabei seltsam im Kreis.

»Ich denke, er ist verletzt.«

»Was?«

»Schau doch, sein rechter Flügel funktioniert nicht richtig.«

Lang ignoriert sie. »Warte, ich werde ihn einfangen, dann lasse ich ihn frei.«

Bevor sie noch etwas sagen kann, schleicht er sich mit ausgebreiteten Armen näher an das verletzte Tier heran. Der Spatz will davonflattern, doch er ist zu langsam. Lang fasst ihn mit beiden Händen.

»Vorsichtig!«, fleht Bea, die das Gefühl hat, dass er unnötig fest zudrückt.

»Alles gut«, sagt Lang. »Wir entlassen dich jetzt hinaus in die Freiheit.«

»Aber er kann doch nicht mehr fliegen«, wirft Bea ein.

Doch da ist Lang schon beim Fenster und hat das kleine Tier mit Schwung ins Freie befördert.

»Na toll«, grummelt Bea. »Jetzt liegt er in der Wiese.«

»Wieso denn?« Lang winkt ab. »Dem fehlt nichts. Und selbst wenn, soll er hier im Zimmer bleiben?«

Darauf weiß Bea auch keine Antwort. Sie ist froh, dass Lang das Fenster wieder schließt und beginnt, die Vorhänge zuzuziehen.

»Was ist das wirklich für eine Geschichte, die du mit Jacobi hast?«, fragt er, als er sich zum Gehen wendet. »Ich blicke nicht durch.«

»Es geht nicht um ihn«, sagt Bea. »Es ist etwas anderes.«

Sie zögert, ihm mehr zu erzählen, auch wenn das Verlangen danach groß ist. Sie hat das Gefühl, dass sie ihm alles sagen könnte. Er würde ihr glauben. Doch solange sie nicht weiß, wer hinter allem steckt, wird sie jedem misstrauen.

Eigentlich wundert es sie nicht, dass Lang etwas von ihr will. Sie spürte es schon die ganze Zeit über. Sie ist nur froh, dass er sich so leicht abwimmeln lässt. Sie würde Rainer nicht hintergehen, auch jetzt nicht, wo er ausgezogen ist.

*

Als sie durch die weiße Tür den rechten Trakt des Schlosses verlassen, steht mit einem Mal Klaffer vor ihnen. Sie erschrickt und sieht, dass es Lang genauso geht. Klaffer scheint von ihrer Erkundungstour nicht im Mindesten überrascht zu sein, im Gegenteil, sie scheint hier auf sie gewartet zu haben. Lang setzt zu einer Erklärung an, doch Klaffer beachtet ihn gar nicht, sondern mustert Bea.

»Wollen wir in mein Büro gehen?«, sagt Klaffer.

STUNDE ZWANZIG

Klaffer lässt Bea eintreten, ohne ihr einen Platz anzubieten. Sie setzt sich auf den Sessel vor dem riesigen Schreibtisch. Es riecht nach kaltem Zigarettenrauch. Bea weiß, dass es eine Standpauke geben wird, auch wenn das absurd ist. Etwas Eigenartiges geschieht hier, auch wenn Klaffer das nicht sehen will.

»Also, Frau Winterleitner«, beginnt die Psychiaterin mit sanfter Stimme. »Was ist hier los? Wir hatten doch vereinbart, dass der Baustellenbereich tabu ist. Oder habe ich das falsch in Erinnerung?«

Bea hält ihrem Blick stand. »Baustelle?«

Klaffer lässt sich nicht aus der Ruhe bringen, doch es schlummert versteckte Anspannung in diesem Lächeln.

Bea verschränkt die Arme.

»Warum ignorieren Sie meine Empfehlungen?«, fragt Klaffer. »Diese sind zu Ihrem Besten so gewählt, und wenn Sie mir hier nicht vertrauen, kann ich nichts für Sie tun. Das ist natürlich Ihre Entscheidung. Aber wenn Sie die anderen Teilnehmer belästigen, ist das etwas anderes. Das verstehen Sie doch, oder?«

Bea spürt heißen Zorn in sich aufsteigen. »Sehen Sie denn nicht, dass ich es bin, die belästigt wird?«

»Der Stalker«, sagt Klaffer.

»Es gibt ihn!«, rechtfertigt sich Bea. »Fragen Sie die Polizei!«

»Hat die Polizei denn etwas unternommen?«, will Klaffer wissen.

»Sie sagten, dass sie nichts tun können, solange keine Straftat vorliegt.«

Klaffer hat einen Kugelschreiber in der Hand und tippt damit auf einen Schreibblock, der vor ihr liegt, als würde sie nachdenken. »Man hat ihnen also nicht geglaubt«, stellt Klaffer fest.

»Nein, so war es nicht!«, gibt Bea entrüstet zurück.

»Ich will, dass Sie offen zu mir sind. Sie glauben, es ist Otto Jacobi, der sie verfolgt. Nicht wahr?«

»Ich weiß nicht, wer es ist. Das sagte ich doch schon!«

»Frau Winterleitner«, sagt sie, »ich kenne Herrn Jacobi gut. Ich kann Ihnen versichern, dass Sie sich keine Sorgen machen müssen. Er würde so etwas niemals tun.«

Bea denkt an den eisernen Griff, als er sie festgehalten hat. »Sie glauben, er ist harmlos? Dann können Sie ihn nicht gut kennen. Sie wissen, dass er früher Boxer war, oder?«

»Ja, warum?«

»Er hat mich angegriffen. Und mir gedroht.«

»Wann soll das gewesen sein?«

Bea zögert, ihr von dem Vorfall zu erzählen, doch sie weiß jetzt schon, dass Klaffer ihr nicht glauben wird. Sie ist nicht an Beas Version der Geschichte interessiert.

»Der Punkt ist, dass er sich von Ihnen gestört fühlt«, sagt Klaffer schließlich, dann wird sie ganz mild. »Was mit Ihrem Sohn passiert ist, ist wirklich tragisch, und Sie haben mein ehrliches Mitgefühl. Aber halten Sie sich von meinen Gästen fern.«

»Ich bilde mir das nicht ein«, sagt Bea.

Klaffer nickt verständnisvoll. »Wie lange betreiben Sie schon Missbrauch mit psychoaktiven Substanzen?«

Sie legt einen winzigen Plastikbeutel auf den Tisch. Es ist das Koks von Lang.

»Das gehört nicht mir«, sagt Bea.

Die Psychiaterin packt den Beutel wieder weg. »Ich kenne diese Symptome«, sagt Klaffer. »Schlaflosigkeit, permanente Unruhe, Gereiztheit. Klingelt da etwas? All das ist nicht ungewöhnlich bei Menschen, die wie Sie unter extremem Stress stehen. Wenn ich Ihnen einen Rat geben darf: Begeben Sie sich in Behandlung. Je früher, desto besser. Es gibt inzwischen sehr gute Medikamente. Man kann damit ein beinah normales Leben führen.«

Bea kann nicht glauben, was Klaffer da andeutet.

»Vielleicht überlegen Sie, ob das Retreat das Richtige für Sie ist«, sagt sie plötzlich. »Scheitern ist keine Schande. Sie bekommen auch die Kurskosten gutgeschrieben.«

Wie betäubt verlässt Bea das Büro.

STUNDE ZWEIUNDZWANZIG

Bea ist bereit zu kämpfen, als sie zurück zu ihrem Zimmer geht. Vielleicht hat Klaffer sogar recht, vielleicht ist es klüger, sie reist ab, lässt sich das Geld zurücküberweisen und stellt sicher, dass sie Klaffer nie wiedersehen muss.

Sie müsste nachsehen, wann der nächste Zug fährt, doch sie hat kein Handy. Dazu müsste sie erst wieder zu Dr. Klaffer und um ihr Handy betteln. Das kommt nicht infrage.

Sie könnte Lang fragen, er würde ihr bestimmt helfen. Doch sie zögert.

So seltsam all das hier ist, sie hat doch das Gefühl, dass sich etwas bewegt. Sie hat es geschafft, die schlimmsten Erinnerungen des letzten Jahres wieder an sich heranzulassen. Das ist ein Fortschritt. Vielleicht kann sie etwas von hier mitnehmen.

Ihr wird klar, dass sie sich vor sich selbst rechtfertigt, um sich nicht die Wahrheit eingestehen zu müssen, warum sie wirklich hierbleibt.

Bea betritt ihr Zimmer, schließt die Tür und sperrt ab. Dann holt sie die Nagelfeile und schraubt die Abdeckung in der Badenische herunter.

Der Schuh ist noch da. Sie hat kurz daran gezweifelt. Als hätte sie ihn sich vielleicht nur eingebildet, wie das Kinderlachen. Sie dreht den Schuh hin und her.

Klaffer hat womöglich recht, sie ist angespannt, sie hat in den letzten Monaten zu viele Medikamente genommen. Sie bildet sich Dinge ein.

Das Bild der Sandmühle in ihrem Kopf beginnt zu verblassen. Sie zweifelt bereits, ob sie wirklich gesehen hat, wie das Wasser hindurchlief. Aber dieser Schuh ist nicht eingebildet. Sie muss herausfinden, was dahintersteckt.

Bea legt den Schuh zurück und schließt den Deckel wieder. Ihr Entschluss steht. Sie wird es noch ein letztes Mal probieren. Nicht Klaffer wird bestimmen, wann sie abreist, auch nicht Jacobi oder die mysteriöse Person, die ihr Gegenstände hinterlegt, die sie an ihren Sohn erinnern. Sie allein wird sagen, wann es genug ist.

*

Klaffer hat die Rezeption als Treffpunkt angegeben. Als Bea dort ankommt, mit einem Turnbeutel aus Kindertagen in der Hand, ist ihr Kopf hoch erhoben. Sie sieht die Überraschung in Klaffers Gesicht, und das tut ihr gut. Die Psychiaterin hat ihr nicht zugetraut, dass sie wiederkommt.

Klaffer zählt die Anwesenden durch, wobei sie die Zahlen im Stillen vor sich her spricht. Als die Gruppe vollzählig ist, nickt sie zufrieden und bringt sie zu einer Treppe, die in den Keller führt. Im Gänsemarsch gehen sie nach unten. Bevor sie den Ausgang zum Garten erreichen, öffnet Klaffer eine Tür, und sie betreten einen überraschend hellen und großen Raum, der vom Boden bis zur Decke weiß verfliest ist. Ein Bereich an der Breitseite ist durch Mauern abgeteilt, dort gibt es zwei Türen, von denen eine offen steht. Dahinter erkennt Bea ein weißes, eiförmiges Objekt, so groß, dass ein Mensch hineinpasst.

Leise beginnt Klaffer zu sprechen.

»Bevor wir beginnen, möchte ich, dass Sie stolz auf sich sind. Sie haben nun zwanzig Stunden des Schweigens überstanden und sich selbst kennengelernt, jeder und jede Einzelne von Ihnen. Es braucht Mut, sich in die Stille zu begeben. Sie haben das getan, und ich weiß, dass Sie gute Fortschritte machen. Sie werden danach bessere Menschen sein.«

Klaffer tritt durch die Tür in den kleinen Seitenraum zu dem Ei hin und öffnet eine Abdeckung. Darin sieht Bea Wasser glitzern. Ihr dämmert, worum es sich handelt.

»Das hier sind unsere beiden Samadhi-Bäder. Sie sind mit stark salzhaltigem Wasser gefüllt, das eine Temperatur von exakt sechsunddreißig Grad hat und in dem Sie schwerelos sein werden. In den Kabinen wird es vollständig dunkel sein und Sie werden Ohrstöpsel tragen. So werden sämtliche äußeren Eindrücke ausgeblendet, und Sie können sich ganz auf Ihr Inneres konzentrieren.«

Klaffer legt versonnen ihre Hand auf die Plastik-Abdeckung.

»*Samadhi* ist Sanskrit und bedeutet Versenkung. Das Konzept stammt aus der Neuropsychologie. Man wollte damit herausfinden, ob das Hirn ohne äußere Reize funktionieren kann. Sie werden bald selbst feststellen, dass das möglich ist. Es ist eine ganz wunderbare Erfahrung, besonders beim ersten Mal. Mein Tipp: Wehren Sie sich nicht, sondern lassen Sie sich ganz darauf ein!«

Klaffer erklärt, dass sich das Hirn nicht abschalte, sondern nach innen wende. Die Erklärungen sind sehr technisch, Bea hat Mühe zu folgen. Klaffer spricht von *psychologischer Freifall-Erfahrung*. Je länger Bea zuhört, desto unbehaglicher fühlt sie sich. Meditation ist eine Sache, aber das hier erscheint ihr mehr wie ein Spiel mit der geistigen Gesundheit von Menschen. Sie erinnert sich, vor Jahren einmal davon gehört zu haben, hätte aber nie gedacht, dass sie es selbst einmal ausprobieren würde. Vielleicht gibt es einen guten Grund, warum wir uns auf äußere Reize konzentrieren, denkt Bea – auf das, was wir im Leben tun wollen, auf die Menschen, die wir lieben. All das auszuklammern fühlt sich falsch an, ohne dass sie das Gefühl genau umreißen könnte. Cleos hilfesuchenden Blicken entnimmt sie, dass es ihr ähnlich geht. Jetzt, wo sie die Kleine sieht, findet sie es unglaublich, dass sie überhaupt noch hier ist. Sie ist fest davon ausgegangen, dass Cleo abreisen würde, nachdem sie den toten Bauarbeiter entdeckt hat. Klaffer will sie doch nicht wirklich in dieses Bad stecken?

»Samadhi ist eine intensive Erfahrung, aber nach unseren bisherigen Meditationsübungen sollten Sie alle gut darauf vorbereitet sein. Rechnen Sie trotzdem damit, dass etwas auftauchen kann, das Ihnen Angst macht. Das ist ganz normal und Teil des Prozesses. Mein Rat: Wehren Sie sich nicht! Denken Sie daran, dass sie sich in einem sicheren Umfeld befinden und jederzeit abbrechen können. Hier in der Kabine gibt es einen Knopf, der sofort das Licht anmacht und nach draußen das Signal gibt, dass Sie die Meditation beenden wollen. Ich rate Ihnen aber durchzuhalten. Die vorgesehene Zeit ist eine Stunde.«

Klaffer wendet sich Bea zu.

»Sie und Herr Lang beginnen. Die Umkleiden sind da drüben.«

Die Psychiaterin deutet auf eine dünne Holzwand am Ende des Raumes.

Als Bea sie fragend ansieht, meint sie: »Sie haben Ihre Badesachen dabei?«

Bea hat ihren Bikini mitgenommen, wie es verlangt war, zögert jedoch eine Antwort hinaus. Vielleicht kann sie sich ja irgendwie vor dem Bad drücken.

»Falls Sie Ihre Sachen vergessen haben, können Sie sich etwas ausborgen«, sagt Klaffer, die ihre Gedanken erraten hat. Sie deutet auf einen Karton, in dem bunte Badehosen liegen.

»Alles da«, sagt Bea und hebt ihren Turnbeutel hoch.

»Worauf warten Sie dann noch?«

Bea geht zu der Holzwand, um sich umzuziehen. Hinter der Wand befinden sich zwei winzige Kabinen mit Vorhängen. Hastig schlüpft sie in den Bikini und lässt die Kleider auf einer Ablage zurück. Nur den Zimmerschlüssel und das Handtuch nimmt sie mit. Als sie zurück in den gefliesten Raum kommt, ist auch die zweite Tür offen, und sie sieht, wie Lang gerade in das linke der beiden Becken steigt. Klaffer erklärt ihm, wo er sich festhalten kann. Er wirkt ungelenk, wie ein alter Mann. »Sie können den Kopf zurücksinken lassen«, erklärt Klaffer. »Das Wasser trägt Sie.«

Hanh, der junge Mönch, steht daneben. Er bedient eine Schaltfläche an der Seite des Eis, während Klaffer die Klappe schließt. Es ist Hanh, der das Samadhi-Bad bedient, nicht sie.

Bea presst unbewusst das Handtuch gegen ihren Bauch, beginnt auf den kalten Fliesen zu frösteln. Dann scheinen die beiden mit Lang fertig zu sein und lassen von dem geschlossenen Ei ab. Nichts deutet darauf hin, dass sich darin ein Mensch befindet.

»Jetzt Sie«, sagt Klaffer.

Sie drückt Bea ein Päckchen mit Ohrenstöpseln in die Hand und führt sie zu dem zweiten Ei. Dort wartet sie, bis Bea die Stöpsel tief in ihre Gehörgänge gedrückt hat, dann zeigt sie ihr, wie man einsteigt. Das ist nicht halb so schwierig, wie es bei Lang ausgesehen hat. Ein Bügel aus Edelstahl verläuft quer über das Becken und dient als Haltegriff. Bea stellt erleichtert fest, dass das Wasser wirklich angenehm warm ist. Ein Spritzer trifft ihr Gesicht, und sie schmeckt das bittere Salz, das sie schweben lassen soll wie im Toten Meer. Sie fragt sich, wie oft das Wasser getauscht wird, und widersteht der Versuchung, sich über die Lippen zu lecken. Sie lässt sich ins Becken gleiten, und die Wärme hüllt sie ein. Klaffer tauscht einen Blick mit Hanh, der außerhalb ihres Sichtfeldes steht, und will die Klappe schließen.

»Warten Sie!«, sagt Bea.

Klaffer sieht sie irritiert an. Beas Stimme ist heiser, weil sie so wenig benutzt wurde. Mit den Stöpseln in den Ohren kann sie unmöglich sagen, wie laut sie gesprochen hat.

»Wo ist der Knopf?«, fragt sie.

Klaffer zeigt auf ein schwarzes Plastik-Ding, das auf den Griff geschraubt ist. Bea sieht, dass sich darauf der Ausschaltknopf befindet. Sie hofft, dass sie ihn im Dunkeln findet.

»Werden Sie nicht brauchen«, hört sie Klaffer gedämpft sagen, bevor sie den Deckel schließt.

Dann wird es finster.

Bea wartet auf das, was Klaffer angekündigt hat – das Verschwinden der äußeren Reize, doch das geschieht nicht. Sie spürt alle möglichen Dinge: das Schwappen des Wassers gegen ihre Haut, das Hämmern des Bluts in ihren Ohren, ein an- und abschwellendes Rauschen. Auf ihrer Netzhaut hat sich der helle Strich eingebrannt, als sich der Deckel schloss und nur noch ein Spalt Licht zurückblieb. Reizlosigkeit hat sie sich anders vorgestellt. Doch plötzlich versteht sie, dass es nicht mehr äußere Reize sind, mit denen sie es zu tun hat. Es ist bereits ihr Körper, den sie spürt, in dem noch Nachklänge der Umwelt widerhallen, die von Sekunde zu Sekunde nachlassen.

Sofort fühlt sie sich von der Wärme des Wassers dumpf und schwer, beginnt zu schwitzen. Bea weiß jetzt, was Klaffer gemeint hat, als sie zu Lang sagte, er solle den Kopf sinken lassen. Sie hat Angst, den Nacken zu entspannen, und wehrt sich dagegen. Doch schon bald beginnt ihr Nacken zu schmerzen, während sie in einen seltsamen Dämmerzustand fällt, der an einen Fiebertraum erinnert.

So halte ich niemals eine Stunde durch.

Bea überlegt, einfach den Knopf zu drücken. Ihre Lust auf Klaffers Methoden ist auf einem Tiefpunkt, es muss genügen, wenn sie die Meditationen mitmacht. Von verrückten Grenzerfahrungen wie dieser war nie die Rede.

Doch Bea widersteht der Versuchung. Sie will es sich ersparen, von Klaffer beim nächsten Therapiegespräch darauf angesprochen zu werden. Vielleicht kann sie sich irgendwie ablenken, an Musik denken, die ihr gefällt. Es gibt ein paar Alben, die hat sie so oft rauf und runter gehört, dass sie die Lieder beinah auswendig kennt.

Bea verschränkt die Arme hinter dem Kopf und muss an einen Song von The Prodigy denken. Warum der plötzlich auftaucht, weiß sie nicht genau, aber sie findet es komisch. Die Position mit den verschränkten Armen ist gar nicht unangenehm, und endlich fühlt sie sich wohl genug, um loslassen zu können.

Es dauert nur Sekunden, bis ihre Gedanken mit Kraft zu dem Ort drängen, den sie aus ihrem Geist aussperren will. Sie will sich wehren, es ist ein im Laufe des letzten Jahres antrainierter Reflex. In diesem Zustand, in dem ihr ganzer Körper sich zunehmend entspannt, spürt sie die Anstrengung überdeutlich, die für das Ankämpfen gegen diesen Gedanken nötig ist. Wenn sie sich weiterhin dagegenstemmt, verliert sie irgendwann den Verstand. Also taucht sie in ihre Erinnerung ein.

*

»Der kleine Elias wird gebeten, zur Information zu kommen. Seine Mama wartet dort auf ihn.«

Die Managerin des Einkaufszentrums ist sehr freundlich, aber auch gestresst. Auf dem Schreibtisch steht ein Einkaufsbeutel aus Textil, in dem sich die Splitter der Trophäe befinden. Ein Mitarbeiter des Zentrums hat sie aufgesammelt.

Rainer drückt ihre Hand. »Wo hast du schon gesucht?«

»Überall.«

»Vielleicht sollten Sie die Polizei einschalten«, sagt die Managerin.

Bea wartet darauf, dass Rainer widerspricht. Elias wird wieder aufkreuzen, es ist nicht nötig, die Polizei zu rufen. Doch er sagt nichts dergleichen. Sein Gesicht ist ernst. Kurz scheint er nachzudenken, dann nickt er. »Bitte, rufen Sie sie an.«

Da spürt Bea, wie sich ihre Augen mit Tränen füllen. Rainer sieht es sofort und nimmt sie in den Arm.

»Sie werden uns suchen helfen«, sagt er. »Mach dir keine Sorgen, er taucht sicher auf.«

Doch sie glaubt ihm nicht mehr. Das ist der Moment, vor dem sie sich vom ersten Augenblick an gefürchtet hat, als sie die Schuhe ihres Sohnes nicht mehr fand. Sie versuchte sich seither einzureden, dass ihr Gefühl sie trog, dass sie sich nur wieder zu viele Sorgen macht, wie Rainer ihr immer wieder vorhält. Nun sieht sie, dass sie immer recht gehabt hat. Nur, weil etwas schlimm ist, heißt es nicht, dass es nicht eintreten kann.

»Komm«, sagt er, »sehen wir auf dem Parkplatz nach, während sie drinnen suchen.«

Sie gehen hinaus und trennen sich, aber zuvor gibt Rainer ihr seine Jacke.

Bea ist nun auf dem Parkplatz des Einkaufszentrums. Sie stellt sich vor, dass Elias hier frieren muss. Er kann nirgendwohin, das Einkaufszentrum wurde auf ehemaliges Ackerland gebaut, in der Nähe gibt es nur eine Autobahnauffahrt und ein paar Bauernhöfe. Sie schreit seinen Namen, immer wieder. Leute sehen zu ihr her. Sie fragt sie, ob sie einen kleinen Jungen gesehen haben. Die Leute wirken ratlos und verneinen, bevor sie schnell in ihre Autos steigen und wegfahren.

Als sie alles abgesucht hat, geht sie wieder hinein. Dort steht Rainer mit den Polizisten. Sie sollen noch mit auf die Wache kommen. Bea widerstrebt es, die Mall zu verlassen, doch es ist spät, die Managerin muss den Laden zusperren. Bea muss akzeptieren, dass sie nichts mehr tun kann. Sie machen den Laden dicht, Elias ist nicht mehr hier.

Kurz darauf, als Rainer sie mit seinem Auto zur Polizeiwache bringt, kann sie die Verzweiflung kaum ertragen. Auf der Rücksitzbank liegen noch Sachen von Elias, und sie riecht ihn so intensiv, als wäre er hier. Sie bricht in Tränen aus. Rainer neben ihr hält das Lenkrad so fest, dass seine Fingerknöchel weiß sind, und starrt geradeaus.

»Ich verliere noch den Verstand«, sagt sie.

»Es wird schon wieder«, antwortet er, doch noch nie hat seine Stimme so schwach geklungen.

Als sie einen Moment den Blick hebt, sieht sie einen Schatten auf einer nackten Hauswand. Der Umriss ist riesig, mehrere Stockwerke hoch.

Bea versteht, dass sie nicht mehr in ihrer Erinnerung ist. Was sie hier sieht, kommt tiefer aus ihrem Inneren. Ihr Unterbewusstsein beginnt, die Erinnerung zu verändern. Sie versucht, den Umriss zu erkennen, doch es gelingt ihr nicht. Sie kann nur sagen, dass er gebückt erscheint, als würde er an seiner eigenen Größe leiden.

Und plötzlich ist sie nicht mehr im Auto. Sie befindet sich in einem dunklen Gebäude und eilt durch leere Gänge. Ihre Schritte hallen von den Wänden wider. Sie kommt an einer offenen Tür vorbei. Dahinter sieht sie schwach einen Tisch voller Gerümpel. Sie bleibt nicht stehen, sondern rennt weiter, ohne zu wissen, wohin. Bea passiert an der Wand lehnende Coca-Cola-Schirme, daneben hängt eine Dart-Scheibe. Nun weiß sie, wo sie sich befindet: Sie ist hier im Schloss, in den leer stehenden Räumen. Sie versucht, sich zu orientieren, doch sie kommt zum Schluss, dass dieser Gang nicht wirklich existiert. Er ist aus Teilen ihrer Erinnerung zusammengesetzt. Gerade als sie das denkt, sieht sie, dass der Gang vor ihr an einer Tür endet. Sie steht einen Spalt offen, Licht dringt heraus, zeichnet eine schmale Linie auf den Boden. Sie verlangsamt ihr Tempo und ist dennoch im nächsten Moment vor der Tür. Etwas ist dort drinnen, das versteht sie. Sie spürt eine starke Präsenz. Sie will nicht wissen, was in diesem Raum ist, doch muss mitansehen, wie ihr Traum-Ich die Tür vorsichtig aufstößt.

Der Raum ist aus rohen Ziegeln gemauert. Irgendwo außerhalb ihres Blickfeldes ist ein starkes Licht, das einen Schatten wirft. Den Schatten einer riesigen Gestalt, in diesen zu kleinen Raum gezwängt. Ein gebeugtes, zitterndes Ungetüm, das auf sie wartet.

Otto Jacobi.

Ihr Herz beginnt zu rasen. Sie muss weg von hier. Doch stattdessen betritt sie den Raum und dreht sich zu der Lichtquelle um. Was sie sieht, verwirrt sie.

Dort ist ein Scheinwerfer auf einem Stativ. Davor steht eine Gestalt. Sie wirft diesen Schatten. Es ist nicht Jacobi, diese Person ist kleiner. Sie erinnert sie an jemanden. Plötzlich setzt ihr Herz aus.

Bea schmeckt etwas Bitteres auf ihren Lippen und realisiert, wo sie sich befindet. Sie muss sich bewegt haben, wobei Wasser über ihr Gesicht geschwappt ist. Sie fährt sich mit dem Arm über die Lippen, ohne den Geschmack loszuwerden.

Die Erkenntnis, dass sie nur eine Vision erlebt hat, ist eine Erleichterung. Dennoch lässt die Panik nur langsam nach. Sie will nichts als hier raus.

Bea tastet nach dem Bügel und findet den Knopf. Sie drückt ihn einmal, zweimal, dreimal, dann wartet sie. Ihr Herz rast, sie glaubt, die Wellen zu spüren, die das Pochen im Becken erzeugt. Fern meint sie ein Geräusch zu hören, doch sie ist sich nicht sicher. Wenn es da war, ist es bereits wieder verschwunden.

Bea atmet die abgestandene Luft ein und wartet. Nichts geschieht.

Sie drückt noch einmal. Dann fasst sie mit aufgedunsenen Fingern an ihre Ohren und fummelt die Stöpsel heraus. Sie merkt, dass sie recht hat, da sind wirklich Stimmen. Sie klopft mit der Handfläche gegen den Deckel, als plötzlich ein sanfter Lichtschein sichtbar wird. Im nächsten Moment öffnet sich die Klappe, und Hanhs verdutztes Gesicht steht vor ihr. Sie stößt ihn zur Seite und klettert aus dem Bassin, bevor sie durch die Tür in den großen verfliesten Raum stolpert.

Sie sieht, wie sich die Tür zum zweiten Samadhi-Bad öffnet und Lang heraustritt. Er sieht gezeichnet aus, als hätte er geweint. Ihre Blicke treffen sich. Auch er scheint mit seinen inneren Dämonen auf Tuchfühlung gegangen zu sein, auch er hat die Zeit nicht genossen.

118

Niemand hält ihr etwas zum Abtrocknen hin, also stapft sie triefend zu der Umkleide, als Hanh ihr plötzlich hinterhereilt und doch ein Handtuch bringt. Sie nimmt es kommentarlos an und rubbelt sich ab, während sie den Vorhang der Umkleide zurückzieht, wo plötzlich Cleo im Bikini vor ihr steht und erschrocken aufblickt. Bea macht Platz für sie, damit sie vorbeigehen kann, dann schlüpft sie in die Umkleide und zieht sich hastig um.

Als sie zum Ausgang will, sieht sie Cleo mit respektablem Abstand zu dem Becken dastehen, in dem Bea gelegen hat. In dem zweiten Raum klettert Jacobi gerade in das andere Becken.

Cleo will nicht da hinein. Bea versteht sie. Die Sängerin sieht sich Hilfe suchend um. Klaffer bemerkt es und geht zu ihr.

»Es ist gut«, sagt sie leise. »Sie werden es spüren. Wehren Sie sich nicht.«

Sie fasst Cleo an der Schulter, zu fest, das kann Bea sehen. Da ergibt sich Cleo und steigt auch in das Becken.

Bea eilt davon. Sie atmet flach, und vor ihren Augen tanzen Sterne.

Erst als sie das Erdgeschoss erreicht, schnappt sie nach Luft. Kurz wird ihr schwarz vor Augen, dann hat ihr Hirn wieder genug Sauerstoff. Sie hat Ohrensausen.

Bea hat den Verdacht, dass Hanh die Klappe gar nicht geöffnet hat, weil sie den Knopf gedrückt hat, sondern weil ihre Zeit um war. Sie fragt sich, ob der Knopf überhaupt funktioniert hat.

Sie humpelt weiter.

Ihr reicht es. Sie wird abreisen. Sie kann das nicht mehr. Es ist gut, sie hat es probiert.

Bea bleibt vor ihrer Zimmertür stehen. Statt aufzuschließen, wendet sie sich um. Gleich muss Lang hier auftauchen, sein Zimmer ist auch in diesem Trakt. Er ist zugleich mit ihr aus dem Bad gestiegen und wird sich zurückziehen. Bea hat kein Auto, und ohne Handy kann sie kein Taxi rufen. Also wird sie Lang fragen. Um das Handy wird sie sich morgen kümmern.

Als er um die Ecke biegt, sieht er gezeichnet aus. Mit hängenden Schultern trottet er auf sie zu und hält dabei den Kopf so gesenkt, dass er sie erst spät entdeckt.

»Ich muss dich um einen Gefallen bitten«, sagt sie geradeheraus.

Er bleibt stehen und sieht sie an. »Alles in Ordnung?«

»Kannst du mich von hier wegbringen? Zu einem Hotel?«

Lang scheint zu verstehen. »Okay. Jetzt gleich?«

»Ich packe nur meine Sachen. In fünf Minuten bei deinem Auto?«

Er sieht an sich herab. Lang hat Hose und Hemd an, trägt aber immer noch Flipflops. Dann nickt er.

»Danke«, sagt sie, »du bist meine Rettung.«

Sie sieht noch, wie sich seine Miene aufhellt. Es gefällt ihm, dass er ihr helfen kann.

Dann sperrt sie die Tür zu ihrem Zimmer auf, als ihr einfällt, dass sie ihr Handy zurücklassen muss. Es ist ihr egal, man soll es ihr nachschicken. Sie will ohnehin mit niemandem reden. Sie wird zum Bahnsteig gehen und auf einen Zug warten. Im Notfall wird sie ein Auto anhalten und bitten, dass man ihr ein Taxi ruft.

Bea hebt den fertig gepackten Trolley auf und ist im Begriff, wieder hinauszustürmen, als sie sieht, dass etwas auf ihrem Kopfkissen liegt, neben einem weißen Briefumschlag. Ein Delfin aus grauem Samt.

Das Bild ist unwirklich. Sie glaubt, noch immer zu träumen. Sie blinzelt, macht eine Faust. Alles fühlt sich echt an. Sie ist hellwach, bei klarem Verstand. Der Delfin vor ihr ist real, ein abgenutztes Stofftier, das sie sofort erkannt hat.

JUNI

Dr. Olson wiegt mindestens hundert Kilo und strahlt Ruhe aus. Er hat einen Dreitagebart, einen Stiernacken und trägt eine teure Uhr. Ich kann nicht sagen, ob ich ihn schon einmal blinzeln gesehen habe. Ich kann ihn mir gut in seiner psychiatrischen Praxis in einer Altbauwohnung mit Kassettendecke vorstellen, mit Bücherregal im Hintergrund. Nichts deutet darauf hin, dass er sich in diesem kahlen Raum unwohl fühlt. Eine Koryphäe, hat man mir gesagt. Nachdem ich den Anstaltspsychiater davongejagt habe, hat er sich bereiterklärt, das zu übernehmen. Es sollte mich nicht wundern. Ich weiß, dass mein Gesicht in allen Zeitungen ist.

»Wie geht es Ihnen heute? Wie fühlen Sie sich?«

»Danke, gut«, sage ich, obwohl es nicht stimmt.

»Es ist schön, dass Sie sich dazu entschlossen haben, unsere Gespräche fortzusetzen. Es ist eine gute Entscheidung. Mir ist wichtig, dass Sie wissen, dass ich nicht Ihr Feind bin. Ich werde kein Urteil darüber abgeben, was geschehen ist. Das steht mir nicht zu, und es ist nicht meine Aufgabe. Verstehen Sie das?«

»Ja«, sage ich. »Aber ich verstehe immer noch nicht, warum ich nicht mit einem Journalisten sprechen darf.«

»Sie wissen, dass das nicht geht«, erklärt er.

»Ich habe ein Dutzend Journalisten angeschrieben. Es muss doch jemand geantwortet haben.«

»Ihre Briefe enthielten Verleumdungen.«

Ich koche vor Wut, als mir klar wird, dass man meine Post geöffnet hat. »Meine Briefe sind nie rausgegangen«, stelle ich fassungslos fest.

Sein Schweigen ist Antwort genug.

Olson sieht mich freundlich an. »Womit wollen wir beginnen?«

Ich höre auf, die fast verheilte Wunde an meinem Handrücken zu betasten. Mir widerstrebt, darüber zu sprechen. Ich fühle mich plötzlich unter Beobachtung und bin sicher, dass er mich nicht verstehen wird. Alles, was ich sagen könnte, würde lächerlich klingen.

»Nun?«

Er bemerkt, wie ich mich verkrampfe.

»Vielleicht wollen Sie einfach erzählen, wie Sie die Geschehnisse erlebten«, schlägt er vor.

»Wie ich es erlebte«, ätze ich.

»Machen Sie einen Vorschlag. Was wollen Sie denn erzählen?«

»Wie wäre es mit der Wahrheit?«

»Dann eben die Wahrheit.« Er nickt ermutigend.

Der Mann hat recht. Ich muss mich überwinden. »Die Leute sehen mich an, als wäre ich aussätzig. Weil sie nur einen Teil der Geschichte kennen.«

»Ach ja?«

Olson verzieht keine Miene. Ich weiß, wie es klingt. Aber ich habe das Gefühl, dass er mir tatsächlich zuhört. Er ist der Erste.

»Wie fühlen Sie sich dabei?«, fragt Olson, bemüht, das Gespräch in Gang zu halten.

»Ich fühle eine solche Wut, dass ich mich kaum beherrschen kann«, sage ich ohne Zögern.

Olsons Blick wandert einen winzigen Moment lang zu meinen Handschellen. »Was macht Sie wütend?«

»Dass *alle* in Bea Winterleitner nur ein Opfer sehen!«

Olson mustert mich prüfend. »Ist sie denn nicht das Opfer?«

Ich lache. »Natürlich nicht. Die Katastrophe war vorprogrammiert.«

»Obwohl Bea ohne Ihren Tipp gar nicht dort gewesen wäre? Sie behaupten dennoch, alles wäre ihre Schuld?«

»Wenn Sie wirklich verstehen wollen, dann hören Sie einfach zu!«, fahre ich ihn an.

Wenn er beleidigt ist, zeigt er es nicht. Aber er wartet.

»Bea ist nicht die, die sie zu sein vorgibt«, beginne ich. »Selbst ihr engstes Umfeld weiß nicht, wer sie wirklich ist.«

MÄRZ
STUNDE DREIUNDZWANZIG

Matthias Lang sitzt in seinem Wagen und hat den Blick auf den Eingang des Schlosses gerichtet, der im Halbdunkel liegt. Der Motor läuft, und das Licht der Scheinwerfer verliert sich in der Dunkelheit vor ihm.

Er denkt daran, dass er eigentlich ein ziemlich netter Kerl ist, insgesamt betrachtet. Komisch, dass ihm der Gedanke gerade jetzt kommt, aber die letzten Wochen waren hart. Er ist keiner, den schlechte Presse besonders mitnimmt. Er wäre ein schlechter Politiker, wenn das der Fall wäre, und Lang ist ein ziemlich guter Politiker, zumindest glaubt er das. Aber der apokalyptische Shitstorm, der sich über ihn ergossen hat, war sogar für ihn neu. Darauf war er nicht vorbereitet. Er weiß, dass viele sich an seinem Elend ergötzen. Er ist zu schnell nach oben gekommen, es ging zu leicht von der Hand, zumindest aus Sicht der Neider. Nur er selbst weiß, wie hart es war. Ja, es ist gut gelaufen, aber er war sich manchmal ziemlich unsicher. Er musste sich zusammenreißen, um cool und konzentriert zu bleiben. Das hat ihn nach oben gebracht, das und ein bisschen Glück. Der politische Absturz macht ihm weniger zu schaffen als befürchtet. Mal ist man oben, mal ist man unten, Politik ist ein Spiel. Hart ist, dass er in nächster Zeit Laura nicht sehen wird. Sie hat vorgeschlagen, sich eine

Zeit lang nicht zu treffen, und was hätte er schon sagen sollen. Auch ihre Karriere ist durch die Sache gefährdet – eine Idealistin, die mit jemandem wie ihm ins Bett geht? Sie kann nichts dafür, dass die Sache öffentlich wurde, aber so rasant, wie sein Sturzflug derzeit ist, besteht die Gefahr, jeden mitzureißen, der ihm zu nahe kommt.

Wie sehr er Laura vermisst, überrascht ihn allerdings. Es war nur ein Spiel, und Laura ging ganz offen damit um. Sie verstanden sich gut im Bett, nichts Ernstes. Nun erst versteht er, dass es vielleicht doch mehr war, von seiner Seite. Und das so spät zu erkennen tut weh. Mehr als das drohende Ende seiner Karriere als Politiker.

Vielleicht hätte er Chancen bei Laura gehabt. Wenn er zur Abwechslung nicht den Blödmann gespielt hätte, sondern vielleicht einmal probiert hätte, er selbst zu sein, mit allen Konsequenzen. Vielleicht hätte er sich damit Lauras Respekt verdienen können. Vermutlich nicht, denn Nettigkeit ist nicht alles und steht ein paar Schwächen gegenüber. Etwa seine Schwierigkeiten damit, ehrlich zu sein – gut für einen Politiker –, und die Tatsache, dass er sich beinah in jede interessante Frau verknallt, mit der er zu tun hat. Laura weiß das, deshalb wird sie sich auch nie wirklich auf ihn einlassen. Dennoch, einen Versuch wäre es wert gewesen. Er sollte viel öfter er selbst sein.

Das ist sein Geheimnis, findet er. Er ist ein netter Kerl. Deshalb sitzt er hier in seinem Auto, um Bea Winterleitner zu helfen, die ihn im Fernsehen vor laufender Kamera zerstören wollte – einfach der Quote wegen. Er ist nicht nachtragend, und er muss zugeben, dass er sie mag, auch wenn sie irgendein Problem hat. Natürlich hat sie das, weil jeder, der sich für das Retreat angemeldet hat, ein Problem hat.

126

Und deshalb wird Lang auch langsam unruhig. Seit fünf-
zehn Minuten ist Bea inzwischen überfällig. Natürlich hat er
sofort zugesagt, sie von hier wegzubringen. Er hat gleich gesehen, dass sie nicht hierhergehört. Er selbst hat zu Beginn
überlegt, das Retreat abzubrechen. Er findet Klaffer seltsam.
Interessant, das schon, aber auch mysteriös. Als er sie auf
den Skandal angesprochen hat, hat sie souverän reagiert und
das Thema gewechselt. Zu gern hätte er gewusst, was damals
wirklich passiert ist.

Dass er immer noch hier ist, hat mit diesem Schloss zu
tun, das ihn interessiert. Und mit Bea. Sie nimmt die Dinge
schwerer als er, das spürt er. Die Dinge, die sie mit sich he-
rumschleppt, sind schwerwiegender als das, was ihn belastet.
Und dann noch die Sache mit diesem Jacobi. Er hatte das
Gefühl, dass er auf sie aufpassen muss. Deshalb war er erleichtert, dass sie den Entschluss gefasst hat, Klaffers Seminar
hinter sich zu lassen.

Doch nun taucht sie nicht auf, und er beginnt sich Sorgen
zu machen. Dabei kommt er sich etwas dumm vor. Was soll
schon mit ihr geschehen sein? Glaubt er wirklich, dass Jacobi
ihr etwas tun könnte? Er hat eher das Gefühl, dass Jacobi sich
von ihr gestört fühlt, warum auch immer. Nachdem sie ihm
ohnehin aus dem Weg gehen will, sollte das Problem einfach
zu lösen sein. Und außerdem, Jacobi liegt in diesem Moment
immer noch in warmem Salzwasser, um sich mit den Dingen
in seinem Kopf zu beschäftigen, die nur er kennt – und die
dort auch gut aufgehoben sind, wenn es nach Lang geht. Jacobi ist seltsam. Und er weiß nicht, ob er genau wissen will,
wobei er sich seine Hand verletzt hat.

Bea hat Grund, sich unwohl zu fühlen. Doch sie kann
nicht in Gefahr sein, oder? Es gibt bestimmt eine einfache Erklärung, warum sie ihn versetzt. Wahrscheinlich hat

sie es sich anders überlegt. Lang ist ihr nicht böse. Alles ist gut.

Doch warum geht das mulmige Gefühl in seinem Bauch dann nicht weg?

*

Bea sieht Rainer zu, wie er knietief im seichten Wasser steht und Elias das Frisbee zuwirft. Der Kleine quietscht vor Freude, als er hinterherhechtet und bäuchlings ins Wasser klatscht. Der Sandboden ist hier so gleichmäßig seicht und das adriatische Meer so ruhig, dass sie unbesorgt ist, und das ist sie nur noch selten, seit sie Mutter geworden ist. Sie weiß nun erst, wie schrecklich ihre eigene Mutter gelitten haben muss.

Rainer spielt unermüdlich mit Elias, während Bea unter dem Sonnenschirm sitzt und ein Buch liest. In diesem Moment liebt sie ihren Mann noch mehr als sonst, als er so dasteht, mit seinen Shorts und dem leichten Bauchansatz.

Er wollte immer schon Kinder, das hat er ihr nie verschwiegen. Sie hingegen war sich lange Zeit nicht sicher. Grundsätzlich schon, ja, aber später, wenn der berufliche Druck nachlässt. So sah sie das mit zwanzig, doch als sie mit dreißig immer noch nicht weiter war, wurde sie nervös, ohne etwas zu unternehmen. Irgendwann stellte Rainer klar, dass er nicht länger warten wolle. Das war die Zeit, als sie auf Distanz ging, um nachzudenken. Durch ihren Aufstieg zur Anchorwoman hatte sie so viel Stress wie noch nie. In dieser Phase ein Kind zu kriegen erschien ihr undenkbar. Otto Jacobi schien seine Chance zu wittern und machte ihr den Hof, doch sie ließ ihn abblitzen, bevor sie realisierte, dass es ohnehin bereits zu spät war: Sie war schwanger. Wie es genau

128

passiert war, konnte der Frauenarzt ihr nicht sagen, nahm sie doch die Pille, aber für sie war die Sache damit klar. Die Zweifel fielen von ihr ab. Sie wusste, dass Rainer der Richtige war. Und was das für ihre Karriere bedeuten sollte, würde sie eben sehen. Harry sagte ihr alle Unterstützung zu, und sie nahm sich vor, ihn beim Wort zu nehmen.

Es ist der erste richtige Strandurlaub seit der Geburt von Elias. Harry hat Wort gehalten, sie konnte wieder anfangen, als wäre sie nie weggewesen. Sie weiß, dass das nicht allein Harrys Verdienst ist, immerhin gibt es Gesetze dafür. Sie sollte nicht dankbar sein für etwas, das ihr zusteht. Und dennoch hat sie daran gezweifelt, dass es funktionieren wird. Beim Fernsehen ist vieles möglich, was anderswo undenkbar wäre.

Später im Hotel ist Rainer dann sehr verschlossen. Sie trinken Rotwein und genießen gemeinsame Zeit, wenn Elias schläft. Heute aber scheint Rainer nicht ganz da zu sein.

»Was denkst du?«, fragt sie.

»Ich …«

Sie kann hören, wie seine Stimme bricht, und sie sieht, dass er weint. »Was ist los, Schatz? Geht es dir nicht gut?«

Er schüttelt den Kopf, und da sieht sie, dass er lächelt.

Bea ist so gerührt, dass sie aufsteht und ihn in den Arm nimmt. Er drückt seinen Kopf gegen ihren Bauch und sie spürt die Nässe seiner Tränen durch ihr T-Shirt.

Plötzlich betritt Elias den Raum. Er hält seinen Delfin aus Samt im Arm, den sie an einem Souvenirstand neben dem Badestrand gekauft haben. Handgenäht, hieß es, von einer alten Frau aus dem Ort.

»Mama, was hat Papa denn? Ist er traurig?«

Rainer reißt sich los und wendet sich ab, um die Tränen abzuwischen. Bea findet die Reaktion übertrieben. Warum soll der Kleine seinen Papa nicht weinen sehen?

»Papa ist glücklich. Manchmal weinen die Leute auch, wenn sie glücklich sind. Sie müssen aber sehr glücklich sein. Und es funktioniert nur bei Erwachsenen.«

Die Erklärung scheint ihm einzuleuchten.

»Ab ins Bett, kleiner Mann!«, sagt Rainer, der sich wieder im Griff hat.

Er hebt Elias auf und wirbelt ihn durch die Luft.

*

Bea liegt auf ihrem Bett und hat den Stoffdelfin umklammert. Ein Teil von ihr ist glücklich. Elias ist ganz nah bei ihr, und sie will dieses schöne Gefühl festhalten.

Doch als sie die Augen öffnet, sind da nur die Wände des kleinen Zimmers. Natürlich ist er nicht hier.

Zitternd greift Bea nach dem Umschlag und nimmt erneut die Karte heraus. Darauf steht ein einzelner von Hand geschriebener Satz. Ein Satz, den sie sofort erkannt hat.

Bea muss an Klaffers Visitenkarte denken, die an jenem Abend auf ihrem Schreibtisch gelegen hat. Bea war davon ausgegangen, dass Lisa sie dort hingelegt hatte. Schließlich war sie die Erste gewesen, die nach Beas Blackout Anteil genommen hatte. Lisas Trost hat sie ehrlich gerührt, und sie ist nie auf die Idee gekommen, dass jemand anderes die Visitenkarte hinterlegt haben könnte.

Später an jenem Abend ist Bea in eine leere Wohnung heimgekehrt. Rainer hat keine Nachricht hinterlassen, er war einfach weg. Bea kramte eine Flasche Gin hervor und schenkte sich großzügig ein.

An diesem Abend ging Bea in das Zimmer von Elias, zum ersten Mal seit Monaten. Fast eine Stunde verbrachte sie darin.

130

Nach einer schlaflosen Nacht in der viel zu großen Wohnung meldete sie sich in den Morgenstunden über ein Online-Formular für das Retreat an.

Der Schuh, der bei ihrer Ankunft auf dem Bett lag, hätte sie stutzig machen sollen. Spätestens nach dem Fund der Sandmühle hätte sie ahnen sollen, dass sie nicht hier war, weil eine Freundin ihr einen Tipp gegeben hatte, sondern dass es einen anderen Grund gab. Die handgeschriebene Zeile auf der Karte bewies es endgültig.

Schweigen ist Silber.

Es ist ein dummer Spruch, der innerhalb der Nachrichtenredaktion zu einem geflügelten Wort wurde, nachdem Bea einmal während einer Redaktionssitzung im Affekt das bekannte Sprichwort abwandelte, als der Produktionsassistent Mike sie fragte, ob sie nicht einmal zehn Sekunden ruhig sein könnte.

Schweigen ist Silber, reden ist Gold.

Es ist ihr herausgerutscht und hat für großes Gelächter gesorgt, dabei hat Bea es durchaus ernst gemeint. Sie ist seit jeher der Meinung, dass die Dinge ausgesprochen werden müssen. Konflikte müssen thematisiert werden, Gefühle artikuliert, und auch ein guter Streit ist manchmal sinnvoller als vermeintliche Harmonie.

Die Visitenkarte auf ihrem Schreibtisch, die Grußkarte – alles, was hier passiert, folgt einem Plan. Einem Plan, den sie nicht durchschaut. Es ist ein Rätsel, das sie lösen muss.

Ihre Gedanken wandern plötzlich zu dem Bauarbeiter, der von seinem Gerüst fiel. Das Bild seines zerschmetterten Körpers steht vor ihrem inneren Auge. Sie schließt die Augen und drückt die Lider zusammen, bis auf ihrer Netzhaut helle Flecken entstehen und das Bild des Toten verschwindet.

Es war ein Unfall. Was soll es sonst gewesen sein? Mach dich nicht lächerlich.

Als sie die Augen wieder öffnet, ist ihre Entscheidung gefallen. Sie wird den fertig gepackten Trolley neben ihrem Bett stehen lassen und nicht hinaus zu Lang gehen, der dort bestimmt schon wartet. Sie kann noch nicht weg, denn dieser Stoffdelfin gehört Elias, daran besteht kein Zweifel. Jemand hat ihn gefunden und hier auf das Kopfkissen gelegt. Jemand, der ihr etwas sagen will, das sie noch nicht versteht.

Seine Botschaft besteht nur aus diesem einen Satz.

Schweigen ist Silber.

Sie kann nicht gehen, bevor sie weiß, was das bedeutet. So lange wird sie hierbleiben.

JUNI

Olson hat die Augen halb geschlossen und wirkt doch hochkonzentriert.

»Bea wuchs in einer schwierigen Familiensituation auf«, beginne ich. »Wenn man sie darauf anspricht, leugnet sie es. Vergessen Sie das, was auf ihrer Wikipedia-Seite steht. Das hat ein Arbeitskollege von ihr geschrieben. Ich weiß, dass es vor der Scheidung ihrer Eltern oft Streit gab. Sie war ein eher stilles Kind.«

»Still?«

»Ja. Niemand scheint das zu wissen. Still und sensibel. Ganz anders als die Powerfrau, als die sie sich gibt. Mit wem hätte sie auch reden sollen? Sie wuchs auf dem Land auf, dort gab es nichts. Ein alter Bauernhof, zum Nachbarn fahren sie über einen Kilometer und ...«

»Ich kenne die Gegend«, unterbricht Olson mich. »Ich habe dort Freunde. So abgelegen finde ich es nicht.«

»Für jemanden in Ihrem Alter mag das Charme haben, aber nicht für ein junges Mädchen. Ein Gasthaus, ein Kaufhaus, ein Kreisverkehr. Wenn Sie mich fragen, ist das der Arsch der Welt. Und dann noch die Situation der Eltern. Man kann als Kind nirgendwohin. Sie ist mit ihren Problemen allein geblieben.«

»Sie hatte ihren Bruder.«

»Bea will alle glauben machen, sie hätten ein gutes Verhältnis, aber so ist es nicht. Ihr Bruder ist zehn Jahre jünger als sie, sie standen sich nie nahe. Bei der Scheidung war er erst drei. Deshalb konnte sie die Trennung ihrer Eltern auch nie richtig verarbeiten.«

»Wissen Sie, warum sich die Eltern scheiden ließen?«

»Dazu kommen wir noch. Beas Vater hatte berufliche Probleme. Er pendelte jeden Tag eine Stunde in die Stadt. Zu diesem Job gab es keine Alternative, sie hätten wegziehen müssen. Doch Beas Mutter legte sich quer. Sie hatten viel Arbeit in das Bauernhaus investiert. Darüber gab es immer wieder Streit.«

»Sie sagen, sie kam nicht damit klar. Woran zeigte sich das?«

Ich frage mich, ob er es wirklich nicht weiß. Niemand scheint das zu wissen, Bea hat ganze Arbeit geleistet.

»Sie hörte auf zu sprechen«, erkläre ich.

Sein Staunen ist echt, er hat es nicht gewusst.

»Ihre Mutter ging zu verschiedenen Ärzten, niemand konnte ihr helfen. Sie ging normal in die Schule, machte schriftliche Prüfungen mit, mit guten Noten. Sie spielte mit anderen, lachte, doch sie sprach nicht. Dann fand sie eine Logopädin, die versprach, Bea zu helfen, doch sie brauche Zeit. Fast die gesamte Alimente des Vaters gingen dafür drauf, aber tatsächlich schien die Frau zu Bea durchzudringen. Nach einem halben Jahr kamen erste Worte. Ich weiß nicht, wie sie es gemacht hat, doch nach einem Jahr sprach Bea wie ein Wasserfall. Sie hörte gar nicht mehr auf. In ihrer Schule wurde sie Klassensprecherin, und bald darauf hatte sie ihren ersten Auftritt im Radio.«

Olson sieht mich fragend an. »Sie wollen mir sagen, Bea

konnte die Trennung ihrer Eltern nicht verarbeiten und wurde stumm? Davon höre ich zum ersten Mal. Das steht nicht in den Protokollen.«

Ich lache heiser. »Ihre Begabung für Sprache, all das ist nicht echt. Das ist nicht wirklich sie. Und das Schlimme ist, niemand weiß das. Nicht einmal ihr Mann. Sie sehen aus, als würde Sie das überraschen.« Ich lache, als ich seinen fragenden Blick sehe. »Auch die Ehe mit Rainer ist nicht das, was sie zu sein scheint. Ihre Beziehung war schwierig, schon vor dem Verschwinden von Elias. Bea verschweigt das gerne.«

STUNDE FÜNFUNDDREISSIG

Lang beobachtet die Teilnehmer des Retreats, wie sie den Meditationsraum betreten. Als er Bea sieht, ist er zuerst erleichtert. Es geht ihr also gut.

Er hat schlecht geschlafen und ist immer wieder aus seltsamen Träumen aufgewacht. Sie haben sich um Bea gedreht, einmal haben sie sogar miteinander geschlafen. Ob das etwas bedeutet, kann er selbst nicht sagen. Der Traum war jedenfalls schön, im Gegensatz zu den anderen. Immer wieder sah er Bea in der Ferne vor sich, von einem großen, dicken Mann weggezerrt. Sie sah ihn mit weit aufgerissenen Augen an, ihre Lippen zu einem stummen Schrei geöffnet. Immer war er zu spät dran, nie gelang es ihm, sie zu erreichen.

Dabei geht es ihr gut. Sie ist auf dem Weg zur morgendlichen Meditation, als wäre nichts gewesen. Sie sieht ausgeschlafen und kräftig aus, während die anderen wie Zombies neben ihr her wanken. Das macht ihn wütend, und er wendet sich ab und schleicht davon.

Matthias Lang sieht sich um, bevor er die Tür zum rechten Trakt öffnet. Er möchte etwas überprüfen.

Als er nicht schlafen konnte, hat er versucht, das seltsame Tagebuch zu lesen. Für sein Jura-Studium hat er Latein lernen müssen, das ist ewig her, doch tatsächlich half es ihm, einige der französischen Worte zu entziffern. Seither ist er gefesselt von dem Dokument.

Manchmal kommt alles anders als geplant. Er dachte, er würde Stille und innere Einkehr finden, doch stattdessen hat er dieses Schloss gefunden und ein Tagebuch, das er zu gern lesen würde, wenn seine Französischkenntnisse nicht so begrenzt wären.

Er versteht nur, dass es um die Jagd geht und um *affaires*, also Geschäfte. Doch wie das zusammenpasst, kann er nicht sagen, doch er ist ziemlich sicher, dass es diesem Matignon gehörte – das häufig verwendete *Moi* neben dem Namen lässt keinen anderen Schluss zu.

Ich, Louis de Matignon …

Es handelt sich um die Aufzeichnungen des früheren Eigentümers.

Da ist ein Detail, das Lang besonders interessiert. Matignon erwähnt mehrmals, in einem *tour* zu sitzen, als er diese Zeilen schreibt. Lang vermutet, dass damit der Turm im rechten Trakt gemeint ist, der viereckig und etwas höher und größer ist als der andere. Er fragt sich, ob das Zimmer dort oben ebenfalls noch möbliert ist. Lang findet, dass das fast zu schön wäre, um wahr zu sein. Aber er will es auf jeden Fall genau wissen.

Als Lang eine Tür öffnet und ihm kalte Luft entgegenweht, wird er aus seinen Gedanken gerissen. Er betritt den Dachstuhl des Schlosses, der hoch und dunkel über ihm aufragt. Irgendwo flattert ein Vogel, der die Flucht ergreift. Die Konstruktion aus altem, staubbedecktem Holz ist beeindruckend. Fast zwei Stockwerke hoch sind die Träger, die bis zum Giebel reichen. Lang glaubt sich zu erinnern, dass französische Gebäude besonders hohe Dächer haben, als wäre es ein Statussymbol.

Lang tritt in die Mitte des Dachbodens und sieht sich um. Er erkennt, dass sein Ziel am anderen Ende des Raums liegt. Dort ragt die Ziegelmauer des Turms auf, doch eine Tür sucht er vergeblich.

Als er sich leise fluchend umdreht, entdeckt er einen schmalen Korridor, der weiter nach hinten führt, offenbar zur anderen Seite des Turms. Doch dort stößt er nur auf eine weitere Ziegelmauer und das Skelett eines kleinen Vogels, dessen leere Augenhöhlen ihn fragend anzusehen scheinen.

Lang wendet sich ab und geht enttäuscht zurück. Er ist sich ziemlich sicher, dass diese Tür in den Turm existieren muss. Dort gibt es, wenn man dem Autor des Tagebuchs glauben darf, neben anderen Dingen eine atemberaubende Aussicht auf den Wald.

Es muss einen anderen Weg dorthin geben.

STUNDE SECHSUNDDREISSIG

Bea sitzt im Meditationsraum und wartet. Das schwache Licht des Morgengrauens erzeugt im Wald vor dem Fenster düstere Formen.

Einen Moment lang ist sie abgedriftet, hat sich schönen Gedanken an Elias hingegeben, doch wie jedes Mal, wenn sie das tut, schlägt die Realität danach mit ganzer Härte zurück.

Dennoch ist Bea vollkommen ruhig. Sie kann sich nicht erinnern, wann ihr es das letzte Mal gelungen ist, so wach und konzentriert zu sein. Sie hat in dieser Nacht nicht geschlafen. Als sie einmal kurz einnickte, war sie plötzlich wieder in den leeren Fluren des Schlosses, wo ein riesenhafter schwarzer Schatten hinter ihr her war − derselbe Schatten, von dem sie schon im Samadhi-Bad geträumt hat. Ihr Unterbewusstsein hat dem Bruch in ihrem Inneren eine Form gegeben, und die beginnt sie nun in ihren Träumen zu jagen.

Und doch spürt sie keine Müdigkeit, sondern nur Entschlossenheit und eine seltsame Zuversicht.

Letzte Nacht hat sie die Karte eingehend untersucht; sie ist wie eine Geburtstagskarte, aber altmodisch, mit Goldprägung. Heute verschenkt man das eher zur Beileidsbekundung bei einem Todesfall. Sie hatte mit einem Mal das unbändige Verlangen, Rainer anzurufen, doch dafür hätte sie ihr Handy gebraucht, das immer noch in Klaffers Büro lag. Stattdessen nahm sie noch einmal den Delfin in die Hand. War er abgenutzter als vor zwei Jahren?

Bea konnte nichts dergleichen erkennen. Es sah nicht so aus, als wäre er benutzt worden. Sie packte die beiden Sachen schließlich in ihr Versteck zu dem Schuh.

Nun beobachtet sie die anderen. Lang ist nicht erschienen, aber sonst sind alle da. Bea ist überrascht, wie aufschlussreich das Beobachten von Menschen sein kann, die nichts tun, außer dazusitzen. Sie glauben sich unbeobachtet und sind ganz mit sich selbst beschäftigt. In diesem Zustand kann man sie bei ihren inneren Kämpfen beobachten. Gedanken, die auftauchen und wieder verschwinden, spiegeln sich in ihren Gesichtern wider, Schultern und Zehen zucken wie bei Träumenden, wenn sie sich durch ihre inneren Welten bewegen. Und wenn nach einer halben Stunde die Schmerzen beginnen, rutschen sie geräuschvoll herum und finden keine Ruhe mehr, bis Klaffer das Signal zum Ende gibt.

Unschuldig kommen sie ihr vor, als sie den Meditationsraum verlassen, gerade Jacobi. Er, der zuerst so besonders ruhig schien, scheint mit dem Stillsitzen sogar mehr zu kämpfen als die anderen. Die Bewegungen seines Gesichts sind auf den ersten Blick kaum zu erkennen, doch es ist seine Kiefermuskulatur, die ihn verrät. Er steht unter ständiger Anspannung. Etwas ist da in ihm, das einen Weg nach außen sucht, doch er hält es in sich fest. Bea fragt sich, worum es sich handelt.

Und doch erscheint auch er ihr unschuldig. Sie beobachtet ihn, nicht er sie. Es ist so, wie Klaffer gesagt hat. Jacobi kämpft mit etwas, aber sie ist sicher, dass er ganz mit sich beschäftigt ist, nicht mit ihr.

140

Als sie wenig später zu den Zimmern der Teilnehmer schleicht, probiert sie seine Tür daher auch als letzte.

Beas Puls pocht schwer in ihren Ohren. Sie horcht angespannt, doch noch immer ist sie allein im Wohntrakt, die anderen sind beim Frühstück. Sie sollte auch dorthin, ihr Körper braucht Nährstoffe. Doch zuerst will sie sehen, ob sie irgendeinen Weg findet, die Zimmertüren der anderen zu öffnen. Sie sieht keine andere Möglichkeit. Sie muss ihre Geheimnisse ergründen, und dafür muss sie ihre Zimmer durchsuchen. Jemand von ihnen hat etwas zu verbergen, das weiß sie. Doch auch Jacobis Tür ist abgeschlossen, so wie die aller anderen. Sie weiß nicht, wie sie unauffällig eindringen soll.

Enttäuscht geht sie zum Speisesaal, um sich etwas zu essen zu holen, bevor der Mönch wieder alles weggeräumt hat. Beim Betreten des Speisesaals sieht sie Cleo, die sich davonschleicht, als hätte sie etwas Verbotenes vor.

*

»Bin ich froh, dich zu hören!«

Cleo ist den Tränen nahe. Sie steht im Wald und hat ein Handy in der Hand, das sie an ihr Ohr presst. Wo sie es herhat, vermag Bea nicht zu sagen.

»Es ist schrecklich hier! Ja, die Übungen sind furchtbar, und ich habe das Gefühl, sie helfen gar nicht. ... Ich habe es doch probiert, ich schwöre! Ich mache alles, was sie sagt!«

Bea beugt sich hinter dem dicken Baum hervor, der ihr Versteck ist, und versucht herauszubekommen, mit wem Cleo da telefoniert. Sie kann nur undeutlich eine quengelnde Stimme erkennen, die sehr schnell spricht.

»Ich weiß, wie viel das kostet, aber ...« Cleo beginnt zu schluchzen. »Ich verliere hier noch den Verstand!«

Nun kommen ihre Tränen ungehemmt.

»Er war tot! Du hättest ihn sehen sollen, wie er dalag! Wie soll ich dieses Bild vergessen? … Ja, natürlich gehe ich zu den Therapiegesprächen, aber … Ich habe *Angst*! Da war jemand, auf dem Gerüst … nein, jemand anderer … nein, die Polizei hat mich nicht befragt, und die Dr. Klaffer hat gemeint, ich soll nichts erzählen … Ich weiß einfach nicht mehr, was ich tun soll.«

Die Stimme am anderen Ende der Leitung scheint nun ruhiger zu sein, sie ist kaum noch zu hören.

»Ja«, sagt die Sängerin.

Als die Person am anderen Ende der Leitung weiterspricht, wird auch Cleo ruhiger.

»Ja, ich glaube, das kann ich.«

Plötzlich lacht sie auf.

»Du hast recht. Ich bin stark. Ich stehe das durch.«

Als sie sich umblickt, zieht Bea im letzten Moment den Kopf zurück. Kurz denkt sie, dass sie zu langsam war und die Sängerin sie entdeckt hat, doch dann spricht Cleo weiter.

»Ich werde jetzt aufhören. Ich muss das Telefon zurückgeben, das gehört nicht mir … Ich habe dir doch gesagt, dass wir die Telefone abgeben mussten! … So ein Mädchen, Cindy heißt sie … Ja, ich hätte meines auch behalten sollen. Ich melde mich wieder … Ja, ich liebe dich auch.«

Plötzlich hört Bea, wie vom Schloss her eine andere Person näher kommt.

»Was tun Sie denn hier?«

Es ist Klaffers Stimme. Ohne nachzudenken, rennt Bea los.

*

»Frau Winterleitner, Sie sind immer noch hier. Ich frage mich, ob das eine gute Idee ist.«

Klaffer sieht sie über ihren Schreibtisch hinweg an, als würde sie wirklich darüber nachdenken.

»Ich habe Sie beim Zazen heute Morgen beobachtet«, sagt die Psychiaterin. »Nennen Sie das etwa Meditieren? Ihre Augen waren überall, nur nicht dort, wo sie sein sollten. In Ihr Inneres gerichtet.«

Bea ist über die Anschuldigung fast erleichtert. Klaffer scheint sie im Wald nicht bemerkt zu haben, sondern nur Cleo, das ist gut.

»Sie können ruhig antworten, Frau Winterleitner. Sie brauchen nicht so tun, als würden Sie meine Vorgaben ernst nehmen.«

Bea hebt den Blick und heuchelt Unschuld.

»Nicht? Auch gut. Wie Sie wollen. Es gibt einen einzigen Grund, warum Sie noch hier sind. Sie sind eine bekannte Persönlichkeit. Das kann eine Gefahr für mein Geschäft sein, ich sage das ganz offen. Ein einziger Boulevardjournalist, der Ihren Rausschmiss beobachtet, und ich habe eine Doppelseite in der Klatschpresse. Das will ich nicht. Meine Klienten haben Besseres verdient. Also warte ich darauf, dass Sie von selbst gehen. Ich dachte eigentlich, dass Sie längst genug hätten.«

Wieder scheint Klaffer auf eine Reaktion zu warten. Und je länger das Spiel geht, desto mehr Gefallen findet Bea daran.

»Ich könnte Sie trotzdem in diesem Moment rausschmeißen«, erklärt Klaffer plötzlich kalt. »Sie stören meine Klienten und bringen Unruhe in mein System.«

Die Feststellung bleibt so im Raum stehen. Bea realisiert, dass es eine leere Drohung ist. In Wirklichkeit ist Klaffer verunsichert.

»Sie verschweigen mir etwas«, setzt Klaffer nach. »Versuchen Sie gar nicht erst, es zu leugnen. Sie haben irgendetwas vor. Zuerst dachte ich, es geht um Otto Jacobi, doch das ist es nicht. Es ist etwas anderes. Ich komme nicht dahinter. Ich nehme nicht an, dass Sie es mir sagen wollen?«

Sie sieht Bea mit hochgezogenen Augenbrauen und gar nicht unfreundlich an. Es ist ein echtes Angebot. Doch allein die Vorstellung, Klaffer von dem Delfin zu erzählen, ist lächerlich. Ganz zu Beginn vielleicht, als Bea Klaffer mit einem Minimum an Vertrauensvorschuss bedacht hatte. Doch dieses bisschen Vertrauen ist längst erschöpft.

Klaffer seufzt plötzlich theatralisch.

»Ich will nur hoffen, dass Sie erledigen können, was immer Sie gerade tun. Die anderen werden langsam, aber sicher an ihre Grenzen kommen. Sie werden gereizt sein und unerwartete, vielleicht dumme Dinge tun. Animieren Sie sie nicht auch noch. Können Sie mir das versprechen?«

»Ich hätte gern mein Handy zurück«, sagt Bea nur.

»Verschwinden Sie aus meinem Büro!«, herrscht Klaffer sie an.

STUNDE NEUNUNDDREISSIG

Lang ist völlig entnervt. Die Tür, die der Autor des Tagebuchs beschreibt, scheint nicht zu existieren.

Dabei hat er eine Passage gefunden, die eindeutig den Weg zu dem Turm erklärt.

Tournez à droite ... continuez ...

Lang hat wie im Tagebuch beschrieben erneut den Dachstuhl durchquert und ist wieder dem schmalen Korridor gefolgt. Nun steht er erneut vor der massiven Ziegelmauer und weiß nicht mehr, was er tun soll. Er betrachtet missmutig das Notizbuch in seiner Hand. Hier ist keine Tür, die in den Turm führt. Wahrscheinlich übersieht er etwas, weil sein Französisch so miserabel ist.

Passage secret ...

Was das bedeutet, weiß er eigentlich, und doch kommt er so nicht weiter.

Lang fragt sich, ob der Vogel, dessen Skelett er vorhin gefunden hat, auch bei der Suche nach irgendwelchen Durchgängen verendet ist. Als er sich danach umdreht, kann er es plötzlich nirgends mehr sehen. Vielleicht hat eine Katze die Knochen weggeschleppt, auch wenn er auf dem Gelände bisher keine Katze gesehen hat.

Als er den Blick hebt, erstarrt er.

Vor ihm ist ein Holzbalken, und dort liegt das gesuchte Vogelgerippe. Doch es liegt dort nicht allein, neben ihm sind nicht weniger als fünf weitere tote Vögel in unterschiedlichen Stadien der Skelettierung. Sie sind sauber aufgereiht, in gleichen Abständen zueinander. Ein Tribunal des Todes, das ihn zu richten scheint.

Lang bemerkt, dass er eine Gänsehaut hat, und weiß nicht, warum. Er glaubt nicht, dass diese Vögel vorhin schon so dagelegen haben, doch er ist sich nicht sicher. Was er weiß, ist nur, dass der eine Vogel ganz links beim letzten Mal noch auf dem Boden lag. Eine Katze kann ihn nicht auf den Balken gelegt haben. Nicht auf diese Weise. Jemand muss hier gewesen sein, während er in seinem Zimmer war.

Lang schüttelt den Kopf. Er ärgert sich, dass er sich so verunsichern lässt. Jemand sammelt Vogelskelette. Das ist makaber und vielleicht ekelhaft, aber er sollte sich deshalb nicht in die Hose machen.

Als er gerade gehen will, entdeckt er etwas auf dem Boden, das wie eine Steinplatte aussieht. Doch dann erkennt er, dass es sich um etwas anderes handelt. Dass er gefunden hat, was er suchte.

Er steigt mit dem Fuß darauf, und in der scheinbar massiven Wand öffnet sich eine Tür.

*

Bea steht hinter einer dicken Buche, hat die Wange gegen die sich sandig anfühlende Rinde gedrückt und beobachtet den Bungalow der buddhistischen Mönche.

Sie ist zum Schluss gekommen, dass es keinen Sinn macht, den anderen nachzustellen. Sie kommt so nicht voran, und irgendwann wird Klaffer sie erwischen. Es gibt eine andere

Lösung für ihr Problem, und die ist so einfach, dass sie sich ohrfeigen könnte, nicht früher dahintergekommen zu sein.

Einen Generalschlüssel. Hanh stand gestern plötzlich in ihrem Zimmer, um die Laken zu wechseln. Das bedeutet, er muss einen Schlüssel besitzen. Vermutlich hat er nicht für jedes Zimmer einen Zweitschlüssel, sondern einen Generalschlüssel, der verschiedenste Türen im Schloss öffnet. Diesen Schlüssel muss sie beschaffen, eine andere Möglichkeit gibt es nicht.

Seit vielleicht zwanzig Minuten steht sie nun schon hier und wartet. Vor einer Viertelstunde hat Hanh das Haus betreten, seither ist es ruhig. Sie kann nicht sagen, was Hanh hier zu tun hat. Sie weiß, dass er später das Essen in den Speisesaal des Schlosses bringen wird, doch ob es hier gekocht wird oder im Schloss selbst, hat sie bisher nicht herausgefunden.

Hanh muss den Schlüssel bei sich tragen. Sie hat keine Ahnung, wie sie herankommen soll. Ihre einzige Chance besteht darin, in seiner Nähe zu sein und auf einen günstigen Moment zu warten. Doch solange sie hier draußen steht und er sich im Gebäude aufhält, wird diese Gelegenheit nicht kommen.

Bea gibt sich einen Ruck und tritt hinter dem Baum hervor. Sie richtet sich auf, hebt das Kinn ein wenig, dann geht sie auf den Eingang zu.

Im Korridor ist die Luft stickig wie von zu viel Leben. Ein welliger Laminatboden führt ins Zwielicht, irgendwo brummt ein Gebläse, sonst ist alles ruhig. Von dem Korridor führen sechs Türen weg, eine weiter hinten steht einen Spalt offen.

Bea versucht sich zu orientieren. Angesichts der geringen Größe des Gebäudes vermutet sie, dass sich hinter diesen

Türen die Zimmer der Mönche befinden. Irgendwo muss es noch eine Küche und eine Art Gemeinschaftsraum geben. Sie glaubt, dass sich beides hinter der Tür mit dem Milchglasfenster am Ende des Korridors befindet.

Die Situation spielt ihr nicht gerade in die Hände. Hinter einer dieser Türen wohnt Hanh. Vielleicht hat er den Schlüssel bei sich, vielleicht liegt dieser aber auch unbeaufsichtigt in seinem Zimmer. Bea hat keine Ahnung, wie sie das eine oder andere herausfinden soll.

Als sie ein Geräusch hört, zuckt sie zusammen. Hinter einer dieser Türen ist jemand. Es rumort, dann sind da gedämpfte Schritte. Bea muss jetzt schnell reagieren. Sie ist noch in der Nähe des Eingangs und könnte sich ins Dickicht schlagen. Doch die Tür, von der die Geräusche kommen, liegt zwischen ihr und dem Ausgang. Sie hat Angst, dem Menschen hinter dieser Tür direkt in die Arme zu laufen, also wendet sie sich um und sucht nach einem Versteck.

Doch die Türen an den Seiten sind zu. Bea bleibt nur die Flucht nach vorne. Die letzte Tür am Ende des Gangs ist offen. Sie reißt sie auf und tritt ein, doch sie weiß sofort, dass sie einen Riesenfehler gemacht hat, denn sie ist dort nicht allein.

Es ist ein Meditationsraum wie jener im Schloss, nur die Decke ist niedriger, und das Parkett könnte auch ein Imitat sein. Polster und Decken liegen auf Stapeln, an einer Wand steht ein Altar mit einer Buddha-Statue. Fünf buddhistische Mönche sitzen dort im Lotossitz, alle mit dem Rücken zu ihr. Keiner hat sich bei ihrem Eintreten bewegt, sie scheinen tief in Meditation versunken zu sein. Das beruhigt sie nicht, denn hinter sich hört sie Schritte, die sich nähern. Wer immer das Gebäude gerade betreten hat, scheint auf dem Weg hierher zu sein.

Da sieht Bea, dass ihre Theorie stimmt: Die Mönche sitzen auf zusammengefalteten Decken. Eine der Decken ist unbesetzt, jemand war kurz draußen und kehrt nun an seinen Platz zurück.

Bea sieht sich nach einem Fluchtweg um, doch der Raum hat keinen anderen Ausgang, nur einige große Glasfenster. Sie weiß, wenn sie versucht, eines dieser Fenster zu öffnen, werden die Mönche bestimmt aus ihrer Trance gerissen. Sie schlafen ja nicht, und in der Meditation sind ihre Sinne aktiv, wie Bea gelernt hat.

Ihr bleibt keine Zeit, also weicht sie zur Wand zurück – gerade noch rechtzeitig, bevor die Tür aufgeht und ein weiterer Mönch den Raum betritt. Obwohl er ihr den Rücken zuwendet, erkennt sie Hanh, den Jüngsten der Gruppe. Er geht über den knarrenden Boden auf die Decke zu, kniet sich hin und faltet die Beine dann zum Lotossitz. Nicht ein einziges Mal wendet er sich zu ihr um.

Bea kann es kaum glauben, als alles plötzlich ganz ruhig wird. Sie blickt zur Tür. Auch von draußen kommt kein Geräusch mehr.

Sie wagt einen Schritt zur Seite, wobei sie hofft, dass der Boden neben der Wand stabiler ist als in der Mitte des Raums. Als Hanh zu seinem Platz ging, war das Geknarze schrecklich laut. Doch unter ihr bleibt der Boden stumm, also macht sie noch einen Schritt. Als sie die Tür fast erreicht hat, gibt der Boden ein schreckliches Knarzen von sich. Bea erstarrt und wartet darauf, dass sich die Köpfe nach ihr umdrehen. Aber nichts geschieht. Und da versteht sie, dass die Mönche so konzentriert sind, dass sie wirklich nur ihre eigenen Körper wahrnehmen. Sie sehen nicht, was in ihren Augenwinkeln passiert. Es könnte einer der Mönche am Rand sein, der aufgestanden ist, und sie haben nicht vor, sich davon aus der Ruhe bringen zu lassen.

Bea macht einen letzten Schritt zur Tür, bevor sie sie aufreißt und aus dem Raum schlüpft.

Auf dem Weg nach draußen fällt ihr auf, dass sie eine Tür ganz am Anfang noch nicht kontrolliert hat – jene, aus der Hanh gekommen ist. Sie ist unversperrt, und dahinter findet sie, was sie gesucht hat.

Sie befindet sich in einer Art Büro. Auf einem Schreibtisch steht ein uralter würfelförmiger Computermonitor, der offenbar noch eine Elektronenröhre enthält. Daneben rankt sich eine Aloe Vera empor. Neben der Tür hängt ein Schlüsselbrett mit mehreren Schlüsselbünden. Einer davon hat besonders viele unterschiedliche Schlüssel, neuere, die zu Zylinderschlössern gehören, und alte, riesige Bartschlüssel. Bea kann ihr Glück kaum fassen. Sie greift danach und will sich wieder der Tür zuwenden, als sie plötzlich zögert.

Immer noch scheint alles ruhig zu sein.

Klaffer hat mein Handy. Das ist eine einmalige Chance.

Statt zur Tür zu gehen, setzt sie sich an den Schreibtisch, legt den Schlüssel ab und bewegt die alte Computermaus, was den Bildschirm mit einem Knistern zum Leben erweckt.

Das Betriebssystem stammt aus der Steinzeit, doch Bea findet sich sofort zurecht. Die Symbole sind alle noch vertraut. Sie findet den Browser und öffnet ein Fenster. Kurzentschlossen tippt sie die Adresse ihres Webmail-Anbieters ein und drückt auf *Enter*.

Etwas tut sich. Der Browser scheint zu laden, doch es dauert. Bea wartet. Als sie gerade die Hoffnung aufgeben will, poppt die gewünschte Seite auf. Sie wird nicht richtig angezeigt, das Format scheint sich nicht mit der geringen Auflösung des Monitors zu vertragen, doch das ist ihr egal. Bea wirft einen schnellen Blick zur Tür, wo immer noch alles ruhig ist. Sie dreht den Kopf hinüber zum Fenster, das mit einer innenliegenden Jalousie aus Blechlamellen verdunkelt ist. Falls jemand durch die Tür hereinkommt, könnte sie versuchen, durch das Fenster zu fliehen, doch dazu müsste sie vorher die Jalousie öffnen, was von außen ziemlich auffällig wäre.

Bea entscheidet sich dagegen und tippt ihre Adresse und ihr Passwort ein. Wieder lädt die Seite ewig lang, bevor eine Liste ihrer Mails auftaucht. Über fünfzig ungelesene E-Mails werden angezeigt. Leute vom Sender versuchen sie zu erreichen, die Hausverwaltung hat ihr geschrieben, mehrere Tageszeitungen fragen nach einem Interview. Und da sind neue Zahlungserinnerungen. *DRINGEND!* steht in der Betreffzeile. Sie scrollt darüber, wie sie es die letzten Wochen getan hat.

Dann entdeckt sie eine Nachricht, die sie innehalten lässt. Sie stammt von Rainer. Es ist der erste Kontakt mit ihm, seit er aus der Wohnung förmlich geflohen ist.

Bea ringt mit sich, bevor sie die Nachricht anklickt. Sie hat panische Angst vor dem, was sie dort lesen könnte.

Doch ihre Angst erweist sich als unbegründet. Fast ist sie enttäuscht, als sie sieht, wie knapp seine Mail ist.

Können wir reden? Ich bin im Prince Edward.

Die Mail ist von letzter Nacht und wurde um ein Uhr morgens abgeschickt. Er spricht von dem Pub bei ihnen gegenüber, wo sie ab und zu etwas trinken gingen, wenn ihnen die Decke auf den Kopf fiel und sie doch nicht in die Stadt wollten. Ein paarmal waren sie nach der Geburt von Elias sogar gemeinsam dort, der Reichweite des Babyfons sei Dank.

Bea spürt, wie Wellen aus Hitze und Kälte durch ihren Körper wandern. Ein Teil von ihr wünscht sich nichts sehnlicher, als jetzt dort zu sein und ihm gegenüberzusitzen. Sie weiß aber auch, dass es nichts bringen würde. Keines ihrer Probleme ist gelöst. Noch immer gibt es keine Spur von Elias.

Doch dann wird ihr klar, dass das nicht mehr stimmt. Sie hat gefunden, worauf sie beide nicht mehr zu hoffen gewagt haben. Einen neuen Hinweis. Davon muss sie ihm erzählen. Sie wünscht sich, in sein Gesicht sehen zu können, während sie das tut. Es würde viel von dem, was sich in den letzten Monaten zwischen ihnen aufgebaut hat, mit einem Mal zusammenbrechen lassen, das weiß sie plötzlich. Sie konnten ihre Hilflosigkeit nicht ertragen und haben ihre Wut darauf aneinander abreagiert. Diese Hilflosigkeit gehört der Vergangenheit an. Es gibt eine neue Spur.

Sie ist versucht, ihm das zu schreiben. Rainer muss unbedingt davon erfahren. Doch sie weiß, dass das eine miserable Idee ist. Das ist nichts, was in eine E-Mail gehört. Mails sind schrecklich anfällig für Missverständnisse. Er wird Fragen haben, die sie sofort beantworten muss. Und schließlich weiß sie nicht, was sie überhaupt schreiben soll. Der Stoffdelfin mag eine Spur sein, doch wenn sie ehrlich ist, ist die Hoffnung trügerisch. Jemand hat ihr diesen Delfin aus einem ganz bestimmten Grund aufs Bett gelegt. Sie hat keine Ahnung, warum, und sie zögert, die Konsequenzen zu ziehen, die ihr seither durch den Kopf gehen – dass jemand, der ihr Gutes will, wahrscheinlich einfach mit ihr reden würde und ihr sagen würde, was er weiß, statt ihr diesen Hinweis und die handgeschriebene Nachricht zu hinterlegen. All das kann sie Rainer nicht schreiben. Außerdem weiß sie, er würde sofort herkommen und für einen Aufstand sorgen. Er würde direkt zu Klaffer gehen und sie zur Rede stellen. Aus irgendeinem Grund glaubt Bea, dass die Spur sich dann verlaufen würde. Der Hinweisgeber will anonym bleiben. Dafür gibt es einen Grund, den sie verstehen muss.

Rainer hat in dem Pub auf sie gewartet und vermutlich getrunken, bevor er wieder gegangen ist. Der Gedanke berührt sie. Sie will ihm unbedingt schreiben. Einen Moment denkt sie nach.

Ich möchte auch reden, schreibt sie. *Aber ich bin nicht mehr in der Wohnung. Es gibt etwas, das ich dir erzählen muss.*

Beas Hand bleibt zitternd über der Tastatur stehen. Sie will mehr schreiben, dass sie etwas gefunden hat, das Elias gehört hat. Dass vielleicht doch nicht alle Hoffnung verloren ist, dass es vielleicht jemanden gibt, der etwas über sein Verschwinden weiß. Doch sie weiß, dass sie ihm das nicht antun kann. Wie würde sie sich fühlen, wenn sie eine solche Andeutung bekäme? Doch so kann sie es auch nicht stehen lassen. Er hat ein Recht darauf zu wissen, was sie weiß. Also gibt sie sich einen Ruck und schreibt:

Es geht um Elias. Hier ist jemand, der vielleicht weiß, was mit ihm passiert ist.

Schnell drückt sie auf Senden und will den Browser schließen, doch dann erinnert sie sich an etwas, das sie in einer internen IT-Schulung über Datensicherheit gelernt hat. Sie öffnet die Optionen des Browsers und löscht den Suchverlauf sowie sämtliche Cookies. Das wird den Benutzer des Computers vermutlich bald einige Nerven kosten, doch so kann niemand so einfach nachverfolgen, welche Seite sie besucht hat. Es wird aussehen wie ein lästiger Computerfehler, nicht, als hätte jemand sich am Rechner zu schaffen gemacht.

Bea schließt den Browser und steht auf. Immer noch ist alles ruhig. Sie hat ihr Glück lange genug herausgefordert. Als sie aufsteht, nimmt sie wahr, wie die Tür aufgeht. Sie schafft es gerade noch, den Schlüssel vom Tisch aufzuheben und hinter ihrem Körper zu verstecken, als Hanh vor ihr steht.

*

Lang ist etwas enttäuscht. Der Raum, der etwa vier mal vier Meter misst, ist tatsächlich leer. Auf dem Boden liegt Mäusekot neben einigen alten Zeitungen, Spinnweben fangen Staub vor den stumpfen Fenstern. Aus einem Kabelschacht in der Mauer ragen eine Handvoll Litzen. Lang versucht, durch eines der Fenster etwas zu erkennen, doch er kann nur undeutlich Baumwipfel ausmachen.

Von Matignons geheimer Kommandozentrale ist nichts mehr übrig. Zu gern hätte Lang erfahren, ob der Schlossherr von hier aus die Aufnahmen der klandestinen Kamera verfolgte. Er greift nach den Kabeln, die etwa so alt zu sein scheinen wie jene bei der Kamera im Schlafzimmer mit dem Himmelbett. Es könnte passen, vielleicht standen hier ursprünglich Monitore.

Lang sieht aus dem Fenster. Der Blick auf den Wald ist tatsächlich atemberaubend. Das Waldstück ist größer, als er vermutet hat. Es zieht sich bis zum Horizont hin, dabei ist das hier eigentlich eine dicht besiedelte Gegend.

Als er sich umwendet, ist dort das Gewerbegebiet, das sich zum Waldrand hin vorgearbeitet hat, doch dann scheint es an Kraft verloren zu haben. Es wirkt, als hätte eine unbekannte Macht die Gebäude, die näher am Wald gebaut wurden, schneller altern lassen. Manche Betriebe haben hohe Plakatwände aufgestellt, wie Barrieren. Doch junge Bäume und hohes Gras halten sich nicht daran, schleichen daran vorbei und überziehen die geschweißten Metallrahmen mit Feuchte, die sich langsam und unerbittlich ausbreitet.

Lang wird aus seinen Gedanken gerissen, als er plötzlich auf dem Vorplatz des Schlosses eine Person entdeckt – die ihn geradewegs anblickt.

*

154

»Arno! Wo bleibst du? Muss ich böse werden?«

Der Mann ruft über eine Wiese. Dahinter ist eine Lagerhalle. Vom Fenster aus hat Lang zwei Hunde gesehen, die Retriever sein könnten oder Mischlinge davon. Er selbst scheint an die sechzig zu sein und trägt eine Schiebermütze mit Fischgrätenmuster. Einer seiner Hunde muss sich aus dem Staub gemacht haben. Es mag schönere Gegenden für einen Spaziergang geben als dieses Gewerbegebiet vor dem Schloss, aber für Hunde muss es das Paradies sein.

»Entschuldigen Sie«, spricht Lang ihn an.

Er kann sehen, dass der Mann ihn bemerkt, doch ihn zu ignorieren versucht.

»Arno! Verdammt nochmal. Dämlicher Hund.«

»Entschuldigung?«, wiederholt Lang.

Der Mann scheint widerwillig zu akzeptieren, dass Lang nicht weggehen wird, also dreht er sich zu ihm um.

»Ich habe Sie vom Fenster aus gesehen, vorhin«, beginnt Lang. »Sind Sie hier aus dieser Gegend?«

»Was wollen Sie?«

»Ich bin zu Gast im Schloss. Dort findet gerade ein Retreat statt. Wissen Sie etwas über die Geschichte des Gebäudes?«

»Nicht wirklich«, sagt der Mann. »Viel gibt es nicht. Das Schloss ist nicht sehr alt. Zwanzigstes Jahrhundert.«

»Das weiß ich. Aber ich interessiere mich für den Schlossherrn. Matignon. Der Name sagt Ihnen was, oder?«

Der alte Mann sucht mit seinem Blick die ferne Lagerhalle ab, in der Hoffnung, sein Hund würde zur Besinnung kommen und zurückkehren. Es würde ihm eine Ausrede geben, das Gespräch zu beenden. Doch nur ein fernes Bellen ist zu hören. Da seufzt der Mann.

»Natürlich kenne ich Matignon. Jeder kennt ihn.«

»Jeder? Warum?«

»Was wissen Sie über Matignon?«, fragt er.

»Nur, dass ihm das Schloss gehörte.«

Der Mann nickt. Er spaziert los, und Lang folgt ihm. »Er war aus irgendeinem niederen französischen Adelsgeschlecht. Sein Geld hatte er woanders gemacht, niemand weiß genau, womit. Matignon war ein Lebemann, der Partys und Empfänge veranstaltete. Auch Jagden, der Wald hinter dem Schloss ist ein weitläufiges Jagdrevier. Er selbst interessierte sich aber nicht für die Jagd und blieb meistens im Schloss zurück.«

»Wann war das?«

»Irgendwann in den Sechzigern. Stellen Sie sich Bälle vor, Hochzeiten, Schatzsuchen im Garten. Es gab Treibjagden, aber auch Wildtierfallen, die im Wald hinter dem Schloss ausgelegt wurden. Aber all das war nur Fassade.«

Lang wird hellhörig. Der Mann grinst ihn an.

»Es ging ihm um die Gäste. Er spionierte sie aus.«

Lang ist verblüfft. »War er ein Agent?«

»Nicht wirklich. Zumindest weiß ich nichts darüber. Er machte das auf eigene Faust. Fädelte Geschäfte ein und kassierte Provisionen dafür. Zu ihm gingen Leute, die Diskretion wollten.«

»Diskretion? Ich dachte, er spionierte?«

»Das war es ja gerade«, erklärt der Mann, der langsam in Fahrt kam. »Er spielte mit dem Feuer. Manche seiner Gäste soll er erpresst haben. Es gab auch Partys mit Prostituierten, und er soll Bilder gemacht haben.«

»So macht man sich Feinde«, mutmaßt Lang.

»Wie gesagt, ein Spieler.«

»Und jetzt ist das Schloss halb verfallen«, sinniert Lang.

Der Mann nickt. »Er trieb es zu weit. Es kam zur Tragödie.«

»Was ist geschehen?«

»Genau weiß ich es nicht, da müssten Sie meine Frau fragen. Ich bin nicht von hier. Aber es heißt, er hat sich verkalkuliert. Ein Waffenhändler aus Übersee. Er hat ihn übers Ohr gehauen, und der Mann wollte sich rächen. Er bedrohte Matignon, doch der ballerte wild um sich und floh über irgendwelche Gänge im Schloss. Im Wald hat man ihn dann erschossen. Dort gibt es sogar eine Gedenktafel.«

»Wirklich? Ich habe keine gesehen.«

»Gleich hinter dem Schloss. Wenn man geradeaus in den Wald geht.«

»Danke für den Tipp«, sagt Lang. »Und vielen Dank für die Geschichte. Jetzt ist mir vieles klarer.«

Sie sind stehen geblieben und sehen sich an.

Nun scheint es der Mann zu sein, der neugierig wird. »Sie sind doch dieser Politiker.«

Lang erschrickt und hebt beschwörend die Hände. »Verraten Sie bitte niemandem, dass ich hier bin!«

»Kein Wort«, sagt der Mann schnell.

Sein Gehabe hat sich völlig verändert. Er steht jetzt sehr gerade da, als wollte er salutieren, und sein Blick sucht immer wieder Langs Gesicht, wagt aber nicht dort zu verweilen.

»Wenn ich fragen darf, bei wem machen Sie das Seminar?«, fragt er schließlich.

»Die Leiterin heißt Klaffer.«

Der Name löst bei ihm eine sichtbare Reaktion aus.

»Was ist? Kennen Sie sie?«

Da taucht der zweite Hund auf. Er hat etwas im Maul, das sich als zerbissener Fußball herausstellt. Die Miene des Mannes hellt sich auf.

»Pfui, Arno. Lass das los!«

Er entreißt ihm den Ball, der flach wie ein Teigfladen ist,

und zerzaust das Fell des Tiers, was es vor Zuneigung ganz fahrig macht.

»Ich muss jetzt wirklich nach Hause«, sagt der Mann und nimmt auch seinen zweiten Hund an die Leine.

»Warten Sie! Was ist mit Klaffer?«

»Gar nichts. Ich wusste nicht, dass sie noch immer Seminare gibt.«

Lang stellt sich ihm in den Weg. »Bitte, Sie haben davon angefangen. Jetzt müssen Sie mir auch sagen, worum es geht. Ich erzähle es niemandem, versprochen.«

Da seufzte der Mann. »Meine Frau behauptet, sie ist eine Betrügerin.«

Ihr Kind ist weg –
droht jetzt Ehe-Aus?

Ihr Glück war perfekt, doch dann kam der Albtraum: Noch immer gibt es keine Spur von Bea Winterleitners Sohn Elias. »Sie ist so stark. Ich würde das nicht aushalten«, sagt ein enger Vertrauter der Familie. Bea Winterleitner, die beliebte Nachrichtensprecherin, versucht sich abzuschotten, zu groß ist der Schmerz. Doch unser Insider kennt alle intimen Details. So wissen wir nun, dass Beas Ehemann Rainer, ein Immobilienmakler, die gemeinsame Wohnung vor wenigen Tagen verlassen hat. Unser Insider fragt sich, was wirklich im Heim der Winterleitners passierte. Ist die Liebe der beiden groß genug, um diese Krise zu überstehen? Oder bricht der Verlust ihres Sohnes ihr Herz? »Ich finde es schon komisch«, sagt der Freund der Familie. »Wie kann sie einfach weiterarbeiten, als wäre nichts passiert? Was ist sie für eine Mutter?«

Wenn er sie verlässt, ist es aus, erklärt uns der Insider. »Das würde sie nicht verkraften.«

JUNI

Ich kann sehen, wie skeptisch Olson ist. Das ist verständlich, weil er zum ersten Mal die Wahrheit hört. Sie ist nicht einfach zu akzeptieren.

»Wussten Sie, dass Bea und Rainer sich wenige Monate vor ihrer Heirat beinah getrennt hätten? Es passte nicht zwischen ihnen. Freunde sagten, dass sie einfach zu unterschiedlich waren. Rainer war sehr schweigsam, während Bea … nun, Sie wissen schon. Dabei gab sie ihm das Gefühl, nicht wirklich bei ihm zu sein. Ich weiß, dass er darunter litt. Als die Beziehung abkühlte, kamen noch Beas Affären dazu.«

»Frau Winterleitner hatte Affären?«

»Natürlich! Wussten Sie das nicht? Sie ist nicht so unschuldig, wie sie tut. Bea ließ es richtig krachen, während Rainer sich immer weiter verschloss.«

»Wissen Sie, mit wem sie eine Affäre hatte?«, fragt Olson.

»Man sagt, dass sie Abenteuern mit Kollegen nicht abgeneigt war. Es heißt, dass ihr Chef in den Genuss kam, genauso wie dieser Fernsehclown.«

»Otto Jacobi?«

»Genau der.«

»Aber Sie wissen es nicht genau, oder?«, bohrt Olson nach. »Das sind nur Gerüchte.«

»Jeder wusste das!«, sage ich scharf.

Er wagt nicht, mir noch einmal zu widersprechen, obwohl ich sehen kann, dass er mir nicht glaubt.

»In diesem Moment stand ihre Beziehung auf der Kippe«, fahre ich fort. »Es gibt nur einen Grund, warum sie sich nicht trennten.«

»Welchen?«

»Bea wurde schwanger. Da kam sie angekrochen, und sie heirateten. Verstehen Sie? Bea kam nur wegen des Kindes zurück. Deshalb hat sie ihn geheiratet, nicht aus Liebe. Im Übrigen war sie eine schreckliche Mutter.«

Olson lehnt sich zurück und blickt ins Leere. Ich kann sehen, dass er nun wirklich nachdenkt. Mit dem Daumen der rechten Hand streicht er über das Glas seiner Rolex, als müsste er es putzen.

»Sie wissen, dass sich das, was Sie erzählen, von allem unterscheidet, was Bea Winterleitner zu Protokoll gegeben hat?«

»Natürlich. Sie will all diese Dinge nicht wahrhaben.«

»Ich würde Ihnen ja gern glauben«, sagt Olson und wählt jedes Wort mit Bedacht, »aber Sie müssen mir schon etwas mehr geben.«

»Was wollen Sie denn noch?«

»Können Sie irgendwie beweisen, was Sie da erzählen?«

In diesem Moment habe ich das Bedürfnis, die Sitzung abzubrechen. Es war falsch, mich mit Olson einzulassen. Er ist nur wie die anderen, er will nicht wirklich verstehen. Doch dann fällt mir etwas ein. »Doch, ich kann Ihnen tatsächlich beweisen, dass ich recht habe.«

Olson wartet.

»Ich weiß, dass Bea behauptet, sie hätte in den Monaten vor ihrem Zusammenbruch kaum noch mit ihrem Mann gesprochen, obwohl sie unter ein und demselben Dach wohnten.«

»Richtig, das hat sie gesagt.«

»Sie sagt auch, dass sie am Tag ihres Aussetzers im Fernsehen nach Hause kam und er nicht mehr da war.«

Er nickt.

»Sehen Sie? Da haben wir es.«

»Was haben wir?«

»Rainer Winterleitner wohnte schon seit Monaten nicht mehr bei ihr.«

Olsons Augen sind vor Staunen weit aufgerissen.

»Prüfen Sie es nach. Er wohnte in einer Einliegerwohnung am anderen Ende der Stadt, die eigentlich zum Verkauf bestimmt war.«

MÄRZ
STUNDE EINUNDVIERZIG

Bea schlägt das Herz bis zum Hals. Sie hat sich in ihr Zimmer gerettet und sitzt nun auf dem Bett. Hanh stand einfach da und starrte sie an, mit den kleinen, kalten Augen. Als sie an ihm vorbei aus dem Zimmer rennen wollte, streckte er seinen Arm aus und versperrte ihr den Weg. Er schien dabei nicht wütend zu sein, was Bea nur noch mehr Angst machte. Erst als sie seinen Arm grob zur Seite schlug, ließ er sie durch.

Ob er den Schlüssel in ihrer Hand bemerkt hat, kann sie nicht sagen. Es ist aber auch egal. Gleich wird jemand kommen, um sie rauszuwerfen. Es war alles umsonst, auch der Schlüssel wird ihr nichts bringen. Sie wird nie erfahren, woher der Delfin stammt.

Wie von einem Stromschlag getroffen, springt sie auf und geht zu der Abdeckung im Badebereich, hinter der sich der Delfin und die Karte befinden. Sie versucht mit den Fingernägeln, die Schrauben zu öffnen, bevor sie die Nagelfeile holt. Sie muss den Delfin in Sicherheit bringen. Ganz unten in der Tasche wird niemand danach suchen, hofft sie zumindest. Sie wird es mit allen Mitteln verhindern, schreien, wenn es nötig ist.

Als sie gerade den Deckel herunternimmt, hämmert jemand an ihre Tür.

»*Bea Winterleitner!*«

Es ist Klaffers Stimme. Sie ist außer sich.

»Was bilden Sie sich eigentlich ein? Sind Sie von allen guten Geistern verlassen?«

Bea hält die Luft an.

»Ich weiß, dass Sie da drin sind! Wie kommen Sie dazu, in die Wohnräume der Mönche einzudringen? Sie stören meine Gäste, Sie belästigen Otto Jacobi und Sie lügen mir ins Gesicht. Aber die Mönche? Was haben die damit zu tun?«

Bea wartet, was als Nächstes passiert. Sie rechnet damit, dass sie einen Schlüssel im Schloss hört. Hanh und Klaffer werden die Tür öffnen und sehen, was sie hier versteckt hat. Sie werden ihr den Delfin wegnehmen.

Doch nichts passiert. Da realisiert Bea: Der Generalschlüssel, mit dem Klaffer ihre Tür öffnen könnte, liegt hier auf ihrem Bett. Klaffer kann nicht hinein, ohne die Tür gewaltsam aufzubrechen.

»Sie wollen, dass ich versage«, fährt Klaffer fort. »Doch den Gefallen werde ich Ihnen nicht tun.«

Sie ist jetzt ruhig, fast bedrohlich.

»Dass Sie so reagieren, bestätigt mir, dass ich auf dem richtigen Weg bin. Die Stille bringt Ihr wahres Gesicht zum Vorschein. Ich hätte sehen sollen, wie krank Sie sind.«

Klaffer schweigt einen Moment. Bea wartet, dass ihre Schritte sich entfernen, aber sie redet weiter.

»Ich mache Ihnen ein letztes Angebot. Wenn Sie sich ab jetzt an die Regeln halten, gebe ich Ihnen noch eine Chance. Aber wenn Sie eine einzige Meditation versäumen oder noch einmal jemanden belästigen, lasse ich die Polizei kommen. Und zugleich werde ich einen Freund anrufen, der klinischer Psychiater ist. Ich werde ihm eine genaue Diagnose Ihres Zustands geben. Das bedeutet, dass Sie nicht in ein Gefängnis gebracht werden, sondern an einen anderen Ort. Und dort werden Sie dann den Rest Ihres Lebens bleiben, dafür werde ich sorgen. Haben Sie das verstanden?«

Bea wagt nicht zu atmen. Der Deckel in ihren Händen wird schwer, und sie beginnt zu zittern. Doch dann hört sie, wie Klaffer davonstapft.

Erst jetzt fällt Bea auf, dass sie nicht nach dem Schlüssel gefragt hat.

STUNDE ZWEIUNDVIERZIG

Bea betrachtet die anderen, wie sie den Meditationsraum betreten. Sie ist diesmal als Erste hier. Klaffers Drohung hat Wirkung gezeigt. Bea ist klar, dass sie Zeit gewinnen muss, will sie mehr über den Delfin herausbekommen. Bisher scheint niemand den Schlüssel zu vermissen. Und in ihrem Zimmer wird man ihn nicht finden, dafür hat sie gesorgt.

Also hat sie beschlossen, Klaffers Anweisung zu folgen und an der für ein Uhr angesetzten Meditation teilzunehmen. In vorbildlicher, aufrechter Haltung sitzt sie da und wartet. Sie ist entschlossen, keine Schwäche zu zeigen. Jacobi wirkt überrascht, als er sie so sieht. Er fühlt sich gestört und wendet ihr demonstrativ den Rücken zu. Cleo hingegen ist ein Bild des Glücks, als sie in den Meditationstraum tänzelt. Sie scheint sich wieder gefangen zu haben. Der Blick, den sie Bea schenkt, ist voller Zuneigung. Mit einem Seufzen der Behaglichkeit, das im ganzen Raum zu hören ist, lässt sie sich auf ihrem Polster nieder.

Bea wartet, ob auch Lang kommt. Sie will sehen, ob er ihr böse ist, weil sie ihn versetzt hat, doch sie wartet vergeblich. Lang taucht erst einmal nicht auf.

Als Letzte tritt die junge Frau ein, der Bea bisher kaum Beachtung geschenkt hat. Sie wirkt heute irgendwie schwach und niedergeschlagen. Sie scheint im Stillen mit ihren Dämonen zu kämpfen, und was immer sie durchmacht, kann nicht leicht sein.

Als die Meditation beginnt, ist Bea ruhiger als bisher. Woran es liegt, weiß sie nicht genau, aber sie fühlt sich anders. Klarer, konzentrierter. Sie hat ein Ziel und weiß, dass sie Geduld haben muss. Dieses Ziel ist es, das ihr Ruhe schenkt. Zum ersten Mal seit langer Zeit weiß sie zu hundert Prozent, was zu tun ist. Es wird schwierig werden, und sie hat Angst davor, aber jetzt gerade ist sie entspannt. Es ist die Ruhe vor dem Sturm, das weiß sie.

Bea dämmert langsam weg. Ihre Gedanken kreisen um Belanglosigkeiten. Sie denkt an das Essen, das sie noch im Speisesaal zu sich genommen hat, bevor sie zur Meditation ging, fragt sich, wie das Wetter in den nächsten Tagen sein wird. Ihre Gedanken verfliegen, als sie etwas in ihrem Augenwinkel bemerkt. Sie dreht sich zaghaft um und zuckt zusammen. Sie sagt sich, dass sie eingeschlafen sein muss. Das hier muss ein Traum sein.

Doch das stimmt nicht, sie ist wach: Plötzlich steht da eine Gestalt mit ihnen im Raum, mit schwarzem Mantel und Kapuze. Sie trägt einen Stock in der Hand. Das Bild könnte aus einem japanischen Samuraifilm stammen.

Bea blinzelt. Erst jetzt erkennt sie, dass es sich bei der Gestalt in der Robe um niemand Geringeren als Klaffer selbst handelt. Zu Beas Verblüffung tritt sie hinter Jacobi, hebt den Stock und lässt ihn mit einem dumpfen Klatschen auf dessen Schulter niedersausen. Jacobi stöhnt kurz auf, scheint aber weder überrascht noch dagegen zu sein. Ein weiteres Mal trifft der Stock seine Schulter. Jacobi richtet sich etwas auf, als wären seine Sinne durch die Schläge geschärft, während Klaffer weitergeht.

Bea wagt nicht, den Kopf zu drehen, sondern betrachtet die Szene ungläubig im Augenwinkel. Was auch immer dieses Ritual bedeutet, es scheint mit Jacobi abgesprochen zu sein. Ihr Staunen nimmt noch zu, als Klaffer hinter Cleo stehen bleibt und den Stock auf ihre Schulter niedersausen lässt. Cleo nimmt den Schlag weniger gelassen hin als Jacobi. Ein spitzer Schrei dringt aus ihrem Mund, und sie krümmt sich zusammen. Doch auch sie bleibt sitzen, ohne sich zu beschweren. Bea spürt, wie sie sich verkrampft.

Das kann nicht sein. Ich lasse mich doch von niemandem schlagen!

Doch sie widersteht dem Drang, aufzuspringen und wegzurennen, sondern bleibt sitzen und wartet, bis Klaffer hinter ihr steht. Als sie der Stock trifft, explodiert der Schmerz in ihrer Schulter. Sie sieht kurz Sterne und meint, etwas knacken gehört zu haben. Sie ist sicher, dass ein Knochen gebrochen ist. Bevor sie reagieren kann, trifft sie der Stock auch an der anderen Schulter. Bea verliert ihre Position, kippt vornüber und schlingt ihre Arme schützend um sich. Sie wartet auf einen weiteren Schlag, doch dann hört sie, dass Klaffer bereits weitergeht.

Langsam richtet Bea sich wieder auf und bemerkt eine Träne, die ihr über die Wange läuft. Bei Cleo und Jacobi hat Klaffer den Stab nur leicht fallen lassen. Sie ist überzeugt, dass das nicht so weh getan hatte. Klaffer hat die Gelegenheit genutzt und voll durchgezogen.

Erst beim Hinausgehen erinnert Bea sich. Es gab einen Punkt in der Ablaufbeschreibung des Retreats. *Keisaku* oder so ähnlich. Sie wusste nicht, was das bedeutet. Eine Zen-Praxis, als Unterstützung der Meditation. Man konnte sich davon abmelden. Bea hat es nicht getan.

*

Matthias Lang eilt durch das Foyer. Er muss Bea erzählen, was er gehört hat. Es ist unglaublich. Sie muss vorsichtiger sein. Hier ist nichts so, wie es scheint.

Von der Frau des Hundebesitzers hat er weitere Informationen erhalten. Der Sohn von Matignon wollte das Geschäft seines Vaters offenbar in den Neunzigern wiederbeleben und ließ Renovierungsarbeiten durchführen. Doch dann wanderte er wegen Betrugs ins Gefängnis und konvertierte dort zum Buddhismus. Er ging in ein buddhistisches Kloster in Frankreich und hinterließ das Schloss einem Verein. Doch das war noch nicht alles. Interessanter war das, was er über die darin veranstalteten Retreats erfahren hatte.

Als er den Korridor betritt, in dem sich Beas Zimmer befindet, stößt er beinahe mit Katalina Klaffer zusammen.

Sie bleiben so nah aneinander stehen, dass er ihr Parfum riechen kann.

»Was ist los?«, fragt Klaffer. »Warum waren Sie nicht bei der Meditation?«

»Ich hatte gerade ein interessantes Gespräch mit einem Anrainer«, sagt Lang aus einer Laune heraus.

Sie scheint nicht zu verstehen.

»Ich habe mehr über die Geschichte des Schlosses erfahren. Die ist seltsam genug. Ich würde hier an Ihrer Stelle keine psychisch labilen Menschen versammeln. Aber das meine ich nicht. Ich habe auch etwas über Sie erfahren.«

»Wie meinen Sie das?«

Lang lacht und hebt einen vergilbten Zeitungsausschnitt hoch, den der Mann mit dem Hund ihm gegeben hat. Sie sind noch zu seinem Haus gegangen und haben Kaffee getrunken, während seine Frau Artikel herausgesucht hat, die sie aufgehoben hat. »Sie gebärden sich als Expertin. Auch ich bin Ihnen auf den Leim gegangen.«

Sie reißt ihm mit einer einzigen schnellen Bewegung den Artikel aus der Hand und überfliegt ihn. Es ist ein vier Monate alter Bericht eines Lokalblattes. Darin ist von Anschuldigungen gegen Klaffers Seminare die Rede. Er unterstellt Klaffer, eine Betrügerin zu sein. Als sie das liest, verwandelt sich ihr Gesicht. Sie setzt ein mitleidiges Lächeln auf.

»Wo wollen Sie damit hin?«, fragt sie ihn.

Lang ist ertappt. Sein Mund öffnet und schließt sich, doch er weiß nicht, was er sagen soll.

»Warum regen Sie sich so auf?«, fährt Klaffer fort. »Wenn Sie Fragen zu meiner Person haben, können Sie auch direkt zu mir kommen.«

»Aber hier steht …«

»Ich weiß, was hier steht.«

»Sie sind eine Betrügerin!«, beharrt Lang, doch seine Selbstsicherheit ist dahin, was Klaffer spüren muss.

»Warum kommen Sie nicht mit in mein Büro und lassen mich alles erklären? Vielleicht können wir auf diese Weise verhindern, dass Sie sich lächerlich machen.«

*

Bea glaubt, dass keiner der anderen Teilnehmer des Retreats mehr in seinem Zimmer ist. Alle scheinen bei der Gartenarbeit zu sein. Das Wetter ist etwas milder als zuletzt, und es ist trocken. Sie wäre sich gerne sicher, doch sie hat Lang seit der Meditation nicht mehr gesehen. Es hilft nichts, sie darf keine Zeit mehr verlieren. Sie will nicht herausfinden, welche Methoden sich Klaffer noch ausgedacht hat. Also steht sie vor Otto Jacobis Zimmer und probiert, welcher von den Schlüsseln ins Schloss passt. Alles ist ruhig, aber sie traut der Sache nicht. Sie ist so nervös, dass ihr der Schlüsselbund aus der Hand fällt, bevor sie den richtigen Schlüssel findet, die Tür öffnet und in das Zimmer schlüpft.

Der Schweißgeruch hier ist so intensiv, dass ihr kurz die Luft wegbleibt. Es ist der Schweiß, der nach Zorn und Frust riecht. Sie muss daran denken, wie Jacobi sie verführen wollte, und Ekel steigt in ihr hoch, als sie sich vorstellt, diesen Schweiß auf ihrer Haut zu spüren.

Bea zwingt sich dazu, sich auf das Zimmer zu konzentrieren. Es ähnelt ihrem aus Haar, bis auf Jacobis Sachen. Eine Hantel ist das Erste, was ihr auffällt. Sie liegt auf dem Boden, daneben blutige Bandagen, die Jacobi achtlos hingeworfen hat.

So sieht es also in dir drinnen aus!

Jacobi hat ihr und den anderen vorgespielt, er würde ganz in sich ruhen und in perfekter Meditation versinken. Stattdessen reagiert er hier in dieser winzigen Kammer mit Hanteln seine Wut ab.

Bea sieht sich um. Im Mülleimer des Badezimmers findet sie weitere Bandagen. Die Wunde auf Jacobis Hand scheint schlimmer zu sein, als es ausgesehen hat. Sie ist offenbar immer noch nicht verheilt, weil Jacobi nicht bereit ist, seine verletzte Hand zu schonen.

All das zeigt ihr, wie es in Jacobi wirklich aussieht, und doch ist sie nicht zufrieden. Sie sucht etwas anderes, Papier vielleicht. Kuverts. Gegenstände, die einem Kind gehören könnten. Doch auch in seinem Koffer, der unter dem Bett steht, findet sie nichts dergleichen. Nichts deutet darauf hin, dass er es ist, der ihr den Delfin und die Nachricht zugesteckt hat.

Bea flucht leise. Sie achtet darauf, alles wieder einigermaßen so hinzulegen, wie sie es vorgefunden hat. Vielleicht kann sie so etwas Zeit gewinnen, bevor Hanh und Klaffer dahinterkommen, dass sie den Schlüssel gestohlen hat. Viel Zeit hat sie auch so nicht, das ist ihr bewusst.

Sie öffnet vorsichtig die Tür und lugt hinaus. Als sie sicher ist, dass die Luft rein ist, geht sie zum nächsten Zimmer und sucht nach dem passenden Schlüssel.

Als sie den Raum betritt, erkennt sie sofort, dass sie richtig ist.

JUNI

»Sie sagten, Bea sei keine gute Mutter gewesen«, beginnt Olson. Er lässt sich heute keine Zeit, er will gleich auf den Punkt. Ich nicke.

»Bea konnte es gut verbergen, aber als Mutter war sie eine Versagerin.«

»Wie kommen Sie darauf?«

Auch seine Fragen folgen heute schneller. Mir soll es recht sein. »Sie wusste es in Wirklichkeit selbst. Sonst hätte sie keine solche Angst gehabt.«

»Angst?«

»Ja, Angst!«, gebe ich zurück, genervt von seiner Begriffsstutzigkeit. »Sie ließ Elias keine Sekunde aus den Augen. Haben Sie einmal mit den Leuten von der Kinderkrippe gesprochen, in die er ging? Die hatten die Schnauze voll von ihr. Bea machte ihnen ständig Vorwürfe. Er durfte nicht im Freien spielen, weil er sich erkälten könnte, bestimmte Spielzeuge betrachtete Bea als gefährlich. Sie dachte, er könne sich daran verschlucken.«

»Davon habe ich nichts gehört.«

»Es ist wahr. Bea war das, was man eine Helikoptermutter nennt. Aber nicht etwa, weil sie ihr Kind zum Olympiasieger oder zum Nobelpreisträger erziehen wollte, sondern aus

Angst heraus, ihm könnte etwas zustoßen. So bedrohlich war die Welt für sie. Vor dieser Welt wollte sie ihn beschützen. Ich frage mich, ging es um die ganze Welt oder um ein bestimmtes Erlebnis in Beas Leben? Wovor hatte sie Angst?«

Ich sehe Dr. Olson herausfordernd an. Er ist Psychiater, er kann meiner Logik bestimmt folgen. Vielleicht kommt er selbst dahinter, doch er schüttelt den Kopf.

»Das passt doch nicht zusammen. Soweit ich weiß, hat Bea Winterleitner ihren Sohn in dem Einkaufszentrum verloren, weil sie ihn unbeaufsichtigt ließ. Ein unbeaufsichtigtes Kind in einem belebten Einkaufszentrum. Das passt für mich nicht zu dem, was Sie mir hier erzählen.«

Ich lächle zufrieden. »Seltsam, nicht wahr? Es ist ein Rätsel. Bea hat ihre eigenen Regeln gebrochen.«

Nun spüre ich, dass ich ihn dort habe, wo ich ihn haben will. Er beginnt langsam zu verstehen.

»Der Preis«, sage ich langsam. »Daran muss es liegen. Ihre Unsicherheit muss einen Moment lang nachgelassen haben. Vielleicht glaubte sie an diesem Abend wirklich, die taffe Karrierefrau zu sein, die sie nach außen hin spielte. Vielleicht hat ihre Angst nachgelassen, und sie glaubte, die Vergangenheit vergessen zu können. Und da war sie einen Augenblick lang unachtsam.«

Olson schüttelt den Kopf. »Angst – wovor? Sie erwähnten ein Ereignis in ihrer Vergangenheit. Worauf spielen Sie an?«

Ich lächle.

»Bea hat es am Ende verstanden. Sie werden es auch verstehen.«

»Ich bezweifle inzwischen, dass ich Sie irgendwann verstehen werde. Ich habe das Gefühl, Sie spielen nur mit mir. Und meine Geduld ist langsam erschöpft.«

STUNDE VIERUNDVIERZIG

Beas Puls beschleunigt sich, und sie schließt so leise wie möglich die Tür hinter sich. Als sie sich dem Raum zuwendet, sieht sie es.

An der Wand hängt ein gerahmtes Foto. Absurderweise erinnert es sie an ein Bild eines verstorbenen Familienmitglieds, Großvater oder Großmutter, vielleicht mit schwarzer Schleife in einer Bildecke. Doch das Bild zeigt sie, in einem unbeobachteten Moment aufgenommen. Sie trägt einen Mantel und ist von bunten Lichtern umgeben, die in der Unschärfe des Hintergrunds verschwinden. Gerade scheint sie sich nach etwas umzudrehen, ihr Mund steht halb offen, die Augen sind suchend. Es ist ein schönes Foto, findet sie. Doch es hängt hier in diesem Zimmer.

Abgesehen von dem Bild kann sie nichts Ungewöhnliches entdecken. Doch als sie unter das Bett sieht, liegt dort ein Fotoalbum. Mit zitternden Fingern zieht sie es hervor und legt es auf das Bett. Als sie es öffnet, bleibt ihr die Luft weg.

Es müssen hunderte Fotos sein. Die Formate sind unterschiedlich, manche sind quadratisch und auf glänzendem Fotopapier entwickelt, andere sind schwarz-weiß und offenbar nur hastig ausgedruckt worden. Dennoch haben sie alle eines gemeinsam: Das Motiv ist immer das Gleiche, jedes dieser

Bilder zeigt Bea, einmal als Standbild aus einer Fernsehübertragung, mit dem seriösen Abendnachrichten-Lächeln, einmal privat im Bikini an einem Strand. Eines der Bilder zeigt sie mit Rainer, ein anderes mit Elias an der Hand. Bea fällt auf, wie unterschiedlich sie auf diesen Bildern aussieht. Die nachdenkliche, in die Ferne blickende Frau auf dem Strandfoto scheint mit der Sprecherin nichts gemeinsam zu haben.

Bea versteht, dass sie ihren Stalker gefunden hat, den die Polizei nicht dingfest machen konnte.

Sie wendet sich dem Koffer zu, der ebenfalls unter dem Bett liegt, und als sie darin ein braunes Kleid findet, weiß sie, wer sie verfolgt hat.

Der Stalker ist eine Stalker*in*. Es handelt sich um die unscheinbare junge Frau Cindy, die sie bisher kaum beachtet und offenbar über Jahre Bild um Bild von ihr angefertigt hat. Was Bea besonders schockiert, ist das Alter mancher Bilder. Sie stammen noch aus der Zeit, als sie gerade erst vom Radio zum Fernsehen gewechselt ist. Damals war sie noch nicht besonders bekannt. Sie hat immer geglaubt, es sei die mit den Abendnachrichten einhergehende Popularität gewesen, die solche Leute anzog. Aber hier geht es um mehr, das versteht sie.

Es gibt keinen Zweifel: Diese Frau hat sie zu dem Retreat gelockt. Sie hat den Stoffdelfin von Elias in ihr Zimmer gelegt.

Sie blickt sich hektisch um, ob sie weitere Dinge sieht, die Elias gehört haben.

Als sie das Bett durchwühlt und den Schrank durchsucht hat, geht sie ins Bad. Sie findet ihn nicht, es gibt keine weiteren Dinge von Elias. Wut steigt in ihr auf und treibt ihr die Tränen in die Augen.

Was willst du von mir?

Sie ist wütend, weil sie versteht, dass diese Frau niemand ist, der ihr helfen wird. Sie will nur Beas Aufmerksamkeit, offenbar mit allen Mitteln. Diese Frau ist offensichtlich krank.

Da kommt ihr ein furchtbarer Gedanke.

Hast du meinen Sohn? Bist du es, die ihn mir weggenommen hat?

Sie nimmt erneut das Fotoalbum zur Hand. Als sie weiterblättert, stutzt sie. Sie kann nicht glauben, was sie da sieht.

Das Foto zeigt Rainer und Elias. Sie kennt dieses Foto, es hängt in ihrer Wohnung im Flur. Doch diese Version des Bildes unterscheidet sich von der, die sie kennt. In diesem Bild steht noch eine Person neben ihnen. Cindy Hermann, die stille Frau, der dieses Album gehört. Sie steht neben Bea, als wäre sie Teil der Familie, und blickt in die Kamera. Nicht so nah wie Rainer, aber doch zu nah, um eine Fremde zu sein. Wie eine Cousine, die auf Besuch ist.

Doch diese Frau ist keine Cousine, und sie war auch nicht dabei, als dieses Bild gemacht wurde. Das Foto ist eine Collage, diese Frau hat ihr eigenes Bild in eines von Beas Familienfotos geklebt.

Bea wird schwindlig bei dem Gedanken, was das bedeutet, da hört sie neben sich ein Geräusch.

Die Frau steht im Türrahmen.

Sie scheint ebenso überrascht zu sein wie Bea. Mit ihrem braunen Kleid steht sie da und starrt das Album in Beas Hand an. Dann weicht sie zurück.

Bea reagiert sofort. Sie greift nach ihren Handgelenken und hält sie fest. Da blitzt Angst in diesen Augen auf. Sie will sich losreißen, doch Bea drückt gnadenlos zu. Nun wird die junge Frau panisch.

»Beruhigen Sie sich!«, zischt Bea.

Die Frau hört auf zu zappeln.

»Ich habe die Fotos gesehen. Waren Sie dabei, als mein

Sohn verschwand? Der Abend im Einkaufszentrum – antworten Sie!«

Die Frau blickt zur Tür.

»Sie wissen etwas über das Verschwinden meines Sohnes! Ich lasse Sie nicht gehen, wenn Sie nicht mit mir sprechen!«

Cindy scheint nachzudenken. Da versteht Bea, dass sie tatsächlich etwas weiß.

»Bitte!«

Die Frau sieht über ihre Schulter. Von draußen hört Bea ein Geräusch. Sie hat Angst, dass die Stalkerin einfach verschwinden will, und verstärkt ihren Griff. Da wendet sich die Frau wieder ihr zu. Ihre Augen sind vor Schreck geweitet.

»Wir können hier nicht bleiben!«, flüstert sie kaum hörbar. »Es ist gefährlich!«

»Was meinen Sie?«

»Da ist jemand, der Sie beobachtet …«

Sie stockt, als hätte sie etwas Verbotenes getan. Wieder sieht sie sich um.

»Bei den Bädern, in einer Stunde. Ich warte dort!«

Bea ist einen Moment lang unsicher und lockert ihren Griff. Die Frau spürt es und reißt sich los. Sie macht einen Schritt nach hinten und schenkt Bea ein Lächeln, das so bezaubernd ist, dass Bea es ihr nicht zugetraut hätte, bevor sie herumwirbelt und aus dem Zimmer rennt.

STUNDE FÜNFUNDVIERZIG

Bea steht an der Kellertreppe und blickt hinunter. Sie versucht immer noch zu begreifen, was sie da gerade erfahren hat: Die Frau ist ihre Stalkerin. Sie war es, die ihr schon Monate vor dem Verschwinden von Elias folgte und Fotos machte. Sie ist ihr bis hierher gefolgt, hat sich für dasselbe Seminar angemeldet. Sie hat Beas Privatsphäre verletzt und sich Zugang zu den intimsten Bereichen ihres Lebens verschafft.

Und doch ist alles ganz anders. Bea wünscht sich, sie hätte etwas mit dem Verschwinden ihres Sohnes zu tun. Dann hätte sie eine Spur. Doch sie spürt, dass es nicht so einfach ist. Die Wahrheit ist komplizierter.

Bea gibt sich einen Ruck und steigt mit weichen Knien die Treppe hinab. Unten ist es dunkel, doch sie wagt nicht, das Licht einzuschalten. Von vorne dringt ein schwacher Lichtschein zu ihr, der gerade zur Orientierung reicht. Als sie darauf zugeht, wird ihr klar, dass das Licht durch einen Türspalt schimmert. Es ist genau die Tür, zu der sie will: der Eingang zu den Bädern. Und nicht nur Licht dringt durch den Spalt, auch Geräusche. Da ist jemand. Sie glaubt, dass es Schritte sind, aber da ist noch etwas anderes, das sie nicht zuordnen kann.

Bea dreht sich um. Ihr Atem geht flach. Schwach zeichnet sich der Treppenaufgang ab. Eine innere Stimme befiehlt ihr, sich in Sicherheit zu bringen. Hier unten sitzt sie in der Falle.

Doch sie versteht, dass oben kein Leben auf sie wartet. Sie muss weitergehen, auch wenn sich alles in ihr dagegen sträubt.

Bea ist so angespannt, dass jeder Schritt eine übermenschliche Anstrengung darstellt. Sie darf kein Geräusch machen und setzt jeden Fuß wie in Zeitlupe auf. Bald ist sie so nah bei der Tür, dass sie einen Blick in den Raum dahinter erhascht.

Bea hält inne und beugt sich vor. Sie glaubt zu erkennen, dass auch in dem Raum das Licht nicht eingeschaltet ist. Das Licht kommt vom Boden und strahlt gegen die Wand. Dort liegt eine Taschenlampe. Sie realisiert, dass die Geräusche aufgehört haben.

Bea horcht, ob da etwas außer dem Rauschen in ihren Ohren ist, doch sie kann es nicht mit Bestimmtheit sagen. Also macht sie noch einen Schritt nach vorne, und da liegt etwas neben der Lampe auf dem Boden. Sie sieht lange Haare und weiß sofort, worum es sich handelt, auch wenn sie noch so sehr hofft, dass sie sich täuscht.

Bea hört noch immer kein Geräusch. Sie kommt zum Schluss, dass sie nicht länger zögern darf. Vorsichtig drückt sie die Tür auf, gerade so weit, dass sie hindurchpasst. Ein schneller Blick in den Raum sagt ihr, dass niemand sonst da ist, nur die Person, die vor ihr auf dem Boden liegt.

Sie macht ein paar schnelle Schritte, bis sie den liegenden Körper erreicht. Sie erkennt sofort das braune Kleid wieder. Die Frau liegt auf der Seite, ein Arm ist nach oben ausgestreckt. Das Gesicht ist der Lampe zugewandt, und Bea registriert mit Erleichterung, dass die Augen offen sind und die Lider sich bewegen. Doch dann sieht sie, dass da Blut in den Haaren ist. Die Frau scheint verletzt zu sein und wirkt benommen. Bea kann nicht sagen, ob sie sie erkennt. Doch dann sieht sie, dass die Lippen sich bewegen. Sie beugt sich näher heran, doch sie kann nicht verstehen, was die Frau sagen will. Erst als Beas Ohr das Gesicht der Frau fast berührt, kann sie Silben ausmachen.

Sie glaubt, Worte zu verstehen, doch sie ergeben keinen Sinn. Bea überlegt, was sie tun soll. Sie muss Hilfe holen. Die Frau könnte schwer verletzt sein, jemand muss sie in ein Krankenhaus bringen.

Beas Geist arbeitet viel zu langsam. Erst nach und nach dringt die Wahrheit zu ihr durch, und das Adrenalin schießt ihr in die Adern.

Das hier war kein Unfall, jemand hat der Frau das angetan, jemand, der vielleicht noch ganz in der Nähe ist. Sie muss an den abgestürzten Arbeiter denken. Nur ein Unfall, oder etwa nicht?

In diesem Moment hört Bea ein gedämpftes Geräusch, als würde jemand in einem Nebenraum etwas Schweres fallen lassen. Es folgt ein unterdrückter Fluch. Bea realisiert, dass die Geräusche von draußen kommen. Jemand nähert sich der Tür.

Blitzschnell richtet sie sich auf und blickt sich um. Sie sieht die Umkleiden und hält ohne Zögern darauf zu. Gerade als sie die Holzwand erreicht, hört sie die Tür hinter sich aufschwingen.

Wie versteinert steht Bea da. Sie wagt nicht, sich umzudrehen. Die Person, die den Raum betreten hat, scheint etwas auf dem Boden abzustellen. Sie bewegt sich langsam und scheint sich der Umkleide nicht zu nähern. Bea versucht zu erkennen, was die Person macht, doch es gelingt ihr nicht. Sie kann die Geräusche nicht zuordnen. Da ist ein Scharren. Metall, aber auch etwas Weicheres. Hin und wieder flackert das Licht, wird stärker und wieder schwächer. Jemand scheint die Taschenlampe zu verwenden.

Während sie weiterhin darauf achtet, dass sich die Person nicht nähert, versucht sie zu verstehen, ob sie vorhin richtig gehört hat. Die Stalkerin wollte ihr etwas mitteilen, doch was sie gesagt hat, ergibt keinen Sinn. Bea glaubt, zwei Worte verstanden zu haben:

Die Vögel …

Die Stalkerin hat noch mehr gesagt, doch alles andere verlor sich in undefinierbarem Murmeln.

Bea muss an die Spatzen denken, die im Brunnen gebadet haben, den Vogel, der gegen die Scheibe flog. Was ist mit ihnen?

Während Bea sich den Kopf darüber zerbricht, realisiert sie plötzlich, dass die Geräusche aufgehört haben. Es ist jetzt wieder still. Außerdem ist es jetzt dunkler als zuvor.

Sie wartet mehrere Minuten, um ganz sicherzugehen, bevor sie sich aus der Position löst, die sie krampfhaft gehalten hat, und sich umdreht, um einen Blick in den Raum zu werfen. Sie hat sich nicht getäuscht, die Taschenlampe ist weg. Dennoch ist es nicht vollständig dunkel. Ein grünes Leuchtschild zeigt einen Notausgang an. Das Licht ist schwächer als das der Lampe, doch sie glaubt zu erkennen, dass die Frau auf dem Boden nicht mehr da ist. Hat sie sich aufrichten können? Bea weiß, dass das ein Wunschtraum ist. Sie ist überzeugt, dass sie gehört hätte, wenn diese aus ihrem Dämmerzustand erwacht wäre. Jemand hat sie weggebracht.

Die Verunsicherung überkommt Bea ganz plötzlich. Was

hat sie da eben miterlebt? Die Frau war offensichtlich verletzt. Doch sonst? Gibt es vielleicht eine harmlose Erklärung für das, was passiert ist? Hat jemand sie in Sicherheit gebracht? Hält in diesem Moment vielleicht gerade ein Rettungswagen vor dem Schloss?

Bea weiß nicht mehr, was sie glauben soll. Es ist immer noch still, also wagt sie sich hinter der Holzwand hervor und geht zu der Stelle, wo die Frau lag. Sie bemerkt, dass da noch Blut ist, viel mehr als vorher. Daneben liegt etwas Kleines. Sie zögert. Will sie wissen, was das ist?

In diesem Moment geht plötzlich das Licht an.

Bea zuckt zusammen und blickt sich um. Das Licht erscheint gleißend hell und blendet sie. Sie ist plötzlich überzeugt, dass das ihr Ende ist. Sie ist in eine Falle getappt.

Doch zu ihrer Überraschung stellt sie fest, dass sie allein ist. Die weißen gefliesten Wände strahlen ihr kahl entgegen. Als sie sich umdreht, sieht sie, dass eine Wand nicht unberührt ist. Jemand hat mit ungelenken roten Buchstaben etwas darauf geschrieben. Als sie liest, was dort steht, will sie schreien, doch der Schrei dringt nicht aus ihrer Kehle, er erstirbt.

Bea sieht ihre Vermutung bestätigt. Sie weiß nun mit Sicherheit, dass jemand mit ihr spielt. Doch sie sieht auch, dass alles noch viel schlimmer ist, als sie dachte.

An der Wand steht der Spruch von der Grußkarte auf ihrem Bett. Eine mit Blut geschriebene Verhöhnung.

Schweigen ist Silber.

Beas Blick findet das kleine Ding, das auf dem Boden vor ihr liegt, inmitten der Blutlache. Ein Fleischklumpen, den sie nicht zuordnen kann.

Sie spürt mehr, worum es sich handeln muss. Sie versteht es, bevor das Gehirn den Eindruck der Augen bestätigt, dass sie recht hat.

Bea reißt ihren Blick los und rennt aus dem Raum.

JUNI

Wir schweigen. Es ist ein stilles Kräftemessen. Olson sitzt vor mir, in sich versunken, und kratzt seinen Bart mit dem Zeigefinger, während ich meine gefesselten Hände auf dem Schoß liegen habe. Ich weiß nicht, was er sich davon erwartet. Wenn es um Zeit geht, kann es niemand mit mir aufnehmen. Ich verbringe meine Tage in einer Zelle von der Größe eines Hotelbadezimmers. Ich habe nichts weiter zu tun. Er schon, ein Mann wie er hat Verpflichtungen, ein Leben, eine Frau, zu der er abends nach Hause geht. Ich warte darauf, dass es aus ihm herausbricht. Es kommt schneller als gedacht.

»Sie sind mir ein Rätsel«, sagt Olson. »Sie reden und reden. Nicht, dass das ungewöhnlich wäre. Viele Mörder erzählen gern über ihre Taten. Sie genießen die Aufmerksamkeit und wollen ihre Sicht der Dinge kundtun. Sie wollen Verständnis für ihre Taten. Doch Sie sind anders. Sie tischen mir Dinge auf, die keinen Sinn ergeben.«

»Inwiefern?«, frage ich zufrieden zurück.

»Das, was Sie Bea Winterleitner angetan haben – Sie erwarten doch nicht im Ernst, dass ich Ihnen abkaufe, Sie hätten das für sie getan? Um ihr *die Augen zu öffnen.*«

»Nein?«

»Nein. Wenn Menschen einander etwas mitteilen wollen, sprechen sie miteinander, so wie wir hier. Das kann schwierig sein, ziemlich zeitaufwendig, aber es funktioniert. Wenn Sie Bea die Augen hätten öffnen wollen, hätten Sie mit ihr sprechen können.«

»Unmöglich«, sage ich.

»Unmöglich? Warum?«

»Weil man so nicht an sie herankam. Beas Begabung für Sprache ist außergewöhnlich. Sie redet Sie in Grund und Boden. Wenn sie etwas nicht wahrhaben will, haben Sie keine Chance. Sie wird sich herausreden.«

Olson denkt nach.

»Von mir aus. Aber trotzdem steht es in keiner Relation zu dem, was Sie getan haben. Sie haben mit ihr gespielt.«

»Es war mehr als ein Spiel.«

»Sie haben sie manipuliert, sonst wäre sie gar nicht erst zu dem Retreat gefahren. Zu dem Retreat, bei dem Sie sich schon vorher eingeschlichen hatten. Sie haben sie beobachtet, die ganze Zeit über. Sie haben ihr Nachrichten hinterlassen, Gegenstände hinterlegt. Sie haben diesen Arbeiter getötet, der vollkommen unschuldig war.«

»Das war ein Unfall«, sage ich schnell, obwohl es nicht stimmt.

»Natürlich wollten Sie ihr nicht helfen, darum ging es doch überhaupt nicht.«

»Worum soll es sonst gegangen sein?«, frage ich scharf.

»Sadismus. Sie wollten sie quälen.«

Ich denke darüber nach. Im ersten Affekt will ich ihm widersprechen. Ich will ihm sagen, dass er verschwinden soll. Ich ziehe meine Einwilligung zurück, mit ihm zu sprechen, doch ich schlucke meine Wut hinunter.

»Sie haben recht«, sage ich. »Ich wollte sie quälen. Das auch. Weil sie es verdient hat.«

»Was ist mit den anderen Menschen, die Sie auf dem Gewissen haben? Wie erklären Sie das?«

»Das ist nicht meine Schuld. Es gab keine andere Möglichkeit.«

»Unsinn«, sagt er. »Sie verteidigen sich.«

»Tue ich nicht.«

»Doch, tun Sie. Sie rechtfertigen sich, und Sie unterstellen Bea ihre eigenen Fehler. Täter-Opfer-Umkehr nennt man das, besonders verbreitet bei Gewalt gegen Frauen.«

»Ach, hören Sie doch auf.«

Aber er hört nicht mehr auf mich. Sein Zorn ist echt. Er lässt ihn frei, wie man einen Hund von der Leine lässt, wenn niemand in der Nähe ist.

»Sie selbst sind es, der der Wirklichkeit nicht ins Auge blicken will. Sie haben bis heute nicht zu den Vorwürfen Stellung genommen, was das Verschwinden von Elias angeht. Sie nannten Beas Version der Geschichte eine Lüge, doch Sie selbst haben sich nicht dazu geäußert.«

Als ich aufspringe, zuckt er kurz zusammen. Ich sehe Angst in den Augen des Riesen. Er zieht den Kopf ein, sodass sein Stiernacken noch mehr hervortritt. Sein Blick wandert zur Tür. Doch als er sieht, dass ich ihn nicht angreife, bleibt er sitzen und findet seine Beherrschung wieder.

»Beim nächsten Mal will ich, dass Sie mir die Wahrheit über das Verschwinden des kleinen Elias erzählen«, sagt er und erhebt sich. »Sonst breche ich die Sitzungen ab.«

Ich lasse ihn gehen, ohne ihn noch eines Wortes zu würdigen. Ich muss mich selbst erst wieder sammeln. Er hat recht, ich ziere mich, ihm die Wahrheit zu erzählen. Habe ich ihn nicht deshalb kommen lassen? Das nächste Mal muss ich ihm etwas bieten. Nicht das, worum er gefragt hat. Ich werde ihm etwas anderes erzählen, etwas Wichtigeres. Beas großes Geheimnis. Ich weiß, dass er die Sitzungen danach nicht abbrechen wird.

STUNDE SECHSUNDVIERZIG

Bea steht am Waldrand und blickt in die Dunkelheit hinein. Ihr Atem geht schnell und erzeugt kleine weiße Wölkchen, die in der Dämmerung aufsteigen und sich verlieren.

Sie fühlt sich, als wäre neben ihr eine Bombe explodiert. Alle Sinne sind wie betäubt. Sie ist so schwach und zittrig, dass sie glaubt, jeden Moment umfallen zu müssen, doch es geschieht nicht. Ihr Körper ist in Wirklichkeit völlig in Ordnung. Es ist ihr Geist, der die Kontrolle verliert.

Ein Teil von ihr will wegrennen. Sie spürt die Gefahr im Nacken, als handle es sich um eine physische Präsenz. Eine Aura, die das Schloss umgibt.

Doch eine Stimme sagt ihr, dass sie nicht darf. Sie muss etwas unternehmen. Das, was sie im Keller gesehen hat, lässt sich nicht ignorieren. Sie versteht nicht, was es bedeutet, nur, dass sie alle in Gefahr sind.

Sie kann nicht klar denken. Aber hier kann sie nicht bleiben.

Bea braucht all ihre Kraft, um sich aus der Erstarrung zu befreien. Sie wendet sich dem Schloss zu und rennt los.

Kurz darauf steht sie vor der großen dunklen Eichentür zu Klaffers Büro und rüttelt an der Klinke. Abgeschlossen. Was hat sie erwartet? Doch irgendwie muss sie an ihr Handy kommen. Sie wird die Polizei anrufen und danach Rainer. Ihr Verhältnis ist schwierig, und wahrscheinlich ist ihre Ehe nicht zu retten. Und dennoch muss sie ihm alles erzählen. Im Moment wünscht sie sich nichts sehnlicher, als ihn hier zu haben. Er würde wissen, was zu tun ist. Zumindest würde er einen Vorschlag machen, einen naiven, der nicht funktionieren kann. Doch es würde ihren Gedanken auf die Sprünge helfen.

Sie stellt sich vor, was Rainer sagen würde. Es wäre etwas Simples. Etwa draußen vor dem Schloss das erstbeste Auto anzuhalten und den Fahrer bitten, sie zur Polizei zu fahren.

Bea dreht sich um und rennt los. Als sie den Haupteingang bereits vor sich sieht, steht plötzlich der junge Mönch vor ihr.

Er mustert sie. Es sieht aus, als sei er nicht zufällig hier, sondern eher so, als habe er sie gesucht. Bea blickt in seine ausdruckslosen Augen. Will er sie aufhalten? Bea ballt die Fäuste. Als er das sieht, hebt er beruhigend die Hände.

»Es ist Zeit für das Bad«, sagt er und deutet zur Treppe in den Keller.

Er hat einen seltsamen Akzent, nicht allein asiatisch, sondern als wäre er Sprechen nicht gewöhnt. Beas Gedanken rotieren.

Als er ihr Gesicht sieht, ist sein Blick fragend. Seine Verblüffung wirkt echt.

Er will mich in den Keller bringen. Er weiß nicht, was wir dort finden werden.

*

Als Hanh die Tür öffnet, sieht Bea, dass sie verloren hat.

Der Raum mit den Bädern ist sauber. Die Fliesen glänzen, als wären sie frisch gereinigt worden. Es riecht nach Zitrone, wie von einem Putzmittel.

»Frau Winterleitner, da sind sie ja!«

Klaffers Stimme klingt freundlich, doch ihr Gesichtsausdruck straft sie Lügen.

»Warum haben Sie nicht oben gewartet, wie wir es vereinbart hatten?«

Ihre kleinen, ebenmäßigen Zähne kommen Bea vor wie ein Raubtiergebiss.

Langsam tritt Bea ein und sieht sich um. Sie weiß nicht, was ihr unwirklicher vorkommt: der plötzlich gesäuberte Raum oder das Bild, das noch vor ihrem geistigen Auge steht. Bea tritt vor die Wand, an der die Nachricht aus Blut geschrieben stand, und streckt die Hand aus. Die Fliesen sind immer noch feucht, vor allem um einen Abfluss in der Mitte des Raums. Von der Nachricht ist keine Spur mehr zu sehen.

Bea wirbelt herum und sucht den Boden mit ihrem Blick ab. Doch natürlich wurde auch der Boden saubergemacht.

Sie ist nirgends mehr zu sehen. Die Zunge.

Bist du sicher, dass es eine Zunge war?

Bea spürt, wie Tränen in ihre Augen steigen. Sie hatte Angst, dass man ihr nicht glauben würde, doch nun erkennt sie, dass sie sich selbst nicht mehr glaubt. Wer auch immer hier mit ihr spielt, hat es geschafft, ihr Vertrauen in sich selbst zu erschüttern.

Klaffer genießt Beas offensichtliche Verstörung. Dann macht sie eine wegwerfende Geste.

»Egal, nun sind Sie ja hier. Wollen Sie gleich als Erste? Das Prozedere kennen Sie ja schon!«

»Ich …«

Bea weiß nicht, was sie sagen soll. Sie sieht hinunter auf ihre leeren Hände.

»Haben Sie Ihre Badesachen vergessen? Machen Sie sich keine Gedanken, das kann passieren. Hanh holt sie Ihnen bestimmt gern. Nicht wahr?«

Der Mönch steht gerade bei der Tür und blickt auf, als er seinen Namen hört.

»Bitte geben Sie ihm doch einfach Ihren Schlüssel!«

»Ich hole sie sonst selbst …«, beginnt Bea.

»Kommt nicht infrage«, fährt Klaffer dazwischen. »Dazu ist keine Zeit. Sie können schon in die Umkleide gehen und sich ausziehen.« Klaffer ist laut geworden, ihr Ton duldet keine Widerrede. »Was ist nun? Geben Sie ihm schon Ihre Schlüssel!«

Bea greift in ihre Tasche und zieht ihren eigenen Zimmerschlüssel heraus, wobei der große Schlüsselbund klimpert.

Bea will Hanh nicht in ihrem Zimmer haben und überlegt, ob es dort irgendetwas gibt, das ihm ihr Versteck verraten könnte. Sie erinnert sich, dass sie den Deckel wieder sauber verschraubt und die Nagelfeile weggeräumt hat. Hanh wird keinen Verdacht schöpfen. Bea gibt ihm den Schlüssel.

»Im Bad«, sagt sie. Sie hat den nassen Bikini in die Dusche gehängt.

Hanh nimmt den Schlüssel und macht sich auf den Weg.

Bea hingegen tapst zur Umkleide und sieht noch einmal die sauberen Fliesenwände an. Niemand ahnt, was hier gerade geschehen ist. Der Gedanke ist völlig absurd. Sie will sich umdrehen und sie anschreien, ob sie es nicht sehen können. Dass die Fliesen viel zu sauber sind, weil jemand sie abgewaschen hat, vor wenigen Minuten erst.

Doch sie tut nichts dergleichen, sondern beginnt in der

Umkleide langsam, sich auszuziehen. Eine Hand klopft an die Holzwand. Hanh bringt den Bikini.

Kurz darauf steht sie wieder vor dem Samadhi-Bad, und dieses Mal hat sie Angst. Sie will nicht hier hinein, sie muss nachdenken.

Doch sie spürt, dass Klaffer ihre Drohung wahrmachen wird. Und dann hat sie keine Möglichkeit herauszufinden, was hier wirklich passiert.

Während sie zögert, hört sie Cleos Stimme aus dem Raum mit dem anderen Bad.

»Muss ich wirklich?«, fragt Cleo leise. »Die Meditation war so intensiv, ich bin ganz erschöpft. Kann ich nicht vielleicht pausieren?«

Klaffer wendet sich um und verschwindet durch die Tür.

»Ich dachte, Sie sind hier, um sich Ihren Problemen zu stellen!«, hört Bea ihre Stimme aus dem Raum mit dem anderen Bad. »Wollen Sie Ihre armseligen Schwächen wirklich noch länger mit sich herumtragen?«

»Nein, aber …«

»Dann steigen Sie jetzt in diesen Tank!«

Bea kann sehen, wie Jacobi ebenfalls den Nebenraum betritt. Dann hört sie Wasser plätschern.

»Sie darf erst heraus, wenn ich es sage«, ordnet Klaffer an.

Bea sieht sich Hilfe suchend um und entdeckt Lang, doch er scheint mit seinen Gedanken ganz woanders zu sein.

Noch einmal lässt Bea ihren Blick durch den Raum schweifen, dann steigt sie wie in Trance in das zweite Becken.

*

Später steht sie unter der Dusche und lässt das Wasser die Tränen wegwaschen.

Die Stunde im Samadhi-Bad war die Hölle, aber sie hat es noch gut erwischt. Nach einer Weile in dem warmen, feuchten Raum hörte ihr Geist auf, seinem eigenen Schwanz hinterherzulaufen, und sie fiel in einen Dämmerzustand, voller albtraumartiger Bilder, in denen sie von einem riesenhaften Schatten verfolgt wurde. Als der Mönch den Deckel ihres Bades öffnete, während Lang hinter ihm wartete, um als Nächster ins Bad zu steigen, lag Cleo immer noch in ihrem Tank, wie die Pantoffeln zeigten, die davorstanden. Jacobi stand in der Nähe, als würde er Wache halten. Im Tank selbst war es gespenstisch still. Bea wollte sich nicht vorstellen, was das hieß.

Das Wasser ist so heiß, dass es sich auf ihrer Haut fast kalt anfühlt, und sie ist dankbar dafür. Sie will das eklige Salzwasser aus jeder Pore herauswaschen. Welche Ironie, dass sie sich zum Versenken in ihr Inneres in eine Salzlake legen sollen, Tränen gleich. Wenn schon, dann sollen es ihre Tränen sein.

Als Bea fertig ist und sich abtrocknet, hat sie Angst, in den Spiegel zu blicken. Sie ist überzeugt, dass sie völlig zerstört aussieht. Als ihr Blick dennoch zum Spiegel fällt, sieht sie, dass er angelaufen ist. Und da ist noch etwas anderes.

In der trüben Fläche aus winzigen Tropfen kondensierter Flüssigkeit sind Buchstaben aufgetaucht. Jemand muss sie auf den Spiegel geschrieben haben, bevor sie das Wasser eingeschaltet hat – ein Spiel, das sie einmal als Kind gespielt hat: Man schreibt mit dem Finger einen Text auf den Spiegel, und wenn er beschlägt, wird die Schrift sichtbar.

Bea braucht nur einen Sekundenbruchteil, um die Nachricht zu entziffern, die jemand dort mit krakeligen Buchstaben hinterlassen hat.

194

Wütend tritt sie vor den Spiegel und wischt die Nachricht mit dem Unterarm weg.

Das Gesicht, das ihr entgegenblickt, sieht tatsächlich müde aus, aber vor allem wütend und entschlossen.

Sie kontrolliert das Schloss ihrer Zimmertür. Es sieht intakt aus.

STUNDE NEUNUNDVIERZIG

Als Lang die Tür öffnet, ist er perplex. Er trägt einen Bademantel, unter seinen Augen sind dunkle Ringe, als hätte er geweint. Es ist nicht unwahrscheinlich. Wenn es Schmerzhaftes in Langs Leben gibt, ist sein Geist in den letzten Stunden bestimmt mehr als einmal dort gewesen.

»Was willst du?«

»Hast du Cindy gesehen?«

»Nein, warum?«

Nicht, dass sie viel Hoffnung gehabt hätte.

Nach dem Fund der Nachricht ist sie hinaus in den Garten, um sich an der frischen Luft zu beruhigen. Dabei ist ihr klar geworden, dass es nur eine Möglichkeit gibt, Licht ins Dunkel zu bringen. »Ich muss dir etwas zeigen«, sagt sie statt einer Antwort. »Kannst du dir etwas anziehen?«

»Jetzt sofort?«

Er sieht schnell, dass sie es ernst meint.

Nur eine Minute später ist sie gemeinsam mit ihm erneut auf dem Weg in den Keller.

»Was willst du mir zeigen?«

Sie antwortet nicht. Es ist zu schwer zu erklären. Sie hofft, etwas zu finden, das ihre Geschichte beweist. Dann wird er verstehen.

Als sie den Raum mit den Samadhi-Bädern erreichen, hört Bea, dass dort drinnen jemand ist.

Inzwischen müssten alle mit dem Baden fertig sein, sie hat extra noch einmal Klaffers Programm gecheckt. Wenn also niemand mehr badet, wer macht die Geräusche?

Bea wechselt einen Blick mit Lang, der es offenbar ebenfalls gehört hat. Sie geht einen Schritt nach vorn und lugt durch die Tür, doch im Licht der Notbeleuchtung kann sie nichts erkennen. Bea nimmt sich ein Herz, greift durch den Türrahmen zum Lichtschalter und macht die Deckenbeleuchtung an.

Sie hat sich nicht getäuscht, der Raum ist leer. Doch die Geräusche hören nicht auf. Wasser plätschert. Und da erkennt sie, was los ist. Sie rennt zu den Türen mit den Samadhi-Bädern. Die Geräusche kommen aus dem linken.

»Hilf mir!«, herrscht sie Lang an und macht sich an dem eiförmigen Bad zu schaffen, aus dem das Plätschern kommt. Sie versucht, die Schale zu öffnen, doch sie scheint irgendwie verriegelt zu sein.

»Hier, warte«, sagt Lang und drückt auf einen Knopf.

Mit einem Klicken bewegt sich der Deckel einen Zentimeter. Ein Spalt entsteht, der es Bea erlaubt, ihre Finger dazwischenzuklemmen und den Deckel zu öffnen.

Die Gestalt darin ist eingerollt und nass wie ein Vogel-Embryo. Bea erkennt Cleos Bikini.

»Los, wir packen sie gemeinsam an«, sagt Bea.

Zusammen heben sie sie aus dem Wasser, das inzwischen abgekühlt ist, und setzen sie vorsichtig auf den Boden, mit dem Rücken zur Wand gelehnt.

Cleo dreht sich zu ihr um. Sie blinzelt, als wäre sie blind. Als sie Bea erkennt, hellt sich ihre Miene auf. Sie murmelt etwas Unverständliches vor sich hin.

»Cleo – geht es dir gut?«

Die Sängerin zittert. Es ist kühl hier im Raum. Bea sieht sich um und entdeckt an einem Haken bei der Umkleide ein Handtuch. Sie holt es und legt es der Frierenden um die Schultern. Als der Stoff ihre Haut berührt, zuckt sie kurz zusammen. Cleo ist völlig durcheinander. Sie scheint Lang erst jetzt wahrzunehmen und krümmt sich zusammen, als hätte sie Angst vor ihm.

»Was haben Sie mit dir gemacht?«, sagt Bea und bedeutet Lang mit einer Geste zurückzutreten. »Wie lange warst du da drin?«

Cleo muss ohne Pause im Tank gewesen sein, das bedeutet, sie war über zwei Stunden da drin. Kein Wunder, dass sie verwirrt ist. Bea kann nur versuchen, sich auszumalen, was sie durchgestanden hat.

Bea beginnt, die Kleine abzutrocknen. Sie wehrt sich halbherzig.

»Er lebt«, sagt Cleo plötzlich. »Ich habe ihn gehört.«

Bea hält in der Bewegung inne. »Von wem sprichst du?«

»Niemand weiß es, aber es ist wahr!« Sie sieht Bea eindringlich in die Augen.

»Sie ist durcheinander«, sagt Lang. »Komm, wir bringen sie weg.«

Als Cleo ihren Blick Lang zuwendet, fasst Bea nach ihrem Kinn und dreht den Kopf zu ihr.

»Von wem hast du gesprochen? Von *wem*?«

Als Bea sie so anfährt, hebt sie die Arme schützend vor den Kopf und beginnt zu wimmern.

»Reiß dich zusammen! Komm, wir bringen dich auf dein Zimmer«, sagt Lang.

Er hebt Cleo sanft an den Achseln hoch, und die Sängerin lässt es mit sich geschehen. Gemeinsam gehen sie zur Garderobe, wo Cleos Sachen liegen. Bea hilft, sie anzuziehen. Dann gehen sie nach oben. Lang folgt ihnen in einiger Entfernung. Als Bea sie vor ihrem Zimmer bittet, die Schlüssel herauszusuchen, wirkt sie wieder klarer. Ohne Mühe schließt sie ihre Zimmertür auf. Bevor sie eintritt, wendet sie sich Bea zu.

»Danke«, sagt sie.

»Was hast du vorhin gemeint?«, fragt Bea unsicher. »Wer lebt?«

Sie sieht Bea fragend an. »Habe ich etwas gesagt?«

Bea kann sehen, wie sie sich den Kopf zerbricht.

»Ich bin so müde«, sagt sie schließlich.

»Macht nichts«, zwingt sich Bea zu sagen. »Sie hätten dich nicht so lang im Samadhi-Bad lassen dürfen.«

Cleo nickt und wankt in ihr Zimmer. Sie legen sie ins Bett und decken sie zu. Dann schließen sie vorsichtig die Tür. Lang bedeutet ihr, ihm in sein Zimmer zu folgen.

»Was war das denn?«, fragt Lang, als die Tür hinter ihnen geschlossen ist.

»Na, was wohl?«, sagt Bea verächtlich. »Klaffer hat es übertrieben. Du hast doch auch gesehen, dass Cleo nicht noch einmal in das Bad wollte. Klaffer hat sie über zwei Stunden dort drinnen gelassen.«

»Das meine ich nicht«, sagt Lang. »Du hast sie angeschrien, als sie *Er lebt* sagte. Wer lebt?«

Bea überlegt, wie viel sie ihm erzählen soll. Es klingt alles so unglaublich. Sie hat gehofft, Spuren von Blut zu finden, um einen Beweis zu haben. Nun hat sie nichts.

»Du wolltest mir etwas zeigen«, erinnert er sie.

»Etwas Seltsames geschieht hier«, antwortet sie. »Etwas Schlimmes. Ich verstehe es selbst noch nicht.«

Lang sieht Bea forschend an. »Warum bist du überhaupt noch hier? Ich habe im Auto gewartet wie ein Idiot!«

»Ich kann nicht weg«, entgegnet sie.

Lang wartet auf eine Erklärung. »Ich würde dir gern helfen«, sagt er dann, »aber ich habe keine Ahnung, wovon du redest. Du musst mir schon irgendwas geben.«

Bea kämpft mit sich. Das Verlangen, alles mit ihm zu teilen, wird übermächtig. Lang strahlt Ruhe aus. Seine Anwesenheit allein hilft ihr, sich weniger hilflos zu fühlen.

Doch sie kann nicht. Es fühlt sich nicht richtig an. Er muss ihr auch so helfen.

Lang legt ihr die Hand auf die Schulter.

Bea nimmt sich ein Herz.

»Ich fürchte, dass Cindy etwas zugestoßen ist.«

»Wie kommst du darauf?« Doch Lang rechnet nicht mehr mit einer Antwort, sondern richtet sich auf und zuckt mit den Schultern. »Gut, sehen wir nach. Weißt du, wo ihr Zimmer ist?«

Bea zögert. Doch natürlich hat er recht, sie müssen einfach nachsehen. Cindy muss inzwischen wieder auf ihrem Zimmer sein, es kann gar nicht anders sein.

Lang geht zur Tür, und gemeinsam schleichen sie wieder auf den Gang hinaus. Wenn Klaffer sie erwischt, sind sie geliefert. Dann muss Lang sie ganz schnell weit wegbringen, bevor die Psychiaterin ihre Drohung wahrmachen kann. Bea zeigt Lang, wo Cindy Hermann ihr Zimmer hat. Die Tür ist verschlossen, nichts deutet darauf hin, dass etwas nicht stimmt.

Lang tritt vor die Tür und hämmert dagegen. Bea zuckt zusammen. Er wird die anderen aufscheuchen. Sie sieht sich nervös um.

Hinter der Tür tut sich gar nichts.

»Sie ist nicht hier«, flüstert Bea. »Wir müssen sie suchen!«

Doch Lang sieht nachdenklich die Tür an. Statt einer Antwort klopft er erneut.

»Cindy? Sind Sie da drin?«, sagt er.

Abermals keine Antwort.

Da packt Bea ihn am Arm und zerrt ihn von der Tür fort. Er folgt ihr mit sichtlichem Widerwillen.

Bea geht mit ihm zu der Tür in den rechten Trakt. Die Tür ist nicht abgeschlossen, und sie treten ein.

Drinnen ist es stockdunkel. Bea horcht, ob jemand ihnen gefolgt ist, doch auf der anderen Seite der Tür ist alles ruhig.

»Was willst du hier, Bea?«, fragt Lang, der ungehalten ist.

»Wir müssen Cindy suchen«, sagt sie.

»Hier?«

»Sie muss irgendwo hier im Schloss sein.«

Lang seufzt. »Bea, wir haben doch nicht einmal eine Taschenlampe.«

»Wir werden eine finden.«

Lang wendet sich ab und scheint einen Moment für sich nachzudenken.

»Ich verstehe nicht, was mit dir los ist. Cindy geht es gut!«

»Woher willst du das wissen?«

Er ringt die Hände. »Vielleicht hat sie nur Ohrstöpsel angelegt. Hast du schon einmal daran gedacht?«

Bea ist verzweifelt. Sie will sich nicht damit zufriedengeben. Die Vorstellung, stundenlang in ihrem Zimmer zu hocken und nichts tun zu können, erscheint ihr wie eine Folter.

»Du kannst ja gehen«, sagt sie schließlich.

Und da nickt Lang, geht und lässt Bea im Dunkeln zurück.

Sie probiert es allein und ohne Licht, doch nach ein paar Minuten gibt sie auf. Auf dem Rückweg geht sie noch einmal an Klaffers Büro vorbei, um zu sehen, ob es immer noch versperrt ist. Doch schon vor Weitem hört sie, dass dort drinnen jemand ist.

Erst kann sie es nicht glauben, doch als sie näher kommt, ist sie sicher.

Sie glaubt, dass es Klaffer ist, die da stöhnt. Nur wer der Mann ist, mit dem sie gerade vögelt, kann Bea nicht eruieren.

JUNI

»Also?«, beginnt Olson. »Ich höre.«

»Ich werde Ihnen jetzt erklären, warum Bea selbst an allem schuld ist. Ich wollte Ihnen in Ruhe alles erzählen, aber dazu scheint Ihnen die Geduld zu fehlen.«

Er wirkt nicht beeindruckt. Deshalb lasse ich die Bombe platzen.

»Es hat alles damit zu tun, was mit Beas Bruder passiert ist.« Ich mache eine Pause und lasse ihn etwas zappeln. »Ich habe Ihnen schon gesagt, dass Bea etliche Jahre älter war als ihr Bruder. Sie war also oft seine Babysitterin. Und eines Tages hat sie diese Pflicht vernachlässigt.«

Nun kann ich sehen, dass ich Olsons Aufmerksamkeit habe.

»Die Familie war auf einem Campingurlaub an einem See. Die Eltern genehmigten sich abends ein Glas Wein, während Bea mit ihrem Bruder am Strand spielte. Wie es genau passierte, weiß man nicht, aber einen Moment lang muss Bea abgelenkt gewesen sein. Es heißt, dass sie sich in einen Jungen verguckt hatte, der ebenfalls mit seinen Eltern dort war. Jedenfalls bemerkte Bea nach einiger Zeit, dass ihr Bruder nicht mehr da war. Sie fand die Schaufel, mit der er im Sand gegraben hatte, im Wasser treibend.«

Ich mache eine Kunstpause und genieße seine konzentrierte Aufmerksamkeit.

»Die Eltern und befreundete Leute auf dem Campingplatz suchten Stunden nach ihm. Sie schwammen und schnorchelten das Wasser ab, fuhren mit Tretbooten im Kreis. Die Polizei stieß zu ihnen, Taucher gingen ins Wasser, doch niemand fand eine weitere Spur. Das Kind schien verschwunden zu sein.«

»Davon habe ich noch nie gehört«, gesteht Olson.

»Deshalb erzähle ich es Ihnen. Beas Eltern waren verzweifelt. Ihr Vater ertrug es nicht und setzte Bea unter Druck. Er verhörte sie regelrecht und ließ sich von seiner Frau durch nichts beruhigen. Bea weinte nur noch und brachte kein Wort mehr hervor.«

»Und?«

»Gar nichts! Der Kleine war nicht ertrunken, ein Autofahrer gabelte ihn an einer Straße in der Nähe auf. Er hatte sich nur verlaufen, sonst nichts. Alles war wieder gut, sollte man meinen. Doch Bea erholte sich davon nicht. Als sie am übernächsten Tag immer noch kein Wort gesprochen hatte und nicht auf Fragen reagierte, brachte ihre Mutter sie zum Arzt.«

Das hat gesessen, ich kann es sehen. Olson ist zum ersten Mal verunsichert, er glaubt mir, das ist unzweideutig. Vielleicht ist er tatsächlich in der Lage zu verstehen, was ich ihm sagen will.

»Gut«, sagt Olson. »Das wirft ein ganz neues Licht auf Frau Winterleitners Sprachbegabung. Aber ich verstehe noch nicht ganz, worauf sie hinauswollen.«

»Ich will Ihnen zeigen, wo ihre Angst herkommt! Warum sie so eine schlechte Mutter war!«

»Weil sie Angst hatte, ihr Kind zu verlieren?«

»Genau. Sie hatte Angst, dass sich die Geschichte wiederholen könnte. Wie es ja dann auch passiert ist.«

»Aber wenn Bea solche Angst hatte, hätte sie doch besser aufgepasst und Elias nicht in dem Einkaufszentrum allein gelassen.«

Meine Hoffnung löst sich von einem Moment auf den anderen in Luft auf. Olson versteht gar nichts. Er will nicht verstehen.

Der Nervenarzt rutscht auf seinem Sessel hin und her, der für sein mächtiges Hinterteil viel zu klein ist. Er verzieht das Gesicht. »Weitere Anschuldigungen gegen Frau Winterleitner. Sie erzählen mir ja doch nichts Neues.«

»Weil Sie nicht zuhören!«, entgegne ich zornig. »Sie wollen mich verantwortlich machen, wie alle anderen!«

»Aber Sie waren es doch. Was mit Elias geschah, war allein Ihre Schuld.«

»DAS IST EINE LÜGE!«, schreie ich.

»Es hat keinen Sinn weiterzumachen, wenn Sie das leugnen.«

Olson richtet sich ächzend auf. Ich erkenne, dass er gehen will, und plötzlich habe ich Angst. Ich will nicht, dass er geht.

»Ich werde Ihnen beweisen, dass Bea Ereignisse verleugnet«, sage ich schnell.

»Tun Sie das«, sagt Olson ruhig. »Sie haben Zeit, bis ich meinen Mantel angezogen habe.«

»Welche Erklärung haben Sie sonst dafür, dass Bea so lange brauchte, bis sie sich eingestand, dass sie Katalina Klaffer schon einmal gesehen hatte?«

STUNDE ACHTUNDFÜNFZIG

Hanh tritt hinaus vor den Pavillon und bleibt einen Moment stehen, um die kühle, feuchte Morgenluft in seinem Gesicht zu spüren. Er nimmt zwei tiefe, bewusste Atemzüge, bevor er zur Mülltonne geht und die beiden schwarzen Plastiksäcke hineinwirft. Er wird jetzt beginnen, die Zimmer der Gäste zu machen, die Laken abzuziehen und Staub zu saugen, bevor er das Mittagessen kocht. All das ist seine Aufgabe, denn er ist der Jüngste in der Gruppe. Hanh beschwert sich darüber nicht, die Arbeit macht ihm keine Mühe, er empfindet sie als fast so meditativ wie das gemeinsame morgendliche Zazen mit den anderen. Es gibt keinen Unterschied zwischen Leben und Praxis, zwischen Arbeit und Übung. Alles ist in gleichem Maße Leben und will bewusst wahrgenommen werden. Die Trennlinie zwischen Mühe und Glück ist verschwommen, so wie jene zwischen ihm und dem, was ihn umgibt. Der Geist ist nicht von der Welt zu unterscheiden, und diese Tatsache lässt sich bei der Arbeit genauso gut erleben wie bei anderen Tätigkeiten. Es ist alles eine Frage der mentalen Übung.

Und doch fällt es ihm manchmal schwer. Von außen sieht man es ihm nicht an, das weiß er. Nur der Meister erkennt sofort, wenn ihn etwas beschäftigt. Er mahnt ihn zur Geduld. Hanh ist erst dreiundzwanzig, er weiß, dass er noch viel lernen muss. Ihm ist klar, dass viele Leute es nicht verstanden haben, warum er ins Kloster ging, wo er doch *in der Blüte seines Lebens* stand. Seine Mutter hingegen hielt, nachdem sie den ersten Schock überwunden hatte, zu ihm. Sie hat ihn allein großgezogen, nachdem sie von Vietnam nach Deutschland gekommen waren. Sie kannte ihn gut genug, um zu verstehen, dass er immer schon anders war als die Jungen in seinem Alter. Während sie Fußball spielten, konnte er stundenlang dem Flug der Vögel zusehen oder alleine lange Wanderungen machen. Noch in seiner alten Heimat interessierte er sich für die Lebensweise der Mönche, die den in der Nähe befindlichen Schrein betreuten, und half ihnen bei der Pflege der heiligen Stätte. Für ihn war der Eintritt ins Kloster ein Abenteuer mit ungewissem Ausgang, und wenn ihn die Überzeugung verlassen hätte, das Richtige zu tun, wäre er längst gegangen. Er ist hier nicht gefangen und fühlt sich zu nichts verpflichtet als seinem eigenen Bedürfnis nach einem guten, bewussten Leben. Im Kloster ist er dem so nahegekommen wie nie zuvor.

Dem Meister vertraut er vorbehaltlos, das ist die Bedingung für das Leben hier. Dazu gehört, dass sie die Mieter des Schlosses unterstützen. Er weiß, dass sie sich die Erhaltung des Schlosses kaum leisten können. Die Einnahmen durch Retreats wie jenen von Dr. Klaffer decken gerade so die laufenden Kosten. Das Schloss gelangte durch einen glücklichen Zufall in den Besitz des Vereins, dessen Mitglied er ist. Doch das Glück stellte sich schon bald als schwere Bürde heraus. Hanh weiß, dass der Meister mehr als einmal darüber nachdachte, das Schloss zu verkaufen. Doch irgendwie tauchte jedes Mal wieder eine Lösung auf, sei es durch eine Spende eines betuchten Unterstützers oder durch eine im Voraus bezahlte Veranstaltungsreihe, unlängst erst ein klassisches Konzert, kombiniert mit einer Lesung eines bekannten Schauspielers.

Hanh gibt sich also Mühe, möglichst wenig auf die Gruppe zu achten, die derzeit im Schloss wohnt. Es fällt ihm nicht immer leicht. Er hat verstanden, dass Klaffer Methoden aus dem Zen benutzt, doch das, was er gesehen hat, verstört ihn. So sollte Zen nicht praktiziert werden. Er wollte schon zu seinem Meister gehen, um mit ihm darüber zu reden, doch er kann sich ausrechnen, was er dazu sagen würde. Zen ist keine Religion, die so einen Ausdruck wie den des Sakrilegs kennt. Falsch praktizierter Zen-Buddhismus beleidigt keine Götter. Niemand hat das Recht, andere zu richten, wenn sie eigene Wege gehen. Der Meister würde sagen, Hanh solle es als Übung betrachten, sich durch die Methoden von Dr. Klaffer nicht aus der Ruhe bringen zu lassen.

Hanh fragt sich, wie viel der Meister über Klaffer weiß und ob er auch noch so denken würde, wenn er gesehen hätte, was Hanh gesehen hat, als er mit Klaffer die Buchungsformalitäten erledigte. Die Wahrheit ist: Das Geld ist knapper denn je. Sie sind auf Dr. Klaffer angewiesen. Hanh muss anerkennen, dass es dabei bleibt: Er kann sich alle Fragen, die er dem Meister gern stellen würde, selbst beantworten.

Nachdem Hanh die Müllsäcke in den Mülleimern des Bungalows erneuert hat, macht er sich auf den Weg ins Schloss. Im Keller gibt es eine Waschküche, wo die frischen Laken liegen.

Als er den Garten durchquert, sieht er beim Brunnen jemanden sitzen. Es ist die Frau, die er seit einer Weile beobachtet, und die, wie er sich eingestehen muss, der Auslöser für seine zunehmende Unruhe ist. Gestern hat er sie im Büro erwischt. Was sie dort wollte, konnte er sich zuerst nicht erklären, bis er sich daran erinnerte, wie er für Dr. Klaffer die Telefone der Leute eingesammelt hat. Als er den Browser öffnete, sah er gleich, dass sie den Verlauf gelöscht hatte. Da dämmerte ihm, dass es ihr einfach nur darum ging, Kontakt mit jemandem aufzunehmen, vermutlich über ihren E-Mail-Account. Dr. Klaffer muss ihnen das verboten haben.

Bis jetzt hat er niemandem davon erzählt, auch nicht, als er bemerkte, dass einer der Schlüsselbünde mit dem Generalschlüssel fehlte.

Die Frau, die Winterleitner heißt, hat ihn noch nicht bemerkt. Sie sitzt da und sieht den Vögeln zu, wobei sie ganz in Gedanken versunken scheint, mit hochgezogenen Schultern.

Hanh hält sich für keinen großen Menschenkenner, nicht wie sein Meister, aber dass es dieser Frau nicht gutgeht, kann er sehen. Wenn sie den Schlüssel entwendet hat, worauf alles hindeutet, dann muss sie dafür gute Gründe gehabt haben. Hanh fragt sich, warum sie immer noch hier ist. Sie scheint nicht der Typ zu sein, der sich von jemandem unter Druck setzen lässt. Jemand, der in der Lage ist, in ihren Bungalow zu schleichen, hat bestimmt keine Probleme damit, das Schloss hinter sich zu lassen und das nächstbeste Auto anzuhalten, damit es sie von hier wegbringt.

Etwas geschieht hier, das diese Frau belastet.

Und da fasst Hanh einen Entschluss. Statt ins Schloss zu gehen und die Zimmer zu machen, kehrt er um. Er wird zum ersten Mal die Regeln seiner Brüder brechen, die ihm verbieten, sich in die Angelegenheiten der Gäste einzumischen. Er wird zum Meister gehen und ihm erzählen, was er weiß.

STUNDE SECHZIG

Beas Zuversicht beginnt sich aufzulösen. Wo zur Hölle steckt Lang? Sie wollten sich hier treffen, und obwohl sie keine Uhr dabeihat, ahnt sie, dass es längst nach sieben Uhr sein muss. Bald wird Klaffer im Haus ihre Meditation beenden, und wenn sie Bea hier sieht, gibt es Zoff.

Nach einer weiteren Nacht in ihrem Zimmer, in der sich immer wieder Bilder von Rainer in ihr Bewusstsein drängten, ist sie mit dem Schlagen des Gongs aufgesprungen und gleich zu Cindys Zimmer gelaufen, um zu klopfen. Doch wie gestern hat sie keine Antwort erhalten. Sie hat überlegt, mit dem Generalschlüssel die Tür aufzusperren, doch aus den anderen Zimmern waren bereits Geräusche zu hören, und sie hat sich dagegen entscheiden. Es erscheint ihr wie ein Wunder, dass noch niemand sich nach dem Schlüssel erkundigt hat. Danach hat sie sich versteckt und darauf gewartet, ob Cindy nicht doch noch auftaucht, bevor sie zum vereinbarten Treffpunkt gegangen ist.

Seit sicher einer halben Stunde sieht sie nun den Spatzen zu, ohne sie wirklich wahrzunehmen. Vögel umkreisen sie zwitschernd, offenbar nicht in der Lage zu akzeptieren, dass der Brunnen, an dem sie sonst immer baden, von einem gedankenlosen Menschen blockiert ist. Schimpfend kehren sie auf den Dachfirst zurück, wo sie sich zu beraten scheinen und immer neue Kandidaten losschicken, um die Lage zu sondieren.

Bea weiß nicht, was sie tun soll. Lang hat sie versetzt. Oder ist ihm auch etwas zugestoßen? Der Gedanke erscheint ihr absurd, doch sie weiß nicht mehr, was sie glauben soll.

Als Bea durch die großen Glasfenster des Meditationsraums eine Bewegung wahrnimmt, steht sie auf. Drinnen beschließt Klaffer offensichtlich die Meditation, und Bea will nicht, dass man sie hier sitzen sieht. Wenn die anderen meditieren, kann sie zumindest sicher sein, im Schloss niemanden zu treffen. Vielleicht findet sie doch irgendwo eine Taschenlampe.

Als sie sich gerade dem Eingang zuwenden will, sieht sie vor sich etwas im Gras und bleibt stehen.

Etwas Rotes, Rundes liegt da, etwa von der Größe eines Tennisballs.

*

Matthias Lang versucht, nicht an Bea Winterleitner zu denken, als er im rechten Trakt zum Turmzimmer hinaufsteigt. Er kann sich noch immer nicht entscheiden, was er von ihr hält. Er glaubt nicht, dass Cindy etwas zugestoßen ist, das scheint ihm zu weit hergeholt. Beas Verbissenheit bereitet ihm Sorgen, doch er weiß nicht, was er tun soll. All das geht ihm gegen den Strich. Bea hätte abreisen sollen, wie sie es angekündigt hat.

Mit dem Buch in der Hand geht er die Treppen hinauf und durchquert den Dachstuhl. Verstohlen blickt er sich um und sucht nach den Vogelskeletten, die ihn letztes Mal so irritierten, doch er kann sie plötzlich nirgends mehr finden. Vielleicht haben Katzen sie wieder zerstreut.

Letzte Nacht konnte er nicht schlafen und hat über Matignon und seine Geschichte nachgedacht. Die Sache zieht ihn völlig in ihren Bann. Dabei sind ihm Dinge klar geworden. Er weiß jetzt, dass der Schlossherr Matignon seine Gäste mit alten Videokameras überwachte. Von seinem Turm aus beobachtete er sie, erfuhr ihre Geschäftsgeheimnisse und Deals und spann Intrigen. Doch der Mann mit dem Hund erwähnte auch, dass Matignon vor seinen Angreifern durch Tunnel flüchtete.

Und da ist Lang der Turm wieder eingefallen. Es muss irgendwo eine Art Kommandozentrale geben, denn das Turmzimmer ist dafür zu klein. Lang vermutet, dass noch weitere, private Räumlichkeiten des Schlossherrn existieren, über den er unbedingt mehr erfahren will.

Lang öffnet mit dem versteckten Pedal die Tür zum Turm mit dem Vorsatz, jeden Quadratzentimeter Wand abzusuchen, ob es nicht noch einen weiteren Ausgang gibt, als er realisiert, dass da etwas auf dem Boden liegt.

*

Bea sagt sich, dass sie Wichtigeres zu tun hat, doch das rote Ding im Gras zieht sie in ihren Bann. Warum eigentlich? Es ist vermutlich einfach nur ein Stück Plastik, das vielleicht ein Vogel hierhergetragen hat. Dennoch ist ihr Unterbewusstsein alarmiert.

Sie zwingt sich, näher heranzutreten, und beugt sich nach unten, um das Ding aufzuheben. Es ist ein Ball aus Plastik, hohl und leicht. Und das, was ihr Unterbewusstsein ihr sagen wollte, bestätigt sich, obwohl ihr bei dem Gedanken speiübel wird.

Sie ist sich sicher: Solche Bälle werden in Bällebädern wie

jenem aus dem Einkaufszentrum verwendet, in dem Bea ihren Sohn allein ließ.

Ungläubig starrt sie den Ball in ihrer Hand an, drückt ihn zusammen, wobei aus einem kleinen Loch Luft entweicht. Vielleicht gibt es eine andere Erklärung? Vielleicht haben Kinder damit gespielt? Doch als sie ihren Blick gehetzt durch den Garten wandern lässt, entdeckt sie ihn.

Einen weiteren Ball, in Blau.

Ein Irrtum ist ausgeschlossen. Es handelt sich um Bälle aus einem Bällebad. Und sie liegen nicht zufällig hier: Sie hat eine weitere Nachricht des Unbekannten erhalten.

Bea geht zu dem zweiten Ball, der näher am Waldrand liegt. Von dort muss sie nicht lange suchen, um einen pinken Ball zu entdecken, der gut sichtbar auf dem Laub des Waldbodens liegt.

Es ist eine Spur, die in den Wald hineinführt.

*

Lagen diese Kleider das letzte Mal schon da? Neben einem alten Mantel liegt ein Blaumann eines Arbeiters mit Farbspritzern darauf. Zwei leere Flaschen stehen an der Wand. Nun erst entdeckt Lang, dass die Zeitungen, die er das letzte Mal gesehen hat, zusammen mit zwei großen Kartonstücken eine Art Bett bilden. Unter einem Zeitungsblatt findet er eine Taschenlampe, die noch funktioniert, wie Lang feststellt. Er versteht, was er da sieht, und kann es doch nicht glauben. Es ist ein Zufluchtsort. Ein Bett für einen Obdachlosen. Doch was hat er in diesem Turm verloren, den man nur über eine Geheimtür betreten kann?

Lang betrachtet den Blaumann, der in gutem Zustand ist. Und da hat er eine Vermutung.

213

Hierher muss sich der Restaurator zurückgezogen haben, bevor er vom Gerüst stürzte. Er arbeitete allein, und wenn er unbeobachtet war, machte er hier Pause. Vielleicht hat er sogar hier übernachtet. Die Taschenlampe würde dafürsprechen.

Das ist die Erklärung, hält Lang sich vor Augen. Und doch bleibt ein komisches Gefühl.

Er wundert sich, warum er die Kleider das letzte Mal nicht gesehen hat.

*

Bea ist den Bällen mehrere hundert Meter in den Wald gefolgt, und ihr Unbehagen hat sich in blanke Angst verwandelt. Es ist unverantwortlich, hier allein in den Wald zu laufen. Eigentlich wollte sie schon letzten Abend die Polizei rufen. Sie sollte schleunigst umkehren und jemandem alles erzählen, was sie weiß, auch auf die Gefahr hin, dass man sie für verrückt erklärt.

Doch sie tut es nicht, weil sie weiß, dass diese Logik hier nicht funktioniert. So schnell, wie jemand die blutige Nachricht von der Fliesenwand gelöscht hat, werden auch diese Bälle wieder verschwunden sein, das ahnt sie. Wenn sie wissen will, wohin sie führen, muss sie es jetzt herausfinden, allein.

Das Schloss ist schon lang außer Sichtweite. Die Bäume sind hier dichter als sonst, umgefallene Stämme modern vor sich hin. Hier scheint es keine Forstwirtschaft zu geben, dieser Wald wird sich selbst überlassen.

Bea hat die Bälle nicht gezählt, aber es muss der zwanzigste sein, und die Spur scheint kein Ende zu nehmen. Ihre Hände sind eiskalt, weniger wegen der Außentemperaturen, sondern wegen der Angst, die immer stärker wird. Bea schließt sie zu Fäusten, die sie steif neben ihren Hüften hält. Sie sieht immer deutlicher, dass jemand sie in eine Falle lockt. Etwas Schreckliches wartet dort vor ihr im Wald. Sie muss umkehren, solange sie noch kann.

Als sie im Begriff ist, sich der inneren Stimme zu beugen und zurückzulaufen, entdeckt sie etwas Rotes zwischen den Stämmen. Es sieht aus wie ein Stück Stoff. Dann glaubt sie zu erkennen, worum es sich handelt.

Bea bleibt stehen und verschränkt die Arme, klemmt die kalten Hände unter ihre Achseln.

So verwirrend all das hier ist, intuitiv glaubt sie, eine Idee davon zu bekommen. Als sie den Delfin fand, hatte sie die Hoffnung, jemand wolle ihr etwas mitteilen. An diesen Gedanken hat sie sich geklammert. Doch nun sieht sie, dass sie sich etwas vorgemacht hat. Warum sollte jemand über kryptische Nachrichten und versteckte Gegenstände mit ihr kommunizieren? Jemand, der ihr helfen will, würde einfach auf sie zugehen und ihr erzählen, was er weiß. Hier geht es um etwas anderes. Wer das hier inszeniert, will ihr alles andere als helfen.

Und dennoch: Wie ist derjenige an all die Dinge aus Beas Leben gelangt?

Bea geht einen Schritt näher an die Lücke zwischen den Bäumen heran, zwischen denen sie das rote Ding gesehen hat, das auf einem morschen Baumstumpf platziert ist wie auf einem Podest. Sie muss wissen, ob sie sich täuscht. Als sie zwischen den Bäumen hindurchsteigt, wo hohe Farne stehen, spürt sie unter ihrem Fuß etwas, das mit metallischem Knirschen nachgibt. Aus einem Reflex heraus zieht sie blitzschnell den Fuß zurück. Im selben Moment hört sie ein Scheppern.

Bea macht einige Schritte nach hinten, ohne den Blick

von dem metallischen Gerät zu nehmen, das sich zwischen den Farnen abzeichnet. Ihre Ferse bleibt an etwas hängen, und sie landet unsanft auf ihrem Hintern. Dort bleibt sie sitzen und hält die Luft an.

Der Wald um sie herum ist still, fast teilnahmslos. Er scheint ungerührt von der Ungeheuerlichkeit, die jemand für Bea vorbereitet hat. Nach einigen Sekunden holt Bea tief Luft. Die Angst lässt nach, da ist plötzlich Wut. Sie springt auf und nähert sich vorsichtig der Stelle. Und da sieht sie, womit sie es zu tun hat.

Jemand hat eine alte rostige Tierfalle ausgelegt, ein Tellereisen mit gezahnten Bügeln, die von einer starken Feder zusammengezogen werden. Genug, um ein kleines Tier zu töten und einen Menschen zu verletzen.

Bea vergewissert sich, dass keine weiteren Fallen zwischen ihr und dem Baumstumpf lauern, dann steigt sie ungelenk über die metallische Monstrosität. Sie nimmt das Ding aus rotem Stoff in die Hand und hebt es hoch, bei dem es sich um eine Zipfelmütze handelt wie jene, die Elias am Abend seines Verschwindens getragen hat. Einen Moment lang lebt die Idylle jener Zeit wieder auf, aus der dieser Gegenstand stammt, und sie weiß wieder, wie es sich angefühlt hat. Sie hat Beruf, Ehe und die Erziehung ihres Kindes gemanagt, weil es von ihr erwartet wurde. Und nicht nur das, sie musste überall gut sein. Eine schier nicht zu bewältigende Aufgabe, doch es ist ihr gelungen.

Bea dreht sie herum und sieht, dass jemand auf der Innenseite mit ungelenken Buchstaben etwas daraufgeschrieben hat. Die Schrift ist mit schwarzem Filzmarker geschrieben und schwer lesbar, doch sie erkennt den Spruch auch so.

Schweigen ist Silber.

Bea hebt die Mütze hoch, um sie mit aller Kraft gegen den nächsten Baum zu schleudern. Doch ihre zitternde Hand bleibt erhoben stehen.

In diesem Moment erklingt direkt neben ihr das Lachen eines Kindes. Als sie sich reflexartig danach umwendet, sieht sie gerade noch, wie im Halbdunkel die Silhouette einer Person hinter einem Baum verschwindet.

STUNDE EINUNDSECHZIG

Lang streift durch den Wald. Was der Mann mit den Hunden gesagt hat, lässt ihm keine Ruhe.

Was für ein komischer Vogel. Irgendwie unheimlich, aber allem Anschein nach völlig harmlos. Lang ist nicht der Typ, der hinter jeder Ecke eine Verschwörung wittert, wie Bea Winterleitner es tut. Er schüttelt unwillkürlich den Kopf, als er an sie denkt.

Mysteriös findet er das Schloss und seine Geschichte aber allemal. Deshalb will er unbedingt diese Gedenktafel finden, die der Mann erwähnte. Gleich hinter dem Schloss, wenn man geradeaus in den Wald geht. Das hat er sich nicht ausgedacht, diesen Stein muss es wirklich geben. Doch im Dickicht fand er nichts weiter als eine seltsame bunte Plastikkugel, deren Zweck er sich nicht erklären kann. Er hat sich überall umgesehen, doch außer der einen Kugel konnte er nichts Ungewöhnliches finden.

Nun fragt er sich, ob er sich tiefer in den Wald wagen soll. Es gibt hier keine Wege, und Lang hat keine Idee, wie groß dieses Waldstück überhaupt ist. Wenn er nicht aufpasst, verläuft er sich noch. Und überhaupt, die Gedenktafel muss in der Nähe des Schlosses sein. Eigentlich hat er sie unmittelbar am Waldrand vermutet, doch dort hat er alles abgesucht und nichts gefunden. In großen Halbkreisen hat er sich seither tiefer in den Wald vorgearbeitet, doch inzwischen ist er nicht mehr ganz sicher, in welche Richtung er sich überhaupt bewegt, und das ist ihm nicht mehr geheuer.

Als er eine Stelle findet, wo sich der Wald lichtet, geht er darauf zu. Vielleicht gelingt es ihm, sich zu orientieren und einen der Türme des Schlosses zwischen den Bäumen zu erspähen.

Er tritt in die Mitte der Lichtung und sieht schnell, dass er das Schloss von hier aus nicht sehen kann, doch etwas anderes ist da. Ein gemauertes Fundament.

Er beugt sich hinunter und tastet mit den Fingerspitzen nach dem alten, vom Wasser ausgewaschenen Beton. Er erkennt, dass es sich um eine Art Luke handelt, die mit einem Metalldeckel verschlossen ist. Ein Brunnen? Das würde Sinn ergeben. Es ist eine gute Nachricht, denn das bedeutet, dass er sich noch nicht zu weit vom Schloss entfernt hat.

Die Suche nach der Gedenktafel wird er an dieser Stelle aufgeben. Vielleicht stimmt es ja auch gar nicht, was der Mann erzählt hat. Er scheint die Information auch nur vom Hörensagen zu kennen.

Lang richtet sich auf und will den Weg zurück zum Schloss suchen, als er die Steintafel entdeckt, und auf ihr den Namen *Louis de Matignon*.

*

Das Gebäude, das vor Bea auftaucht, ist nicht das Schloss. Es ist ein kleines Einfamilienhaus mit steilem Dach. Dicht daneben steht ein Mobilfunkmast, der Zaun, der ihn umgibt, berührt fast die Mauer. Bea ist an einer anderen Stelle aus dem Wald herausgekommen. Sie ist panisch einfach nur in irgendeine Richtung gelaufen. Die Wildtierfalle, die Nachricht, all das konnte sie ertragen. Es war das Lachen, das ihr den Rest gab. Unverkennbar das Lachen ihres Sohnes. Doch seine Stimme klang seltsam metallisch, wie eine schlechte Aufnahme. Als sie die Silhouette neben sich sah, rannte sie los.

Warum sollte ihr jemand eine Aufnahme vorspielen?

Sie versteht es nicht, aber sie kann später darüber nachdenken. Dieses Haus bedeutet, dass sie in Sicherheit ist. Hier kann sie innehalten.

Hunde beginnen zu bellen. Sie entdeckt jemanden am Fenster. Kurz darauf geht die Tür auf. Ein Mann steht da. Die Hunde hinter ihm scheinen außer sich.

»Still!«, ruft er ins Innere, und das Gekläff hört auf. Er mustert Bea. »Geht es Ihnen gut?«

Bea versteckt die Hand mit der Mütze hinter ihrem Körper. Als sie nicht antwortet, nähert er sich ihr vorsichtig.

»Kann ich Ihnen helfen?«

Er ist etwas älter, ein Rentner. »Sie kommen vom Schloss«, stellt er fest. Dann hält er ihr die Tür auf. Bea folgt gehorsam. Sie kann keinen klaren Gedanken fassen. Die Mütze steckt sie sich hinten in den Hosenbund.

*

Lang ist gebannt von der Steintafel vor ihm.

Hier starb Louis de Matignon

Der Mann hatte recht, und doch sieht die Tafel anders aus, als er sie sich vorgestellt hat. Sie ist vollkommen überwuchert und scheint größer zu sein, als sie auf den ersten Blick wirkt.

Lang hockt sich hin und streicht mit seinen Fingern das Gras zur Seite. Da sieht er, dass dahinter noch mehr steht. Er packt das Gras mit den Fäusten und reißt Büschel für Bü-

220

schel aus, bis er den Text darunter erkennen kann. Als er sicher ist, dass er alles freigelegt hat, steht er auf und tritt einen Schritt zurück.

Hier starb Louis de Matignon,
nachdem er im Wahn zwei Menschen ermordete.
Möge sein Schloss, das er zu einem Ort des Schreckens gemacht hat,
künftig ein Ort des Friedens sein.

Das ist der Beweis, dass die Geschichte des Mannes wahr ist.

Lang durchsucht noch einmal das Gestrüpp rund um die Lichtung, doch er findet weder weitere Grundmauern noch eine weitere Tafel. Verwirrt und nachdenklich tritt er den Rückweg an.

Einem Ort des Schreckens.

So kann man es nennen. Einen Ort, der Menschen wahnsinnig macht.

*

Der Mann führt sie in ein enges Esszimmer. Das Erste, was ihr auffällt, ist das Gitter vor dem Fenster.

»Katja?«, ruft der Mann, »kannst du bitte Teewasser aufstellen?«

»Wer ist das?«, fragt eine Frauenstimme aus einem Nebenzimmer.

»Jemand aus dem Schloss. Alles in Ordnung, ich glaube, sie hat sich verlaufen.«

Seine Stimme ist beruhigend. Er setzt Bea an den Tisch auf eine schmale Bank, und sie lässt es geschehen, wobei ihr Blick wieder zu dem Gitter wandert. Er scheint ihre Gedanken zu erraten.

»Ach so, das«, sagt er. »Es ist wegen der Handystrahlen. Meine Frau bekommt davon Kopfschmerzen. So ist es besser. Ich war früher Lehrer, Elektrizität hat mich immer interessiert. Mein Name ist Alfred. Und Sie sind?«

»Bea«, sagt sie.

»Bea, gut. Was ist geschehen?«

Sie denkt an die Tierfalle, an die Kugeln. Während er auf eine Antwort wartet, kommt seine Frau herein. Sie trägt einen Strickpullover und hat ein freundliches Gesicht mit hängenden Wangen. In ihren Händen hält sie ein Tablett mit einer Tasse, aus der Dampf aufsteigt. Daneben steht eine Untertasse mit zwei Teebeuteln.

»Früchtetee oder Minze?«, fragt sie.

Bea greift nach dem Beutel mit der Minze. Da strahlt die Frau. Sie tauscht einen Blick mit ihrem Mann, dann zieht sie sich zurück.

»Also«, sagt er. »Sie kommen von dem Retreat.«

Bea sieht ihn überrascht an.

»Wundern Sie sich nicht, ich habe mit einem der Teilnehmer gesprochen. Dieser Politiker, Sie kennen ihn bestimmt.«

»Lang«, sagt sie.

»Genau der. Er hat mir von der Veranstaltung erzählt.«

Bea reißt die Verpackung auf und versenkt den Teebeutel in der Tasse.

»Ich habe einen Rettungswagen gesehen. Ist etwas passiert?«

Bea konzentriert sich ganz auf das Eintauchen des Beutels.

»Sie müssen nicht reden«, erklärt er. »Das ist schon in Ordnung. Aber als sie da vor mir standen, dachte ich … Ich will nur wissen, ob es Ihnen gutgeht.«

»Ein Arbeiter ist von einem Gerüst gestürzt«, sagt Bea.

Er wartet auf eine Erklärung, als ob es einer bedürfte.

»Sie heißt Klaffer, nicht wahr?«, sagt er dann. »Die Leiterin.«

Bea nickt.

»Was hat sie mit Ihnen gemacht?«

»Gar nichts«, beginnt Bea, aber sie klingt nicht überzeugend.

»Sie müssen nicht lügen, ich weiß alles über diese Frau.« Da sieht Bea erstaunt auf.

»Ich habe das auch diesem Lang gesagt. Was in diesem Schloss passiert ist.«

Bea wartet, dass er weiterspricht.

»Sie wissen es auch nicht, oder?« Er scheint es nicht fassen zu können. »Dabei stand es in der Zeitung. Sie hätten sich doch vorab informieren können!«

»Ich habe mich informiert«, erklärt Bea. »Was ist hier im Schloss geschehen?«

»Diese Klaffer … ich habe nur Gerüchte über ihre Methoden gehört. Sie verbietet Leuten zu sprechen und sperrt sie in dunkle Räume.«

Sie lässt uns mit Stöcken schlagen.

Bea spricht es nicht aus. »Es ist ein Schweigeseminar«, sagt sie stattdessen, als wäre das eine Erklärung.

»Verstehen Sie denn nicht?«, gibt er zurück. »Sie ist eine Betrügerin! Ihre Diplome sind gefälscht, diese Frau hat keine Ausbildung!«

Bea ist nun doch schockiert. Die seltsame Frisur, die Fensterglasbrille. Klaffer gibt vor, jemand zu sein, der sie nicht ist. Bea hat es sogar bemerkt, gleich zu Beginn. Doch dann hat Klaffer sie mit ihrer Stimme eingelullt.

Sie hat keine Ausbildung, diese Heuchlerin, die behauptet, alles müsste unter strenger psychologischer Aufsicht geschehen.

»Sie sagten, im Schloss wäre etwas passiert«, beginnt sie erneut. »Wovon sprechen Sie?«

»Ein Zwischenfall«, erklärt Alfred. »Einer der Teilnehmer hat die Nerven verloren und andere Teilnehmer bedroht. Das ist noch nicht lange her.«

Bea ist enttäuscht. Sie versteht, was er ihr sagen will. Klaffers Inkompetenz hat einen der Teilnehmer an seine Grenzen gebracht. Aber es ist lächerlich im Vergleich zu dem, was sich im Moment gerade dort abspielt.

Klaffer ist also eine Betrügerin. Eigentlich überrascht es sie nicht, aber es hilft ihr auch nicht weiter. Es erklärt nichts.

Sie schweigen.

»Ich glaube, Ihr Tee ist fertig«, sagt er.

Bea greift hektisch nach der Tasse und nippt daran. Doch das Wasser ist noch zu heiß, und sie verbrennt sich die Zunge. Sie stellt die Tasse weg.

Was tut sie eigentlich hier?

»Darf ich telefonieren?«, fragt sie Alfred.

Er scheint ehrlich erleichtert. »Natürlich dürfen Sie telefonieren! Was glauben Sie, warum ich Sie hereingelassen habe? Es muss etwas geschehen«, fügt er hinzu. »Diese Frau tickt nicht ganz richtig.«

Er steht auf und bedeutet Bea, ihm zu folgen. Auf einem Schränkchen auf dem Flur steht ein Festnetztelefon. Sie hebt den Hörer ab und will Rainers Nummer eingeben, als sie realisiert, dass Alfred immer noch hinter ihr steht. Sie dreht sich nach ihm um und sieht ihn an. Er versteht sofort.

»Ich gehe schon«, sagt er und zieht sich zurück.

Schnell tippt Bea die Nummer ein, die einzige Nummer außer ihrer eigenen, die sie auswendig weiß. Während es läutet, hält sie den Atem an. Ihre Gefühle sind ein einziges Durcheinander. Ein Teil von ihr kann es nicht erwarten,

224

seine Stimme zu hören, als wäre damit alles gelöst. Dabei weiß sie noch nicht einmal, was sie ihm sagen soll. Was ihr passiert ist, klingt vollkommen verrückt. Sie muss die Sache einfach halten, ihm sagen, dass es vielleicht eine Spur zu Elias gibt.

Als ihr schwindlig wird, bemerkt sie, dass sie zu atmen vergessen hat. Sie holt tief Luft. Nach zwei Minuten beginnt sie zu zweifeln, ob er rangehen wird. Nach fünf Minuten gibt sie es auf.

»Kein Erfolg?«, fragt Alfred hinter ihr. Wie lang er schon dasteht, kann sie nicht sagen.

Sie schüttelt den Kopf.

»Vielleicht sollten Sie die Polizei anrufen«, sagt er. »Dort würde jemand abheben.«

Bea sieht ihn unsicher an.

»Ich weiß nicht, was in diesem Schloss geschieht«, fügt er hinzu. »Aber ich weiß, dass man dieser Frau das Handwerk legen sollte, bevor noch etwas Schreckliches geschieht.«

Sie schüttelt hilflos den Kopf.

»Überlegen Sie es sich.« Er betrachtet sie nun prüfend. »Kenne ich Sie nicht auch von irgendwoher? Ich frage mich das schon die ganze Zeit. Sind wir uns schon begegnet?«

Bea tut ihm nicht den Gefallen, darauf zu antworten. »Haben Sie einen Computer?«, fragt sie stattdessen.

Er scheint nicht begeistert zu sein, macht sich aber auf den Weg. »Kommen Sie mit.«

Sie gehen zurück ins Esszimmer, wo er Bea einen alten Laptop zum Tisch bringt.

»Das Internet ist langsam«, erklärt er.

»Ich muss nur kurz eine Mail schreiben«, sagt sie.

»Das geht.«

Das alte Gerät braucht eine schiere Ewigkeit, bis es hochgefahren ist. Doch als es ihr gelingt, ein Browserfenster zu öffnen und sich in ihren Provider einzuloggen, sieht sie die Mails von Rainer sofort. Es sind Dutzende. Die Betreffzeilen sprechen Bände.

Was ist mit Elias?

Sag mir, was los ist!

Die letzte Mail ist ohne Betreff. Ihr Herz klopft bis zum Hals, als sie daraufklickt. In der Mail, die vor zwei Stunden geschickt wurde, stehen nur zwei Sätze.

Ich komme zu dir. Wo bist du?

Eine heiße Welle des Glücks fährt durch Beas Körper. Sie weiß, dass sie nicht so empfinden sollte. Der Albtraum, in dem sie steckt, hat sich nicht in Luft aufgelöst. Ihr Sohn ist nicht wieder aufgetaucht. Und doch scheint ihr Körper in diesem Moment zu glauben, dass alles wieder gut ist. Alfred bemerkt ihre Reaktion und scheint betrübt, dass er nicht auf den Bildschirm sehen kann. Bea ist unendlich dankbar dafür. Sie überlegt kurz, dann schreibt sie als Antwort nur die Adresse des Schlosses.

Schnell schließt sie das Browserfenster und klappt den Laptop zu. Sie ist sich ziemlich sicher, dass er später versuchen wird, die Seite zu eruieren, die sie besucht hat. Seine Neugierde wird ihr zunehmend unheimlich. Doch er wird maximal ihren E-Mail-Anbieter herausfinden.

Sie kann hier nicht bleiben. Doch beim Gedanken, zurück ins Schloss zu gehen, schnürt sich ihr der Hals zu. Dann hat sie eine Idee.

»Haben Sie ein Handy?«, fragt sie Alfred.

Sie wird es sich ausborgen. Wenn sie verspricht, es im Lauf des Tages zurückzubringen, wird er es ihr geben. Sie muss nur sagen, dass sie es braucht, um im Notfall die Polizei zu rufen.

»Tut mir leid«, sagt er. »Kein Handy. Wir vertragen die Strahlen nicht.«

Bea denkt an die Gitter auf den Fenstern und stößt innerlich einen Fluch aus. Es hilft nichts.

»Ich muss zurück«, verkündet sie.

Er sieht sie fragend an. Als er bemerkt, dass sie es ernst meint, wird er wütend.

»Hören Sie, ich weiß nicht, was genau passiert ist, aber ich bin mir ziemlich sicher, dass es besser wäre, Sie würden hier warten.«

»Ich möchte gehen«, beharrt sie.

Als er nicht darauf reagiert, steht sie ruckartig auf und stößt so heftig gegen den Tisch, dass der Tee überschwappt.

»Was machen Sie denn?«

»Tut mir leid«, murmelt Bea. »Ich muss nur wirklich …«

Sie schält sich aus dem schmalen Raum zwischen Bank und Tisch und tapst zur Tür, wobei sie den Kopf einzieht und horcht, ob er ihr folgt. Als sie eine Vase mit Trockenblumen auf der Bank hinter sich umstößt, beginnt einer der Hunde in einem Nebenraum zu bellen, und der zweite stimmt ein. Bea erreicht die Tür und sieht, dass diese über drei schwere Riegel verfügt, die alle drei geschlossen sind. Sie hat nicht gehört, dass er sie geschlossen hat.

»Warten Sie!«, sagt er hinter ihr.

Da wird das Hundegebell lauter, und plötzlich sind die beiden Tiere neben ihr. Sie haben die Ohren angelegt und kläffen sie von beiden Seiten an.

»Arno, Boris! Ruhig jetzt!« Sie hört seine schweren Schritte, die sich ihr nähern. »Was ist denn mit euch?«

Doch die Hunde beruhigen sich nicht. Sie spüren den Ärger ihres Herrchens und sind bereit, ihn bis aufs Blut zu verteidigen.

Bea wird an die Wand gedrängt, als Alfreds Arm an ihr vorbeigreift und die Tür entriegelt. Sie schwingt auf, und Bea stolpert tollpatschig ins Freie.

»Tut mir leid«, wiederholt sie. »Ich muss jetzt …«

Der Ärger im Gesicht des Mannes verwandelt sich in Sorge, auch wenn er immer noch gekränkt zu sein scheint, weil sie nicht auf ihn hört.

»Danke«, bringt Bea hervor.

»Der Mann im Schloss«, beginnt er, als sie sich zum Gehen wenden will, »der die anderen Teilnehmer von Klaffers Veranstaltung bedrohte.«

Bea hält inne und wartet, dass er weiterspricht.

»Wissen Sie, was er gesagt hat? Er hat ihnen gedroht, ihre Zungen herauszuschneiden.«

STUNDE ZWEIUNDSECHZIG

Bea nimmt sich vor, von jetzt an vorsichtiger zu sein, als sie das Schloss betritt. Dass die Tierfalle sie nicht erwischt hat, war pures Glück. Jemand hat es auf sie abgesehen, daran besteht kein Zweifel mehr. Was sie letzte Nacht im Keller gesehen hat, versteht sie immer noch nicht, doch das ist jetzt egal.

Sie hält die rote Zipfelmütze fest umklammert, als sie zum Wohntrakt läuft. Sie ist neben dem Delfin und dem Schuh nun ihr wichtigster Besitz. Sie muss auf die Gegenstände aufpassen, bis Rainer eintrifft. Zuvor muss sie aber ihr Zimmer erreichen. Dort wird sie sich einschließen und warten.

Rainer wird kommen. Sie weiß, dass sie sich nicht darüber freuen sollte. Zu verrückt ist all das hier, zu vieles ist zwischen ihnen ungelöst. Und doch gibt ihr der Gedanke Kraft.

Dahinter ist noch etwas anderes, das in ihrem Unterbewusstsein rumort. Als sie das erste Mal das Lachen von Elias hörte, hat sich eine Idee in ihrem Kopf festgesetzt, die seither nicht weichen will.

Vielleicht ist er noch am Leben.

Sie weiß, dass sie das nicht denken darf. Aber sie hat es trotzdem gedacht. Und als sie die metallische Aufnahme des

Lachens hörte, wurde diese schwache Hoffnung sofort gedämpft. Es war gar nicht Elias, den sie da lachen hörte. Natürlich war er es nicht.

Jemand hat Aufnahmen von meinem Sohn.

Das ist eigentlich keine Überraschung. Sie ist eine prominente Persönlichkeit, es gibt viele Aufnahmen von ihr und ihrem Kind. Bea überlegt, wann die Aufnahme gemacht worden sein könnte, doch sie kommt zu keinem Ergebnis.

Sie ist so darauf fokussiert, dass sie zuerst die Striche an den Wänden nicht wahrnimmt. Erst als diese dichter werden, findet das Bild den Weg in ihr Bewusstsein. Irritiert bleibt sie stehen.

Zuerst muss sie an Kinderzeichnungen denken. Elias hat einmal mit einem schwarzen Filzstift begonnen, die Wand in ihrem Wohnzimmer zu verschönern, bevor sie ihn stoppen konnte. Danach hingen sie ihm immer ein großes Blatt Papier an die Wand, auf dem er zeichnen durfte.

So sieht das hier aus, wie Linien, die mit einem Edding gezeichnet wurden. Jemand ist hier entlanggegangen und hat dabei einen Strich an der Mauer hinterlassen.

Ein Kind!

Bea geht vorsichtig weiter. Die Linie scheint zum Wohntrakt zu führen. Sie hat plötzlich Angst, dorthin zu gehen. Das letzte Mal, als sie einer Spur gefolgt ist, hätte sie das ihren Fuß kosten können.

Dann wird ihr klar, dass es sich nicht einfach nur um eine Spur handelt. Vor ihr taucht eine Zeichnung auf. Auch sie wirkt auf den ersten Blick kindlich – einfache Strichmännchen stehen nebeneinander. Und doch sind die Striche zu gerade, als dass sie von einem Kind stammen könnten.

Bea will sehen, was da gezeichnet ist, aber sie muss die Mütze in Sicherheit bringen, das ist wichtiger. Sie muss nachsehen, ob der Schuh noch da ist. Doch dazu muss sie an dieser Zeichnung vorbei, und gebannt starrt sie die Strichmännchen an. Es handelt sich um ein großes und ein kleines, die einander an der Hand halten. Das große Strichmännchen hat lange Haare und trägt ein Kleid, soll wohl eine Frau sein. Das kleine hat kurze Haare, hat den Arm ausgestreckt und scheint auf etwas zu zeigen. Und da erkennt Bea, was das Bild zeigt: Es ist eine Mutter mit ihrem Kind, das von seiner Mutter einen Ball möchte.

In diesem Moment glaubt Bea, ein Geräusch hinter sich zu hören, und rennt wie von Sinnen los.

Im Zimmer angekommen, stellt sie als Erstes sicher, dass die Tür versperrt ist und der Schlüssel steckt. Dann holt sie die Nagelfeile und widmet sich dem Versteck. Ihre Hände sind so zittrig, dass ihr die Feile herunterfällt, bevor es ihr gelingt, den Deckel herunterzuschrauben. Zu ihrer Erleichterung sind Delfin, Karte und Schuh immer noch da. Sie legt die Mütze dazu und schraubt so schnell wie möglich den Deckel wieder an. Sie will wieder hinaus zu den vermeintlichen Kinderzeichnungen. Bea versucht sich zu erinnern, wie die Zeichnungen von Elias ausgesehen haben, doch sie kommt zu keinem Ergebnis.

Ich darf das nicht denken. Weil es nicht sein kann.

Trotzdem will sie wissen, wer das gezeichnet hat. Eben weil er es nicht gewesen sein kann. Weil er nämlich verschwunden ist und wahrscheinlich nicht mehr am Leben. Etwas anderes darf sie nicht an sich heranlassen, sonst verliert sie den Verstand.

Sie kontrolliert, ob der Deckel gut zu ist, doch als sie gerade aufsperren will, klopft es an der Tür.

Bea erstarrt mitten in der Bewegung und hält den Atem an. Draußen ist alles ruhig. Sie hat niemanden kommen gehört, deshalb hat sie auch nicht darauf geachtet, leise zu sein. Wer auch immer da draußen ist, weiß, dass sie hier ist.

»Bea?«, hört sie eine männliche Stimme durch die Tür. »Bist du hier?«

Bea öffnet den Mund und beginnt so leise wie möglich zu atmen. Sie hofft, dass er einfach wieder geht. Vielleicht hat er sie doch nicht gehört.

»Ich weiß, dass du da drin bist. Kannst du aufmachen? Ich habe etwas gefunden, das dich interessieren wird. Du hast recht gehabt.«

Bea überlegt fieberhaft. Lang wird sich nicht abwimmeln lassen, so gut kennt sie ihn. Andererseits glaubt sie nicht, dass von ihm eine Gefahr ausgeht. Er ist ein Fremder, und sie hat sich gut mit ihm verstanden. Sie kann sich unmöglich vorstellen, dass er verrückt genug sein soll, Tierfallen auszulegen. Diese Art von Wahnsinn passt nicht zu ihm.

Also steht sie auf und dreht mit einer schnellen Bewegung den Schlüssel herum.

Er tritt ein und blickt sich sofort um, als würde er ahnen, dass sie gerade etwas versteckt hat.

»Alles in Ordnung? Ich habe dich wegrennen gesehen.«

»Danke, mir geht es gut.« Sie sieht ihn an und versucht, sich ihre Unruhe nicht anmerken zu lassen, während sie sich an ihm vorbeischiebt, um die Tür hinter ihm abzusperren. »Was wolltest du mir zeigen?«

Er scheint plötzlich keine besondere Lust mehr zu haben, davon zu erzählen. »Matignon. Erinnerst du dich? Ich habe sein Tagebuch gelesen. Ich habe eine versteckte Tür gefunden und einen Grabstein. Du wirst nicht glauben, was da draufsteht.«

Seine Augen leuchten, als er sie ansieht. Er brennt darauf, die Geschichte zu erzählen, doch dann wird er stutzig.

232

»Ist wirklich alles in Ordnung? Wovor bist du davongelaufen?«

Sie hört Sorge in seinen Worten, und da trifft sie eine Entscheidung.

»Etwas Schlimmes passiert hier«, sagt sie. »Und ich kann es beweisen.«

Seine Augen werden groß. »Was meinst du?«

»Jemand spielt mit mir«, erklärt Bea. »Es klingt verrückt, das weiß ich, aber es ist die Wahrheit. Jemand hat mich hierhergelockt. Ich habe einen Tipp bekommen, deshalb bin ich hier. Und in den letzten Tagen und Stunden sind Gegenstände aufgetaucht, die mit dem Verschwinden meines Sohnes zu tun haben.«

»Was für Dinge?«, fragt er.

»Ein Schuh, bunte Bälle …«

»Ein Schuh?«

»Ist doch egal! Wichtig ist, dass da jemand ist, der mir etwas zeigen will!«

Er sieht sie skeptisch an. »Etwas zeigen? Was denn?«

Sie schweigt einige Sekunden.

»Was mit meinem Sohn passiert ist«, sagt sie dann.

Lang scheint nachdenklich, dann nickt er. »Jetzt ergibt alles Sinn.«

Als sie sein Verständnis spürt, wird ihr ganz plötzlich warm ums Herz. Sie hätte ihm viel früher alles erzählen sollen.

»Das war es, was ich dir im Keller zeigen wollte«, erklärt sie. »Dort stand etwas an die Wand geschrieben. Mit Blut.«

»Blut?«

»Es war grässlich! Aber jemand hat alle Spuren beseitigt.«

»Aber woher stammt das Blut?«, fragt er.

»Ich bin mir nicht ganz sicher, aber ich glaube, dass es Cindys Blut war.«

»Cindy?«

»Die stille junge Frau.«

Er schneidet ihr mit einer Geste das Wort ab. »Ich weiß schon. Aber warum sollte ihr etwas zugestoßen sein?«

»Weil sie mir helfen wollte.«

Wieder nickt Lang. Und aus irgendeinem Grund ist das warme Gefühl plötzlich weg.

»Es ist also wahr«, sagt er.

Lang sieht auf einmal zur Tür hin. Bevor Bea reagieren kann, greift er nach dem Schlüssel, der immer noch steckt, und dreht ihn herum.

»Nicht! Was tust du?«

Doch da hat er die Tür schon geöffnet, und davor steht, mit ihrer statischen Frisur und der falschen Brille, Klaffer.

»Du hattest recht«, sagt Lang zu Klaffer. »Ich wollte es nicht glauben.« Mit einem Ausdruck von Bedauern blickt er zu Bea hin. »Sie wirkt so normal.«

»Das tun sie alle«, sagt Klaffer.

»Es muss das Schloss sein. Sie hat Wind von den Geschichten bekommen, die hier passiert sind.«

Als Bea erkennt, dass Lang sie verraten hat, steigt eine Wut in ihr auf, wie sie sie noch nie zuvor gespürt hat.

»Ich bring dich um!«, schreit sie und stürzt sich auf ihn.

»Das lassen Sie schön bleiben!«, sagt Klaffer, die plötzlich ein Ding in der Hand hält, das wie eine flache Taschenlampe aussieht. Bea realisiert, dass es sich um einen Taser handelt, wie ihn amerikanische Polizeibeamte benutzen.

»Ich will Ihnen nicht wehtun, glauben Sie mir. Aber wenn Sie nicht von ihm wegbleiben, knocke ich Sie aus. Haben Sie verstanden?«

234

»Wenn das hier vorbei ist, verklage ich Sie!«, droht Bea.

»Das ist Nothilfe. Die Klage können Sie sich sparen.«

»Ich mache Sie fertig! Ich werde allen sagen, mit welchen Methoden Sie arbeiten! Sie haben Cleo gegen ihren Willen viel zu lang eingesperrt gehalten!«

»Sie wollte das«, sagt Klaffer abwesend und sieht nach der Tür.

»Sie haben Sie unter Druck gesetzt. Und überhaupt sind Sie gar keine Psychiaterin! Sie mit Ihrer falschen Brille und dieser lächerlichen Frisur?«

»Sieh nach, ob da jemand ist«, sagt Klaffer zu Lang.

»Wo willst du hin?«

»Wie wir es besprochen haben!«

Sie schickt Lang mit einer Kopfbewegung voraus, dann bedeutet sie Bea, auf sie zuzugehen. Als Bea nicht gehorcht, tritt Klaffer zu ihr und packt sie am Kragen, wobei sie ihre Lippen an Beas Ohr führt.

»Wenn du schreist, setze ich dich unter Strom, bis du nicht mehr weißt, wie du heißt, das schwöre ich!«

Bea versteht, dass sie die Drohung ernst nehmen muss. Sie lässt sich von Klaffer durch den leeren Korridor führen. Ihre Hoffnung, dass sie jemanden treffen, schwindet. Bea realisiert, dass Klaffer sie in den Keller führt.

Es ist egal. Rainer wird bald da sein. Dann hat alles ein Ende.

Das denkt sie noch, als Klaffer sie zum rechten der beiden Räume mit den Becken der Samadhi-Bäder drängt.

»Nein, da gehe ich nicht rein«, sagt Bea und stemmt sich gegen Klaffers Arme.

»Und wie Sie da hineingehen werden! Haben Sie schon einmal einen Stromstoß aus so einem Ding abbekommen? Es ist nicht gefährlich, keine Angst. Es ist nur ziemlich unangenehm. Der Strom geht direkt in die Nerven, und ihr Körper glaubt, er verbrennt. Solche Schmerzen haben sie noch nie gespürt. Bei den meisten versagt der Schließmuskel. Ich weiß nicht, wie lang die Kollegen von der Psychiatrie brauchen, um Sie zu holen, aber wollen Sie wirklich in Ihrer eigenen Scheiße liegen, während Sie darauf warten?«

»Ich kann alles beweisen«, sagt Bea. »Man wird mir zuhören! Und dann sind Sie fertig!«

Klaffer sieht sie amüsiert an und steckt den Taser ein. »Ach, meinen Sie das Zeug, das Sie in Ihrem Zimmer hinter der Abdeckung versteckt haben? Was soll das genau beweisen?«

Als Klaffer ihre vor Schreck geweiteten Augen sieht, hebt sie beschwichtigend die Hände.

»Ich werde die Sachen gut verwahren, versprochen. Ich lasse sie Ihnen in die Psychiatrie schicken, sobald ich weiß, wo Sie untergebracht werden.«

Dann geht Lang auf sie zu, um sie in das Zimmer zu drängen, und Bea beginnt, um sich zu schlagen. Er greift nach ihren Handgelenken und hält sie mit einer Kraft fest, die sie einem Schreibtischtäter nicht zugetraut hätte. Während sie noch versucht, ihre Hände aus seinem Griff zu winden, gibt er ihr einen Stoß, und sie fällt hart auf die Fliesen vor dem eiförmigen Bad. Bevor sie sich aufrappeln kann, schließt sich die Tür, und es wird dunkel.

*

»Was denkst du?«, fragt Alfred Neuner seine Frau.

Sie sitzen am Esstisch und starren das Tischtuch an.

»Was wollen wir tun?«, fragt er.

»Ich weiß auch nicht.«

»Du hast sie gesehen. Etwas war doch nicht in Ordnung.«

»Nein«, sagt sie. »Überhaupt nicht.«

»Man muss doch etwas unternehmen.«

»Finde ich auch.«

Die Wanduhr tickt über ihnen.

»Es passiert wieder«, stellt er fest. »Genau gleich wie das letzte Mal. Aber diesmal werde ich nicht stillsitzen. Es ist mir egal, ob sie mir glauben.«

Er sieht zu ihr auf, und sie erwidert seinen Blick. Ihre Hand greift nach seiner und drückt sie.

»Wenn ich nur wüsste, woher ich sie kenne …«

»Sie erinnert mich an diese Moderatorin«, sagt sie.

Da macht es in seinem Kopf *Klick*. Das ist es, woher er sie kennt. »Du bist ein Genie«, sagt er und steht auf, um die Polizei anzurufen.

*

Matthias Lang kann dieses Grinsen vor ihm nicht deuten. Er fragt sich überhaupt, warum Dagmar, seine Abgeordnetenkollegin, dieses Gespräch führt und nicht der Parteichef, mit dem er eigentlich einen Termin hat. Doch nun sitzt er vor ihr und versucht, sich auf das Unvermeidliche vorzubereiten.

»Du hast es verkackt. Das weißt du, oder?«

Lang nickt.

»Ich meine, was ist dir eingefallen? Deine Frau ist klug und schön, und was man so hört, liebt sie dich innig. Wie konntest du so dumm sein?«

»Ich weiß auch nicht«, gesteht er. »Ich kann es einfach nicht lassen.«

Ihr Grinsen erstirbt. Sie blickt auf einmal nachdenklich

zum Fenster. »Weißt du, ich war auch einmal in dich verknallt.«

Lang horcht auf.

»Es ist so«, bestätigt sie. »Ich war neu im Parlament, alles
war groß und fremd und aufregend. Du hast mir das Haus
gezeigt, weißt du noch?«

Lang kann sich nicht erinnern. Aber er weiß, dass er sich
für junge weibliche Abgeordnete interessiert. Es kann gut
sein, dass er sie durchs Haus geführt hat. Manche begleitet er
dann auch nach Hause.

»Ich habe durchaus bemerkt, wie du mich angesehen
hast. Es hätte mir gefallen, eine nette kleine Affäre, und dabei
hätte ich dich ein wenig ausgehorcht. Ich habe gemerkt, dass
du gern redest. Es wäre nicht schlecht gewesen, ein Abenteuer und eine Investition in meine Karriere. Weißt du, warum ich es nicht getan habe?«

Er sieht sie fragend an. Es muss von außen ziemlich be-
griffsstutzig aussehen.

»Ich kenne deine Frau. Wir haben uns bei einer Party
kennengelernt. Ich finde sie wahnsinnig sympathisch, und
ich habe mich damals schon gefragt, wie sie mit einem wie
dir zusammen sein kann. Deshalb habe ich es gelassen, und
es war eine gute Entscheidung. Und in Wirklichkeit glaube
ich an all das altmodische Zeug: Ehe, Treue bis zum Tod,
Vertrauen. Das, was du nur predigst, wenn es dir Stimmen
bringt.«

Sie sieht ihn jetzt durchdringend an, und er spürt plötzlich
ganz deutlich, dass da etwas ist, das sie ihm verschweigt. Etwas übersieht er, und er hat Angst davor, was es sein könnte,
ohne zu verstehen, woher dieses Gefühl kommt.

»Es war überfällig, dass dir dieses falsche Spiel einmal
zum Verhängnis wird. Als sie dich zum Parteichef machen

wollten, habe ich gefleht, dass sie es sich noch einmal überlegen. Ich habe mit allen gesprochen und meine Bedenken geäußert, in der Hoffnung, dass du nichts davon merkst. Du tust immer so harmlos, aber ich habe gewusst, dass du mich fertigmachen wirst, wenn du davon erfährst. In Wirklichkeit bist du innen drin nämlich eiskalt. Und dann habe ich den Tipp bekommen, dass du Laura vögelst. Ich habe mich selbst davon überzeugt, dass es stimmt. Es sind ein paar nette Videos entstanden, du kennst sie ja. Kurz habe ich noch überlegt, ob ich dich damit konfrontieren soll. Dir eine Chance geben soll, selbst abzutreten. Aber es war mir zu riskant. Du hättest deine Busenfreunde in der Partei aktiviert, und mir wäre es an den Kragen gegangen.«

»*Du* hast die Videos den Medien zugespielt«, stellt Lang verblüfft fest.

Sie nickt. »Es war eine gute Entscheidung. Alles ist so gelaufen wie geplant.«

Und da hat Lang einen schrecklichen Verdacht.

»Wo ist Hubert? Warum sprichst du mit mir und nicht er?«

Da werden ihre Lippen schmal und formen ein diabolisches Lächeln. »Hubert tritt ab. Ich werde die neue Parteichefin.«

*

Der Mantel fühlt sich gut an. Er sitzt gut um Langs Schultern.

Dieses Zimmer hat er bisher übersehen. Es enthält brüchiges altes Zaumzeug und Pferdesättel. Ein Paar Stiefel steht in einer Ecke, die Schäfte sind vor einer Ewigkeit umgeknickt und niedergesunken. An der Wand steht ein alter

Schrank. Er hatte kaum Hoffnung, etwas darin zu finden, doch der Inhalt war eine Überraschung. Darin befinden sich Uniformen, die er noch nie gesehen hat. Gala-Gewänder mit Goldrändern und schlichtere Versionen, die einem Offizier gehören müssen. Es sind bestimmt keine hiesigen, wahrscheinlich französischer Herkunft. Der Mantel, den er trägt, ist zivil und sieht aus, als wäre er für die Jagd vom Pferd aus gemacht – es fehlt nur noch die Rute. Er riecht muffig und nach jahrzehntealtem Staub. Lang ist sicher, dass er die Garderobe von Matignon gefunden hat.

Gern hätte er einen Spiegel, um zu sehen, wie er darin wirkt. Vielleicht würde es ihm helfen, mit dem Grübeln über seine Vergangenheit aufzuhören. Wie er sich an Dagmar rächen und wieder in die Politik einsteigen könnte.

Obwohl er gleich gesehen hat, dass der Retreat nichts für ihn ist, hat ihm die Zeit hier gutgetan. Das Schloss zu erforschen hat ihn auf andere Gedanken gebracht, und er fühlte sich eine Zeit lang dreißig Jahre jünger. Er hatte schon vergessen, wie sich diese Unbeschwertheit anfühlt.

Interessanterweise ist gerade jene Sache, die ihn am meisten abgelenkt hat, nun das, was ihn mehr denn je auf sich und seine eigene Situation zurückwirft. Matignons Geschichte geht ihm auf eine Art und Weise nahe, die er nicht für möglich gehalten hat. Weil er erkannt hat, dass es seine Geschichte ist.

Inzwischen ist es ihm gelungen, Teile des letzten Tagebucheintrags zu entziffern. Matignons letzte Worte sind mit ruhiger Hand geschrieben. Er wusste, dass er sehr wahrscheinlich sterben wird, weil er sich mit den falschen Leuten angelegt hatte. Matignon schreibt etwas von einer Pistole. Er ist bereit, sich zu verteidigen. Er hat sich sicher gefühlt, jeder liebte ihn, man verzieh ihm seine kleinen Spielchen und Intrigen. Er hatte genug Freunde. Doch dann scheinen diese Freunde von einem Moment auf den nächsten weg gewesen zu sein.

Lang weiß, wie sich das anfühlt. Auch er war sich seiner Sache zu sicher. Nie hätte er für möglich gehalten, dass ihn die Partei so mir nichts, dir nichts wegen dieser Petitesse fallen lassen würde. Er hätte sich nicht nur auf Freundschaften verlassen, sondern seine Macht besser absichern sollen. So, wie Matignon es hätte tun sollen. Er hätte Möglichkeiten gehabt, Laura unter Druck zu setzen. Eine kontrollierte Lüge, um sie in ihrer Partei zu diskreditieren, und die Drohung, damit weiterzumachen. Ihr wäre nichts anderes übriggeblieben, als zu tun, was er von ihr wollte. Vielleicht hätte das auch den Shitstorm abgefedert, und wer weiß, wie dann alles gelaufen wäre. Er hat es nicht getan, weil er Laura mag. Und weil er einfach ein netter Kerl ist. Nun trägt er dafür die Konsequenzen.

Lang kratzt mit dem Fingernagel am Saum des Mantels. Dann zieht er ihn aus und hängt ihn zurück in den Schrank.

Eine Sache ist seltsam an dem Tagebuch: Es ist ziemlich abgegriffen und speckig. Auch die Ränder der letzten beschriebenen Seiten sind beschädigt und umgeknickt. Matignon hatte das Buch nicht mehr in der Hand, nachdem er diese Seiten schrieb. Jemand anderes muss es gelesen haben, und zwar intensiv. Er fragt sich, wer das sein könnte.

Lang muss an Klaffer denken. Warum sie hier ihre Retreats abhält, ist ihm ein Rätsel. Kein Wunder, dass die Leute hier durchdrehen. Sie trifft manchmal sonderbare Entscheidungen, aber abgesehen davon findet er sie interessant. Sie zieht ihr Ding durch, gegen alle Widerstände. Das imponiert ihm.

Vermutlich war es falsch, etwas mit ihr anzufangen. Er

vergrößert nur das Chaos, das hier ohnehin herrscht, aber er konnte nicht widerstehen. Und in Wirklichkeit ist er niemandem Rechenschaft schuldig. Das Abenteuer mit der Leiterin macht ihm viel zu viel Spaß, als dass er sich mit solchen Dingen belasten sollte. Solche komplizierten Affären fand er immer am interessantesten.

Lang schließt den Schrank mit den Mänteln und macht sich auf den Weg zu seinem Zimmer, während er nach dem Tagebuch in seiner Gesäßtasche tastet.

Ich bin ein netter Kerl, im Grunde. Nur manchmal darf ich einfach nicht zu nett sein.

Keine Spur in bizarrem Mordfall

Vier Wochen nach dem Mord an Mathilde G. ist die Polizei ratlos. G., die beim Arbeitsamt angestellt war, wurde in ihrem Haus tot aufgefunden – wir berichteten. Die alleinstehende Sechsundvierzigjährige wurde von ihrem Mörder offensichtlich überrascht und brutal misshandelt. Die Leiche wies über zwanzig Messerstiche auf – ein Verhalten, das die Polizei »übertöten« nennt und das von besonderer Aggression zeugt. Ein besonders makabres Detail hielt die Polizei anfangs zurück, bevor ein Bild des Tatorts im Internet auftauchte: Offenbar wurde dem Opfer nach dessen Tod die Zunge entfernt.

Wer solchen Hass auf G. hatte und warum, ist nach wie vor unklar. Vermutungen, dass der Mord mit ihrer Arbeit zu tun hatte, konnten bislang nicht bestätigt werden.

STUNDE FÜNFUNDSECHZIG

Kommissar Beckermann kontrolliert die Route auf seinem Handy, das er neben dem Lenkrad seines Dienstwagens an einer Halterung montiert hat. Laut Navi ist er immer noch richtig, doch was heißt das schon. Mehr als einmal hat ihn der Routenplaner zu einer Fahrverbotstafel gelotst, und als Polizist kannst du nicht einfach weiterfahren und hoffen, dass nichts passiert. Zumindest sieht er das so.

Es ist neblig draußen. Der Morgendunst scheint sich zu halten. Es kann gut sein, dass die Nebelsuppe heute gar nicht aufreißen wird. Sein Kollege hat die Heizung zu stark aufgedreht und knabbert schon die ganze Fahrt lang irgendwelche Reiswaffeln. Beides stört ihn, doch nicht genug, um sich darüber aufzuregen. Seine Gedanken sind bei dem sonderbaren Notruf, der gerade eben einging. Die Dame von der Bereitschaft meinte, es sei vermutlich nichts: Ein Rentner glaube, dass im Nachbarhaus seltsame Dinge passieren. Es geschieht jeden Tag viele Male, die Menschen wittern überall das Verbrechen. Mehr ist es nicht. Vermutlich.

Doch dann hat er gesehen, dass das Haus, von dem der alte Mann sprach, ein Schloss ist, wo vor einem Tag ein Bauarbeiter zu Tode stürzte. Die Kollegen vor Ort haben geprüft, ob es notwendig ist, die Abteilung für Gewaltverbrechen einzuschalten, sich jedoch zuerst dagegen entschieden. Sie sahen, dass das Gerüst wirklich schlecht gesichert war. Außerdem arbeitete der Mann alleine, auch das war verboten. Es war ein Unfall. Doch nun kam gerade dieser Anruf, der wieder an jenen Unglücksort führt.

Der Mann hat den Rettungswagen gesehen und wusste auch, dass jemand abgestürzt ist. Das kann die Fantasie eines Menschen anregen. Es gelang ihm jedenfalls, Beckermanns Chef zu überzeugen, dass doch jemand von der Abteilung für Gewaltverbrechen einen Blick darauf werfen sollte. Der Mann erwähnte auch, dass im Schloss gerade ein Seminar stattfindet, dessen Leiterin sie nun treffen sollen. Schließlich nannte er noch den Namen Beatrice Winterleitner, womit er bei Beckermanns Vorgesetzten die richtigen Knöpfe gedrückt zu haben scheint. Ihm selbst sagt der Name nichts, er hat keine Ahnung, wer das sein soll.

Sammer, der neben ihm sitzt, tut so, als würde es ihn nichts angehen, aber das heißt nichts. Sammer isst auch, wenn er nervös ist. Und er ist eigentlich ziemlich oft nervös, deshalb die Reiswaffel. Beckermann fragt sich, wie er die Eignungsprüfung überstanden hat. Langsam scheint er sein Übergewicht in den Griff zu bekommen.

»Kennst du die?«, fragt Beckermann. Sammer blickt verwirrt von seinen Waffeln auf, also fügt er hinzu: »Diese Winterleitner.«

Sein Kollege, der den Mund voll hat, sieht ihn fragend an. Dann prustet er vor Lachen, wobei Stückchen von der Waffel an die Windschutzscheibe fliegen.

»Himmel!«, beschwert sich Beckermann, und Sammer beugt sich nach vorn, um die Klümpchen aufzuheben.

»Sag bloß, du kennst Beatrice Winterleitner nicht?«, fragt er, nachdem er geschluckt hat.

»Doch«, lügt Beckermann. »Aber ich will wissen, ob du sie kennst.«

»Jeder, der fernsieht, kennt die.«

Das mag stimmen, doch Beckermann sieht nicht fern, im Gegensatz zu seiner Frau. Sie liebt Fernsehkrimis. Einmal hat er sich sogar gefragt, ob sie ihn deshalb geheiratet hat. Er liest lieber, hauptsächlich den Sportteil der Zeitung und Bücher, obwohl er dabei oft einschläft und für jedes Buch Monate braucht.

Beckermann sieht ein Schloss vor sich auftauchen, eine abstruse Mischung aus Disney-Märchenschloss und verlassenem Irrenhaus. Die Adresse ist richtig. Auch Sammer hat es gesehen und steckt seine Reiswaffeln weg, bevor Beckermann den Wagen schließlich neben einem dunklen SUV parkt und aussteigt.

»Was denkst du?«, fragt er Sammer, der unauffällig seine Dienstwaffe kontrolliert.

»Weiß nicht.«

Beckermann nickt. Er ist auch unschlüssig. Hoffentlich lässt sich das schnell erledigen. Auf seinem Schreibtisch wartet eine Menge Arbeit.

Sie gehen zur Tür, die an ein Krankenhaus erinnert, und noch bevor sie nach der Klingel suchen können, geht sie auf, und den beiden Polizisten klappt die Kinnlade herunter.

Beckermann glaubt, in einem Film gelandet zu sein. Martial Arts, irgendwas Asiatisches. Er hat früher Kampfsportfilme auf Videokassette gehabt. Doch der buddhistische Mönch vor ihm ist kein Kampfsportler, dafür ist er viel zu schmächtig.

Nach einer Schrecksekunde holt Beckermann seine Marke hervor und zeigt sie dem Mönch, der das Gesicht eines Teenagers hat. Er sieht aus, als wäre er keine zwanzig.

»Wir suchen Frau Dr. Klaffer«, sagt er. »Sind wir hier richtig?«

Der Mönch nickt nur und tritt zur Seite, um ihnen Platz zu machen. Sammer sieht Beckermann mit großen Augen an und lässt seinem Kollegen den Vortritt.

Das Gebäude sieht von innen genauso trostlos aus wie von außen. Beckermanns Augen gewöhnen sich nur langsam an das Zwielicht. Der Mönch führt sie durch ein Foyer mit einer Rezeption. Niemand hat es für notwendig befunden, das Licht einzuschalten. Hier soll ein Seminar stattfinden? Beckermann zweifelt ganz stark daran.

Der Mönch hält an einer schweren Holztür und klopft an. Dumpf meldet sich eine weibliche Stimme.

Als Beckermann das Büro betritt, glaubt er, sich in einem naturkundlichen Museum zu befinden. Warmes Licht einer Leselampe wirft Schatten an die Wand. Ein riesiger Rinderkopf starrt von der Wand herab. Es riecht nach abgestandenem Zigarettenrauch.

Hinter dem Schreibtisch steht eine Frau auf. Sie begrüßen einander, Beckermann stellt ihn und seinen Kollegen vor. Klaffer macht einen sachlichen, aufgeräumten Eindruck. Beckermann fasst sofort Vertrauen.

»Wie kann ich Ihnen helfen?«, fragt sie. »Ist es wegen des Unfalls?«

»Wir folgen einem Hinweis, den wir bekommen haben. Vermutlich ist es gar nichts, aber wir müssen der Sache nachgehen. Es ist Routine, ich hoffe, Sie verstehen.«

»Natürlich«, meint Klaffer und lächelt.

»Sie veranstalten hier ein Seminar?«, fragt Beckermann.

»Es nennt sich *Retreat*«, erklärt Klaffer. »Man nimmt sich eine Auszeit vom Alltag und schaltet ab. Selbsterfahrung, wenn Sie so wollen.«

»Auszeit?«, fragt Beckermann.

»Wir schweigen gemeinsam.«

Beckermann nickt, er hat von solchen Angeboten gehört. »Das ist gerade in Mode, oder?«

Klaffer wiegt den Kopf. »Könnte man sagen.«

»Lässt sich damit Geld verdienen?«

»Sie meinen, ob man reich wird?« Ihr Lächeln sitzt etwas zu fest in ihrem Gesicht. »Das nicht. Aber ich mache es nicht zum Vergnügen, wenn Sie das meinen. Es rechnet sich. Sind Sie hier, um sich nach der Rentabilität meines Geschäfts zu erkundigen?«

Beckermann schüttelt den Kopf. »Ich bin nur neugierig.« Er räuspert sich. »Gestern ist hier auf dem Gelände ein Bauarbeiter verunglückt.«

Klaffer nickt. »Es waren schon einige Kollegen von Ihnen hier. Man hat mir nicht gesagt, dass noch jemand kommt. Soll ich Ihnen die Stelle zeigen?«

»Später. Vorher würde ich gern wissen, ob Ihnen in den letzten Tagen sonst irgendetwas Ungewöhnliches aufgefallen ist.«

Sie sieht ihn fragend an.

»Gab es irgendwelche Vorfälle? Unter Ihren Teilnehmern vielleicht?«

Klaffer wirkt nun ehrlich überrascht.

»Ist noch etwas passiert?«

»Überhaupt nicht«, beschwichtigt Beckermann. »Reine Routine.«

Er sieht zu seinem Kollegen hinüber. In dessen Augen ist ein Glanz, den er kennt. Sammer wird manchmal fahrig, wenn sie mit Frauen zu tun haben, die er anziehend findet. Und er findet ziemlich viele Frauen anziehend. Normalerweise machen sie solche Befragungen gemeinsam, doch Beckermann beschließt, ihn diesmal besser nicht zu Wort kommen zu lassen.

»Nun ja«, sagt Klaffer. »Wenn Sie fragen, ob etwas Ungewöhnliches passiert ist – nein, außer dem tragischen Unfall ist alles wie immer.«

Beckermann horcht auf. »Wie immer? Was bedeutet das?« Kurz erfüllt peinliche Stille den Raum.

»Nun, ein solches Seminar ist eine intensive Erfahrung.«

»Zu schweigen?«

»Man unterschätzt das. Reden erfüllt in unserem Leben verschiedene Funktionen. Wir nutzen es, um uns abzulenken, wir holen uns Bestätigung für Dinge, bei denen wir unsicher sind. Und wir holen uns auch soziale Wärme. All das fällt weg, wenn wir schweigen.«

»Und was passiert dann?«, fragt Beckermann.

»Nun, es ist anstrengend. Es kann sein, dass Menschen sich schwertun, die aufkommenden Emotionen zu verarbeiten.«

»Klingt gefährlich.«

»Nicht in einem Rahmen wie diesem«, sagt Klaffer sofort. »Bei einer solchen Veranstaltung muss es ein tägliches Gespräch mit einer psychologisch geschulten Person geben.«

»Mit Ihnen?«

Klaffer nickt.

Beckermann denkt nach. »Zurück zu den Menschen und ihren Emotionen. Gab es jemanden, der Probleme hatte in den letzten Tagen? Fällt Ihnen jemand ein?«

»Ich würde wirklich gern erfahren, warum Sie das wissen wollen«, sagt Klaffer.

»Bitte antworten Sie einfach auf meine Frage.«

Klaffer denkt nach. Etwas zu lange für Beckermanns Geschmack.

»Nein, mir fällt niemand ein. Es war alles im Rahmen.«

Beckermann nickt. »Haben Sie eine Teilnehmerliste?«

»Natürlich.«

»Dürfen wir sie uns ansehen?«

»Wenn Sie mir versprechen, das vertraulich zu behandeln?«

Beckermann seufzt. »Viele wünschen sich Vertraulichkeit. Aber in der Polizeiarbeit ist das leider nicht immer möglich. Spätestens wenn ein Fall vor dem Richter landet, ist es mit der Vertraulichkeit vorbei.«

»Sie wissen, was ich meine«, entgegnet Klaffer. »Die Medien dürfen nicht davon erfahren.«

»Wir geben nichts an die Medien«, sagt Beckermann. »Das dürfen wir gar nicht.«

Widerwillig beugt sich Klaffer über ihren Schreibtisch und blättert durch einige Akten. Dann zieht sie einen Bogen hervor und drückt ihn ihm in die Hand. Als er ihn durchliest, ist er überrascht.

»Otto Jacobi? *Der* Otto Jacobi?« Beckermann hat ihn einmal auf einer Kabarettbühne gesehen. Ein toller Kerl, der ihn beeindruckt hat. Zum Schreien komisch. Angeblich hat er jetzt ein Buch geschrieben.

»Ich sage ja, bitte behandeln Sie das vertraulich.«

Er geht nicht weiter darauf ein und zeigt die Liste seinem Kollegen, doch der ist zu gefesselt von Klaffer, um zu bemerken, was Beckermann ihm zeigen will.

»Sie haben nur drei Teilnehmer?«

Klaffer deutet auf die Liste. »Sehen Sie doch.«

Beckermann fasst in seine Tasche und holt sein Telefon hervor, wo er den Namen notiert hat. »Gibt es hier eine Frau namens Beatrice Winterleitner?«

Kurz flackert etwas in Klaffers Augen auf. »Wer soll das sein?«

250

»Eine bekannte Fernsehmoderatorin. Sollte Ihnen eigentlich ein Begriff sein. Wir haben Informationen, dass sie an Ihrem Retreat teilnimmt.«

Klaffer scheint nachzudenken. »Ich glaube, ich habe von ihr gehört.«

Beckermann weiß natürlich genau, dass Klaffer diese Winterleitner kennt. Er hört es in ihrer Stimme, und außerdem scheint jeder außer ihm sie zu kennen.

Der Anrufer erwähnte Winterleitners Namen explizit. Er gab an, mit ihr gesprochen zu haben, und dass sie eine Teilnehmerin des Retreats sei.

»Sie ist nicht hier?«, fragt Beckermann.

»Sehen Sie doch.«

Beckermann hält ihr die Liste noch einmal hin. »Kommen Sie. Nur drei Teilnehmer? In diesem riesigen Schloss?«

Die Psychiaterin beißt die Zähne zusammen. »Ich bekomme es zu sehr günstigen Konditionen. Ein Großteil steht leer.«

Beckermann lässt sich nicht erschüttern. »Beatrice Winterleitner ist auch hier. Warum geben Sie es nicht zu?«

Klaffer bekommt auf einmal rote Wangen, als wäre sie verlegen.

Beckermann hat auf einmal eine sehr genaue Vorstellung davon, warum Klaffers Teilnehmerliste so kurz ausfällt. »Können wir Sie sehen? Dann verschwinden wir wieder. Und dann erzählen wir auch niemandem, dass manche Ihrer Teilnehmer den Kurs schwarz bezahlen. In Ordnung?«

Klaffer macht ein säuerliches Gesicht, und Beckermann sieht, dass er ins Schwarze getroffen hat.

»Also?«

»Wie Sie wollen«, sagt Klaffer. »Wenn Ihnen das so wichtig ist.«

Gemeinsam verlassen sie das Büro und gehen zurück zum Foyer, um sich dort nach rechts zu wenden. Immer noch ist alles gespenstisch ruhig, als Klaffer sich einer Tür zuwendet.

»Sie ist da drin.«

Beckermann wartet. Als Klaffer nicht reagiert, streckt er die Hand aus, um anzuklopfen.

»Nicht!«, sagt die Psychiaterin.

»Warum nicht?«

»Sie schläft vermutlich.«

»Dann wecken Sie sie auf«, sagt Beckermann. »Wir müssen mit ihr reden.«

Die Situation ist so absurd, dass sein Kollege kichert und Beckermann ihm einen Blick zuwerfen muss, der ihn wieder zur Raison bringt.

»Sie fühlte sich vorhin nicht so gut.«

»Ach ja? Geht es ihr so schlecht, dass sie nicht mit uns reden kann?«

Beckermann wird zunehmend ungehalten. Er drängt Klaffer zur Seite und klopft. »Frau Winterleitner? Polizei – dürfen wir Sie einen Moment sprechen?«

Nichts rührt sich, und langsam wird der Polizist nervös.

»Was ist hier los?«, fragt er die Psychiaterin. »Da ist niemand drin, oder?«

»Glauben Sie, ich lüge Sie an?«, entgegnet Klaffer mit beginnender Verzweiflung. »Das hier ist Bea Winterleitners Zimmer, aber vielleicht ist sie nicht da.«

»Wo könnte sie denn sein?«

Klaffer verschränkt die Arme. »Meine Teilnehmer können sich hier im Schloss frei bewegen.«

Beckermann tauscht einen Blick mit seinem Kollegen. Selbst er scheint inzwischen kapiert zu haben, dass hier etwas faul ist.

»Sind Sie ganz sicher, dass nicht doch etwas geschehen ist, das Sie uns erzählen wollen?«

»Noch ist nichts passiert«, sagt Sammer. »Wir vergessen, dass Sie gelogen haben. Wir sind nicht nachtragend.«

Sammer grinst schleimig. Beckermann muss sich beherrschen, um nicht die Augen zu verdrehen.

»Sie öffnen jetzt diese Tür. Vorher gehen wir nicht.«

Klaffer blickt zu Boden. Einen Moment überlegt sie, dann nimmt sie ihr Handy heraus und macht einen Anruf. Kaum zwei Minuten später erscheint der junge Mönch wieder.

»Kannst du aufsperren?«, bittet sie ihn.

Bisher war dem jungen Mann keine Emotion anzusehen, doch nun wirkt er ehrlich überrascht. Nach einer Schrecksekunde holt er einen Schlüsselbund heraus und schließt die Tür auf. Beckermann drängt ihn zur Seite und tritt ein.

In dem Zimmer riecht es muffig. Hier wohnt jemand. Die Fensterläden sind geschlossen, und es ist sehr dunkel, doch als er seine Augen anstrengt, sieht er, dass das Bett leer ist.

Beckermann bemerkt, dass Klaffer hinter ihm steht.

Er dreht sich um. Er sieht sie an, dann seinen Kollegen, der in der Tür steht, und schließlich den Mönch dahinter, der seine ausdruckslose Miene wiedergefunden hat.

»Sie ist irgendwo im Schloss?«, wiederholt Beckermann.

Klaffer zuckt mit den Schultern. »Vermutlich.«

»Und wir können sie nicht anrufen?«

»Handys sind nicht erlaubt.«

Langsam zieht er sich aus dem leeren Zimmer zurück. Auf eine Geste Klaffers hin schließt der Mönch die Tür und sperrt ab. Ratlos steht Beckermann da. Er hat immer noch ein ungutes Gefühl.

*

Klaffer hat die Arme verschränkt. Sie kann es nicht erwarten, bis er verschwindet, das versucht sie gar nicht erst zu verbergen. Aber sie hat alles getan, worum er sie gebeten hat. Trotzdem hat er das Gefühl, auf der Stelle zu treten. Er beschließt, einen Schritt auf die Psychiaterin zuzumachen.

»Ich sage Ihnen, warum wir hier sind. Es gab einen anonymen Hinweis.«

Klaffer erschrickt. »Was für einen?«

»Dass Beatrice Winterleitner etwas zugestoßen sein könnte.«

Ein verächtliches Lachen entfährt ihr.

»Sie wirken nicht überrascht«, stellt Beckermann fest.

Klaffer braucht einen Moment, um sich zu sammeln. »Ich sagte ja, so eine Erfahrung bringt die Menschen an ihre Grenzen. Und ich will ganz ehrlich sein, fast niemand kommt einfach nur so zu mir. Alle haben irgendein Problem. Manche werden hypersensibel, fühlen sich verfolgt. Mich würde interessieren, wer die Polizei gerufen hat.«

»Das kann ich Ihnen leider nicht sagen.«

»Es tut mir leid, dass Sie extra hergekommen sind«, sagt Klaffer. »Aber hier ist alles in Ordnung. Ich versichere Ihnen, dass es nicht noch einmal vorkommt.«

Beckermann steht unschlüssig da und mustert Klaffer. »Ich will mit den anderen Teilnehmern reden.«

»Bitte nicht. Wenn Sie das tun, kann ich diesen Retreat vergessen. Es ist so schon schwierig genug.«

Beckermann denkt nach. Er denkt an das riesige Schloss, die kurze Teilnehmerliste, die schwarz verrechneten Kursgebühren. Er stellt sich vor, wie Klaffer mit schwierigen Teilnehmern umgehen muss. Ihm wird klar, dass das Geschäft alles andere als rund läuft. Die Stimmung ist angespannt.

Otto Jacobi ...

Es wundert ihn immer noch, dass der Typ hier ist. Er mag ihn. Jacobi ist seiner Ansicht nach der Witzigste von allen, einer, der Männern mittleren Alters wie ihm wirklich etwas zu sagen hat. Er hätte nie gedacht, dass Jacobi sich unter die Fittiche einer Frau wie dieser Klaffer begeben würde. Man lernt eben nie aus. Vielleicht sollte er die Gelegenheit nutzen und ihn um ein Autogramm bitten.

»Ich will mit Herrn Jacobi reden«, sagt er schließlich. »Es dauert nicht lang. Währenddessen zeigen Sie bitte meinem Kollegen die Stelle, wo der Mann abstürzte. Danach lassen wir Sie in Ruhe.«

Klaffer hat keine andere Möglichkeit, als einzulenken.

*

Als sie kurz darauf draußen im Auto sitzen und Beckermann den Schlüssel ins Zündschloss steckt, zögert er, den Motor anzulassen.

Das Gespräch mit Otto Jacobi war wenig ergiebig, weil Beckermann so nervös war wie ein Schuljunge. Doch auch der Comedy-Star bestätigte, dass es Beatrice Winterleitner gut geht. Er war abweisend und sah seinem Gegenüber nicht ein einziges Mal in die Augen. Beckermann hatte nicht den Mut, nach dem Autogramm zu fragen, wie er es sich vorgenommen hatte. Sein Kollege war derweil draußen beim Gerüst. Die Stelle war nicht einmal abgesperrt. Sammer musste zurück ins Auto, um Absperrband zu holen. Sie werden den Chef anrufen müssen, ob sie doch die Spurensicherung holen. Das soll er entscheiden.

»Ist die heiß«, sagt Sammer. Er ist immer noch ganz betört von der Psychiaterin. Als Beckermann nicht reagiert, fragt er: »Was ist?«

»Irgendwas ist komisch«, sagt Beckermann.

Sammer wartet auf eine Erklärung, und als er keine bekommt, zuckt er mit den Schultern. »Willst du noch einmal rein? Ich hätte nichts dagegen.« Er kichert.

Beckermann lässt den Motor an. Er weiß, es ist weit hergeholt, aber er muss an den Mord vor vier Wochen denken. Auch wenn das in Filmen gern anders dargestellt wird und es dort von Ritualmorden nur so wimmelt, es passiert nicht alle Tage, dass einer Toten die Zunge herausgeschnitten wird.

Keine Zunge. Schweigen.

Schweigeseminar.

Der Fall hat hiermit natürlich nichts zu tun. Er wird sich davor hüten, dem Chef davon zu erzählen, was ihn beschäftigt. Und doch geht ihm der Gedanke nicht aus dem Kopf.

STUNDE SIEBENUNDSECHZIG

Tok. Tok. Tok.

Bea Winterleitner ist ruhig geworden. Eine Stunde hat es gedauert, bis sie sich der Tatsache gestellt hat, dass sie nichts tun kann.

Es waren absurderweise Klaffers Meditationsübungen und die Zeit im Samadhi-Bad, die sie darauf vorbereitet haben. Sie weiß nicht, ob sie sonst in der Lage gewesen wäre, so ruhig zu bleiben.

Statt also an die Tür zu hämmern und zu hoffen, dass jemand sie hört, ist sie in einen seltsamen Dämmerzustand geschlittert. Ein Gefühl der Beklemmung wie aus einem Albtraum hüllt sie ein wie eine Decke und dämpft alle Emotionen. Sie ist so erschöpft, dass sie beinahe eingenickt wäre, doch sie ist schnell wieder hochgeschreckt. Sie hat Angst vor dem, was in ihren Träumen auftauchen könnte. Nun hat ihr Geist begonnen, die Dunkelheit um sie herum mit Bildern zu füllen. Zu ihrer Überraschung sind es schöne Bilder, Szenen aus ihrer gemeinsamen Zeit mit Rainer. Es liegt daran, dass sie mit ihm geschrieben hat. Er hat versprochen, dass er kommt. So nah hat sie sich ihm seit Monaten nicht mehr gefühlt, was verrückt ist, denn es waren nur ein paar Zeilen. Dennoch will das Gefühl nicht weichen. Rainer kommt, um ihretwillen. Ein Teil von ihr glaubt, dass alles wieder gut werden wird.

Tok. Tok. Tok.

Dabei war nicht immer alles eitel Sonnenschein. Die Zeit vor der Hochzeit war schwierig. Sie hat nicht vielen Menschen davon erzählt, dass sie Zweifel hatte, Rainer zu heiraten. Ihrer Großmutter konnte sie sich öffnen. Mit ihr unternahm sie lange Spaziergänge, während sie Rainers Kontaktversuche ignorierte. Sie erzählte ihr von ihrer Verwirrung, was sie für ihn fühlte. Wie glücklich sie manchmal waren, wenn sie gemeinsam einfach nur schwiegen. Sie erzählte, dass sie das noch nie mit einem Menschen hatte. Zuvor hatte sie etliche Freunde, mit denen sie wunderbar reden konnte. Mit denen sprach sie lang und ausgiebig über ihre Gefühle. Konflikte sprachen sie schnell an und fanden Lösungen. So gab es kaum Streit. Es waren durchwegs harmonische Beziehungen, bis es irgendwo an Kleinigkeiten zu haken begann. Sie erzählte ihrer Oma, dass sie nun fast fünfunddreißig sei und noch immer nicht genau wisse, was Liebe eigentlich war. Nur, dass die Sache mit Rainer anders sei. Dass in seinem Blick mehr Verständnis war als in den Worten der anderen.

Und dann erzählte sie ihr von dem Heiratsantrag. Dass er sie in ihr Lieblingsrestaurant einlud, von dem sie wusste, dass er es nicht mochte, weil es ihm zu teuer war. Sie fragte sich, was mit ihm los war. Als er ihr dann zu Hause den Antrag machte, fiel sie aus allen Wolken. Sie hatte überhaupt nicht damit gerechnet, verstand aber nun, warum er die ganze Zeit über so nervös gewesen war.

Sie war so überrumpelt, dass sie nicht antworten konnte. Ein Teil von ihr wünschte sich, Ja zu sagen. Es wäre perfekt gewesen. Sie wollte ihn in diesem Moment glücklich sehen.

Doch eine Stimme in ihrem Kopf schrie »Alarm!«. Sie war darauf nicht vorbereitet, musste nachdenken, und das sagte sie ihm auch.

Ihre Großmutter nickte verständnisvoll und meinte, dass nichts dabei wäre, sich Zeit zu nehmen.

Ihre Worte taten Bea gut. Bestimmt war es so, wie Oma sagte. Auch wenn sie ihrer Großmutter nicht alles erzählt hatte.

Tok. Tok. Tok.

Ihre Großmutter ließ es sich nicht nehmen, ihr noch einen Tipp zu geben.

Lass ihn nicht zu lange warten, Kind.

Doch Bea ließ ihn warten. Sie begann, ihm auszuweichen. Sie nahm plötzlich die Blicke anderer Männer wahr und begann mit ihnen zu flirten, alles nur, um nicht an Rainer denken zu müssen.

Einmal stand er dann plötzlich mit Blumen vor ihrer Tür. Sie konnte nicht Nein sagen und sie ließ ihn ein. Natürlich schliefen sie miteinander. Bea war dankbar, nicht sprechen zu müssen, sondern nur seine Liebe zu spüren. Sie ließ sich fallen, obwohl sie wusste, dass es klüger gewesen wäre, mit ihm zu reden. Als daraufhin ihre Periode ausblieb, obwohl sie eigentlich die Pille nahm, spürte sie innerlich, dass es entschieden war. Sie kam zu ihm und sagte ihm, dass sie ihn heiraten wollte. Sie hatte noch nie einen Mann so weinen gesehen.

Seither hat sie versucht, nicht mehr an den Abend des Heiratsantrags zu denken.

Rainer nahm ihr Zögern nicht so gut auf, wie sie ihrer Großmutter erzählt hatte.

Tok. Tok. Tok.

Sie wird den Klang nie vergessen. Wie es sich anhörte, als er begann, mit dem Kopf gegen die Wand zu schlagen. Nicht wie ein Irrer in einer Zelle, mehr wie ein Mensch, der weiß, dass er einen nie wieder gutzumachenden Fehler begangen hat. So hat sie es sich jedenfalls später erklärt. Rainer hat wohl schon eine ganze Weile mit dem Gedanken gespielt und für diesen Abend all seinen Mut zusammengenommen. Für ihn brach die ganze Welt zusammen.

Sie versteht jetzt, dass Rainer viel sensibler war, als sie geglaubt hat. Sie hätte viel vorsichtiger mit ihm umgehen müssen. An jenem Abend sah sie das anders. Sie fragte sich, ob er nicht professionelle Hilfe brauchte. Sie konnte nichts tun, der Gedanke war plötzlich da.

Ob er jemals einen Psychologen in Anspruch genommen hat, weiß sie nicht. Sie ging immer davon aus, dass Rainer dazu nicht in der Lage war. Vielleicht täuschte sie sich ja? Später, nach ihrer Heirat, wirkte er viel aufgeräumter. Vielleicht hat sie ihn diesbezüglich unterschätzt.

Tok. Tok. Tok.

Etwas beschäftigt ihr Unterbewusstsein. Da ist ein Gedanke, den sie nicht fassen kann. Das Gefühl ist so intensiv, dass sie beinah glaubt, das Geräusch zu hören. Als wäre etwas in der Wand.

Und da erkennt sie, was es ist, das sie so beschäftigt. Ihr fällt ein Ereignis ein, das sie völlig vergessen hatte. Sie könnte sich dafür ohrfeigen, dass ihr das jetzt erst einfällt. Sie hat Mühe, die Konsequenzen durchzudenken. So vieles erscheint plötzlich in einem anderen Licht.

Das Klopfen hört derweil nicht auf, sondern wird lauter. Das Geräusch ist auch weniger ein Klopfen, sondern etwas anderes. Es sind Schritte draußen vor ihrem Zimmer. Und als die Tür aufschwingt, wird es hell.

*

Irene Polaschek fühlt sich unwohl in dem riesigen, muffigen Büro. Der überdimensionale Stierkopf an der Wand starrt sie an. Sie denkt daran, dass sie doch einen anderen Ort suchen wird, um ihre Retreats zu veranstalten. Etwas Kleineres, für das sie mehr Geld zahlen wird, aber das ist egal. Dieses Haus ist ihr unheimlich, und sie glaubt, dass man es ihr anmerkt.

Sie kennt den Mann, der ihr gegenübersitzt, aus dem Fernsehen. Sie fand ihn witzig, aber auch etwas harmlos. Ein Fehler, wie sie inzwischen weiß.

Otto Jacobi fragt sie nun schon zum dritten Mal nach dem Programm, scheinbar ist er nicht in der Lage, sich zu konzentrieren. Was will er überhaupt hier? Sie kann sich nicht vorstellen, dass einer wie er zu Meditation fähig ist. Aber sie hat auch Respekt. Irgendwie wurde er auf ihre improvisierte Website aufmerksam, und jetzt sitzt er hier, informiert sich über die Details ihres ersten Retreats. Details, die sie noch nicht kennt, weil sie so etwas noch nie gemacht hat. Er scheint tatsächlich daran teilnehmen zu wollen, und bisher gibt es keine weitere Anmeldung.

Als Polaschek, die diesen Namen aus ihrem Kopf zu tilgen versucht, weil sie sich ja jetzt Klaffer nennt, noch einmal das Programm durchgegangen ist, seufzt der Fernsehstar.

»Ich weiß nicht, ob das etwas für mich ist. Aber ehrlich gesagt, weiß ich nicht, was ich sonst tun soll. Mein Therapeut sagt, ich soll mich einweisen lassen. Vorübergehend.«

Das kommt ganz plötzlich. Polaschek will ihn nach dem Grund fragen, doch obwohl sie nicht studiert hat, hat sie genug Fachliteratur gelesen, um sich die Frage selbst zu beantworten. Verrückt zu sein ist nicht verboten, im Gegenteil. Viele Leute glauben an Ufos, an Reichtum und Ruhm, den sie nie haben werden, und manche glauben, ihr Partner liebe sie, obwohl sie die Beweise für das Gegenteil unmittelbar vor der Nase haben. Das ist völlig legal.

In die Geschlossene kommt man nur, wenn man eine Gefahr für sich oder andere ist.

Polaschek kann den Blick nicht von den geballten Fäusten vor ihr auf dem Tisch abwenden. Er scheint gar nicht zu merken, wie fest er zudrückt, man sieht es nur an den Knöcheln. Dort, wo Knöchel sind. Da am Ansatz der Finger, wo andere Menschen hervorstehende Gelenke haben, ist bei Otto Jacobi nämlich gar nichts. Seine Fäuste enden an einer geraden Kante.

Polaschek hat das Gerücht gehört, dass er früher geboxt haben soll, aber sie hat es aus irgendeinem Grund nicht geglaubt. Er sah einfach nicht sportlich genug aus, und gerade sie weiß, wie nützlich es sein kann, an seiner Biografie ein wenig herumzutricksen. Doch an seinen Händen sieht sie, dass die Geschichten wahr sind. Sie hat schon einmal einen Boxer getroffen, und dessen Hände sahen genauso aus. Wenn man den Sport einige Jahre betreibt, verschwinden bei manchen Athleten irgendwann die Ausbuchtungen der Fingerknöchel.

»Glauben Sie denn, das ist nötig?«, fragt er in den Raum hinein.

Polaschek weiß nicht, was sie darauf sagen soll. Sie kennt seine Geschichte nicht, er hat nichts darüber erzählt. Aber sie weiß, was er hören will, also sagt sie: »Vielleicht überreagiert Ihr Therapeut da ein wenig.«

Sie lächelt, obwohl er immer noch die Tischplatte anstarrt.

»Ich weiß ja nicht, was Sie beide besprochen haben, und es geht mich nichts an. Aber ich möchte, dass Sie wissen, dass dieser Retreat ein geschützter Rahmen ist. Ich bin eine ausgebildete Psychiaterin und werde Ihren Zustand immer im Auge behalten. Das ist besser und auch sicherer als eine Einweisung. Ich weiß nicht, ob Sie wissen, wie das dort abläuft. Ich kann mir nicht vorstellen, dass das Ihren Ansprüchen genügt. Sie werden in ein Zimmer gesperrt, wenn Sie Glück haben, ist es ein Einzelzimmer. Sie werden medikamentös eingestellt und haben verpflichtende Therapiesitzungen. Wenn Sie Glück haben, gibt es einen Park, wo Sie spazieren gehen können. Gesund wird dort niemand, das kann ich Ihnen aus meiner praktischen Erfahrung sagen.«

Er blickt nun doch zu ihr auf, und da ist Hoffnung in seinem Blick.

»Therapiegespräche sind auch Bestandteil meiner Retreats, dazu gibt es Übungen, die zur Beruhigung dienen und die Ihren Kopf freimachen. Und was die Medikamente angeht – ich bin sicher, da lässt sich auch etwas machen, wenn sich herausstellt, dass es nötig ist.«

Jacobi nickt. Da weiß sie, dass sie ihn hat. Und obwohl die Unsicherheit nicht ganz verflogen ist, jubelt Polaschek innerlich.

Otto Jacobi kommt zu mir.

»Ich werde es mit Ihnen probieren«, sagt er schließlich. »Obwohl mir das alles irgendwie komisch vorkommt, wenn ich ehrlich bin. Diese Bruchbude. Ich frage mich, ob Sie wirklich so viel Erfahrung haben, wie Sie behaupten. Aber egal, ich probiere es.«

»Sie werden es nicht bereuen!«, sagt Klaffer, als sie sich verabschieden.

*

Katalina Klaffer sitzt im Meditationsraum auf einem Polster und wartet auf die Teilnehmer ihres Retreats. Es ist zehn nach zwei, und sie weiß inzwischen, dass niemand erscheinen wird. Ihr Retreat ist gescheitert, sie ist gescheitert. Sie hat gewusst, dass dieser Tag kommen wird. Es konnte nicht ewig funktionieren. Nur dass es so schnell gehen wird, hat sie nicht erwartet.

Der Polizist hat Lunte gerochen, das weiß sie. Sein stummer Kollege, der sie nur dämlich angrinste, hat nichts gecheckt. Mit dem wäre sie fertiggeworden, wie sie es bisher getan hat. Klaffer weiß, dass sie ein feines Gespür hat und Menschen manipulieren kann. Früher hat sie auch Workshops für NLP angeboten, *Neuro Linguistic Programming*. Doch dann hat jemand ihren Hintergrund recherchiert, alte Prüfungsergebnisse von der Uni ausgegraben und ihr nahegelegt, sich ein anderes Betätigungsfeld zu suchen.

Diese Retreats waren die Rettung. Wer solche Probleme hat wie die Teilnehmer hier, kommt nicht auf die Idee zu kontrollieren, ob die Diplome der Leiterin echt sind. Und sie hat gespürt, dass sie manchen der Menschen, die zu ihr kamen, wirklich helfen konnte. Vor allem in Promi-Kreisen wurden ihre Retreats mittels Mundpropaganda weitergegeben. Warum gerade Leute aus der Öffentlichkeit auf ihre Dienste abfuhren, versteht sie bis heute nicht wirklich. Vielleicht weil viele von ihnen selbst hin- und hergerissen sind zwischen dem, was sie nach außen darstellen sollen, und dem, was sie wirklich sind. Klaffer konnte ihnen echtes Verständnis geben, und das haben sie gespürt. Welche Bedeutung hat es da schon, ob sie wirklich einen Abschluss besitzt oder nicht?

Natürlich kam es immer wieder zu schwierigen Situationen. Schweigen ist eine extreme Erfahrung, sie betont das nicht umsonst. Wenn die Erfahrung nicht intensiv ist, kann sie auch keine reinigende Wirkung haben, das musste jeder einsehen. Deshalb auch das Samadhi-Bad. Ohne geht es nicht.

Sie wird nie vergessen, wie eine Kursteilnehmerin vor knapp einem Jahr an einem offenen Fenster im obersten Stock des leeren Gebäudetrakts stand. Sie war ganz kurz davor zu springen, Klaffer sah es in ihren Augen. Sie brauchte ihre ganze psychologische Erfahrung, um die Kleine davon abzuhalten. Oder an den Irren, der die anderen bedrohte und den sie so unterschätzt hat. Seither hat sie immer dafür gesorgt, dass der leere Trakt gut verschlossen ist.

Den Polizisten einen Blick in Beas Zimmer zu erlauben war die einzige Möglichkeit, sie loszuwerden. Doch der gesprächige der beiden Polizisten, dieser Beckermann, hat etwas gemerkt. Er wird nicht so schnell lockerlassen, das spürt sie.

Wer hat wirklich bei ihnen angerufen? Sie sprachen von Bea, aber es klang nicht so, als wäre sie die Anruferin gewesen.

Könnte es Cindy Hermann gewesen sein? Bisher hat sie darüber nicht nachgedacht. Immer wieder reisen Leute überhastet ab, wenn sie mit den Methoden des Retreats nicht klarkommen. Klaffer hält sie nicht auf. Sie weiß, dass es schwer ist, die Disziplin aufzubringen, die für dauerhaftes Schweigen und für die genaue Einhaltung der vorgegebenen Zeiten notwendig ist. Leute, die damit Schwierigkeiten haben, werden sich auch schwertun, ihr Leben wieder in den Griff zu bekommen. Sie hat das selbst erlebt. Es hat keinen Sinn, Abstriche zu machen.

Klaffer hat gleich vermutet, dass Hermann nicht lange durchhalten wird. Nicht so sehr, weil sie zu schwach gewesen wäre, sondern eher, weil sie mit dem Kopf ganz woanders zu sein schien. Vor allem Bea Winterleitner schien es ihr angetan zu haben. Winterleitner, blind wie sie war, hat es nicht bemerkt, aber die junge Frau hat ihr in unbeobachteten Momenten immer wieder Blicke zugeworfen. Als Klaffer das in den Therapiegesprächen angesprochen hat, hat sie es geleugnet. Klaffer weiß nicht, warum die Kleine überhaupt teilgenommen hat, und es hat sie bisher nicht interessiert. Doch als sie nach dem Besuch der Polizei mit dem Schlüsselbund von Hanh, den sie Winterleitner abgenommen hatte, das Zimmer von Hermann aufsperrte, hatte sie das Gefühl, dass etwas nicht stimmte. Hermanns Gepäck war weg, und trotzdem … Warum sollte Hermann ganz ohne Vorwarnung abreisen und die Polizei anrufen? In den Therapiegesprächen wirkte sie ganz ruhig, wenn auch etwas verschlossen.

Kann sie diese Gegenstände in das Zimmer von Bea Winterleitner gelegt haben? Klaffer ärgert sich, dass sie daran noch nicht gedacht hat. Vielleicht stimmt es, was Winterleitner sagte, dass sie als Prominente von Fans verfolgt wird.

Klaffer schüttelt den Kopf. Sie darf sich von Bea Winterleitners Paranoia nicht verrückt machen lassen. Winterleitner hat einen Dachschaden, das hat sie gleich gewusst, sonst hätte sie auch nicht ihr erstes Aufeinandertreffen vergessen. Es stimmt, was sie über Bea Winterleitner gehört hat, dass sie eine selektive Wahrnehmung besitzt. Sie sieht nur, was sie sehen will. Es wäre am besten gewesen, ihre Anmeldung für den Retreat gar nicht erst zu akzeptieren. Doch die Teilnehmerzahl war an der Grenze, wieder einmal. Sie konnte es sich nicht leisten, jemandem abzusagen.

Es lässt sich nicht leugnen, das Geschäft läuft nicht. Und

wenn erst jemand erfährt, dass die Polizei hier war … Klaffer will sich gar nicht ausmalen, was das bedeutet. Sie kämpft ab sofort um ihr wirtschaftliches Überleben.

Diesen Retreat kann sie abschreiben. Nicht einmal mehr Otto Jacobi erscheint zu den vereinbarten Meditationszeiten. Dabei hat gerade er die Strenge des Zeitplans gebraucht, um seine inneren Dämonen in die Schranken zu weisen. Aber er ist wütend, weil er mit der Polizei sprechen musste, das weiß sie. Sie war sich sicher, dass er nichts von Bea Winterleitners Paranoia erzählen würde, um nicht noch mehr Aufmerksamkeit zu generieren. Ihm bedeuteten diese privaten Momente hier im Schloss alles. Sie fragt sich, was er jetzt gerade macht. Ob er schon abgereist ist? Vermutlich. Sie wird ihn anrufen müssen und sich bei ihm entschuldigen.

Doch das hat noch Zeit. Zuerst muss sie sich mit diesem Beckermann beschäftigen. Er wird wiederkommen, das spürt sie, und zuvor wird er ihre Geschichte nachprüfen und feststellen, dass sie keine ausgebildete Psychiaterin ist. Wie sie sich da herausreden will, weiß sie noch nicht. Aber ihr muss etwas einfallen.

Klaffer spürt, wie ihr Tränen in die Augen steigen. Hastig wischt sie sie weg.

Sie steht auf. Sie muss herausfinden, was mit Cindy Hermann geschehen ist.

*

»Hanh.«

Die Stimme scheint aus einer tiefen Schlucht zu kommen. Er könnte nicht sagen, ob sich die Lippen des Meisters bewegt haben. Der Alte verbringt den größten Teil seines Tages hier im Gebetsraum, im Lotossitz auf einer Decke unmittelbar neben dem Altar mit der Buddha-Statue. Mit den Jahren scheint er ihr immer ähnlicher zu werden. Vielleicht wird er eines Tages versteinern, und sie werden ihn gemeinsam auf ein Podest heben, neben ihm eine Schale mit Räucherstäbchen, die Hanh dann mehrmals täglich erneuern wird, wenn sie abgebrannt sind.

Woher der Meister wohl weiß, dass Hanh nicht wegen der Räucherstäbchen hier ist? Hanh kann es nicht sagen. Normalerweise kann nichts den Alten in seiner Meditation stören. Einmal ist versehentlich die Schale mit der Asche auf den Boden gefallen und zerbrochen, und der Meister hat nicht einmal mit den Lidern gezuckt. Eine Meditation von solcher Tiefe bedarf Jahre der Praxis. Sie zu stören erscheint Hanh als nicht wiedergutzumachender Frevel.

Doch jetzt sind seine Augen offen. Sie fixieren Hanh, forschend und unergründlich. Das immer gleiche Lächeln um die Mundwinkel verunsichert Hanh. Wie kann jemand, der so in die Tiefe aller Dinge blickt, lächeln? Hanh vermutet, dass der alte Mann einen Heiligen oder einen gefährlichen Massenmörder nicht anders anlächeln würde als ihn jetzt. Wenn er den Meister so sieht, fragt er sich manchmal, ob er wirklich Erleuchtung erlangen will.

»Du bist wieder hier«, sagt der Meister und reckt sich ein wenig. »Es ist wegen dieser Frau.«

»Das ist es nicht«, sagt Hanh schnell.

Ist es wegen der Frau, dieser Fernsehmoderatorin? Er weiß es nicht genau.

»Die Polizei war noch einmal hier«, sagt er.

Der Meister nickt. Diese Information ist neu für ihn.

»Und?«

»Sie sind wieder gefahren.«

Der Meister wendet den Blick ab und scheint plötzlich

wieder in weiter Ferne zu sein. Eine Minute lang geschieht gar nichts.

»Du weißt, dass wir uns nicht in die Belange der Leute einmischen«, sagt er dann.

»Ich weiß.«

»Das war eine der Bedingungen dafür, dass wir dich hier aufgenommen haben.«

Hanh schweigt. Er weiß das. Er bricht die Regeln, das kann ihn seinen Platz in der Gemeinschaft kosten.

»Wir lassen uns nicht in die Belange der Mieter hineinziehen«, wiederholt Hanh die Worte. »Ihre Welt ist nicht unsere Welt.«

Der Meister lächelt, aber es wirkt traurig. »Und trotzdem bist du hier.«

Hanh schnappt nach Luft.

»Weil das hier nicht der Weg des Buddha ist«, platzt er heraus.

Er bereut sofort, so emotional geworden zu sein. Seine Hände zittern. Er fühlt sich elend. All die Gelassenheit, die er täglich übt, ist dahin. So schnell bricht das Kartenhaus in sich zusammen.

Er schämt sich. Das Bild ist lächerlich, wie er dasteht, ohne Kontrolle über seine Emotionen, und dem Meister erklärt, was der Weg des Buddha ist.

Der Meister lässt nicht erkennen, was er darüber denkt.

»Es tut mir leid«, sagt Hanh. »Ich werde mehr üben.«

»Was tut dir leid?«, fragt der Meister.

Das unergründliche Lächeln scheint einen Moment lang tiefer zu sein als zuvor.

Hanh ist irritiert, doch dann versteht er. Er hat den Meister wieder einmal unterschätzt.

»Etwas Schlimmes passiert hier«, wiederholt Hanh, was

er schon bei ihrer letzten Unterredung gesagt hat. Und dann erklärt er, was er weiß. Dass offenbar jemand die Polizei gerufen hat. Dass die Beamten nach einer Teilnehmerin namens Beatrice Winterleitner fragten. Hanh sagt, dass er nicht weiß, wo Cindy Hermann geblieben ist, dass er aber glaubt, die Moderatorin könnte etwas darüber wissen. Er wiederholt außerdem das, was er über Klaffer weiß. Dass sie keinen Abschluss hat und ihre Methoden fragwürdig sind. Dass die Dinge, die sie mit Cleo Wiesinger macht, eher Foltermethoden als einer Therapie nahekommen.

Nachdem der Meister all das gehört hat, wird es still.

»Was wolltest du mich fragen?«, sagt der Alte.

Hanh ist verblüfft. Dann verwandelt sich seine Überraschung in Zorn. Er sieht, dass es keinen Sinn hat. Nichts von dem, was er erzählt hat, scheint seinen Meister zu erschüttern.

Als er ohne ein weiteres Wort hinausstürmt, ist Hanh überzeugt: Diese Art von Erleuchtung ist nicht die, nach der er sucht.

*

Bea riecht alten männlichen Schweiß. Den Gestank von jemandem, der hart trainiert hat und längere Zeit nicht duschen war. Sie weiß sofort, dass das nicht gut ist. Überhaupt nicht gut.

Der Schatten, der vor der offenen Tür steht, ist riesig. Sie hört ihn langsam und schwer atmen. Draußen ist nur das Licht der Notbeleuchtung an. Es wirft einen grünen Schein in den Raum. Der Schatten fasst mit der linken Hand die rechte an und massiert sie. Kurz denkt sie, dass es sich um den Schatten aus ihrem Wachtraum im Samadhi-Bad handelt, doch der Umriss ist anders.

270

Bea weiß, dass es Jacobi ist, der da vor ihr steht, obwohl er verändert wirkt. Als sie ihn bei diesem Retreat zum ersten Mal sah, war sein Haupt hoch erhoben, nun wirkt er gebeugt. Er muss in seinem Zimmer Gewichte gestemmt haben, bis es nicht mehr ging. Und nun ist er hier.

Bea erwacht nur langsam aus ihrem Dämmerzustand. Das Adrenalin schießt durch ihre Adern, doch es kann ihre schweren Glieder nicht so schnell in Alarmbereitschaft versetzen. Sie hat Angst, dass ihr Körper ihr nicht gehorchen wird. Dabei muss sie jetzt das Richtige tun. Sie darf sich keinen Fehler erlauben, sonst wird sie es bitter bereuen.

Von der Tür her hört sie ein Lachen, das keine Spur von Freude enthält. Es ist eine Parodie des Lachens, das sie aus dem Studio kennt. Wenn Jacobi in einer Comedy-Sendung lacht, hört man das üblicherweise bis auf den Flur. Er lacht mit aller Kraft, doch nicht jetzt. Jetzt ist sein Lachen unterkühlt und drohend.

»Was hast du dir dabei gedacht?«, sagt er leise. »Ich habe dich doch gewarnt.« In seiner Stimme schwingt Bedauern mit. »Du hättest nicht kommen sollen, wirklich. Du weißt doch, wie ich bin. Du hast es an dem Abend in der Kantine gesehen. War dir das keine Warnung?«

Jacobi stützt sich mit dem linken Unterarm am Türrahmen ab.

»Weißt du, wie kurz ich damals davor war, etwas Dummes zu tun? Wir haben darüber gesprochen, wenn wir etwas trinken waren, deine Kollegen und ich. Wie du uns wahnsinnig machst, was wir mit dir anstellen würden, wenn wir mit dir alleine wären. Ich hab die Bilder nicht mehr aus meinem Kopf bekommen. Ich bin zu Retreats wie diesem gegangen, um es in den Griff zu kriegen.« Er hebt seine verletzte Hand. »Sie hieß Mona. Wir konnten uns außergerichtlich einigen.

Ich musste eine meiner Wohnungen dafür verkaufen. Ich hatte noch Glück, sie verbrachte die Nacht im Krankenhaus. Nur meine Hand will einfach nicht heilen. Ich kann nicht stillhalten.«

Jacobi macht einen Schritt auf sie zu.

»Du sagst gar nichts. Was ist los?«

Er wartet, doch Bea sagt keinen Ton. Sie kann nur die Tür hinter ihm anstarren, den Ausgang in die Freiheit.

»Sonst redest du immerzu. Sag bloß, du hältst dich plötzlich an Klaffers Vorgaben?« Er lacht schallend und künstlich, hört aber sofort wieder auf. »Ich mache es schnell, versprochen«, sagt er. »Wenn du dich nicht wehrst, ist es leichter.«

Bea sieht ihn auf sich zukommen und weicht an die hintere Wand zurück. Als er die gesunde Hand nach ihr ausstreckt, duckt sie sich und versucht, neben ihm vorbeizuschlüpfen. Doch er reagiert blitzschnell und packt sie an den Oberarmen, um sie zu Boden zu werfen. Beas Hinterkopf schlägt auf die Fliesen, und sie sieht Sterne. In diesem Moment kniet er auch schon über ihr und versucht, ihr Shirt über den Kopf zu ziehen. Sie will schreien, doch aus irgendeinem Grund ist ihre Kehle wie zugeschnürt. Eine Ohrfeige wirft ihren Kopf zur Seite und hinterlässt ein taubes Brennen auf ihrer rechten Wange. Sie hebt die Arme vors Gesicht und hört sich selbst stöhnen.

Da hält Jacobi kurz inne. Sie sieht seine Augen in dem dunklen Gesicht glitzern.

»Was ist mit dir? Hat man dir die Zunge herausgeschnitten?«

Die Frage scheint ernst gemeint. Als er keine Antwort bekommt, packt er ihr Handgelenk mit der Linken und schlägt sie erneut, diesmal mit der rechten Hand. Sie schließt unwillkürlich die Augen. Als sie sie wieder öffnet, sieht sie, dass er seine schmerzende Hand hält. Er gibt ein wütendes Grunzen von sich.

»Glaub nicht, dass du so leicht davonkommst. Du wirst schreien, du wirst schon sehen.«

Er lässt ihre Arme mit der linken Hand los und macht sich am Verschluss ihrer Hose zu schaffen. Da wittert Bea ihre Chance. Er hat bereits den obersten Knopf geöffnet, als sie in die Offensive geht. Es gibt keine andere Möglichkeit.

Sie greift nach seiner verletzten Hand, und bevor er sie zurückziehen kann, schnappt sie mit den Zähnen danach, erwischt die Handkante und beißt zu, so fest sie kann. Sie hört einen Knochen knacken, während Jacobi schrill aufschreit. Zugleich rammt sie ihr Knie mit aller Kraft nach oben in seine Weichteile, und sein Schrei erstirbt. Der Angriff überrascht ihn, und er lässt kurz von ihr ab. Sie zögert keine Sekunde, stützt sich auf die Ellbogen und robbt nach hinten, bis sie sich aufrichten kann. Er greift noch nach ihr, doch er ist zu spät und fasst ins Leere, während sie durch die Tür ins Freie stürzt. Hinter sich hört sie ihn noch grunzen. Er will ihr etwas nachrufen, doch seine Stimme gehorcht ihm nicht.

*

Katalina Klaffer muss etwas überprüfen. Es ist etwas, das Cleo ihr erzählt hat, als sie sie eben auf dem Flur getroffen hat. Sie scheint verwirrt, vielleicht war es nicht richtig, sie so lang im Samadhi-Bad zu lassen. Als sie sie herausholen wollte, war sie schon weg. Sie muss sich irgendwie befreit haben, oder jemand hat ihr geholfen. Klaffer hat im Affekt reagiert. Wie konnte das passieren?

Sie wird die Sängerin von nun an gut behandeln und zusehen, dass sie sich bestmöglich erholt. Vielleicht kann sie so schlechte Presse verhindern. Sie weiß, wenn an die Öffentlichkeit kommt, wer alles an ihrem Retreat teilnimmt und dass sie die Polizei im Haus hatte, ist ihr Business tot. Davon wird sie sich nie wieder erholen.

Doch noch hat sie nicht verloren. Sie wird sich aus dieser Situation befreien, wie sie es bisher immer getan hat. Immer wieder gingen Geschäftsideen von ihr den Bach runter. Sie hat Geld von Freunden und Spendern in den Sand gesetzt, doch immer wieder kam sie auf die Beine. Die Retreats sind ihre Zukunft, das hat sie erkannt. Sie hat sich ein Renommee erarbeitet, und niemand hat nach ihrem Abschluss gefragt. So wird es auch bleiben.

Alles wird gut werden. Sie ist sich sicher. Deshalb kann das, was die Sängerin gesagt hat, auch nicht stimmen. Sie hat sich etwas eingebildet. Doch wenn das so ist, warum widerstrebt es Klaffer dann so sehr nachzusehen?

Sie ist unvorsichtig geworden. Es bringt nichts, das zu leugnen. Eine Zeit lang lief es gut, und sie hat begonnen, sich an den Erfolg zu gewöhnen. Sie hat sich dazu hinreißen lassen, etwas mit einem Teilnehmer anzufangen. Er war überraschend dreist, aber auch sehr hartnäckig, nachdem er sich zu Beginn fast ausschließlich für die Fernsehsprecherin interessiert hatte. Vielleicht hat sie deshalb so schnell nachgegeben. Es tat ihrem Ego gut, dass er das Interesse an Bea Winterleitner verlor und sich nun ihr hingab. Sie wollte nicht, dass das aufhörte. Es war unvorsichtig. Früher wäre ihr das nie passiert.

Cleo sprach von den Vögeln. Sie dringen ins Gebäude ein, obwohl die Fenster zu sind. Auch die Kamine sind zugemauert, wie Klaffer aus eigener Erfahrung weiß. Das Schloss wird mit Öl beheizt, die alten offenen Kamine wurden schon vor langer Zeit stillgelegt.

Und dennoch sind Vögel im Schloss. Klaffer weiß das, und im Gegensatz zu Cleo weiß sie auch, warum. Es gibt andere Ausgänge, Öffnungen und Luftlöcher. Es ist die sonderbare Geschichte dieses Hauses, die sie auf der Website verschweigt, weil es den Teilnehmern kein gutes Gefühl geben würde. Doch natürlich wissen die Mönche davon. Sie gehen nicht gern dorthin, wo die Vögel sind. Klaffer kann es ihnen nicht verdenken.

Warum also behauptet Cleo, Cindy sei bei den Vögeln? Das ergibt keinen Sinn. Cindy Hermann kann den Eingang zufällig gefunden haben, das lässt sich nicht ausschließen. Doch warum sollte sie sich dort so lang verstecken? Sie ist nun schon den ganzen Tag abgängig. Sie ist doch abgereist – oder etwa nicht? Das Gepäck war weg, sie hat nachgesehen, nachdem die Polizei da war.

Klaffer findet den Schalter für den Geheimgang. Sie atmet einmal tief durch, dann öffnet sie die Tür. Zwei Vögel schrecken auf und entwischen in den Flur. Klaffer sieht ihnen nach. Sie wird später versuchen, sie durch ein offenes Fenster hinauszulotsen. Sie wendet sich dem dunklen Korridor vor ihr zu. Gebannt tritt sie ein und tastet sich vor. Die staubige Luft kitzelt in ihrer Nase, und sie unterdrückt ein Niesen, während sie weitergeht.

Sie erreicht den Kontrollraum und ist erleichtert. Hier ist niemand. Die Armaturen sehen aus, als wären sie lange nicht angefasst worden.

Doch dann sieht sie, dass sie sich getäuscht hat. Und in diesem Moment bemerkt sie auch die Blutspuren auf dem rohen Betonboden. Es sind Schleifspuren, als wäre etwas Schweres über den Boden gezogen worden. Sie folgt den Spuren, und als sie sieht, wohin sie führen, weiß sie, dass sie hätte skeptisch werden sollen, als so kurzfristig noch zwei An-

meldungen zu dem Retreat reinkamen, Last-Minute-Anmel-
dungen von einer prominenten Nachrichtensprecherin und
kurz darauf von einem aparten Mädchen namens Cindy –
gerade als sie kurz davor war, die Veranstaltung wegen Teil-
nehmermangels abzusagen. Sie hätte die Veranstaltung ab-
sagen sollen, doch sie hat es nicht getan. Und nun wird in
ihrem Leben nichts mehr so sein wie vorher.

Diesmal wird sie nicht wieder aufstehen.

STUNDE ACHTUNDSECHZIG

Wie auf Wolken rennt Bea durch das Schloss. Sie kann nicht glauben, was gerade passiert ist, obwohl es im Nachhinein so viel Sinn ergibt. Sie hat gerade Otto Jacobi kennengelernt. Nicht den Comedian, sondern den Menschen. Sie hat hinter die Fassade geblickt und dort einen Abgrund gefunden. Sie muss an seine Hand denken und die Frau, die er Mona genannt hat.

Der Gedanke, wie knapp es war, ist beinah unwirklich. Auch deshalb, weil ihr Geist sich nicht damit befassen will. Das Absurde ist: Jacobi ist nicht der, vor dem sie sich fürchten muss, das versteht sie jetzt, auch wenn ihr Gesicht brennt und ihre Arme schmerzen, wo er sie mit seinen riesigen Händen angefasst hat. Sie hat hinter die Maske geblickt, und er ist nicht derjenige, der ihr Elias' Schuh auf das Kopfkissen gelegt hat. Sie hat es mit etwas viel Schlimmerem zu tun, auch wenn sie immer noch nicht versteht, womit genau.

Ob die Polizei schon hier war? Bea kann es nicht sagen. Sie hat gehofft, dass sie mit Langs Hilfe der Polizei erklären kann, was hier vor sich geht. Dass sie zumindest die Dringlichkeit der Lage deutlich machen kann. Doch Lang hat sie hintergangen, ganz der schleimige Politiker, der er ist. Er hat sie manipuliert. Als sie letzte Nacht aus Klaffers Büro hörte, wie jemand dort Sex hatte, hat sie geglaubt, Klaffer vergnüge sich mit Otto Jacobi. Doch das war ein Trugschluss. Es muss Lang gewesen sein.

Sie kann niemandem mehr vertrauen. Sie ist auf sich allein gestellt.

Bea erreicht ihr Zimmer, doch als sie die Tür aufsperren will, ist sie nicht verschlossen.

Bea macht die Tür hinter sich zu und sieht, dass ihr Zimmer leergeräumt wurde. Ihre Tasche ist weg und all ihre Sachen. Sie geht zum Spiegel, wo ihre Nagelfeile lag, doch auch die ist nicht mehr hier. Klaffer hat alle Spuren ihrer Anwesenheit getilgt. Der Gedanke verursacht ihr Gänsehaut.

Es gelingt ihr, die Schrauben mit ihren Fingernägeln herauszudrehen. Sie klammert sich an die irrationale Hoffnung, dass ihr Versteck aus irgendeinem Grund nicht entdeckt wurde, doch als sie den Deckel abnimmt, sieht sie, dass sie verloren hat. Mütze, Schuh und Delfin sind weg.

Doch da ist etwas anderes. Als Bea realisiert, was es ist, erschrickt sie so sehr, dass sie zurückweicht und beinah gegen den Türstock läuft.

Da ist ein Geräusch, das aus der Wand kommt. Ein Scharren. Fast wie …

Bea geht einen Schritt auf das Loch in der Wand zu und beugt sich näher heran. Auf der linken Seite ist ein Hohlraum, den sie zwar gesehen, aber dem sie keine Bedeutung beigemessen hat. Und dort ist etwas, das wie ein Kabel aussieht.

Da entweicht etwas aus dem Dunkel des Hohlraums und berührt Bea im Gesicht. Sie schreit auf, doch im selben Moment erkennt sie, worum es sich handelt.

*

In Otto Jacobi herrscht Chaos. Er besteht aus Chaos. Jede Faser seines Wesens ist aus ihrer vorgesehenen Position gerutscht, das Gewebe hat große Maschen gebildet, durch die man hindurchsehen kann. Er hat Angst, sich aufzulösen.

Diese Angst ist nicht neu. Er hat das schon einmal erlebt, damals, als seine Karriere als Boxer auf der Kippe stand. Er war lange verletzt gewesen und hatte sich verschuldet. Als man ihm einen Kampf bot, musste er in den Ring steigen, auch wenn er nicht bereit war. Er versuchte alles, um seinen alternden, müden Körper in Form zu bekommen. Vierzig ist ein grässliches Alter für einen Leistungssportler. Man glaubt, es noch einmal probieren zu müssen, aber eigentlich weiß man, dass es vorbei ist. Auch damals begann sich das Gewebe aufzulösen.

Der Kampf ging verloren, so eindeutig, wie es nur möglich war, doch noch im Krankenhaus tauchte eine neue Chance auf: Fernsehen. Ein Promi hatte sich beim Skifahren verletzt; nun lag er im Bett neben ihm, sie verstanden sich auf Anhieb, und er fand ihn urkomisch, da bot der Promi an, seine guten Kontakte zum Fernsehen spielen zu lassen. Erst wurde er Kommentator, dann so etwas wie ein Comedian. Lustig eben, in unterschiedlichen Sendungsformaten. Warum die Leute ihn witzig fanden, verstand er selbst nicht. Niemand schien die Unordnung in ihm zu sehen. In den Nächten stemmte er Hanteln, um nicht den Verstand zu verlieren. Er verdiente besser als zu seiner Zeit als Sportler, viel besser sogar, ein ganzes Fitnessstudio richtete er sich im Keller ein. Doch bei Frauen blieb ihm das Glück verwehrt, er schaffte es, noch jede zu vergraulen, bevor es ernst wurde. Sie schienen seine Angst zu riechen. Er wollte sie nicht in sich hineinblicken lassen, und sie wollten seine Maske nicht. Jeder lacht über den Clown, aber niemand liebt ihn. Seine

Ungeschicklichkeit verwandelte sich in Grobheit. Er wusste keinen Ausweg mehr.

Dann lernte er Klaffer kennen. Sie zeigte ihm die Kunst der Meditation, und plötzlich schöpfte er Hoffnung. Sie lehrte ihn, ohne Angst in den Abgrund zu blicken, der sich in ihm fand. Alles schien sich zum Guten zu wenden.

Doch dann trifft er ausgerechnet hier Bea Winterleitner, und seine lebenswichtige Balance wird gestört. Was er auch probierte, machte sie zunichte.

Er wollte ihr das Chaos zeigen, das sie angerichtet hatte. Nur einmal kurz die mühsam aufrechterhaltene Kontrolle aufgeben und rauslassen, was in ihm war. Doch selbst das war schiefgegangen.

Was habe ich getan?

Er kämpft das aufkeimende Schuldgefühl nieder. Er hat es nicht verdient, sich schuldig zu fühlen. Weil es nicht seine Schuld ist.

Es ist dieses Haus, dieses Retreat. Hier hätte er geheilt werden sollen, doch stattdessen wurde das Schlimmste in ihm ans Licht gebracht. Er hat Klaffer vertraut, doch das war ein Fehler.

Er weiß Dinge, die er bisher ignoriert hat. Über sie, über das Schloss. Er wollte es ausblenden, weil er die Stille brauchte. Er dachte, er könnte sich heraushalten.

Jacobi schleppt sich zu seinem Zimmer und hinterlässt dabei eine blutige Spur auf dem Boden. Die Wunde an seiner Hand ist aufgeplatzt, und sein Herz pumpt wie wild Blut in den Verband, der längst getränkt ist. Der Schmerz ist wie eine Nadel, die im Rhythmus des Pulses einen Nerv berührt.

Die Wunde wird er später versorgen, wenn er seine wichtigsten Habseligkeiten gepackt hat und aus diesem Schloss verschwunden ist. Doch zuvor muss er noch etwas anderes tun.

Er betritt das Zimmer und geht zu seiner Reisetasche, öffnet mit der Linken ungeschickt das versteckte Seitenfach und holt das Handy hervor, das er vor Klaffer verborgen hat.

Er wird jetzt die Polizei anrufen, ihnen den Wahnsinn schildern, der hier vor sich geht – die ganze Wahrheit, wie er es gleich hätte tun sollen, als dieser Beckermann ihn befragte. Das bedeutet, er wird auch erzählen, was im Keller passiert ist. Es geht nicht anders, und es ist richtig so.

Doch da hört er jemanden vor seinem Zimmer.

»Was haben Sie denn damit vor?«, fragt der Mann, der plötzlich in der Tür steht.

Sein Gesicht hat einen bedauernden Ausdruck, wie bei jemandem, der verfaulte Äpfel in den Müll werfen muss.

*

Ein Vogel!

Es ist ein Spatz, wie Bea sie im Schlossgarten gesehen hat. Das Scharren, das sie hörte, war ein Flattern. Zwischendurch klopfte der Kleine mit dem Schnabel gegen die Wand.

Was macht er da drinnen? Wie ist er da überhaupt hineingekommen?

Nun ist er jedenfalls in ihrem Zimmer und fliegt dort wild im Kreis. In seiner Panik lässt er auf den Boden und auf die Bettdecke Kothäufchen fallen. Bea versucht, dem Bombardement auszuweichen und hastet zur Tür, um sie zu öffnen. Als sie offen steht, beruhigt sich das Tier ein wenig. Der Spatz sitzt jetzt am Rand der Mauernische, aus der er gekommen ist. Er scheint sich nun weniger beengt zu fühlen. Bea geht also wieder in den Raum.

»Los doch. Raus mit dir.«

Sie geht Schritt für Schritt auf ihn zu, bis er losflattert und knapp an ihrem Kopf vorbeischießt. Er verschwindet durch die Tür, und es wird ruhig.

Bea wendet sich der Mauernische zu.

Was zur Hölle ... wo bist du hergekommen?

Und da sieht sie es: ein Kabelschacht. Bea erinnert sich an das Schlafzimmer mit dem Himmelbett, das Lang ihr gezeigt hat. Auch dort waren Kabel in der Wand versteckt. Solche Schächte scheinen das ganze Schloss zu durchziehen. Aber wie kommen die Vögel da hinein?

Die Vögel ...

Hat Cindy nicht etwas Derartiges gemurmelt? Noch immer weiß Bea nicht, was sie gemeint hat.

Bea beginnt, die Wand abzuklopfen. Dort, wo die Mauer hohl ist, ist das Geräusch anders. Auf diese Weise kann sie dem Kabelschacht folgen. Er führt horizontal die Wand entlang. Es sieht fast so aus, als führe er ...

Bea blickt hinauf zu dem Bild mit dem Hirsch, das ihr am ersten Tag aufgefallen ist und sie seither ignoriert hat, weil sie es so hässlich findet.

Sie streckt sich und greift das Bild am Rahmen, um es abzuhängen, doch es lässt sich nicht bewegen.

Das kann nicht sein.

Und doch weiß sie schon, bevor sie das Bild mit Gewalt von der Wand reißt, was sich hinter dem Bild befindet, das sich mit Fetzen alter Tapete, die irgendwann übermalt wurde, von der Wand löst. Dahinter ist ein dunkler Hohlraum, doch sie sieht die Linse sofort.

Es ist eine Kamera, wie in dem alten Schlafzimmer. Auch sie ist alt, aber bei Weitem nicht so alt wie die, die sie oben gesehen hat. Diese könnte aus den Neunzigern stammen und es sieht nicht so aus, als würde sie nicht mehr funktionieren.

Bea muss sich auf das Bett setzen, so schwindlig wird ihr. Es ergibt keinen Sinn. Das ist eine alte Anlage. Es hat nichts mit dem zu tun, was hier gerade passiert. Jemand hier hat seine Gäste überwacht, aber es ist ewig her.

»Es ist nichts«, sagt sie laut, und das hilft.

Sie hat andere Sorgen.

Bea wirft noch einen Blick auf die Mauernische, in der der Schuh lag, dann geht sie zur Tür. Als sie gerade auf den Gang tritt, sieht sie dort etwas.

*

Beas Augen sind trüb. Sie muss erst die Tränen wegblinzeln, um genauer zu erkennen, was da vor ihr ist. Diesmal muss sie nicht erst nachdenken, worum es sich handelt.

Der Ball ist gelb. Sonst sieht er ganz gleich aus wie die, die sie in den Wald geführt haben. Jemand hinterlegt ihr Kleidung von Elias, sein Spielzeug. Sie weiß, was die Botschaft bedeutet. Jemand spielt mit ihrer Hoffnung. An diese Hoffnung würde sie sich gern klammern. Nach allem, was passiert ist, braucht sie etwas, das ihr Kraft gibt, denn ihre Kraft ist beinah erschöpft. Sie wagt nicht, daran zu glauben, dass er noch leben könnte. Und doch erfüllt der pure Gedanke daran sie mit Energie. Sie weiß, dass es ein gefährliches Spiel ist. Sie wird enttäuscht werden, und dann wird sie umso tiefer fallen, so tief, dass sie vielleicht nie wieder auf die Beine kommt.

Das letzte Mal bist du fast in eine Wildtierfalle getappt. Er will dir wehtun. Nur darum geht es.

Ihr Herz klopft schwer, als sie durch die Tür tritt und sich umsieht, voller Angst, was sie dort sehen wird. Auf den ersten Blick ist da nichts. Beinah ist Bea erleichtert. Doch dann sieht sie eine Bewegung. Ein paar Meter weiter macht der

Gang eine Biegung. Und von dort, aus dem Bereich, der vor ihren Blicken versteckt ist, rollt auf einmal ein lila Kunststoffball in ihr Blickfeld.

Bea hält den Atem an. Sie hört kein Geräusch.

Der Ball rollt bis in die Mitte des Gangs, dann beschreibt er eine kleine Kurve, bevor er zum Stillstand kommt.

Dort liegt er, unschuldig, als wäre er schon eine ganze Weile da. Sofort zweifelt sie, das wirklich gesehen zu haben. Denn es hieße, dass dort hinter der Ecke jemand ist, der den Ball angestoßen hat. Jemand, der weiß, dass sie gerade ihr Zimmer verlassen hat, und der sie anlocken will.

Ein Kind, das mit Bällen spielt.

Sie verscheucht den Gedanken und widersteht dem Drang, seinen Namen zu rufen. Er kann es nicht sein, es ist einfach unmöglich.

Bea weiß, dass sie den Ball liegen lassen und in die andere Richtung gehen sollte. Doch sie kann nicht anders, sie muss nachsehen.

Zitternd vor Erschöpfung tastet sie sich die Wand entlang zu der Stelle hin, wo der Ball liegt. Sie muss all ihren Mut zusammennehmen, bevor sie um die Ecke blickt.

Aber dort ist niemand, der Gang ist leer, allerdings fällt Licht durch eine halb geöffnete Tür, genug, um zu erkennen, dass dort etwas auf dem Boden liegt. Diesmal ist es kein Ball. Sie hat so etwas schon gesehen, vor wenigen Stunden erst. Drumherum hat sich eine Blutlache gebildet.

Sie weiß, welches Zimmer das ist. Sie war hier schon einmal drin.

Beas Atem geht schneller. Nun haben ihre Beine die Kontrolle übernommen und tragen sie Schritt für Schritt näher zu der Tür. Sie müsste sich wehren, doch sie lässt es geschehen.

Als sie die Tür mit dem Fuß aufstößt, versagen ihre Beine, und sie fällt auf die Knie.

Von der Deckenlampe des abgedunkelten Zimmers baumelt die massige Gestalt von Otto Jacobi. All die Spannung ist aus ihm gewichen, seine muskulösen Arme hängen neben dem Körper wie nasse Lappen. Das Kabel der Lampe ist um seinen Hals gewickelt, doch die Birne funktioniert immer noch. Sie ist direkt unter dem Kinn und wirft harte Schatten auf das Gesicht, das dadurch nur noch grotesker aussieht. Über das Kinn ist viel Blut geronnen. Es zieht sich als durchgehender Film bis zum Hals hinab und verschwindet im Ausschnitt seines T-Shirts. So sieht es fast aus wie eine Kriegsbemalung.

An der Wand hinter ihm steht mit Blut etwas geschrieben. Bea muss sich aufrappeln und einen Schritt zur Seite gehen, um es lesen zu können. Doch sie weiß schon vorher, was hier stehen wird. Der Spruch, der sie verfolgt, seit sie dieses Schloss betreten hat.

Schweigen ist Silber.

*

Hanh meditiert. Er konzentriert sich auf seinen Atem und denkt an nichts.

Das stimmt nicht ganz. Kein Mensch denkt an nichts. Diesen Zustand gibt es nicht. Doch Hanhs Gedanken haben keine Macht. Sie kommen und gehen, aber sie beherrschen ihn nicht. Der Atem, manchmal unbewusst und automatisch, dann wieder bewusst und vom Verstand gesteuert, ist das Bindeglied zwischen seinem Verstand und seinem Körper, zwischen Geist und Materie. So ist es richtig.

Die Gedanken, die seinen Geist streifen, drehen sich um den Meister und seine Gefühlskälte, um die Moderatorin, um Klaffer, die ihre wichtigste Mieterin ist, deren Geschäft aber offenbar auf Halbwahrheiten basiert. Die Gefühle, die damit einhergehen, sind düster und verwirrend. Er fühlt sich klein und hilflos. Das ist er, hier und jetzt, in diesem Moment. Er und die Dinge, die er gerade nicht ändern kann, sind eins.

Etwas Schlimmes wird passieren. Vielleicht in diesem Moment, während er hier sitzt. Es wird passieren, weil er nichts dagegen unternimmt. Und trotzdem wird er nicht aufspringen und irgendetwas tun, nur damit er sich weniger hilflos fühlt.

Sein Atem wird nun ganz ruhig und gleichmäßig. Er fühlt, wie neue Kraft ihn durchströmt.

Und auf einmal wird ihm alles klar. Er versteht, was der Meister von ihm will. Er hat ihm unrecht getan.

JUNI

»Ich habe es überprüft«, sagt Olson. »Die Geschichte, die Sie über Bea Winterleitner erzählt haben, dass sie ihren Bruder verlor. Sie ist wahr.«

»Natürlich ist sie wahr.«

Ich bin heute ungeduldig. Er hält mich hin. Eigentlich will er etwas anderes. Warum rückt er nicht damit raus?

»Trotzdem kann ich Ihnen nicht folgen. Sie wollen aus einigen Episoden in Bea Winterleitners Biografie eine Art Trauma konstruieren, das irgendwie Ihre Taten rechtfertigen soll. Das können Sie unmöglich ernst meinen. Ich gestehe, ich werde nicht schlau aus Ihnen. Sie sitzen hier in diesen seltsamen Klamotten. In den Berichten der Polizei steht, dass dieser Mantel aus dem 19. Jahrhundert stammt und französischen Ursprungs ist. Sie haben ihn im Schloss gefunden, das ist bekannt, auch wenn Sie es leugnen. Sie sind hochkonzentriert und haben auf alle meine Fragen eine Antwort. Doch ihre Geschichte widerspricht allem, was die anderen Beteiligten, inklusive Bea Winterleitner, zu Protokoll gegeben haben. Sie wollen, dass ich Ihnen glaube, doch Sie haben mir bisher nicht einen einzigen Beweis für Ihre Version der Geschichte geliefert.«

»Was stimmt mit meiner Kleidung nicht?«

»Nun, sie tragen nicht eben dazu bei, Ihre Glaubwürdigkeit zu erhöhen.«

Ich lache. »Hätten Sie gern, dass ich Häftlingskleidung mit Streifen trage? Tut mir leid, so etwas gibt es heute nicht mehr. Ich trage, was ich immer trage. Wenn Ihnen das nicht passt, können wir die Gespräche abbrechen.«

Olson bemerkt meinen scharfen Ton. »Sie meinen das doch nicht ernst, oder? Diese Maskerade.«

»Was soll das? Was passt mit meinen Sachen nicht?«

Der Therapeut kratzt seinen Bart, und es ist so leise, dass ich das Ticken seiner mechanischen Uhr hören kann. »Sie haben mich herbestellt, weil Sie über die Wahrheit sprechen wollen. Warum sprechen wir dann nicht über Ihre wahre Identität?«

»Was wollen Sie damit sagen?«

»Sagen Sie mir Ihren Namen. Ihren *wirklichen* Namen. Sonst können wir es genauso gut sein lassen.«

Ich lache laut auf, so lächerlich erscheint mir seine Drohung.

»Matignon«, sage ich. »Aber das wissen Sie doch. Mein Name ist Louis de Matignon.«

STUNDE NEUNUNDSECHZIG

»Was sagst du?«

Rainer sieht sie erwartungsvoll an. Seine Augen leuchten. Sie hat ihn lang nicht mehr so gesehen, seit einigen Wochen war es sehr ruhig zwischen ihnen, gespenstisch ruhig. Sie sagen einander beim Frühstück »Guten Morgen«, sonst nichts. Abends kommt er erst ins Bett, wenn sie ihre Tablette genommen hat und schläft. Sie befürchtet, dass er das absichtlich macht.

Fünf Monate sind seit dem Verschwinden ihres Sohnes vergangen. Fünf Monate, in denen sie alles probiert haben, immer neu Hoffnung geschöpft und wieder verloren haben. Irgendwann hat Bea begonnen, sich in ihre Arbeit zu stürzen, während es in seinem Job immer schwieriger wurde.

Doch jetzt das. Er hat eine Kamera gekauft. Auf dem Tisch liegt noch das Verpackungsmaterial. Er erklärt ihr die Daten, wie viele Megapixel, aber dass es darauf nicht ankommt, die Optik sei das Besondere, von einem Schweizer Unternehmen. Er habe einen richtig guten Preis bekommen.

»Wie viel hast du bezahlt?«, fragt sie.

»Ist doch egal«, sagt er. »Ich musste zuschlagen, es ist ein erstklassiges Geschäft.«

»Und wofür brauchst du das?«

Sein Gesicht scheint einzuschlafen, es ist, als hätte sich eine Wolke vor die Sonne geschoben. »Ich hab es dir doch erzählt.«

Sie versucht sich zu erinnern, wovon er spricht.

»Mein YouTube-Kanal.«

Dann weiß sie es wieder. Er hat tatsächlich etwas erwähnt. Sie haben über seine Probleme im Job gesprochen. Er hat nie etwas anderes gearbeitet als in dem Maklerbüro. Schon bei ihrem ersten Gespräch hat er erwähnt, dass er etwas verändern möchte, doch nach wie vor ist er dort angestellt. Die Bezahlung ist gut, es wäre dumm, etwas zu riskieren.

Doch das Verschwinden von Elias hat die Sache nicht leichter gemacht. Es war seine Chefin, die ihm vorschlug, Stunden zu reduzieren. Bea riet ihm, nicht zweimal nachzudenken. Sie dachte, es täte ihm gut. Das war, bevor die ersten Rechnungen der Privatdetektive kamen. Doch sie wollte ihn damit nicht belasten.

Er war fasziniert von ein paar YouTubern, die sich an extreme Orte wagten und davon berichteten. Manchmal saß er bis tief in die Nacht vor diesen Videos.

»Man muss einfach irgendwann damit anfangen«, hat er gesagt.

Sie hat nicht widersprochen. Es war gut, dass er sich ablenkte, auf andere Gedanken kam.

Doch als sie die Kameraausrüstung in seinen Händen sieht, bereut sie es, dass sie ihn hat machen lassen.

»Wir brauchen das Geld doch für die Detektive«, sagt sie.

Sein Gesicht ist ausdruckslos. Eine Weile sieht er sie so an, dann beginnt er, die Kamera wieder einzupacken. Er ordnet die Teile aus Styropor, damit alles wieder in den Karton hineinpasst.

290

»Warte doch«, beginn sie und fasst ihn sanft am Arm. Er schüttelt sie ab.

»Ich habe das nicht so gemeint«, sagt sie. »Ich frage mich nur ... du weißt, dass die Detektei nach mehr Geld gefragt hat. Dieser Steiner hat gesagt, es gibt noch ein paar Optionen, die er nicht ausgeschöpft hat.«

»Geld, Geld. Immer geht es nur darum.«

Bea ist sprachlos. Sie will ihm sagen, dass sie es ist, die das Geld ins Haus bringt, nicht erst seit dem Verschwinden von Elias, und er dank ihr einen Lebensstil führt, der ansonsten unerreichbar für ihn wäre. Bevor er sie kennenlernte, hat er in einer Bruchbude gehaust. Und nun hat er auch noch Stunden reduziert, weil er nicht mehr anders kann, während sie voll weiterarbeitet und vor der ganzen Fernsehnation ihr strahlendstes Lächeln aufsetzt, wobei es sie innerlich fast zerreißt.

»Hab schon verstanden«, sagt er. »Ich schicke sie zurück.«

Sie weiß nicht, was sie darauf sagen soll, und geht ins Schlafzimmer, um zu weinen.

Sie weiß es zu diesem Zeitpunkt noch nicht, aber es ist eines der letzten Male, dass sie miteinander sprechen werden.

*

Beas Zustand schwankt zwischen Panik und Erschöpfung. Wie ein Soldat auf einem Schlachtfeld tastet sie sich vor, von Türrahmen zu Türrahmen, von Ecke zu Ecke.

Und als hätte ihr Geist nichts Besseres zu tun, tischt er ihr Erinnerungen an Rainer auf. Als wollte er sie von dem Grauen ablenken und sie mit alten Problemen beschäftigen, die aus heutiger Sicht lächerlich wirken. Nun scheint auch ihr Verstand sich gegen sie verschworen zu haben und nur noch quälen zu wollen.

Sie dürfte nicht mehr hier sein. Es wäre ganz einfach gewesen, bis zur Eingangstür sind es nur wenige Meter. Sie würde sie aufstoßen und wegrennen. Den erstbesten Menschen, der ihr begegnet, würde sie anhalten. Sie hat ein blaues Auge – man wird ihr zuhören und sie zur Polizei bringen.

Doch wie soll sie mit dem leben, was sie gesehen hat? Und was soll sie Rainer erzählen? Rainer, der auf dem Weg zu ihr ist, um gemeinsam mit ihr nach Elias zu suchen. Er kann nicht mehr lange brauchen, und wenn sie ihm erst erzählt hat, was geschehen ist, werden sie zusammen weitermachen.

Jacobi ist tot. Er hat sie angegriffen, und jetzt hängt er in seinem Zimmer. Die Bälle haben sie zu ihm geführt, als wäre er ein groteskes Geschenk an sie. Sie will den Gedanken nicht an sich heranlassen. Hat der Mörder ihn tatsächlich für sie umgebracht? Das wäre zu absurd.

Doch ihr Geist driftet ohnehin schon wieder ab. Bea hat Mühe, sich zu konzentrieren, so stark sind die Bilder von Rainer, die vor ihrem geistigen Auge auftauchen. Es sind Szenen einer Familienidylle, die aus einem amerikanischen Weihnachtsfilm stammen könnten. Sie alle drei, aneinandergekuschelt auf dem Sofa, während sie fernsehen. Zu dritt im Tierpark, wo Elias zum ersten Mal Elefanten sieht. Sie mit Rainer im Theater, während ihr Bruder auf Elias aufpasst. Wie konnten sie einander so fremd werden? Natürlich liegt es am Verschwinden ihres Sohnes, so etwas ist für Eltern kaum zu verkraften. Doch wie genau es vonstattenging, weiß Bea nicht. Sie haben einander nie Vorwürfe gemacht. Rainer war so verständnisvoll, wie sie es nie für möglich gehalten hätte.

Er stand kompromisslos zu ihr. War sie es selbst, die ihn zurückwies? Vielleicht wäre es ihr lieber gewesen, er hätte ihr die Schuld an Elias' Verschwinden gegeben. Hätte sie so dafür gehasst, wie sie sich selbst dafür hasste, dass sie ihn an jenem Abend allein ließ. Eigentlich musste es so kommen. Rainer weigerte sich, ihr die Schuld zu geben, und sie begann, ihn je nach Gemütslage zu ignorieren oder zu beschimpfen. Wie hätte er das ertragen sollen?

Warum hat sie es nicht geschafft, ihm für sein Verständnis dankbar zu sein? Dabei wünschte sie sich nichts sehnlicher als Vergebung. Seine jedoch konnte sie nicht akzeptieren. Lag es wirklich an ihrer Vergangenheit, wie er in einem ihrer letzten Gespräche behauptete? Es stimmt, dass sie lange gebraucht hat, um das Erlebnis zu verarbeiten, als sie im Urlaub ihren Bruder aus den Augen verlor. Doch Rainer interpretierte immer zu viel hinein, sie findet nicht, dass es etwas zur Sache tut. Sein Kind zu verlieren ist beispiellos. Es ist mit nichts zu vergleichen. Sie braucht niemanden, der ihr psychologisch aufdröselt, warum sie leidet.

Auch wenn sie Rainer in den Monaten nach der Katastrophe so schlecht behandelte, in Wirklichkeit brauchte sie ihn mehr denn je, um nicht den Verstand zu verlieren. Seine Nähe, die sie nicht ertrug, war doch lebensnotwendig. Auch wenn sie in den letzten Wochen kaum miteinander sprachen und sich sogar in der Wohnung kaum noch sahen, wusste sie immer, dass er da war.

Deshalb gab ihr die kurze Mail von ihm so viel Kraft.

Ich komme.

Und deshalb wird sie nicht davonlaufen. Sie wird stattdessen einen Weg finden, in Klaffers Büro einzudringen. Wenn sie erst ihr Handy hat, kann sie Rainer anrufen. Und sie wird im Büro alles fotografieren, was sie an Unterlagen findet.

Denn Klaffer ist nicht die, für die sie sich ausgibt. Bea hatte schon zu Beginn des Retreats das Gefühl, die Psychiaterin zu kennen. Doch so sehr sie es auch versuchte, sie konnte das Gesicht nicht zuordnen. Ihr Hirn stellt die Verbindung nicht her, weil es zu absurd ist.

Bea war erst wenige Wochen mit Rainer verheiratet, da stand eine verwahrlost wirkende Frau vor ihrer Tür und fragte nach ihm. Sie war offensichtlich überrascht, Bea vorzufinden. Die Haare waren lang und zerzaust, und sie trug Jeans und Sneakers, doch das Gesicht war dasselbe, nur ohne Brille. Später stellte sie Rainer zur Rede. Es war ihm äußerst peinlich. Offensichtlich hatte er eine andere Zeit mit ihr vereinbart. Er wollte sie treffen, während Bea im Sender war, doch die Frau, die Irene Polaschek hieß, hatte sich im Datum geirrt. Rainer rückte schnell mit der Wahrheit heraus: Sie sei eine Psychologiestudentin, mit der er eine Affäre gehabt hatte, bevor er mit Bea zusammen war. Weil sie notorische Geldsorgen hatte, wandte sie sich an ihn. Bea fragte ihn, warum er nicht ablehnte. Darauf konnte er ihr keine Antwort geben. Bea fragte sich, ob die Affäre wirklich bereits Geschichte war, als Rainer und sie bereits ein Paar waren. Wenn sie sich diese ungepflegte Person mit dem unsteten Blick mit ihrem Mann vorstellte, wurde ihr schlecht. Bea verbot ihm, sie jemals wieder zu treffen, und er stimmte zu. Später, als ihre Wut abgekühlt war, musste sie sich eingestehen, dass sie ihm keine Vorwürfe machen konnte, falls er in der Zeit vor ihrer Verlobung etwas mit ihr am Laufen hatte. Es war Bea gewesen, die damals auf Distanz ging und die ihrerseits die Nähe zu jemandem wie Otto Jacobi suchte. Dennoch, die Abscheu blieb. Das Thema kam jedenfalls nie wieder zur Sprache, und Bea vergaß die Episode völlig.

Katalina Klaffer, die studierte Psychiaterin und Expertin für Schweigen, heißt in Wirklichkeit Polaschek und hatte bis vor ein paar Jahren noch nicht einmal ein Diplom. An ihrer Geschichte ist so viel faul, dass Bea sich fragt, was noch alles dahintersteckt.

Warum ist Bea ausgerechnet in einem Retreat von Polaschek gelandet? Hat sie den anonymen Hinweis auf ihrem Schreibtisch platziert und sie hergelockt? Hat sie etwa auch etwas mit dem Verschwinden von Elias zu tun?

Bea sieht ein, dass das keinen Sinn ergibt. Klaffers Reaktion auf Beas Regelverstöße erschienen glaubwürdig. Sie weiß selbst nicht, was hier geschieht. Dennoch wird Bea alles dokumentieren, was sie in Klaffers Büro findet. Sie ist sicher, dass sie so mehr Licht in die Sache bringen kann.

Doch als Bea sich dem Büro nähert, hört sie plötzlich eine Stimme.

*

Es ist Gesang. Ein Summen, wie man es macht, wenn man ein Kind in den Schlaf wiegt. Beas Puls rast, als sie um die Ecke späht, um zu erkennen, wer da singt. Das Büro ist direkt hinter dieser Ecke, sie muss dorthin, auch wenn es ihr widerstrebt. Das Bild, das sie sieht, ist so absurd, dass sie zu träumen glaubt.

Es ist eine Frau in einem Abendkleid, die einen Kinderwagen schiebt. Sie hat ihr den Rücken zugewandt und schaukelt langsam den Wagen, während sie eine Melodie summt.

Da dada dada dada, da dada, da dada …

Das Bizarre daran ist nicht so sehr der Kinderwagen oder das Kleid, sondern dass sie beides kennt. Der Kinderwagen sieht exakt so aus wie der, den sie verwendete, bis Elias ein

Jahr alt war. Sie weiß das so genau, weil er ein Geschenk ihrer Großmutter war, ein altertümliches Teil, völlig untauglich für den täglichen Gebrauch. Aber zu Hause verwendete sie ihn gern.

Kinderwagen wie dieser verstauben bestimmt noch auf den Dachböden vieler Familien. Das hätte ein Zufall sein können, doch nicht das Kleid. Dieses Kleid ist ein Einzelstück, Bea ließ es sich für die Preisverleihung maßschneidern. Es besteht kein Zweifel daran, dass dieses Kleid jenes ist, das sie am Abend von Elias' Verschwinden trug.

Erst jetzt bemerkt Bea die Wände, die mit Zeichnungen vollgekritzelt sind. Ein Filzstift liegt auf dem Boden neben dem Kinderwagen. Bea sieht die Frisur der Frau, und plötzlich weiß sie, um wen es sich handelt. Sie versteht, dass von ihr keine Gefahr ausgeht, und wagt sich aus ihrer Deckung.

Langsam bewegt sie sich auf die Frau im Kleid zu. Sie überlegt, wie sie sie ansprechen soll. Sie will die Frau nicht erschrecken. Sie scheint so mit ihrem Kind beschäftigt zu sein, dass sie Bea nicht bemerkt, obwohl die beiden nur noch wenige Meter trennen.

Bea versucht, einen Blick in den Kinderwagen zu werfen. Es kann nicht Elias sein, der dort drin liegt, er war bei seinem Verschwinden längst viel zu groß, um hineinzupassen.

Als die Frau sich umwendet, geschieht das so plötzlich, dass Bea zusammenzuckt. Sie hat sich nicht getäuscht. Vor ihr steht – Cleo. Das Lächeln in ihrem Gesicht ist gespenstisch.

»Oh! Ich habe dich nicht kommen gehört!«

Bea legt ihren Finger auf die Lippen und bedeutet Cleo, leise zu sein.

»Wo hast du dieses Kleid her?«, fragt sie.

»Es ist schön, nicht wahr?«

»Wer hat es dir gegeben?«

»Ich habe es gefunden«, erklärt Cleo. »Ich dachte, ich mache einen Spaziergang, und dafür ziehe ich mich schön an.« Sie hebt die Arme und dreht sich einmal im Kreis.

»Wo hast du es gefunden?«, drängt Bea.

»Da hinten«, deutet Cleo über ihre Schulter. »Da waren so bunte Kugeln auf dem Boden. Denen bin ich gefolgt.«

Bea versteht sofort, doch Cleo beachtet sie kaum. Die Sängerin wendet sich dem Kinderwagen zu. »Nicht wahr, Kleiner? Mama geht mit dir spazieren!«

Mit wem spricht Cleo da? Bea kennt ihre Biografie. Wenn man beim Fernsehen ist, kommt man daran nicht vorbei. Von Kindern war nie die Rede.

»Er hat gesagt, ich kann keine Mutter sein. Aber da liegt er ganz falsch.« Sie lacht fröhlich.

»Wer?«

»Steve. Mein Mann.«

»Dein Mann?«

Cleo ist nicht verheiratet, Steve ist ihr Agent.

Bea nähert sich vorsichtig dem Kinderwagen und versucht einen Blick ins Innere zu erhaschen. Etwas liegt darin, zugedeckt mit einem T-Shirt. Bea kann es nicht erkennen.

»Darf ich ihn sehen?«, fragt sie

»Sein Name ist Jason«, erklärt Cleo stolz. »Ich sagte doch, dass er lebt!«

Die Sängerin fasst in den Kinderwagen, und Bea sieht gleich, dass es kein Kind ist, das sie da in der Hand hält. Sie hat ein Handtuch und andere Kleidungsstücke zu einer Rolle geformt und nimmt sie auf den Arm.

»Shhh«, sagt sie.

»Steve ist der Vater?«, fragt Bea.

Cleo nickt. »Er wollte es nicht haben, weißt du? Er wollte, dass ich es abtreibe.« Ein Schatten huscht über ihr Gesicht. »Wie kann man so etwas tun? Er ist doch nur ein unschuldiges Kind!«

Und da realisiert Bea mit Entsetzen, was Cleo zugestoßen ist. Sie war von ihrem Agenten schwanger, und er hat sie dazu gebracht, das Kind abzutreiben.

Bea schüttelt den Gedanken ab. Sie betrachtet ihr Kleid, das in schlechtem Zustand ist. Schmutzig und an einer Schulter aufgerissen.

»Kannst du mir zeigen, wo genau du das Kleid gefunden hast?«, fragt Bea.

Cleo blickt an ihr vorbei und schaukelt ihr Kind.

»Bitte!«

»Wenn das so wichtig ist?« Cleo wirkt beleidigt, doch sie legt ihr Handtuchbündel zurück in den Kinderwagen. »Es ist gleich dort drüben!«, sagt sie und zeigt mit dem Finger den Flur entlang.

Bea will sie bitten, es ihr zu zeigen, doch da hört sie ein Geräusch, das sie nicht zuordnen kann. Ein gedämpftes Poltern und ein Rasseln.

»Hörst du das auch?«, fragt sie Cleo.

»Das geht schon die ganze Zeit so«, sagt die Sängerin, ohne ihren Blick von dem Bündel im Kinderwagen abzuwenden.

»Woher kommt das?«

»Na aus dem Büro! Frau Dr. Klaffer …«

Cleo grinst. Als Bea nicht reagiert, zuckt sie mit den Schultern.

»Sie ist mit jemandem da drin. Es geht mich ja nichts an.«

Bea sieht zur Bürotür hin, die nur zehn Meter entfernt ist. Sie muss an die Geräusche denken, die sie letzte Nacht von dort gehört hat. Sie stellt sich plötzlich Lang vor, im wilden Liebesspiel mit der Betrügerin Polaschek. Doch es passt nicht, das hier klingt ganz anders.

Die Geräusche werden plötzlich lauter. Da wird die Tür aufgestoßen, und jemand stürmt hinaus. Er wendet sich ihnen nur einen Sekundenbruchteil zu, doch es genügt Bea, um das verzerrte Gesicht von Lang zu erkennen. Er hat die Ärmel bis zu den Ellbogen hochgekrempelt und sieht zu seinen Händen hinunter, bevor er herumwirbelt und mit langen, ungelenken Schritten davonläuft.

Langs Hände waren schmutzig. Sie sahen aus, als hätte er sie in eine Art Soße getaucht. Bea will nicht darauf hören, was ihr Verstand ihr sagt. Zögernd tastet sie sich zu der Tür vor, die immer noch offen steht.

Vielleicht kommt sie endlich an ihr Handy, schießt es ihr durch den Kopf. Doch der Gedanke verliert sich, als sie den Abdruck auf er Türklinke sieht, da, wo Lang sie angefasst hat.

Nun ist sie sicher, dass es Blut ist. Viel Blut, so wie Langs Hände ausgesehen haben. In dem Büro ist es gespenstisch still. Bea dreht sich zu Cleo um, die ihr mit dem Kinderwagen gefolgt ist. Ihr Blick ist fragend, aber sie scheint nicht kapiert zu haben, was hier gerade passiert. Bea muss akzeptieren, dass sie von der Sängerin keine Hilfe erwarten kann. Sie wendet sich wieder der Tür zu und stößt sie mit einem einzigen entschlossenen Tritt auf. Drinnen erwartet sie ein Schlachtfeld.

Überall ist Blut. Es ist auf den Boden gespritzt, auf die Wände, bis hoch zum dunklen Porträt des Schlossbesitzers.

Als sie weiter in den Raum hineingeht, entdeckt sie Klaffer. Die falsche Therapeutin sitzt an ein Bücherregal gelehnt. Ihr Kopf ist nach vorn gesunken, sodass ihr Gesicht nicht zu sehen ist. Ihre Arme hängen kraftlos neben ihrem Körper herunter.

Bea ist nun sicher, dass es ihr Blut ist, das durch den Raum gespritzt ist. Ihre Bluse ist damit völlig durchtränkt. Rot schimmert der nasse Stoff, und noch immer läuft es in feinen Rinnsalen herab. Was auch immer hier passiert ist, kann nicht lange her sein. Es muss einen Kampf gegeben haben, das waren die Geräusche, die sie gehört haben.

Bea bückt sich zu Klaffer hinunter und befühlt die Wange, die ganz blass ist, aber noch warm. Als sie den Kopf berührt, kippt er zur Seite, und eine lange Schnittwunde klafft auf, die sich von einem Ohr der Frau zum anderen zieht. Deshalb ist alles voller Blut – es muss nur so aus den Halsschlagadern geschossen sein, als sie mit ihrem Mörder kämpfte.

Lang. Warst du das? Was war hier los?

Panisch blickt Bea zur Tür, bevor sie sich der Schwerverletzten zuwendet. Zwar gibt sie keine Lebenszeichen von sich, aber Bea hat in einem Erste-Hilfe-Kurs vor vielen Jahren gelernt, dass das nichts bedeuten muss. Nur in alten Filmen sehen die Polizisten jemanden auf dem Boden liegen und konstatieren grimmig: »Er ist tot«, bevor sie das Opfer überhaupt angefasst haben. Den Tod darf überhaupt nur ein Arzt feststellen, jemand wie sie muss Erste Hilfe leisten, bis der Rettungsdienst da ist. Doch wie soll man jemandem helfen, dessen Halsschlagadern durchtrennt sind? Sie hat noch nie davon gehört, dass so jemand gerettet werden konnte. Eine durchschnittene Kehle ist ein Todesurteil.

Bea tastet nach dem Handgelenk der Frau. Die Hand ist im Gegensatz zum Gesicht bereits ausgekühlt. Sie versucht, am Handgelenk einen Puls zu ertasten, doch sie kann nichts spüren.

Die Rettung. Wie war nochmal die Nummer?

Bea springt auf.

Die Telefone!

Deshalb ist sie hier. Sie muss herausfinden, wo Klaffer die eingesammelten Handys verwahrt. Sie rennt um den Schreibtisch herum und sieht, dass eine der unteren Schubladen offen steht. Sie ist innen mit Metall verkleidet, mit einer Panzerung, wie von einem Safe. Darin liegt ein einzelnes Smartphone, aber nicht ihres. Sie nimmt es heraus, doch es ist mit einem Fingerabdrucksensor gesichert. Sie kann es nicht entsperren. Ist es nicht irgendwie möglich, mit einem gesperrten Telefon einen Notruf abzusetzen? Sie ist verwirrt, ihr Hirn will nicht mehr richtig funktionieren.

Bea richtet sich auf und versucht das Bild der blutüberströmten Klaffer in ihrem Augenwinkel zu ignorieren. Stattdessen blickt sie zum Türspalt.

Hat Lang das getan? Er ist irgendwo da draußen. Er hat Bea und Cleo gesehen. Wahrscheinlich kommt er zurück.

Alles in Bea will fliehen. Sie muss weg von hier, irgendwohin, wo sie sicher ist. Alles andere kann sie sich später überlegen.

Doch diese Logik ist falsch. Bea weiß, dass all das, was hier geschieht, mit ihr zu tun hat.

»Cleo?«

Bea horcht, doch von draußen kommt keine Antwort.

Die Sängerin muss Hilfe holen. Sie wird es schaffen, mit dem Telefon die Rettung zu rufen. Das ist jetzt das Wichtigste.

Noch einmal ruft Bea. Sie nimmt das Telefon mit und geht zur Tür. Doch als sie auf den Flur tritt, ist Cleo verschwunden.

*

Da vorn muss es sein, in diese Richtung hat Cleo gedeutet.

Und tatsächlich, dort steht eine Tür offen. Sie hat sie bisher nicht beachtet, vielleicht, weil sie aus Stahl ist, weiß gestrichen wie die Wand, und aussieht, als führe sie zu einem Heizraum.

Durch den Türspalt fällt weiches, warmes Licht. Als sie näher kommt, sieht sie, dass es flackert wie Kerzenlicht. Bea öffnet die Tür und weiß sofort, dass dies der Ort ist, von dem das Kleid und der Kinderwagen stammen.

Das Arrangement, das den Raum von der Größe einer Besenkammer fast vollständig ausfüllt, sieht aus wie ein Altar. Auf einem niedrigen Tisch stehen vier Kerzen, zwischen ihnen ein Bild in einem schweren goldenen Rahmen. Es enthält ein Bild von Bea, ein Farbdruck eines Screenshots aus einer Nachrichtensendung. Bea blickt darin gerade in die Kamera. Auf dem Boden liegen die Plastikbälle, von denen Cleo gesprochen hat. Sie muss sie eingesammelt haben.

Beas Nerven sind aufs Äußerste gespannt. Nur wenige Räume weiter liegt die sterbende – oder bereits tote – Klaffer, die eigentlich Polaschek heißt. Bea kommt die Wildtierfalle in den Sinn, vielleicht ist das hier auch eine Falle? Doch sie kann sich nicht von dem Bild abwenden, so gefesselt ist sie. Daneben liegen Dinge, die sie auf den ersten Blick erkennt, hohe Schuhe, die sie oft zur Arbeit trug, ein Schlafanzug von Elias, mit Dinosauriern darauf, der Autoschlüssel des Wagens, mit dem Rainer am Abend des Verschwindens von Elias unterwegs war.

Es ist Beas Leben, das hier ausgebreitet liegt. Ein Schrein, der das zelebriert, was sie verlor, als Elias verschwand. Sie versteht, dass jemand sie verhöhnen will.

Dieser Jemand will sich an ihr rächen, doch sie versteht den Ursprung nicht, nur, dass es ums Ganze geht. Es ist ein

Spiel auf Leben und Tod. Wer auch immer diesen Altar aufgebaut hat, will ihr das bisschen zerstören, was von Beas Glück übrig ist.

Plötzlich flattert etwas über ihr. Es ist ein Vogel, der sich auf den Bilderrahmen setzt. Er scheint nicht mitzubekommen, was hier passiert. Er blickt sie an wie die Vögel in den Gastgärten der Stadt, die um Futter betteln. Er dreht den Kopf einmal nach rechts, dann nach links, bevor er über das Bild hinweg nach hinten fliegt. Wohin, kann Bea nicht erkennen, es ging zu schnell. Doch plötzlich ist es wieder ruhig.

Die Vögel …

Hat nicht Cindy das gesagt?

Und plötzlich trifft die Erkenntnis sie mit solcher Wucht, dass sie sich am Türrahmen abstützen muss.

Bevor sie Zeit hat, die Konsequenzen ihrer Erkenntnis ganz zu erfassen, entdeckt sie den Schuh. Er sieht genauso aus wie jener, den sie in ihrem Zimmer versteckt hatte. Dennoch glaubt sie sich zu erinnern, dass es nicht der Gleiche ist. Der in ihrem Zimmer war ein rechter, dies ist ein linker Schuh. Es ist der andere. Darin steckt etwas, das wie ein Umschlag aussieht. Vom Umschlag halb verdeckt ist da ein Handy. Sie erkennt ihr eigenes altes Gerät – es ist das Telefon, mit dem sie telefonierte, als Elias verschwand.

Und da bricht alles über sie herein. Der Schuh, das Telefon.

Schweigen ist Silber.

Sie weiß, was ihr Peiniger ihr sagen will. In Wirklichkeit weiß sie es schon die ganze Zeit über.

Du bist schuld an seinem Verschwinden, niemand sonst, nur du.

Weil sie mit ihrem Bruder telefoniert hat. Ausgerechnet! Sie musste ihre Nervosität abbauen, die Euphorie über den

Preis. Deshalb hat sie telefoniert, und deshalb war sie abgelenkt. Es war ihr Geschwafel, auf das sie sich immer zu sehr verlassen hat, das ihrem Sohn zum Verhängnis wurde. Sie hat geglaubt, damit all ihre Schwächen und Unzulänglichkeiten übertünchen zu können. Als könnte sie damit vor sich selbst davonlaufen und verschleiern, wer sie wirklich ist. Doch ihr Bemühen war immer dazu verurteilt, irgendwann zu scheitern. Sie hat geglaubt, irgendwann würde es auf sie zurückfallen. Dass man ihren Betrug erkennen würde und sie vor dem Nichts stünde. Doch sie hat dabei übersehen, dass es noch eine viel schlimmere Möglichkeit gab. So sicher hat sie sich in ihrem neuen Job gefühlt, so sehr haben die falschen Schmeicheleien sie geblendet, dass sie sich anmaßte, Verantwortung für ein Kind zu übernehmen. Es war ein Fehler, dessen Folgen nicht sie zu tragen hat, sondern Elias. Sie hat ihn allein, hat ihn im Stich gelassen.

Bea hat sich für dieses Seminar angemeldet, weil sie glaubte, damit in ihr Leben zurückfinden zu können. Doch tief in ihrem Inneren wusste sie immer, dass es aussichtslos war. Niemand kann mit einer solchen Schuld leben. Das ist die Botschaft, die sie verstehen soll.

Mit klammen Fingern öffnet sie den Umschlag:

Schweigen ist Silber, sagst du immer. Und es stimmt. Doch was das Reden angeht, täuschst du dich. Reden ist nicht Gold, reden tötet. So wie dein Gerede an jenem Abend deinen Sohn getötet hat. Willst du die Wahrheit wissen? Kannst du sie überhaupt ertragen? Noch kannst du zurück. Überleg es dir.

Oder hast du die Wahrheit längst begriffen? So lange war sie genau vor deinen Augen. Du hast sie ausgeblendet, so wie dein Gehirn deine Nase ausblendet, obwohl du sie immer im Blick hast.

Nein, du wirst nicht aufgeben. Du bist so weit gekommen, also be-

ende es jetzt auch. Die Lösung ist ganz nah. Du wirst sie finden, ich bin mir sicher. Dann wird es endlich vorbei sein.

Bea steckt den Brief ein. Sie wird plötzlich auf seltsame Weise ruhig. Die Verzweiflung, Panik und Erschöpfung scheinen sich zu mischen und verwandeln sich in etwas anderes, das sie noch nie gefühlt hat. Sie hat den Eindruck, nicht mehr selbst Herrin ihrer Handlungen zu sein. Es ist eine höhere Logik, die sie antreibt. Die Welt, die sie bisher kannte, ist zurückgewichen. Ihre Regeln gelten nicht mehr. Als sie das Schloss betreten hat, ist sie in eine neue Welt eingetaucht, deren Gesetze sie erst langsam verstehen lernt. Es ist eine Bühne für ein Stück mit zwei Personen, unterstützt von einer Handvoll Statisten, und es ist dieser Moment, zu dem alles hinführte.

Vielleicht ist es nur eine Tatsache, die sie so ruhig macht. Auch wenn sie das hier vielleicht nicht überlebt, sie wird die Wahrheit über das Verschwinden ihres Sohnes erfahren.

Rainer. Wenn du nur hier wärst. Ich kann nicht auf dich warten, ich muss das jetzt tun.

Sie hätte viel früher dahinterkommen müssen. Der Vogel in dem Schlafzimmer mit dem Himmelbett – wie ist er dort hineingelangt? Die Kamine sind zugemauert. Und doch sind Vögel überall im Haus, auch hier. Das kann kein Zufall sein. Sie kommen alle von einem Ort. Das ist es, was Cleo ihr sagen wollte. Da entdeckt Bea an der Hinterwand des Raums ein großes Lüftungsgitter. Wer nur Putzmaterial aus diesem Raum holt, könnte es glatt übersehen. Doch da sind einige bunte Kabel, die an der Wand entlanglaufen. Ein ganzes Bündel davon, die durch eine Ausnehmung in dem Gitter in den Gang dahinter führen. Bea kann erkennen, dass es einen Spalt offen steht. Das ist kein Zufall. Sie soll dieses offene Gitter finden, so ist es gedacht.

Bea löscht behutsam die Kerzen und beginnt, den Tisch beiseitezurücken. Sie hat nun keine Eile mehr. Die Angst von vorhin ist weg. Was jetzt kommen wird, ist unvermeidlich. Sie ist bereit.

*

Der Korridor, durch den Bea sich vortastet, ist voller Staub und Vogeldreck und so niedrig, dass sie sich ducken muss. Ihr Herz klopft langsam und schwer. Ein altes Ich, das sie früher gekannt hat, will immer noch davonlaufen, doch eine neue Bea, die sie in den letzten Tagen kennengelernt hat, geht unbeirrbar weiter, immer tiefer in dieses Labyrinth, in dessen Zentrum die Wahrheit wartet, beschützt von einem Monster, wie in der griechischen Mythologie. Perseus hatte einen Faden mitgenommen, der ihm den Rückweg zeigen sollte, doch Bea hat nichts dergleichen. Ob es einen Rückweg geben wird, weiß sie noch nicht. Es ist nichts, worüber sie nachdenkt.

Andere Gedanken drängen in ihren Geist. Klaffer muss inzwischen tot sein, wenn sie nicht schon tot war, als Bea sie fand. Die Psychiaterin hat den höchsten Preis für ihren Betrug bezahlt. Sie hat mehrmals betont, wie wichtig die täglichen Therapiegespräche sind und dass es gefährlich sein kann, sich an so einem isolierten Ort mit seinen Dämonen zu konfrontieren. Das müsse unter Aufsicht einer Spezialistin erfolgen. Doch die Studienabbrecherin Polaschek ist keine Spezialistin. Sie hat die Gefahr unterschätzt, und jetzt ist sie tot.

Doch etwas an dieser Geschichte stimmt nicht. Bea hat die Teilnehmer des Retreats kennengelernt, Cindy, ihre Stalkerin. Eine junge Frau, die sie angehimmelt hat und ihr helfen wollte, bevor sie plötzlich verschwand. Ihr muss etwas zugestoßen sein, daran hat Bea keinen Zweifel mehr. Oder Jacobi, einen gequälten Geist, dessen Nerven zum Zerreißen gespannt sind. Der sie vergewaltigen wollte und dem sie im Affekt alles zutraut. Dann Cleo, die den Traum hatte, Sängerin zu werden, und die glaubte, ihr Ziel erreicht zu haben, nur um an einen Mann zu geraten, der sie geistig und körperlich missbrauchte. Den sie liebte und von dem sie schwanger war, nur um sich von ihm überreden zu lassen, das Kind abzutreiben. Und dann schließlich Lang, den Skandalpolitiker, hinter dessen geschniegelter Aufmachung sich ein harmlos wirkender, nicht uncharmanter Mann mit Witz und Selbstironie verbarg, doch der Beas Vertrauen missbraucht hat und offenbar beliebig die Seiten wechselt, wenn es ihm passt.

Sie alle kennt Bea, sie weiß, was sie antreibt und mit welchen Dämonen sie kämpfen. Sie hat hinter die Fassade geblickt, doch was sie dort gesehen hat, passt nicht. Es erklärt nicht, warum Gegenstände aus der Vergangenheit auf diesem Tisch platziert lagen. Es passt nicht zu dem Brief, den sie gelesen hat und der in so herzlichem und doch kühlem Ton geschrieben ist, dass es Bea immer noch kalt den Rücken runterläuft.

Bea denkt an den Schuh, in dem der Brief steckte, und etwas in ihr verkrampft sich. Der Schuh ist etwas Besonderes, das spürt sie. Es ist ein Gegenstand, der direkt von Elias stammt. Mit den Schuhen hat es begonnen. Als sie nicht vor dem Bällebad standen, ahnte Bea sofort, dass etwas Schlimmes passiert war.

Sie erinnert sich an das Gefühl, das sie jetzt hat. Als wäre da ein innerer Muskel, den die Medizin noch nicht entdeckt hat und der ihr die Lebensenergie abschneidet. Sie hat das an dem Abend gespürt, als sie sich für das Retreat anmeldete. Als sie sich allein in der Wohnung betrank, zum ersten Mal seit Monaten das Zimmer von Elias betrat und dort hemmungslos weinte, so frei und ungebremst, wie sie es seit seinem Verschwinden nicht gekonnt hatte. Doch an den Schuh dachte sie dort nicht.

Als sie das Kinderzimmer verließ und die Tür wieder schloss, fiel ihr Blick auf die Tür daneben. Dahinter befand sich Rainers Arbeitszimmer, seine eigene, heilige Welt. Bea weiß, dass die Wohnung immer ihr Reich war. Rainer fühlte sich wohl dort, aber in gewissem Sinn war er dort nur zu Gast. Die Sachen in der Wohnung waren ihre Sachen. Sie hatte sie ausgesucht, und er war meist einverstanden gewesen. Sie hatte ihren Wohlfühlbereich gestaltet, er hatte sich gefügt, deshalb ist ihm sein Arbeitszimmer so wichtig gewesen. Dahin zog er sich zurück, wenn er allein sein sollte. Ihr wurde unwohl, wenn sie einen Blick hineinwarf und das Chaos dort sah. Wäsche, die auf dem Boden lag, die farbigen Covers von Videospielen. Doch sie wagte nicht, ihn dafür zu kritisieren. Sie verstand, dass es ihm wichtig war.

An diesem Abend öffnete sie auch seine Tür, und der Anblick war ein Schlag in die Magengrube. Das Zimmer war völlig leergeräumt, überall lag Staub. Er musste es schon vor Monaten getan haben.

Eigentlich hätte Bea nicht überrascht sein dürfen. Seit dem Streit wegen der Kamera haben sie kaum noch miteinander gesprochen. Wenn sie sich in der Wohnung begegneten, ignorierten sie einander. Bea musste sich eingestehen, dass sie nicht einmal mehr wusste, wann sie ihn zuletzt gesehen hatte. Sie hat sich eingeredet, dass er immer noch bei ihr war, gleich nebenan, in diesem Zimmer. Doch in Wirklichkeit war er schon lange fort. Ihr Verstand hat ihr einen Streich gespielt.

In diesem Moment ist Beas Illusion zerplatzt. Sie wusste,

dass die Entfremdung mit Rainer ihre Schuld war. Sie konnte ihn nicht an sich heranlassen. Doch bis zu diesem Zeitpunkt hat sie geglaubt, dass er nach wie vor zu ihr stand. Dass sie nur auf ihn zugehen musste und sich entschuldigen, dann würde er sie in den Arm nehmen.

Doch das Zimmer beweist, dass sie sich etwas vorgemacht hat. Rainer ist weg, und zwar schon seit langer Zeit. Bea hat es nur nicht bemerkt.

Aber er hat gesagt, er kommt!

Bea hält sich das vor Augen. Er sitzt inzwischen längst im Auto, wenn er nicht schon hier ist. Vielleicht steht er in diesem Moment auf dem Parkplatz vor dem Schloss und wartet auf sie, versucht sie auf ihrem Handy zu erreichen.

Als sie an sein Auto denkt, kommt ihr wieder der Schuh in den Sinn, und wieder wird sie von Beklemmung erfasst. Was ist so Besonderes an diesem Schuh? Es liegt nicht nur daran, dass Elias ihn trug. Da ist noch etwas anderes. Etwas, das sie in Wirklichkeit weiß, genauso wie sie in Wirklichkeit wusste, dass Rainer schon lange ausgezogen war.

Bea bemerkt, dass sie stehen geblieben ist. Vor ihr befindet sich ein Loch, das von einem Lüftungsgitter verschlossen ist, ähnlich dem in der Besenkammer. Das Gitter steht offen. Als sie durch die Öffnung steigt, sieht sie, dass ihre schlimmsten Befürchtungen Wirklichkeit sind.

*

Cindy ist tot. Sie sieht es, noch bevor sie näher herangeht. Die Frau liegt an der Betonwand des fensterlosen Raums. Sie trägt das braune Kleid, das überall zerrissen ist. Es riecht nach Kot und Urin. Das Gesicht ist nur noch eine Fratze, sie wurde geschlagen. Unter ihren Haaren zeichnen sich blutige Krusten ab. Auch aus den Mundwinkeln ist Blut gelaufen. Bea muss an den Fleischklumpen denken, der bei den Samadhi-Bädern lag. Nun weiß sie, dass es wirklich eine Zunge war. Die Zunge von Cindy, die ihr die Wahrheit sagen wollte. Im Keller wollten sie sich treffen. Cindy hat etwas gewusst, doch er hat sie zum Schweigen gebracht. Cindy, die unschuldige Cindy. Sie hat Bea verehrt und vielleicht sogar geliebt, aus der Ferne, ohne sich in ihre Nähe zu wagen. Keine normale Liebe, eher etwas, für das man in psychologische Behandlung muss. Dennoch hat sie sich um Bea gesorgt. Sie wollte sie warnen, doch dazu kam es nicht mehr. Der Vorsatz, Bea zu helfen, genügte dem Wahnsinnigen, sie aus dem Weg zu räumen. So wichtig ist ihm das Spiel, das er mit Bea spielt. Beas Nackenhaare stellen sich auf.

Nicht zurück jetzt, sagt sie sich. Sie muss weiter, ein Zurück gibt es nicht mehr.

Sie zwingt sich, den Blick abzuwenden, und untersucht den Raum genauer. In der Mitte steht etwas, das wie der Kontrollbereich eines Kraftwerks aussieht. Ein U-förmiger, gemauerter Tresen beherrscht den Raum. In der Mitte steht ein vorsintflutlicher Drehstuhl, dessen Polsterung aufgerissen ist. Schaumstoff quillt heraus, gelb und schmutzig. Wer dort sitzt, hat vor sich ein Kontrollpanel mit Knöpfen und bunten Lampen sowie Bildschirmen. Bea zählt sechs Stück. Es sind Röhrenmonitore aus längst vergangener Zeit. Sie müssen aus derselben Epoche stammen wie die Überwachungskamera, die Bea in ihrem Zimmer gesehen hat. Veraltet, aber nicht zu alt, um noch zu funktionieren. Und obwohl sie nicht genau versteht, was dieser Raum bedeutet, hat sie eine Ahnung. Matignon, ein reicher Schlossherr, hat eine Überwachungsanlage in sein Schloss einbauen lassen. Er hat seine Gäste offenbar beobachtet. Zu welchem Zweck, weiß sie nicht.

310

Doch sie kann ihn sich vorstellen, wie er hier sitzt und Intrigen spinnt.

Bea erinnert sich, dass sie nicht ohne Grund hier ist. Er hat sie hierhergelockt. Wozu?

Doch dann sieht sie, dass auf dem Kontrollpanel ein Post-it klebt. Jemand hat darauf mit winzigen Buchstaben etwas geschrieben. Noch bevor sie die Zeichen entziffern kann, weiß sie, was dort steht. Es ist dieselbe Nachricht, die sie seit Tagen verfolgt. Es ist ein Hinweis für sie, so viel steht fest. Bea zieht das Post-it ab und erkennt, dass sich darunter ein Knopf befindet. Als sie ihn betätigt, flammt plötzlich einer der Bildschirme auf. Und als sie das verrauschte Schwarz-Weiß-Bild betrachtet, weiß sie, dass es ihr Sohn ist, den sie da sieht.

JUNI

»Kennen Sie *Einer flog über das Kuckucksnest*? Den Film mit Jack Nicholson?«

Die Frage überrascht mich. Gerade haben wir über meine Kleider gesprochen, bevor Olson lange nachgedacht hat, um plötzlich das Thema zu wechseln.

»Nein, worum geht es da?«

»Nicholson spielt einen Kleinkriminellen, der ins Gefängnis kommen soll. Wenn Sie mich fragen, ist das seine beste Rolle. Er hat dafür seinen ersten Oscar bekommen. Er wirkt dort so lebensfroh und verletzlich, gar nicht wie die Zyniker, die er später gespielt hat.«

»Was tut das hier zur Sache?«, werde ich ungeduldig.

Doch Olson lässt sich nicht beirren. »Nicholson wird in eine Anstalt für Geisteskranke gebracht. So etwas gibt es heute in dieser Form gar nicht mehr. Eine Oberschwester führt die Einrichtung wie ein SS-Offizier, und als Nicholson sich immer mehr Freiheiten nimmt und die anderen Insassen zu einer nie gekannten Lebensfreude finden, fürchtet die Schwester, die Kontrolle zu verlieren. Der Konflikt spitzt sich zu. Es nimmt kein gutes Ende. Nicholson bekommt das Schlimmste ab, was die Nervenheilkunst der damaligen Zeit zu bieten hat – obwohl er gar nicht geisteskrank ist.«

Ich tippe mit den Fingern Rhythmen auf meine Oberschenkel. »Was wollen Sie damit andeuten? Wollen Sie sagen, ich wäre geisteskrank, weil ich diese Kleider trage? Weil ich ein Jagdschloss besitze?«

Kurz huscht ein Schmunzeln über seine Lippen, das mich mehr irritiert, als mir lieb ist. »Wissen Sie, warum Nicholson überhaupt in die Anstalt kommt? Obwohl er doch gar nicht geisteskrank ist?«

»Warum?«, frage ich.

»Weil er nicht ins Gefängnis will. Dort war er schon, und er kann es nicht ertragen, noch einmal in den Bau zu wandern. Er hofft, in einer Anstalt mehr Freiheiten zu haben. Keine bewaffneten Gefängniswärter, keine Knackis als Nachbarn. Sondern eine entspannende Zeit zwischen harmlosen Verrückten und Wärtern, die lieber Menschen mit Drogen ruhigstellen, statt sie mit Schlagstöcken zu traktieren. Eine schwere Fehleinschätzung, denn in einer Anstalt wie dieser kann man seine Zeit nicht einfach absitzen. Man kann erst wieder entlassen werden, wenn die Oberschwester es erlaubt. Das ist die Pointe des Films.« Er sieht mich eindringlich an. »Worauf ich hinauswill: Sie glauben, man hält Sie für verrückt, und Sie tun alles, um diesen Eindruck zu nähren. Man hat mich darauf vorbereitet, dass Sie sich als jemand anderes ausgeben werden. Ich wusste zuerst nicht, ob Sie es wirklich glauben, aber jetzt weiß ich, dass Sie das nur spielen. Es ist eine Abwehrreaktion, weil Sie das Gefühl haben, dass niemand Sie versteht. In Wirklichkeit möchten Sie aber verstanden werden, deshalb haben Sie das Gespräch mit mir gesucht. Wenn Sie meine Meinung hören wollen: Ich glaube nicht im Geringsten, dass Sie verrückt sind. Sie haben eine Persönlichkeitsstörung, das schon. Aber das haben viele Menschen, manche schaffen es damit in Politik und Wirtschaft bis ganz nach oben. Manche halten es sogar für eine nützliche Eigenschaft, um erfolgreich zu sein. Doch manchmal, so wie in Ihrem Fall, tun solche Menschen schreckliche Dinge. Doch das macht sie nicht verrückt. Sie sind sich dessen, was sie tun, völlig bewusst. So schätze ich Sie ein. Sie wissen also sehr gut, dass Ihr Name nicht Louis Matignon ist. Denken Sie an Jack Nicholson. Schuldunfähigkeit ist nichts, womit jemand wie Sie spielen sollte. Tun Sie sich das nicht an.«

Ich beiße die Zähne zusammen und hoffe, dass er es nicht sieht.

»Sie haben mich hergebeten, und nun erzählen Sie mir dieselben Lügen, die Sie auch allen anderen erzählen. Warum verschwenden Sie Ihre wertvolle Zeit?«

Ich blicke zu meinen Stiefeln hinunter und seufze. Er hat recht. Es geht um die Wahrheit, die Zeit der Lügen muss ein Ende haben. »Ich habe sein Tagebuch im Schloss gefunden«, beginne ich. »Auch er stand allein gegen alle, umgeben von Feinden. Auch er musste schließlich den Preis für seine Freiheit zahlen.«

»Sie haben sich mit ihm identifiziert«, sagt Olson.

»Sie müssen verstehen: Der Mann, der ich früher war, existiert schon lange Zeit nicht mehr. Er war nur noch eine Rolle, die ich gespielt habe, damit man mich versteht. Doch das ging nicht mehr. Ich musste mich davon lösen. Bei der Lektüre von Matignons Tagebuch habe ich begonnen, die Welt aus seinem Blickwinkel zu erleben. Es hat etwas mit mir gemacht.«

»Sie haben Ihren YouTube-Kanal nach ihm benannt. In Ihren Videos tragen Sie seine Kleider.«

»So hat es angefangen.«

Der Therapeut sieht mir fest in die Augen. »Was genau? Was hat die Beschäftigung mit Matignon in Ihnen ausgelöst?«

Ich merke, dass ich zu weit gegangen bin. Ein Gefühl von Panik macht sich in mir breit, obwohl wir beide so ruhig sprechen wie nie zuvor. Ich lasse ihn zu tief in mich hineinsehen.

»Wir sind am entscheidenden Punkt angelangt«, sagt Olson. »Sie verstehen es auch, oder? Nun müssen Sie den letzten Schritt gehen. Wir müssen uns mit dem Mann beschäftigen, der Sie früher waren.«

»Ich glaube, ich will das nicht.«

»Ihnen bleibt keine andere Möglichkeit. Wenn Sie jetzt nicht reden, wird Sie nie jemand verstehen.«

STUNDE SIEBZIG

Es ist ein Labyrinth.

Das Netz an lichtlosen Gängen in dem Schloss ist viel weiter verzweigt, als Bea es für möglich gehalten hätte. Hin und wieder dringt etwas Licht durch ein Lüftungsgitter, aber die meiste Zeit tastet sie sich an irgendwelchen kalten Metallrohren oder Kabelsträngen entlang. Die Gänge scheinen durch das ganze Schloss zu führen. Es gibt schmale Treppen nach oben und nach unten. Immer wieder sind da Türen nach draußen – Türen, die sie von der anderen Seite bestimmt nicht gesehen hat und die vermutlich getarnt sind. Es sind Tapetentüren, schwenkbare Bücherregale, sie glaubt sich bereits in einen alten Schauerroman versetzt. Und doch traut sie einem exzentrischen Schlossherrn im frühen zwanzigsten Jahrhundert ohne Weiteres zu, sein Schloss mit versteckten Überwachungskameras auszustatten und diese Gänge anzulegen.

Bea probiert keine der Türen. Das Bild war dunkel und verrauscht, und doch glaubt sie erkannt zu haben, dass es einen Gang wie diesen hier zeigte.

Und der Schatten? Sie hat einen Umriss gesehen. Jemand saß auf einem Sessel, unbewegt und der Kamera abgewandt. Sie glaubt, dass diese Person klein war. Ein Kind auf einem Sessel für Erwachsene.

316

Der Knopf, der mit dem Post-it markiert war, zeigte ihr das Bild eines Kindes. Bea weiß genau, was das bedeutet. Sie ist der Lösung ganz nah.

Sie wagt nicht zu denken, was dieses Bild suggeriert. Welches Kind dort sitzt und wartet. Vielleicht ist es nicht wirklich ein Kind, vielleicht soll sie das nur glauben. Es könnte eine Puppe sein. Und doch muss sie den Ort finden, der hier gezeigt wird. Sie muss sich selbst überzeugen.

Wer auch immer mir ihr spielt, hat bewiesen, dass er nicht nur blufft. Er hat die Schuhe von Elias gefunden. Schuhe, die sie seit seinem Eintauchen ins Bällebad nicht mehr gesehen hat.

Oder doch nicht? Gab es nicht einen Moment, wo ihr einer der beiden Schuhe ein weiteres Mal unterkam? Sie versucht sich zu konzentrieren, doch es gelingt ihr nicht. Der Gedanke ist flüchtig, weicht aus, wenn sie danach greifen will.

Doch das Labyrinth ist zu groß. Sie hat keine Ahnung, wo sie suchen soll. Derzeit befindet sie sich etwa auf Höhe des Erdgeschosses. Zumindest glaubt sie das. Aus irgendeinem Grund meint sie, dass dieses Bild nicht aus einem der oberen Stockwerke stammen kann. Doch vielleicht stimmt das gar nicht? Sie muss noch einmal zurückgehen und das Videobild genauer untersuchen.

Doch als sie umkehren will, hält sie inne. Vor ihr ist Licht. Und da steht jemand.

Es ist der Schatten, der sie verfolgt. Der ihren Wachtraum im Samadhi-Bad bevölkerte, als riesenhafter Umriss an der Hauswand, und von dem sie nachts geträumt hat, nachdem sie den Schuh gefunden hat. Sie erkennt die Silhouette wieder. Er ist gar nicht riesig, sondern viel kleiner, als sie geglaubt hat.

Panik überkommt Bea. Sie will davonlaufen, doch sie kann den Blick nicht abwenden. Und dann sieht sie, dass sie sich getäuscht hat. Die Person vor ihr ist nicht der Schatten, der sie verfolgt. Das Glücksgefühl, das mit dieser Erkenntnis einhergeht, überwältigt sie.

*

»Bea, da bist du ja.«

Er ist es wirklich. Sie bringt kein Wort hervor.

»Ich habe mir solche Sorgen gemacht.«

Er macht einen Schritt auf sie zu, und sie rennt ihm entgegen. Sie fällt ihm in die Arme. Rainers Geruch hüllt sie ein, als sie ihre Wange gegen seine Brust drückt.

Er ist gekommen, wie er es angekündigt hat.

»Bea, ist alles in Ordnung?«

Rainer löst sich aus ihrem Griff und nimmt ihr Gesicht in beide Hände, um es genauer betrachten zu können. Das Licht ist hier diffus, vor ihnen scheint sich eine offene Tür zu befinden, durch die Tageslicht dringt. Ein Ausgang? Sie sieht Rainer in die Augen. Abgemagert sieht er aus, aber sonst scheint es ihm gut zu gehen. Sein Lächeln ist so, dass sie darin versinken will.

»Wie kommst du hierher?«, fragt Bea mit heiserer Stimme.

»Ich sagte doch, dass ich komme.«

»Aber hier unten …«

Er deutet auf das Licht. »Die Vordertür war zu, da bin ich um das Schloss herumgegangen und habe diesen Eingang gefunden.«

Doch Bea hört kaum zu. Er ist wirklich da. Sie ist nicht mehr allein.

»Was ist passiert?«, fragt er. »Deine Mail hat mir Angst gemacht.«

Sie weiß gar nicht, wie sie beginnen soll. Weiter hinten im Gang liegt eine Tote, oben im Schloss läuft Cleo in ihrem Kleid umher, in einem Raum steht ein Altar, errichtet zu ihren Ehren, als wäre sie eine Göttin. Es ist zu absurd, sie weiß nicht, wie sie all das erklären soll. Doch das ist auch nicht wichtig.

»Elias«, beginnt sie.

Sie kann sehen, wie sich seine Miene verfinstert. Er lässt sie los, als wäre sie plötzlich elektrisch geladen.

»Bitte hör mir zu!«, fleht sie. »Da ist jemand, der etwas weiß. Wie er verschwunden ist.«

»Wie kommst du darauf?«

»Die Schuhe!«, platzt sie heraus. »Er trug sie, als er verschwand.«

Er starrt sie an, doch sie erkennt, dass er ihr folgen kann.

»Ich habe die Schuhe gesehen!«, sagt sie. »Jemand hat sie so hingelegt, dass ich sie finde.«

»Was?« Er ist irritiert. »*Hingelegt*? Was soll das heißen?«

»Jetzt hör mir einfach zu!«, plärrt sie ihn an. »Jemand weiß, was mit unserem Sohn passiert ist, okay?«

Er erschrickt, als sie so laut wird.

»Tut mir leid. Es war die Hölle. Ich bin so froh, dass du da bist!«

Sie umarmt ihn erneut, und er lässt es geschehen, ohne weiter nachzufragen.

»Wir müssen Elias finden!«, sagt sie und löst sich von ihm.

»Wie?«, fragt er nur.

Sie erklärt ihm, dass sie ein Bild von ihm auf einem Überwachungsmonitor gesehen hat. Ein Bild eines Kindes auf einem Sessel.

»Du glaubst, das ist er?«, fragt er verwirrt.

Bea wagt nicht zu antworten. Sie kann sich nur entfernt vorstellen, was das für ihn bedeuten muss.

Er hat nicht erlebt, was Bea erlebt hat. Bestimmt hat er Elias in einen finsteren Winkel seiner Erinnerung abgeschoben, um sein Leben ertragen zu können, so wie sie es getan hat. Sie fragt sich, wie sie reagiert hätte, wenn ihr jemand vor ein paar Tagen gesagt hätte, dass er vielleicht weiß, wo Elias ist. Dass er vielleicht noch leben könnte.

Rainer hält sich tapfer. Was auch immer er darüber denkt, er zeigt es nicht. Doch er scheint bereit zu sein nachzusehen, was sie ihm zeigen will.

»Es tut mir so leid, wie ich mit dir umgegangen bin«, sagt sie. »Ich konnte mir selbst nicht verzeihen und habe es an dir ausgelassen.«

Der Ausdruck in seinen Augen ist plötzlich anders. Kurz sieht er aus, als wäre er weit weg. Was sie sagt, geht ihm nahe, das spürt sie.

»Ich werde es wiedergutmachen«, verspricht sie. »Aber jetzt müssen wir den Gang finden, der auf dem Monitor zu sehen ist.«

»Ich glaube, ich weiß, wovon du sprichst.«

Bea ist verwirrt. »Nein, du kannst das nicht wissen.«

»Doch. Ich habe auf dem Weg hierher etwas gesehen.«

»Du hast ein Kind auf einem Sessel gesehen?«

Er ist sich nicht sicher, das sieht sie.

»Zeig es mir!«, befiehlt sie.

*

Sie sieht schon von Weitem, dass er recht hat. Das ist es, was sie auf dem Monitor sah. Der Sessel steht mitten in dem

Korridor. Das Gegenlicht erscheint so stark, dass es sie blendet.

Langsam nähert sie sich. Wer immer auf dem Stuhl sitzt, hat sie noch nicht bemerkt. Bea will etwas sagen, doch ihre Stimme gehorcht ihr nicht.

Dann versteht sie, dass es eine Puppe sein muss. Kein Mensch kann so ruhig sitzen, schon gar kein junger Mensch. Kinder haben so unglaublich viel Energie. Nie hätte Elias so ruhig sitzen können.

Er ist es nicht. Es ist eine Puppe.

Sie sollte enttäuscht sein. Es bedeutet, dass sie nicht erfahren wird, was mit ihm geschehen ist. Stattdessen fühlt sie Erleichterung. Sie versteht dieses Gefühl nicht. Warum sollte sie erleichtert sein?

Dann fällt ihr Blick auf die Hand, die auf dem Oberschenkel der sitzenden Gestalt liegt. Im Gegensatz zum Rest, der im Gegenlicht nur als Umriss erkennbar ist, kann sie die Hand gut sehen. Und die Hand sieht nicht aus wie die Hand eines Kindes. Sie muss an Mumien denken, die sie im Museum gesehen hat. Nun bemerkt sie auch den Geruch. Modrig und abgestanden.

»Das kann nicht sein. Das ist nicht er.«

Rainer hinter ihr antwortet nicht. Er scheint so gebannt zu sein wie sie.

Als sie ihren Blick tiefer wandern lässt, sieht sie etwas anderes.

Er trägt keine Schuhe.

Der Gedanke drängt sich mit Macht in ihr Bewusstsein. Sie weiß nicht, warum das plötzlich so wichtig ist, doch es gelingt ihr nicht, sich auf irgendetwas anderes zu konzentrieren.

Seine Schuhe – was war nochmal mit seinen Schuhen?

Und dann weiß sie es. Sie erkennt in einem einzigen Augenblick die ganze Wahrheit, die sie so lang nicht sehen wollte.

Er muss ihre Gedanken erraten haben, denn plötzlich legt sich ein Arm um ihren Hals und drückt gnadenlos zu.

JUNI

»Als Bea das Kind auf dem Stuhl sah, weinte ich fast vor Glück. Ich hatte so lang mit dem Wissen leben müssen, musste zusehen, wie sein kleiner Körper verfiel, während Bea die Hoffnung nicht aufgeben konnte. So stark war dieser Drang in ihr, dass sie selbst ihrer eigenen Erinnerung nicht mehr traute. Sie konstruierte sich eine Fantasiewelt und verteidigte sie gegen jeden, der ihr zu nah kommen könnte.

Wissen Sie, dass ich zuerst gar nicht verstand, warum sie mich nicht darauf ansprach? Ich wusste, dass sie den Schuh auf der Rücksitzbank gesehen hatte, als ich sie mit dem Auto vom Einkaufszentrum zur Polizei brachte. Ich sah ihn auf dem Parkplatz, als ich gerade losfahren wollte. Da waren Leute, und ich hatte keine Zeit, also habe ich ihn auf den Rücksitz geworfen. Sie muss sich gefragt haben, was er dort verloren hatte. Ich war doch erst nach seinem Verschwinden mit dem Auto angekommen. Bea wusste genau, dass es derselbe Schuh war, den Elias bei seinem Verschwinden getragen hatte. Doch als wir mit dem Auto gemeinsam die Gegend um das Einkaufszentrum abfuhren, sprach sie es nicht an. Elias war die ganze Zeit über im Kofferraum. Ich hatte nicht gewusst, wo ich ihn hintun sollte, er lag dort in eine Decke gewickelt. Die nächsten Tage wartete ich darauf, dass sie es zur Sprache bringen würde. Die Sache konnte ihr nicht aus dem Kopf gehen, sie musste doch die naheliegenden Schlüsse ziehen. Doch nichts geschah. Sie suchte weiterhin nach Elias, als hätte es den Schuh auf der Rückbank nie gegeben.

Ich ertrug es nicht. Zu wissen, was sie nicht wusste. Mehrmals war ich kurz davor, es ihr zu sagen. Ich wusste, dass es viel zu spät dafür war, dass ich ins Gefängnis wandern würde. Ich wusste auch, dass sie mir dafür nie würde vergeben können. Dennoch wollte ich es aussprechen, es einfach beenden. Es wäre vielleicht besser gewesen. Doch ich konnte es nicht. Die Worte kamen einfach nicht aus meinem Mund. Wir konnten es noch nie, wissen Sie? Reden. Bea und ich verstanden uns immer ohne Worte. Sie brauchte das, glaube ich. Die Sprache war für sie nur eine Fassade, mit der sie Menschen wunderbar von sich fernhalten konnte. Ich wusste immer, dass ich ihr mit Reden nie nahekommen würde. Doch wie sollte ich ihr die Wahrheit sagen, wenn ich nicht mit ihr reden konnte?

Deshalb bin ich ausgezogen. Ich habe versucht, allein damit klarzukommen, doch stattdessen bin ich in ein tiefes Loch gefallen. Ich habe getrunken und mich mit allem zugedröhnt, was ich gefunden habe. Dann ist dieser Gedanke in mir aufgetaucht. Zuerst habe ich mich dafür geschämt. Ich habe mir gesagt, dass ich lieber sterben würde, statt das zu tun, was sich da in meiner Fantasie abzeichnete. Eine Weile habe ich über Selbstmord nachgedacht. Ich habe ein Internet-Forum gefunden, in dem über Methoden diskutiert wurde. Doch dann bin ich wieder davon abgekommen. Stattdessen habe ich begonnen, Ideen zu sammeln. Wenn ich nicht in der Lage war, ihr die Wahrheit zu sagen, vielleicht könnte ich sie ihr *zeigen*? Das hat mich nicht mehr losgelassen. Dass die beiden Frauen und der Fassadenarbeiter sterben mussten, tut mir leid. Auch das mit dem Comedian, diesem Fernsehclown, obwohl der ein Arschloch war. Sie dürfen nicht glauben, dass mich das kaltlässt. Aber ich konnte nicht zulassen, dass jemand meine Pläne durchkreuzt. Es stimmt, was man sagt, das erste Mal ist am schwierigsten. Meine Betreuerin beim Arbeitsamt – das tut mir nicht leid. Sie hatte es verdient. Aber die anderen ... das ging nicht anders. Zweifeln Sie nie daran, wozu jemand in der Lage ist, der sein eigenes Kind auf dem Gewissen hat.«

Ich atme tief und versuche, das Zittern in meinen Atemzügen zu unterdrücken, weil ich befürchte, dass mir sonst die Tränen kommen.

»Ich habe ihn überfahren, weil ich so in Eile war. Schließlich wusste ich, wie schlimm es für Bea sein musste, wo ihr doch als Kind einmal ihr Bruder abgehauen ist. Ich wollte ihr helfen. Deshalb war ich so abgelenkt, dass ich ihn beim Einparken übersah. Ein Teil von mir glaubt nach wie vor, dass er mich erkannt hat, bevor er aus dem Licht der Scheinwerfer verschwand. Später war ich mir nicht mehr sicher. Das Licht muss ihn so geblendet haben, dass er mein Gesicht unmöglich erkennen konnte. Doch in dem kurzen Moment, als das Licht ihn traf, sah er mich so an, wie er es immer tat.«

Ich ringe nach Luft.

»Wie konnte sie mir das antun? Wie konnte sie mich mit diesem Wissen allein lassen, wo sie doch den Schuh gesehen hat?«

»Sind Sie wirklich sicher, dass sie ihn gesehen hat?«

Ich lache, und es hört sich verzweifelter an, als mir lieb ist.

»Vielleicht hat sie ihn übersehen. Haben Sie sie darauf angesprochen?«

»Das war nicht nötig.«

Er verschränkt die Arme. Mein Schmerz verwandelt sich in Zorn.

»Sie glauben, ich bilde mir etwas ein? Das ist alles meiner Fantasie entsprungen? Glauben Sie wirklich, ich hätte all das inszeniert, weil ich mir etwas eingebildet habe?«

Darauf wagt er nicht zu antworten.

»Sie wusste es. Als sie seine Leiche sah, wusste sie es. Wir mussten nicht darüber sprechen. Mein Plan hatte funktioniert, auch wenn Sie das nicht zugeben wollen.«

STUNDE EINUNDSIEBZIG

Bea ist ihm beinah willenlos gefolgt. Er hat ihr die Pistole gezeigt, die er in der Tasche seines Mantels hat, dann hat er sie vorausgeschickt. Es ist Rainers Gesicht, doch sein Blick ist anders. Eine fremde Person steht vor ihr. Nun kann sie auch sehen, wie ungepflegt er in Wirklichkeit ist. Er hat sich schlecht rasiert, und seine Haare scheint er vor dem Spiegel selbst geschnitten zu haben. Und mit dem Mantel stimmt etwas nicht, das Teil sieht aus, als stamme es aus einem Historienfilm. Sie wusste nicht, dass ihr Mann so einen Mantel besitzt. Er könnte zu einem Soldaten aus dem Zweiten Weltkrieg gehören, einem Offizier vielleicht.

Die Wahrheit dringt nur langsam zu ihr durch. Elias ist tot. Sie wusste es eigentlich immer, doch es ist ein Unterschied, Sicherheit zu haben. Die Traurigkeit ist so tief, dass sie ihr bis in die Knochen dringt, doch sie spürt keine Tränen. Ihre Tränen sind längst erschöpft. Sie hat sie für sich selbst vergossen, hat ihr eigenes Leiden beweint, weil sie die Ungewissheit nicht ertragen konnte. Nun muss sie erst wieder Tränen für ihren Sohn finden. Es wird ihr beizeiten gelingen, hofft sie. Doch gerade jetzt sorgt die Traurigkeit dafür, dass ihr nur die Beine schwer werden. Ihr Geist ist seltsam klar und dämpft die Angst.

Als sie vorausgeht, fühlt es sich unerwartet selbstverständlich an. Immerhin ist es ihr Mann, der hinter ihr hergeht. Sie sollte schockiert sein. Doch vielleicht hat sie das Gefühl, dass es ihr nicht zusteht. Sie war in einer Beziehung mit diesem Menschen, den sie offenbar nicht gekannt hat. Oder doch? Hat sie nicht schon vor der Hochzeit gesehen, wie verletzlich er war? Wie er mit dem Kopf gegen die Wand schlug, als sie Zweifel an der Heirat hatte? Und doch versteht sie nicht alles, was geschehen ist. Es gibt eine Frage, die sie besonders beschäftigt.

»War es ein Unfall?«

Sie erreichen den Raum mit den Überwachungsmonitoren. Statt zu antworten, lässt er sie in der Nähe von Cindys Leiche stehen und wendet sich den Bildschirmen zu. Er drückt einige Knöpfe und scheint zu kontrollieren, ob ihnen jemand folgt.

»Sag es mir«, fordert sie. »Bitte.«

»Ich wollte es nicht«, gesteht er. »Ich wollte an diesem Abend nur so schnell wie möglich zu dir. Er hat, warum auch immer, draußen auf dem Parkplatz nach dir gesucht.«

Sie nickt. Einen Moment lang klingt er wie der Rainer, den sie kannte. Diese Person existiert also noch irgendwo in ihm, auch wenn jetzt ein anderer Rainer das Ruder übernommen hat.

Bea entdeckt eine Kamera auf einem Stativ, die auf die Monitore gerichtet ist. Sie kennt diese Kamera, es ist jene, wegen der sie gestritten haben. Er hat sie gar nicht zurückgeschickt. Er scheint von hier aus das Geschehen im Schloss dokumentiert zu haben.

Er bemerkt, dass sie die Kamera anstarrt. »Du kennst meinen Kanal nicht, oder?«, fragt er. »Warum auch, du wolltest mir ja auch die Kamera ausreden. Hast es mir nicht zugetraut, dass ich es wirklich tue, oder? Ich mache Urban Exploring, steige in verlassene Häuser ein, Bunker, Kriegsruinen. Es war dieses Schloss, das mich darauf gebracht hat. Du würdest nicht glauben, wie viele solcher Immobilien es gibt, die langsam verfallen, weil sich niemand dafür interessiert. Mein Kanal hat über fünfhundert Follower.«

Bea hört nicht mehr richtig zu. Er kennt das Schloss schon länger. Woher? Dann versteht sie.

»Du kanntest Klaffer«, beginnt sie. »Ich weiß es. Sie stand eines Tages vor unserer Tür. Du hast mir den Hinweis zu ihrem Retreat geschickt.«

Er lacht, doch es klingt wie ein Heulen.

Dann sieht Rainer ihr in die Augen, und nun ist da der Hass, den sie gesucht hat. Bisher konnte Bea das, was in den letzten Stunden geschehen ist, nicht erklären oder einordnen. Als sie seinen Hass sieht, ergibt plötzlich alles Sinn. So sieht der Mensch zu den Taten aus.

»Du hörst einfach nicht auf zu reden, oder?«, fragt er. »Es ist wie damals. Du faselst und faselst, die unwichtigen Dinge kommen dir so leicht über die Lippen. Ich dachte, dass du hier etwas lernen könntest. Ich habe mir solche Mühe gegeben!« Er grinst, doch es sieht gespenstisch aus. »Ich habe die Visitenkarte auf deinen Tisch gelegt. Das war gar nicht so einfach, es musste sehr schnell gehen. Ich habe schon länger mit dem Gedanken gespielt, ein Wiedersehen mit dir zu organisieren, aber als ich dich im Fernsehen gesehen hatte, wie du sprachlos warst, da wusste ich, dass du bereit bist. Diese Chance wollte ich nicht verpassen. Ich wusste, dass Katalina wieder ein Retreat plant. Ich war vor einem halben Jahr selbst auf einem ihrer Retreats, dabei habe ich das Schloss erkundet. Ich wusste, dass ich hier ungestört agieren konnte. Es war die perfekte Gelegenheit.«

»Das warst wirklich du.«

»Ich verstehe nicht, warum das niemand außer mir gesehen hat«, fährt er fort. »Du konntest immer nur über Dinge reden, die dir egal sind. Du hast sie alle getäuscht.« Sein Gesicht verzerrt sich vor Schmerz. »Ich habe nie verwunden, wie leicht es dir über die Lippen kam, als du gesagt hast, du müsstest noch nachdenken, ob du mich heiraten willst. Es war, als würdest du in eine Kamera sprechen. Wie leer deine Augen waren. Du hattest die gleiche gespielte Betroffenheit in deiner Stimme, die du auch im Fernsehen hast, wenn du irgendeine Unglücksmeldung vorliest.«

Bea will widersprechen, sich rechtfertigen. Er hat recht, es fällt ihr leichter, über Dinge zu sprechen, wenn sie sich davon distanziert. Das ist es, was sie gelernt hat. Sie widersteht dem Reflex, auf ihn einzureden, ihn mit Worten zu besänftigen. Sie darf nicht. Andere Leute kann sie mit Argumenten und mit ihrer ruhigen Stimme vielleicht beeinflussen, aber nicht ihn. Ihm muss sie die ungefilterte Wahrheit sagen. Etwas anderes genügt nicht mehr.

»Der Schuh«, sagt sie.

»Ich wusste, dass du ihn gesehen hast. Warum hast du nichts gesagt?«

Wieder muss sie sich zwingen, nicht gleich zu antworten. Sie lässt sich Zeit, und er ist überraschend geduldig.

»Ich weiß es nicht«, gesteht Bea.

»Das ist alles, du weißt es nicht? Mehr hast du nicht für mich?«

Sie erkennt, dass sein Zorn zurückkehrt. Die Wahrheit ist nicht das, was er wollte. Sie hätte es wissen müssen. Wie konnte sie glauben, dass sie eine Chance hat?

»Du hast Cindy umgebracht«, sagt sie. »Sie hat dir nichts getan.«

Er sieht nicht von seinen Bildschirmen auf.

»Das ist dir wichtig? Du hast gerade die Leiche deines Sohnes gesehen, und jetzt kommst du mir mit dieser Göre?«

Bea spürt, wie nun doch die Tränen kommen. Wieder sind sie nicht für Elias, aber das ist egal. Es sind gute Tränen. Sie weint, weil sie zu verstehen beginnt, wie irre er ist. Immer schon war. »Es geht nicht nur um uns«, sagt sie. »Du hast eine Unschuldige ermordet.«

»Sie ist dir gefolgt«, erklärt er, als ob es etwas zur Sache täte. »Sie hat uns über Jahre regelrecht überwacht.«

»Sie hat mich geliebt.«

»*Ich habe dich auch geliebt!*«, schreit er. »Ich habe alles für dich gegeben! Ich habe mein eigenes Kind überfahren, weil ich für dich da sein wollte!«

Bea spürt kurz ein schreckliches Schuldgefühl in sich aufsteigen, bevor sie sich zusammenreißt. »Aber warum Jacobi?«

»Er wollte dir wehtun. Ich wollte es verhindern, weißt du? Aber ich war zu langsam. Ach ja, und dann wollte er etwas Dummes tun. Er wollte Hilfe holen.«

Er hat mich gesehen. Da müssen wirklich überall Kameras sein. Er hat uns die ganze Zeit beobachtet.

»Du wolltest mich retten?« Als sie es sagt, klingt es verächtlicher, als sie wollte.

»Natürlich! Ich bin dein Ehemann! Glaubst du, ich will dir Böses?«

»Du hast mich in eine Tierfalle gelockt!«, erinnert sie ihn.

»Die war doch harmlos.«

Sie schüttelt den Kopf, so unglaublich ist das alles.

»Ich hab es für dich getan. Ich wollte immer dein Bestes, verstehst du das immer noch nicht?«

Es ist so absurd. Diese Behauptung, nach allem, was er getan hat.

»Du hättest es ansprechen können«, sagt sie plötzlich. »Dass es ein Unfall war, was mit Elias passiert ist.«

Er scheint es zuerst nicht zu verstehen.

»Du sagst, du hast gewusst, dass ich den Schuh gesehen habe. Warum hast du mich nicht darauf angesprochen?«

Rainer sieht sie fassungslos an.

»Das fragst du mich? Ausgerechnet das?« Er macht eine ausladende Geste, die das ganze Schloss meint.

»Ja. Warum hast du nicht gefragt?«

»*Weil ich es nicht konnte! Ich kann nicht gut reden, das weißt du! Es wäre deine Aufgabe gewesen!*«

Er schreit es ihr entgegen, doch sie lässt sich nicht beirren. In ihrem Kopf hat sich eine Idee gebildet, der sie folgt.

»Du hast selbst gesagt, ich konnte nur über Belanglosigkeiten reden.«

Er schüttelt den Kopf, und es sieht aus wie bei einem Kind in der Trotzphase. »Du tust es wieder. Du redest dich raus. Etwas anderes kannst du nicht.«

Sie spürt, wie sie immer zorniger wird. Das Gefühl verdrängt zunehmend alles andere.

»Weißt du, warum ich dich nicht angesprochen habe? Ich sage es dir.«

Nun wartet er, und zu ihrer Überraschung sieht sie Angst in seinen Augen aufblitzen. Er weiß nicht, was jetzt kommt.

»Ich konnte mir nicht erklären, was ich gesehen habe. Wie sollte der Schuh in dein Auto kommen? Ich war aufgewühlt, das auch. Aber ich konnte es einfach nicht verstehen. Es musste eine andere Erklärung geben. Ich dachte, vielleicht hatte Elias ein zweites Paar solcher Schuhe. Vielleicht wolltest du sie ihm zu Weihnachten schenken.«

»Das ist absurd«, sagt er.

»Du wolltest die Wahrheit! Die Wahrheit ist, dass ich dir nicht zugetraut habe, hinter seinem Verschwinden zu stecken. Wie sehr ich mich in dir getäuscht habe!«

Sie weiß sofort, dass das zu viel war. Er zieht mit einer schnellen Bewegung seine Pistole aus der Tasche und richtet sie auf Bea. Sie erschrickt, nicht weil sie Angst um ihr Leben hat, die begleitet sie schon eine Weile. Sondern weil es auf einmal so schnell gehen könnte. Er sieht aus, als wolle er einfach abdrücken und sie zum Schweigen bringen. Es ist unbefriedigend, sie ist noch nicht fertig. Zumindest ein paar Minuten möchte sie noch haben, um mit einigen Dingen ins Reine zu kommen.

»Das ist wirklich er, oder? Dort auf dem Stuhl. Du hast ihn … ihn aufgehoben.« Sie versucht immer noch, es zu fassen. »Ist dir klar, wie irre das ist?«

»*Lenk nicht ab!*«

Nun ist es an ihr zu lachen. Als sie einmal anfängt, kann sie nicht mehr aufhören. Sie lacht den Mann aus, der vor ihr steht und eine Pistole auf sie richtet. Er hat ihr Leben in seiner Hand, wenn er schießt, erlischt ihr Licht. Und doch muss sie lachen. So lange hat sie sich damit gequält, dass es ihre Schuld war, Elias allein gelassen zu haben. Sie hat nie auf die Leute gehört, die ihr sagten, dass andere Mütter dasselbe getan hätten. In dem Bällebad war er sicher, zumindest für einige Minuten. Und nicht jedes Kind, das in einem Einkaufszentrum verlorengeht, verschwindet spurlos. Dort sind überall Menschen, die ein einsam umherirrendes Kind zum Informationsschalter bringen, wo dann sein Name ausgerufen wird. Bea hat es oft genug erlebt. Sie hat nie hinterfragt, warum es bei ihr anders war. Dass Elias verschwand, schien zu beweisen, dass sie versagt hat.

Doch nun sieht sie, dass alles anders ist. Es war nicht ihre Schuld. Er hat ihren Sohn überfahren. Dass er so in Eile war, weil er ihr helfen wollte, ist vermutlich einfach nur eine Lüge. Er hat an jenem Abend ewig gebraucht, um ins Einkaufszentrum zu kommen. Was er getrieben hat, weiß sie nicht, und es ist in Wirklichkeit auch egal. Nur eines weiß sie jetzt: Er ist völlig verrückt. Sie muss ihn nicht mehr ernst nehmen.

Bea lässt die ganze seit Jahren aufgestaute Wut hinaus.

»Es war *deine* Schuld, nicht meine«, sagt sie. »Du hast ihn überfahren. Unser Kind.«

Kurz glaubt sie, er würde abdrücken, doch dann beginnt er zu zittern. Sie sieht, dass Tränen seine Wangen herunterlaufen.

»Das wirst du bereuen. Ich sorge dafür, dass du es bereust.«

Einen Sekundenbruchteil später ist er bei ihr und stößt sie nieder. Noch bevor sie mit dem Hintern hart auf dem Boden aufschlägt, ist er über ihr und zielt mit der Pistole auf ihren Kopf.

*

Bea ist auf dem linken Ohr taub. Er sagt etwas, doch sie versteht es nicht. Ihr wird klar, dass er in den Boden geschossen hat. Doch sie hat keine Zweifel, dass das nur das Vorspiel ist. Er wird sie umbringen, dessen ist sie sicher, und er wird sich Zeit lassen. Sie hat ihn provoziert und ihm eine Wahrheit gesagt, die er nicht hören wollte.

Niemand wird kommen, um sie zu retten. Das ist das Ende.

Was er wirklich vorhat, versteht sie zuerst nicht. Sie liegt gefesselt auf dem kalten Kellerboden und hört gedämpft, wie er hin und her geht. Es klingt, als würde er Möbel verrücken. Dann riecht sie Kerzenwachs. Sie versucht, den Kopf zu drehen, doch sie sieht nur seine Schuhe. Nun erkennt sie, was ihr an seiner Aufmachung komisch vorkam. Es handelt sich um Stiefel, die offensichtlich handgemacht sind. Warum hat Rainer, der sich im letzten Jahr kaum die Tiefkühlpizza vom Discounter leisten konnte, plötzlich so teure Stiefel? Dann versteht sie.

Als er sie vorsichtig hochhebt und auf einen Sessel setzt, verzieht sie ihr Gesicht vor Schmerz, doch gleich spürt sie warmen Kerzenschein im Gesicht. Sie hat geglaubt, auf alles vorbereitet zu sein, doch als sie die Augen öffnet, glaubt sie zu träumen.

Sie sitzt an einem Tisch, der vorhin nicht da war. Darauf steht eine Obstschale mit Äpfeln und Birnen, die runzelig geworden sind, daneben eine Karaffe aus Kristallglas, die mit einer roten Flüssigkeit gefüllt ist, dazu zwei gravierte Weingläser. Die Sessel, die links und rechts von ihr stehen, haben geschnitzte Lehnen. Sie müssen aus dem originalen Mobiliar des Schlosses stammen, ebenso wie die vier vielarmigen Kandelaber, die um den Tisch herum platziert sind. Das, was dahinter steht, ist wie ein Faustschlag in ihren Magen.

Auf einem Sessel sitzt eine halb verweste Leiche. Während die Haare nur etwas zerzaust aussehen, sind die Augen eingefallen, die wie gegerbt aussehende Haut spannt sich über den Backenknochen und hat die Lippen zurückgezogen, sodass die Zähne sichtbar sind. Es ist die Gestalt, deren Umriss sie gesehen hat, und obwohl das Kerzenlicht flackert, besteht kein Zweifel mehr daran, dass das ihr Sohn ist.

Als Bea verzweifelt den Blick abwendet, entdeckt sie ihn. Er steht knapp außerhalb des Lichts, das die Kerzenleuchter in den Raum werfen, im kunstvoll bestickten Rock eines französischen Aristokraten des neunzehnten Jahrhunderts. Nur seine ungepflegten Haare passen nicht dazu.

Rainer hat eine Szene aus einem seiner Videos nachgestellt. Eine Fantasie, in der sie als Familie wieder vereint sind.

Bea versucht, nicht geradeaus zu sehen, doch es geht nicht, ihr Blick wandert immer wieder zu dem entstellten Gesicht. Es brennt sich mit jedem Blinzeln stärker in ihr Gedächtnis ein. Sie weiß, dass sie diesen Anblick nie wieder loswerden wird, sie wird damit leben müssen.

Doch zu dem Schrecken gesellt sich noch etwas anderes. Ihr wird die Ironie der Szene bewusst. Kein Mensch kann beliebig viel Unglück haben, ohne dass es irgendwann grotesk wird. Ein Mensch mit einer Wolke über dem Haupt, die ihm überallhin folgt, ist kein tragischer Held, sondern ein Clown, egal ob es von oben Wasser regnet oder Reißnägel.

Dann entdeckt sie die Kanister an der Wand, und nun fällt ihr auch der Benzingeruch auf.

Ihre Blicke finden sich, und als er sieht, dass sie verstanden hat, grinst er zufrieden.

»Die Flammen werden hier gut um sich greifen. Es gibt ein aufwendiges Lüftungssystem, wir werden nicht ersticken. Mehrere Schächte führen nach oben, wie Kamine. Sie durchziehen alle Stockwerke. Für die Feuerwehr ist das ein Albtraum. Bevor sie etwas tun können, wird der Brand auf das ganze Gebäude übergreifen.«

Er sucht in ihrem Blick nach einer Reaktion, die ihm zeigt, dass sie verstanden hat.

»Mach dir keine Sorgen, wir haben noch Zeit«, sagt er und geht zum Tisch hin. »Möchtest du Wein?«

Er wartet nicht auf ihre Antwort, sondern füllt schwungvoll ein Glas bis zum Rand. Geschickt trägt er es zu ihr, ohne einen Tropfen zu verschütten. Er setzt es an ihre Lippen, und Rinnsale laufen ihren Hals herunter. Sie schmeckt, dass es wirklich Wein ist. Kurz denkt sie daran, dass er vergiftet sein könnte, doch dann verliert sich der Gedanke und sie trinkt in großen Schlucken. Der Wein ist schwer und gut, ein Tropfen, den man nicht so hinunterschlingen sollte. Doch Bea trinkt gierig, bis er das Glas absetzt.

»Genug«, sagt er. »Du kannst später mehr haben.«

Er selbst nimmt sich auch Wein und nippt nachdenklich daran. Sie sieht, dass er nicht gelogen hat. Er will sich wirklich Zeit lassen. Vielleicht ist das die Chance, ihn in ein Gespräch zu verwickeln. Sie muss nur die richtigen Worte finden, um ihn zu beruhigen und so lange wie möglich hinzuhalten.

Doch dann fällt ihr Blick wieder auf ihren toten Sohn, und jede Strategie, die sie vielleicht hätte finden können, löst sich in Luft auf. Sie spürt, wie ihr der Wein zu Kopf steigt.

»Du bist das Letzte«, sagt sie.

Er blickt von seinem Wein auf, sichtlich überrascht von ihrem Stimmungswandel.

»Wir hätten ihn begraben müssen. Gemeinsam. Es wäre unsere Pflicht als Eltern gewesen. Wie kannst du ihn so inszenieren? Du bist Abschaum.«

Es trifft ihn. Kurz ist er verunsichert, dann schleudert er das Weinglas an die Wand und stützt sich vor ihr auf dem Tisch auf, bis sie seinen Atem riecht.

»Jetzt auf einmal kümmert es dich, was mit unserem Sohn passiert? Da bist du etwas spät dran!«

»Du hast mir keine Chance gegeben«, sagt Bea.

»Was soll das heißen?«

»Du hättest es mir sagen können.«

Damit wirft sie ihn völlig aus der Bahn. Unter seinem historischen Kostüm verwandelt er sich in ein Häufchen Elend.

»Du tust so, als wäre das so einfach gewesen!«

»Mir etwas vorzuspielen war einfacher? Du hast mir den starken Ehemann vorgespielt, dabei wärst du mir die Wahrheit schuldig gewesen.«

Rainer schnappt nach Luft.

»Du hättest nur den Kofferraum aufmachen müssen«, setzt sie nach. »Das hätte genügt.«

Allein die Vorstellung scheint ihn tief zu kränken.

»Ich hätte die Schuld auf mich nehmen sollen?«, schreit er sie an. »Was ist mit dir?«

Sie tut ihm nicht den Gefallen, darauf zu antworten.

»Wegen deiner Dummheit hätte ich ins Gefängnis gehen sollen? Weil du nicht auf ihn aufpassen konntest?«

»Warum hättest du ins Gefängnis gehen sollen?«, gibt sie zurück. »Es war doch ein Unfall.«

Und plötzlich kann sie einen Moment lang in ihn hineinsehen. Sie versteht, wie groß die Vorwürfe sind, die er sich macht.

»Glaubst du, wir sind das einzige Paar, das ein Kind verloren hat? Es ist kaum zu ertragen, aber manche schaffen es. Sie stehen es gemeinsam durch, indem sie einander verzeihen.«

»*Hör auf!*«, brüllt er.

Doch seine Wut ist Fassade, er ist den Tränen nahe. Sie sieht seinen Blick zu der Leiche von Elias wandern. Kurz scheint ihm aufzugehen, dass dies sein Sohn ist. Dass er in der Erde liegen sollte.

»Wir hätten es schaffen können«, sagt sie leise. »Vielleicht hätten wir sogar die Kraft gehabt, wieder ein Kind zu bekommen.«

Sie kann selbst kaum glauben, was sie da sagt. Doch sie versteht, dass es wahr ist. Sie kannte die Probleme ihres Mannes zu wenig. Sie hat die Augen davor verschlossen. Natürlich hätte sie versucht, ihm zu vergeben, schließlich war es ihre Schuld, dass er plötzlich verschwunden war. Sie beide haben Schuld auf sich geladen. Es hätte an ihnen gelegen, einander zu verzeihen, niemandem sonst hätte es zugestanden, darüber ein Urteil abzugeben.

Rainer steht gebückt da und hat sein Gesicht von ihr abgewandt. Sein Körper wird von Zuckungen geschüttelt, die sie für zurückgehaltene Schluchzer hält. Als er sich ihr zuwendet, sind tatsächlich Tränen in seinen Augen, aber das breite Grinsen ist das eines Clowns.

»Ich habe eine Überraschung für dich. Es wird dir gefallen. Du kannst nachholen, was du versäumt hast, weil du meinen Kanal ignoriert hast. Ich zeige dir mein neues Projekt. Exklusiv, eine Preview! Ich habe das noch niemandem gezeigt, du darfst dich also geehrt fühlen.«

Er geht zu dem Stativ, das in einer Ecke des Raums steht, und montiert die Kamera ab. Er klappt einen Monitor aus, der fast so groß wie ein Tablet ist, und legt die Kamera vor ihr auf den Tisch.

»Bereit?«, fragt er und spielt eine Datei ab, die er offenbar vorbereitet hat.

Bea hat bei ihrer Arbeit fürs Fernsehen viele Rohschnitte von Videos gesehen. Clips in schlechter Qualität, bei denen die Farbkorrektur fehlte. Doch etwas wie das, was er ihr hier zeigt, hat sie noch nie gesehen. Es sieht aus wie eine Parodie einer MacGyver-Folge aus den Achtzigerjahren. Die Bilder sind unscharf, verwackelt, die Schnitte sind mit Effekten unterlegt. Das macht den Inhalt noch grauenhafter. Rainer hat wirklich alles dokumentiert. Er zeigt Aufnahmen von Bea auf den Überwachungsmonitoren, wie sie durch die Gänge irrt, dann zwischendurch Bilder in brillanter Qualität, die wie Motive aus einem Schlachthof wirken. Er hat sich selbst dabei gefilmt, wie er ihr die blutige Nachricht auf die Kellerwand schrieb, während sich die verletzte Cindy im Vordergrund bewegte und wegzukriechen versuchte; eine Einstellung zeigt Otto Jacobi, der von der Decke baumelt, als plötzlich Rainer selbst auftaucht, in einem Outfit, das an d'Artagnan erinnert, wie er vor wurmstichigem Mobiliar aus dem letzten Jahrhundert posiert.

Sie schließt die Augen. Es ist mehr, als sie ertragen kann.

*

Bea glaubt, dass sie ihn im Nebenraum hört, doch ihr linkes Ohr ist immer noch vollkommen taub, während ihr rechtes zu summen begonnen hat. Das Video ist inzwischen zu Ende, das Display hat sich abgeschaltet. Was Rainer tut, kann sie nicht erkennen. Es klingt, als würde er mit sich selbst reden und dabei auf und ab gehen.

Es ist eine andere Tür als die, durch die sie den Raum betreten haben, der Fluchtweg wäre frei. Doch er wird nicht ewig dort sein. Bea wendet sich wieder ihren Fesseln zu. Sie rüttelt, so gut sie kann, ohne ein Geräusch zu machen, doch sie sitzen viel zu eng. Auch ihre Füße sind fest an die Sesselbeine geschnürt. Vielleicht hat sie eher eine Chance, den alten Sessel zu zertrümmern, auf dem sie sitzt, doch was dann? Außerdem würde er es hören.

Als er zurückkommt und sie sieht, was er in der Hand hat, wünscht sie sich, bereits tot zu sein. Der Gedanke kommt ihr ganz plötzlich, ohne Trauer oder Bedauern, aber es ist ihr voller Ernst.

Seine Hände stecken in Gummihandschuhen, die ihm bis zu den Ellbogen reichen. Sie sind weiß und sauber und dienen wohl dazu, den kostbaren Mantel zu schonen. In der Rechten hält er eine Art Zange, in der Linken ein Skalpell.

Er kommt auf sie zu, ohne sie anzusehen. Er sieht an ihr vorbei, als wäre sie nicht da. Als er spricht, tut er es wie mit einer Freisprecheinrichtung im Auto.

»Etwas fehlt noch«, stellt er fest. »Du bist nicht dumm, du weißt, wovon ich rede. Etwas müssen wir beide noch tun, bevor wir unseren Frieden machen können.«

Er blickt hinab zu der Zange in seiner Hand.

»Bei den anderen war es leichter. Ihre Zungen habe ich herausgeschnitten, als sie schon tot waren. Das ist einfacher, als man glauben würde. Aber dich kann ich nicht umbringen, du musst bis zum Ende dabei sein.«

Er scheint Angst zu haben, sie anzusehen. Vielleicht befürchtet er, sein Vorhaben dann nicht in die Tat umsetzen zu können. Er kann den Menschen, der er einst war – den liebevollen Vater und Ehemann –, nicht verschwinden lassen, also muss er ihn anders in Schach halten. Er scheint in den letzten Tagen seine Strategien perfektioniert zu haben. Er schaltet seine Sinne aus und konzentriert sich ganz auf seine Wahnvorstellungen.

Er wird es tun. Er redet nicht nur, er wird es wirklich tun.

Sie will um Gnade flehen, ihm sagen, dass er es nicht tun muss, dass sie still sein wird, bis er das Feuer gemacht hat.

Doch ihr wird plötzlich klar, dass kein Wort, das sie jetzt sagt, ihn daran hindern wird. Eher noch wird sie ihn in seinem Wahn anstacheln. Da ist sie, die Situation, die sich durch Worte nicht lösen lässt. Er will sie zum Schweigen bringen, und alles, was sie sagt, wird ihn darin bestärken.

Bitte mach es wie bei den anderen. Töte mich gleich.

Sie will nicht erleben, wie sich das anfühlt.

Rainer legt die Zange auf den Tisch, nimmt das Skalpell

in die Linke, während er mit der Rechten nach der Kamera greift, um sie zurück auf das Stativ zu setzen und einzuschalten.

Tränen steigen ihr in die Augen, doch sie schweigt. Er kommt zurück und hebt die Zange auf. Die Hand mit dem Skalpell fasst nach ihrem Kinn. Sanft hebt er es, wie es Männer in alten Filmen tun, wenn sie eine Frau küssen.

Als sie den Kopf hebt, versucht er plötzlich, ihr einen Finger in den Mund zu schieben. Er will ihren Kiefer öffnen, damit er mit der Zange nach ihrer Zunge greifen kann. Es gelingt ihm tatsächlich, einen scheußlich nach Plastik schmeckenden Daumen zwischen ihre Zähne zu bekommen. Sie denkt nicht lang darüber nach und beißt zu.

Sein Schrei ist ohrenbetäubend. Er lässt die Zange fallen und rennt wieder in den Nebenraum. Sie hört, wie dort eine Wasserleitung angeht. Bea schafft es nicht, sich darüber zu freuen. Es muss ihr irgendwie gelingen, diese Fesseln zu lockern, doch sie sind zu fest angezogen. Wie sehr sie auch zerrt und rüttelt, nichts passiert.

Als sie wieder aufblickt, unterdrückt sie im letzten Moment einen Schrei. Vor ihr steht Lang.

Er sieht schrecklich aus, blass wie ein Geist. Seine Hände und sein Hemd sind über und über mit getrocknetem Blut bedeckt, das braun und klebrig geworden ist. Lang scheint sich nicht gewaschen zu haben, sie kann nur mutmaßen, wo er sich versteckt hatte. Sie kann nicht glauben, dass er überhaupt noch hier ist.

Langs Augen sind aufgerissen, als wollte er gerade ansetzen, etwas Wichtiges zu sagen. Doch als er sieht, dass sie seine Hände anstarrt, folgt er ihrem Blick.

»Ich konnte sie nicht retten«, flüstert er erklärend und hebt die Hände.

Sie schüttelt den Kopf. Wie kann er jetzt mit ihr darüber reden wollen?

»Es tut mir leid«, fügt er hinzu.

Sie versteht, dass er sie gesucht hat. Deshalb ist er hier. Ein sinnloser Schwall von Euphorie durchströmt sie, ärgerlich, weil sie in höchster Gefahr sind.

»Die Fesseln!«, zischt sie und blickt an ihm vorbei zu dem offenen Durchgang.

Er sieht aus, als würde er aus einem Traum erwachen. Dann nickt er schnell und sieht sich um. Er sucht ein Messer oder etwas Ähnliches.

»Das Glas!«, flüstert Bea und nickt auf den Boden, wo die Scherben liegen.

Lang versteht. Er nimmt eine der Scherben und tritt hinter Bea, um sich an ihren Fesseln zu schaffen zu machen.

Viel zu spät erkennt sie, dass Rainer in der Tür steht.

Einen Moment lang sind sie beide wie erstarrt. Rainer kann den hinter Bea hockenden Lang nicht sehen, und Bea weiß nicht, wie sie ihn warnen soll. Lang scheint Schwierigkeiten zu haben, die Fesseln zu durchschneiden, noch immer lässt der Druck um ihre Handgelenke nicht nach. Doch dann erkennt Rainer den Eindringling.

»Vorsicht!«, ruft Bea.

Lang hinter ihr richtet sich auf, doch da blickt er schon in den Lauf von Rainers Pistole.

»Komm her«, sagt Rainer. »Langsam.«

Lang zögert, doch Rainer gibt ihm Zeit, und schließlich gehorcht er. Schritt für Schritt tritt er hinter Beas Stuhl hervor. Seine Glieder sind steif vor Angst. Sein ganzer Körper scheint zu fragen, was jetzt als Nächstes passieren wird.

Als Rainer einen Schritt zurückmacht, stößt er gegen einen der Kerzenständer. Er wendet den Blick nur einen kurzen Moment ab, doch Lang reagiert blitzschnell und wirft sich auf ihn. Ein Schuss kracht im Raum, und in der Stille sieht Bea die beiden Männer miteinander ringen, wie in einem Stummfilm. Lang bekommt den Leuchter zu fassen und bringt ihn aus dem Gleichgewicht, sodass er genau auf Rainer fällt. Rainer schreit, als ihm heißes Wachs ins Gesicht spritzt. Lang rappelt sich auf, und da sieht Bea, dass er an der Schulter blutet. Ihre Blicke treffen sich, dann hechtet Lang zu dem Durchgang hin, aus dem Rainer vorhin gekommen ist. Doch als er dort verschwindet, hat Rainer den Leuchter schon beiseitegestoßen und ist hinter ihm her. Ein weiterer Schuss kracht. Bea hört, wie Rainer Lang befiehlt, stehen zu bleiben. Und während sie gebannt hört, was als Nächstes passieren wird, erkennt sie plötzlich, dass der Druck auf ihre Fesseln nachgelassen hat.

Es dauert quälend lange, bis Bea die Fesseln so weit gelockert hat, dass sie sie abstreifen kann. Nun muss sie noch die Beine befreien. Es gelingt ihr, den Stuhl anzuheben und die Stuhlbeine einfach herauszuziehen. Und während ihr Geist sich an den Gedanken gewöhnt, dass sie tatsächlich frei ist, sieht sie, dass einer der Benzinkanister umgefallen ist und sich eine Lache gebildet hat.

Bea nimmt sich einen Moment Zeit, ihren toten Sohn anzusehen, das tragische Bild seines deformierten Körpers. Doch es hat seinen Schrecken verloren. Es ist ihr endgültiger Abschied. Sie geht hin und küsst seine raue Stirn, dann hört sie einen Schuss. Als sie die Tür aufreißt und losrennen will, explodiert hinter ihr das Benzin, und eine Druckwelle erfasst sie.

STUNDE ZWEIUNDSIEBZIG

Der Tunnel, durch den sich Bea entlangschleppt, scheint endlos. Die Lampen hier sind gelb, hinter von Staub stumpf gewordenem Glas hängen sie an den Seitenwänden. Kabel und Rohre verlaufen neben ihr, und sie stützt sich an ihnen ab. Ihr ganzer Körper schmerzt, besonders die linke Hand, mit der sie ihren Sturz abgefedert haben muss. Doch die Beine sind in Ordnung, tragen sie widerwillig weiter, auch wenn Bea sich am liebsten hinlegen würde.

Warum nimmt der Gang kein Ende? Sie müsste längst auf eine Treppe gestoßen sein. Das Schloss ist überhaupt nicht so groß. Aber sie hat leere Flaschen gesehen, sie ist nicht der erste Mensch hier, auch wenn es ihr so vorkommt.

Irgendwohin muss dieser Weg führen. Zurückgehen kann sie nicht. Sie weiß nicht, wie es zwischen den Männern im Nebenraum ausgegangen ist, doch sie will es nicht darauf ankommen lassen. Dazu nimmt sie immer stärkeren Brandgeruch wahr.

Außerdem ist da vor ihr plötzlich etwas, das wie eine Metallleiter aussieht. Als sie näher kommt, erkennt sie, dass der Gang hier endet. Es ist egal, sie wird der Leiter folgen. Sobald sie sich in den Wald geschlagen hat, ist sie sicher.

Doch sie hat sich zu früh gefreut, hinter ihr ist plötzlich

Lärm. Etwas schlägt metallisch gegen die Rohre. Bea dreht sich um, kann aber niemanden sehen.

Sie hält sich nicht länger damit auf, sondern steigt die rostigen Sprossen der Leiter hinauf. Oben wartet eine kreisförmige Falltür auf sie, die einen Verriegelungsmechanismus aufweist. Er wird mit einem Rad bedient und ist ebenso mit Rost überzogen wie die Leiter. Als sie am Rad dreht, bewegt es sich knirschend ein paar Zentimeter, dann steckt es fest. Sie packt das Rad mit ihrer gesunden Hand und stemmt sich mit ihrem ganzen Gewicht dagegen, doch nichts tut sich.

Bea wendet sich um und blickt den Gang entlang. War da wieder ein Geräusch? Noch ist niemand hier. Vielleicht hat sie sich getäuscht. Doch da hört sie es erneut. Ein Laut, wie wenn jemand mit einem Schraubenschlüssel gegen eine Wasserleitung schlägt. Da ist noch jemand in diesem Keller.

Bea zerrt verzweifelt an dem Rad. Sie will es zurückdrehen, um dann mit Schwung die Blockade zu lösen. Doch nun geht nicht einmal mehr das. Das Rad fühlt sich an, als wäre es festgeschweißt.

Mit wachsender Verzweiflung erkennt sie, dass der Ausweg versperrt ist. Sie muss zurück, dorthin, wo die Geräusche herkommen. Zur Quelle des Rauchs, der langsam auch in den Gang wabert und die Lichter mit matten Glocken aus Nebel umgibt.

Der Gedanke ist in ihrem Geist plötzlich ganz klar. Wenn sie zurückwill, darf sie nicht länger zögern. Als sie gerade glaubt, die Kraft dafür gefunden zu haben, nimmt sie plötzlich eine Bewegung am Ende des Gangs wahr.

Bea versucht gar nicht erst, durch den Dunst zu erkennen, was es ist, sondern wendet sich mit der Kraft eines angeschossenen Raubtiers dem Rad zu. Sie packt nun auch mit

346

der verletzten Hand zu und rüttelt mit aller Kraft daran. Der Schmerz betäubt alle Sinne, aber sie glaubt, eine Bewegung in dem Metall gespürt zu haben. Oder ist es nur ein gebrochener Knochen in ihrer Hand, der sie in die Irre führt? Während in ihrem Augenwinkel die Bewegung deutlicher wird, gelingt es ihr, das Rad in die Ausgangsposition zu drehen, dann legt sie alle Kraft hinein, die ihr noch geblieben ist. Als der Rost sich löst und den Mechanismus freigibt, verliert sie das Gleichgewicht und kann sich im letzten Moment an der Leiter festhalten. Sobald Bea das Rad bis zum Anschlag aufgedreht hat, stemmt sie sich mit dem Rücken gegen die Falltür. Metall kreischt, als sich die alten Scharniere bewegen. Frische Luft dringt von draußen herein. Zugleich hört sie Schritte, die sich nähern, immer schneller und schneller. Ein letztes Mal stemmt sie sich gegen die Tür, und als die Schritte die Leiter erreichen, zwängt sie sich durch den Spalt.

*

Bea rennt über den Waldboden. In der Dunkelheit stolpert sie über Wurzeln, doch sie kann es sich nicht leisten hinzufallen. Sie weiß, dass er hinter ihr her ist. Tiefer in den Wald zu fliehen ist keine Option mehr. Dafür ist er zu nah, er wird sie einholen. Also rennt sie in die Gegenrichtung, zurück zum Schloss. Zumindest glaubt sie, dass es in dieser Richtung liegt.

Bea spürt etwas Feuchtes im Gesicht. Sie weint. Ihr Körper ist so betäubt, dass sie es bisher nicht gemerkt hat.

Als sie vor sich einen roten Lichtschein am Himmel sieht, weiß sie, dass sie auf dem richtigen Weg ist. Sie glaubt, hinter sich knackende Äste zu hören, doch sie hat keine Zeit nachzusehen. Als sie durch die Bäume das Schloss erblickt, wo aus einem Fenster bereits Flammen schlagen, greift plötzlich eine kalte Hand nach ihrem Handgelenk.

Bea will schreien, doch etwas in dem Gesicht, in das sie blickt, lässt sie verstummen.

Es ist Hanh, der junge Mönch.

Er gehört dazu! Natürlich, er muss alles gewusst haben!

Doch etwas stimmt mit dieser Theorie nicht, denn Hanh lässt sie schon wieder los. Der Mönch will sie nicht festhalten, er will nur ihre Aufmerksamkeit. Seine ganze Gestalt strahlt eine Ruhe aus, die im flackernden Licht des brennenden Schlosses etwas Bizarres hat.

»Komm mit mir«, sagt er so leise, dass sie ihn fast nicht hört.

Dann geht er davon, ohne zurückzublicken. Bea kennt die Richtung: Er ist auf dem Weg zum Bungalow, in dem er mit seinen Mitbrüdern wohnt.

Bea blickt zum Schloss. Sie könnte daran vorbeischleichen, bis zum Schotterparkplatz, wo die Straße beginnt. Das Feuer muss weithin sichtbar sein, bestimmt kommt bald jemand die Straße entlang, und das wäre ihre Rettung.

Doch der Bungalow ist näher. Dort sind die Mönche, dort gibt es eine Internetverbindung. Hanh muss gesehen haben, in welchem Zustand Bea ist. Er will helfen.

Bea kann nicht länger hier stehen, Rainer muss unmittelbar hinter ihr sein. Sie entscheidet spontan und wendet sich nach links. Ein paar Schritte, dann erreicht sie den Bungalow der Mönche. Die Tür ist nicht abgeschlossen.

Erleichterung überkommt sie mit solcher Macht, dass sie sich abstützen muss, um nicht das Gleichgewicht zu verlieren. Die Mönche werden Hilfe holen. Und er wird es nicht wagen, hier einzudringen.

Doch als sie zwei Türen öffnet und dort niemand ist, verfliegt das gute Gefühl. Sie findet einen Schlafraum mit Stockbetten vor, die allesamt leer sind. Da kommt ihr ein schrecklicher Gedanke: Die Mönche sind ausgeflogen. Natürlich, sie müssen das Feuer gesehen haben und sind zum Schloss gerannt.

Niemand ist hier. Keiner wird sie retten. Hanh hat sie in die Irre geführt.

Bea dreht sich zu der Tür um. Sie hat dort keinen Riegel gesehen. Doch sie bezweifelt, dass es überhaupt viel bringen würde. Er braucht nur eines der Fenster einzuschlagen. Im Gegensatz zu den Fenstern des Schlosses gibt es hier keine schmiedeeisernen Gitter.

Panisch wendet sie sich der letzten Tür am Ende des Korridors zu, wo der Meditationsraum liegt. Als sie eintritt, sieht sie ihn: einen Mönch, ziemlich alt, im Lotossitz, den sie noch nie gesehen hat. Er sitzt so still im Halbdunkel, dass sie ihn zuerst nicht als Menschen erkannte.

»Bitte, Sie müssen mir helfen«, sagt Bea und geht auf ihn zu.

Sie überlegt, wie sie ihm erklären soll, was gerade passiert, doch ihr versagt die Stimme. Es auszusprechen hieße, das Schreckliche an sich heranlassen, das ihr Überlebensinstinkt bisher auf Distanz hielt. Sie hat die letzten Minuten nur gedämpft wahrgenommen, als betrachte sie einen Film, der mit ihr nichts zu tun hat. Ein Computerspiel, in dem man mehrere Leben hat. Nun erst dringt zu ihr durch, wie knapp sie dem Tod entronnen ist. Und dass es nicht ein polizeibekannter Psychopath ist, der ihr nach dem Leben trachtet, sondern ihr Ehemann.

Bea versucht, ihre Gefühle wieder in den Griff zu bekommen.

»Er ist hinter mir her«, sagt sie. »Sie müssen die Polizei rufen.«

Sie wartet auf eine Reaktion, doch nichts passiert.

Bea kontrolliert, ob der Mönch die Augen geschlossen hat, doch die Lider sind halb offen. Er ist offensichtlich wach. Vielleicht ist er taub? Oder spricht er kein Deutsch?

Sie stellt sich vor ihn hin und wedelt mit den Armen. Doch seine Augen folgen ihr nicht, er scheint geradewegs durch sie hindurchzublicken, mit der Andeutung eines Lächelns auf den Lippen.

»*Bitte*!«, schreit Bea ihn an.

Als er immer noch nicht reagiert, erkennt Bea die schreckliche Wahrheit. Er weiß, was hier passiert, doch es ist ihm egal. Die Mönche leben in ihrer eigenen Welt, sie mischen sich nicht in die Angelegenheiten der profanen Leute ein. Für sie besteht der Alltag aus Meditation, sie leben das, was Klaffer vorgezeigt hat. Man unterbricht seine Trance nicht, auch dann nicht, wenn man Stockschläge erhält, die eine etablierte Methode im Zen sind. Sie müssen die ganze Zeit mitbekommen haben, was im Schloss passierte. Dass Klaffer eine Betrügerin war, die das Leben und die geistige Gesundheit ihrer Gäste gefährdete. Sie haben ihr das Schloss trotzdem vermietet. In ihrer Vorstellung ist alles eins, Welt und Mensch, Leben und Tod. Wer stirbt, wird wiedergeboren, wozu also die Aufregung?

Beas Angst schlägt in Wut um. Sie packt den Mönch an den Schultern und schüttelt ihn, bis seine Zähne aufeinanderschlagen. Doch sein Lächeln verschwindet nicht.

Als Bea eine Berührung auf ihrer Schulter spürt, wirbelt sie herum. Vor ihr steht der junge Mönch, Hanh. Hinter ihm haben seine Mitbrüder den Raum betreten. Schweigend und mit leerem Gesichtsausdruck stehen sie da, bereit, die Ruhestörerin vor die Tür zu setzen. Bea fixiert Hanh, in dessen Augen etwas Fragendes steht. Sie stürzt sich auf ihn und rammt ihm ihre Fäuste in den Magen. Der Schmerz explodiert in ihrer verletzten Hand, doch sie hört nicht auf. Hanh ist weniger routiniert als der Alte, er verzieht das Gesicht und fällt auf die Knie. Bea schlägt wild um sich und trifft ihn im Gesicht. Es knackt, als Knochen auf Knochen trifft und Hanh die Hände vors Gesicht hebt.

»Warum habt ihr nichts gemacht?«, schreit sie ihn an. *»Es ist alles eure Schuld!«*

Bea wartet, dass sich die anderen auf sie stürzen, doch als ihr die Kräfte schwinden und sie die Arme sinken lässt, stehen die anderen Mönche immer noch da, sechs fast identische kahlrasierte Häupter, in Gewändern und Gedanken gleichgeschaltet. Nur der Meister sieht anders aus, sein Alter hat ihn über die anderen erhaben gemacht. In diesem Moment hört sie durch die offene Tür hinter der Gruppe ein Poltern. Eine Tür fällt ins Schloss. Und jetzt erst wenden sich die Mönche um und mustern den, der in der Tür steht. Es scheint so, als hätten sie auf ihn gewartet.

Genau im selben Moment nähert sich ein Fahrzeug dem Schloss und setzt einen Notruf an die Feuerwehr ab, als die Flammen sichtbar werden.

*

Rainer sieht schrecklich aus. Sein Gesicht ist mit einer Mischung aus Ruß und Blut verschmiert. Sie glaubt, dass die rot glänzenden Stellen auf seiner Stirn und auf den Backenknochen Verbrennungen sind. Die Haare sind angesengt, die Augenbrauen fehlen. Seine Zähne sind vor Schmerz und Wut gefletscht.

Er steht schief da, als wäre mit seinen Beinen etwas nicht in Ordnung, und sein linker Arm hängt herunter, als könnte er ihn nicht bewegen. Doch in der anderen Hand hält er die Pistole.

Als Rainer sie zwischen den Mönchen erkennt, blitzt ein Grinsen in seinem Gesicht auf.

»Verräterin. Du hast alles zerstört.«

Er macht einen Schritt in den Raum hinein, und die Hand mit der Pistole sucht eine Lücke zwischen den Körpern der Mönche.

»Das war unser letzter gemeinsamer Moment als Familie. Ich weiß, dass dir das nichts bedeutet, aber für mich war es die letzte Chance, mit allem ins Reine zu kommen. Du hast sie mir genommen. Egal.«

Er hebt die Pistole und schießt in die Decke. Die Mönche zucken zusammen und halten sich zu spät die Ohren zu. Von der Decke rieselt der Putz.

»Raus hier«, sagt Rainer.

Eine Sekunde vergeht, die man als Schrecksekunde hätte interpretieren können. Die Mönche drehen sich um. Auch Hanh blickt an Bea vorbei zu dem Alten, der offenbar der Meister ist. Er hat sich während der ganzen Szene nicht bewegt. Als hätten sie Bestätigung erhalten, wenden sie sich wieder Rainer zu. Und als ihm klar wird, was gerade geschieht, wird sein Gesicht endgültig zur Fratze.

»Raus, habe ich gesagt!«

Er zielt auf den Kopf des Mönchs, der ihm am nächsten steht. Nur wenige Zentimeter liegen zwischen dem Pistolenlauf und dem rasierten Haupt. Bea kann das Gesicht des Mönchs nicht sehen, doch in Rainers Augen ist plötzlich Schrecken, als er erkennt, dass der Mann nicht zurückweicht. Seine Augen wandern zu dem Meister, dann zu Bea, dann schließen sie sich. Und kurz sieht sie so etwas wie Bedauern, vielleicht darüber, welcher Mensch er geworden ist, bevor sich sein Finger am Abzug krümmt.

Der Schuss ist ohrenbetäubend, obwohl er nicht lauter gewesen sein kann als der letzte. Blut spritzt durch den Raum. Bea schließt die Augen zu langsam. Als sie sie wieder öffnet, liegt der Mönch auf dem Boden. Die anderen blicken zu ihm hinunter, dann sehen sie wieder Rainer an. Und plötzlich versteht Bea die ganze Tragweite dessen, was passiert.

»Wer will der Nächste sein?«, schreit Rainer. Doch seine Stimme ist zu leise in den betäubten Ohren der Gruppe vor ihm, seine Drohungen haben keine Kraft mehr. Erneut hebt er die Waffe, und ohne zu zögern drückt er drei Mal ab. Aus drei Körpern weicht alle Spannung, und sie sacken in sich zusammen.

Rainer blickt zu ihnen hinunter und wirkt hilflos. Er kann nicht glauben, dass er es wirklich getan hat. Die anderen Mönche weichen immer noch nicht zurück, doch Bea versteht instinktiv, dass die Stimmung kippen könnte. Entweder erschießt Rainer die restlichen Mönche, wenn er denn noch genug Patronen hat – was ihr fast noch mehr Angst macht als die Vorstellung zu sterben –, oder die Männer weichen doch noch.

Da bewegt sich plötzlich Hanh vor ihr und geht auf Rainer zu.

Rainer hebt die Pistole erneut, doch während Hanh sich vor ihm aufbaut, bleibt der Schuss aus. Hanh greift nach der Waffe und will sie ihm entwenden. Da scheint Rainer es sich anders zu überlegen, doch Hanh schafft es, den Lauf nach oben zu drücken, als sich ein weiterer Schuss löst.

Miteinander ringend stürzen die beiden Männer zu Boden. Die beiden noch stehenden Mönche versuchen, dem

Lauf auszuweichen. Versehentlich erschossen werden, das will dann doch keiner. Hinter ihr sagt der Meister ein Wort, das sie nicht versteht, da stürzen sich die beiden anderen auf die Ringenden. Sie kann sehen, wie einer Rainer die Pistole entwindet, während Hanh und der andere ihn zu Boden drücken.

Gerade als Bea glaubt, dass es vorbei ist, stößt Rainer einen Schrei aus und wehrt sich so heftig, dass die beiden Mönche überrumpelt sind. Er kann sich befreien und rennt zur Tür hin. Niemand folgt ihm.

Bitte nicht!

Bea verfolgt es mit Schrecken. Er darf nicht mehr hinaus in die Welt, sie könnte nie wieder einen Schritt vor die Tür machen, wenn er nicht hinter Gittern ist. Nicht nach dem, was passiert ist.

Doch da hört sie draußen Stimmen, laut, bestimmt.

Im selben Moment betritt ein Polizeibeamter mit erhobener Dienstwaffe den Raum.

Und da weiß sie, dass es vorbei ist.

JUNI
EPILOG

Als Olson eintritt und seinen Mantel aufhängt, bin ich nervös. Es ist unsere letzte Einheit, morgen beginnt der Prozess, dann werde ich keine Zeit mehr haben. Ich habe noch so viel zu sagen. Ich weiß inzwischen, dass es richtig war, mich jemandem anzuvertrauen. Olson ist bestimmt nicht der perfekte Mann dafür, aber er hat sich gut geschlagen, besser, als ich es für möglich gehalten hätte. Es könnte etwas entstehen zwischen uns, wenn ich nur mehr Zeit hätte.

Ich weiß, dass er in mich hineinsieht, als er sich mir gegenübersetzt. Er versteht mich besser, als mir lieb ist. Sein Lächeln ist beruhigend. Es bringt nichts, mich verrückt zu machen. Die Zeit drängt, ich muss mich konzentrieren.

»Ich bin stolz auf Sie«, sagt Olson zu Beginn.

»Warum?«

»Sie haben sich geöffnet. Sie haben ehrlich zu mir gesprochen. Ich glaube Ihnen, was Sie gesagt haben. Es fällt Ihnen schwer. Deshalb möchte ich, dass Sie wissen: Ich weiß das zu schätzen.«

»Danke«, sage ich leise.

Mir liegt Verschiedenes auf der Zunge. Ich möchte ihm sagen, dass ich ihm dankbar bin, dass er mich versteht, doch ich weiß, dass es lächerlich klingen würde. Und überhaupt, er ist nur ein Therapeut. Ich überreagiere, weil ich so lange mit niemandem gesprochen habe. Ich sollte mich zusammenreißen.

»Trotzdem habe ich Nachrichten für Sie, die Ihnen vielleicht nicht gefallen werden.«

Ich warte. Die Ankündigung macht mich nervös.

»Ich bin gefragt worden, ein psychiatrisches Gutachten über Sie anzufertigen.«

Ich kann spüren, wie mir der Mund offen stehen bleibt. Darauf war ich nicht vorbereitet. Ich fühle mich betrogen. Das sensible Gleichgewicht, das ich mit ihm gefunden habe, ist dahin. Er wird nun das, was ich gesagt habe, gegen mich verwenden.

»Bevor Sie da zu viel hineininterpretieren«, unterbricht er meine Gedanken, »es ist noch nicht sicher, ob ich den Job bekomme. Sie fragen in solchen Fällen oft mehrere Experten. Rechtlich ist noch nicht ganz klar, ob ich es machen darf, und ich bin mir auch nicht ganz sicher, ob ich annehmen werde.«

»Sie können das nicht tun«, ereifere ich mich. »Es gibt doch eine therapeutische Schweigepflicht!«

»Von der Sie mich entbunden haben. Erinnern Sie sich? Das Formular, das sie unterschrieben haben?«

Er hat recht. Ich habe gesagt, es ist mir egal. Ich wusste nicht, warum ihm das wichtig ist. Ich wollte, dass die ganze Welt erfährt, wie ich empfinde. Ich wollte, dass alle Beas Schuld sehen. Insgeheim habe ich gehofft, dass er die Geschichte an die Medien verkauft. Doch damit habe ich nicht gerechnet.

»Das war so nicht ausgemacht.«

Er nickt. »Wie gesagt, ich überlege noch. Aber natürlich versetzen mich unsere Gespräche in eine besondere Position. Niemand in der Fachwelt kennt Sie besser als ich. Wenn jemand anderes diese Aufgabe übernimmt, werden Sie erneut befragt. Sie müssten dann Ihre Geschichte einem Fremden von Anfang an noch einmal erzählen.«

»Ich könnte schweigen«, entgegne ich trotzig.

»Es würde Ihnen nicht helfen.«

Ich weiß nicht, was ich davon halten soll. »Darüber müsste ich nachdenken.«

Er seufzt und sieht auf seine Uhr. »Eigentlich haben Sie in dieser Frage gar nichts zu entscheiden. Aber ich bin hier, um mit Ihnen darüber zu reden. Nicht weil ich muss, sondern weil ich glaube, dass wir ein gutes Verhältnis aufgebaut haben. Ein professionelles Verhältnis, versteht sich, wie es zwischen einem Therapeuten und seinem Klienten sein sollte. Glauben Sie mir, ich habe Klienten, die jahrelang zu mir kommen, ohne sich jemals zu öffnen. Sie umkreisen ihre Probleme, ohne sich ihnen jemals zu nähern. Bei Ihnen ist das anders. Sie haben sich wirklich in der Tiefe mit ihren Antrieben auseinandergesetzt. Das finde ich bemerkenswert.«

Ich bin geschmeichelt und fühle mich etwas lächerlich dabei. Doch dann habe ich einen anderen Gedanken.

»Ich komme also ins Gefängnis«, sage ich. »Sie halten mich für zurechnungsfähig, also sitze ich ein. Und irgendwann komme ich wieder raus.«

Da zögert er.

»Das haben Sie doch gesagt«, erinnere ich ihn. »Wie in *Einer flog über das Kuckucksnest*. Sie hatten recht, ich habe das nicht ernst genommen. Ich habe mich verstellt, weil ich dachte, es wäre egal. Aber Sie haben mich überzeugt, die Wahrheit zu sagen. Es war richtig so.«

Er presst die Lippen aufeinander und blickt zu Boden. »Ich habe mich getäuscht«, sagt er.

»Was?«

»Ich dachte, dass Sie zurechnungsfähig sind, aber ich glaube, ich habe mich getäuscht.«

»Aber warum ...«

»Ich habe das Ausmaß ihrer Störung unterschätzt.«

Ich fühle mich verraten. In diesem Moment möchte ich ihn umbringen. Ich möchte ihm die Gelenke zerschießen und ihm dann die Zunge herausschneiden. Doch er redet weiter.

»Sie waren selbst einmal auf einem Retreat von Frau Polaschek, nicht wahr?«

Ich sehe nicht, was das zur Sache täte.

»Ich habe es in den Ermittlungsunterlagen gesehen, die ich dankenswerterweise einsehen durfte. Sie waren sechs Monate nach dem Verschwinden Ihres Sohnes ebenfalls zweiundsiebzig Stunden im Schloss, um zu schweigen. Sie müssen nichts sagen, ich weiß es. Was mich interessieren würde: Was ist dort passiert?« Er sieht mich fragend an. »War es sehr schlimm? Wie ist es Ihnen ergangen?«

Die Erinnerungen kommen wie dunkle Nebelfetzen. Selbst wenn ich sie festhalten wollte, es ginge nicht.

»Sie haben dort eine Seite von sich kennengelernt, die sie bisher nicht kannten. Stimmt es nicht? In der Stille ist es aus Ihnen hervorgebrochen. Haben Sie damals das Tagebuch von Matignon gefunden?«

»Was tut das alles zur Sache?«

Er seufzt. Ich sehe Mitleid in seinem Blick.

»Sie müssen gewusst haben, dass Polaschek nicht wirklich Psychiaterin war. Sie kannten sie doch von früher, als sie sich noch nicht Klaffer nannte. Hat Polaschek bemerkt, wie es Ihnen ging? Ich vermute nicht. Es gibt Gründe, warum solche Retreats nur unter Aufsicht einer ausgebildeten Person stattfinden sollten. Einsamkeit und Schweigen können extreme Erfahrungen für Menschen sein. Ich glaube, dass dort etwas mit Ihnen passiert ist. Etwas, das Polaschek hätte sehen müssen. Sie hätte Sie aus dem Retreat nehmen müssen. Aber sie hatte keine Ahnung und stand finanziell zu sehr unter Druck, also hat sie nichts bemerkt.«

Ich habe Mühe, ihm zu folgen. Und ich habe keine Ahnung mehr, was er von mir will. In diesem Moment will ich einfach nur, dass er geht. Doch er lehnt sich weit vor und sieht mir in die Augen. Er wartet, bis ich seinen Blick erwidere.

»Wissen Sie denn nicht, was das bedeutet? Es bedeutet, dass es nicht Ihre Schuld war. Nichts von dem, was passiert ist.«

Er scheint zu prüfen, was diese Aussage mit mir macht.

»Es ist nichts, was ich in den Medien behaupten würde. Zeitungen wollen einen Schuldigen, und jemand, der nicht schuldfähig ist, ist für die Öffentlichkeit etwas Unerhörtes. Ein nicht schuldfähiger Mensch ist wie eine Lawine, wie ein herunterbrechender Ast. Wie ein Orkan. Höhere Gewalt nennt man das. Sehen Sie die Analogie? Sie sind eine Strafe Gottes, könnte man sagen. Niemand ist für das, was Sie getan haben, verantwortlich, am wenigsten Sie selbst. Am ehesten noch Frau Polaschek. Weil sie vorgab, etwas zu sein, das sie nicht war.« Er räuspert sich. »Das ist natürlich meine Meinung, andere würden das differenzierter sehen.«

Er scheint in meinem Gesicht nach etwas zu suchen. Eine ganze Weile sieht er mich an, dann wendet er sich ab. Irgendwie wirkt er enttäuscht. Mir kommt unwillkürlich der Gedanke, dass vielleicht er selbst niemanden hat, zu dem er offen sprechen kann. Vielleicht will er genau so verstanden werden, wie ich es wollte, und es gelingt ihm nicht. Womöglich hat er es ernst gemeint, dass er Respekt vor mir hat, und vielleicht ist da noch etwas anderes. Vielleicht beneidet er mich darum, dass ich jemanden gefunden habe, mit dem ich offen reden konnte.

»Ich wollte Ihnen noch sagen, dass draußen jemand auf Sie wartet.«

Ich blicke auf.

»Wer?«

»Sie werden schon sehen.« Er nimmt seine Jacke und geht.

*

»Lisa, Sie sind ja als Dame vom Wetter eine Kollegin von Bea Winterleitner, und wie man hört eine enge Freundin von ihr. Was uns alle brennend interessiert: Wie geht es ihr denn?«

Die Leiterin der Talk-Runde beugt sich vertrauensvoll zu ihr. Es ist ein Sendungsformat, in dem normalerweise mit großem Ernst das Leben der britischen Royals besprochen wird, wenn nicht eine Sensation wie diese nach einer detaillierten Analyse verlangt. Lisa Markovic macht ein beinah wehmütiges Gesicht, als die Kameras sie fokussieren. Sie hat das vorher kurz im Spiegel geübt.

»Ich habe nur einmal mit ihr telefoniert«, sagt sie und wischt alle zu großen Erwartungen mit einer Geste beiseite. »Sie ist noch sehr schwach, was kein Wunder ist nach allem, was sie durchmachen musste. So etwas wünscht man seinem schlimmsten Feind nicht.«

Sie hält inne, als wäre sie ertappt worden, und kurz ist ihr Lächeln wie eingefroren.

»Aber es geht ihr schon wieder viel besser«, spricht sie schnell weiter. »Es ist ein Wunder, wie schnell sie sich erholt!«

»Das freut uns alle irrsinnig. Wir können es ja kaum erwarten, sie wieder auf unseren Fernsehbildschirmen zu sehen.«

»Ich glaube nicht, dass das so schnell gehen wird. Sie muss sich jetzt erstmal ausruhen. Wir alle wissen, wie stressig das Fernsehen ist. Wer weiß, ob sie überhaupt zurückkommt.«

»Hat sie denn erwähnt, dass sie aufhören will?«, fragt die Moderatorin verblüfft.

Lisa Markovic spürt, wie sich an ihrem Haaransatz ein Schweißtropfen bildet. »Wir haben eigentlich nicht über die Arbeit gesprochen.«

Die Moderatorin genießt Lisas Unsicherheit etwas zu sehr. »Worüber haben Sie denn gesprochen? Wenn ich das so sagen darf, es lief ja nicht immer rund zwischen Ihnen und ihr. Es heißt, Sie wären selbst gern in die Nachrichtenredaktion gewechselt.«

Ein Hitzeschwall läuft durch Lisas Körper. *Du Schlange! Du hast versprochen, es nicht zu erwähnen!*

»Stimmt, das war einmal«, erklärt Lisa. »Ich stehe gern vor der Kamera, und ich war überzeugt, dass ich das kann. Es ist erlaubt, seine Karriere voranzutreiben, oder nicht?«

»Und jetzt haben Sie es aufgegeben? Sie interessieren sich nicht mehr für Bea Winterleitners Job?«

»Ihr Zusammenbruch hat mich nachdenklich gemacht. Es sieht manchmal leichter aus, als es ist. Und ob Sie es glauben oder nicht, ich mag das Wetter. Ich kann den Menschen sagen, wie Sie sich in den nächsten Tagen fühlen werden. Wenn die Sonne scheint, wird es ihnen gut gehen, wenn es kalt wird, müssen sie sich warm einhüllen und aneinanderkuscheln.«

Die Worte stammen von dem Typen, den sie vor drei Wochen kennengelernt hat und der nicht hören wollte, als sie sich über die Monotonie in der Wetterredaktion beschwerte. Es klang so, als würde er das ernst meinen.

»Und Glück gibt es ja nicht nur im Beruf. Bei mir ist privat viel passiert, ich habe mich verliebt. Da vergisst man schon mal die Karriere.«

Das mit dem Kerl wird wahrscheinlich nichts. Ich habe wie immer Angst, wenn aus einer Affäre etwas Ernstes werden könnte, und das ist hier eindeutig der Fall. Aber das brauchst du ja nicht zu wissen.

Sie versucht, das Heft wieder an sich zu reißen. »Ob Sie es glauben oder nicht, wir haben über das Wetter gesprochen.«

Das Studiopublikum lacht, und Lisa gewinnt ihre Sicherheit zurück.

»Ich habe ihr jedenfalls gesagt, dass sie gut auf sich achtgeben soll und dass wir alle für sie da sind, wenn sie uns braucht. Alle Kollegen, ohne Ausnahme.«

»Bei so viel Unterstützung wird sie sicher bald wieder ins Nachrichtenstudio zurückkehren.«

»Bestimmt«, sagt Lisa und versucht, es so klingen zu lassen, als ob sie sich darauf freut.

Und in Wahrheit freut sie sich ja wirklich, auch wenn Bea wieder den Job übernimmt, der eigentlich ihr zustand und den sie nie haben wird. In dem Telefongespräch hat Bea sie tatsächlich als Freundin bezeichnet. Und das ist ihr näher gegangen, als sie es für möglich gehalten hätte.

*

Bea sitzt auf einer Holzbank. Der Flur ist belebt, Leute gehen an ihr vorbei. Manche tragen Aktenstapel, andere Uniform und haben klimpernde Handschellen an ihren Gürteln hängen. All das nimmt Bea kaum wahr. Sie liest gerade die letzten Seiten eines Romans. Es ist jener, den sie für das Retreat eingepackt hatte und den sie beinahe in den Müll geworfen hätte. Einen Moment lang hat sie geglaubt, dass sie zu alt dafür war. Sie meinte, sie hätte sich weiterentwickelt und die junge Bea, der dieser Roman so gut gefiel, gebe es nicht mehr. Doch in den letzten Tagen hat sie eingesehen, dass sie sich getäuscht hat. Nach einigen anfänglichen Schwierigkeiten hat sie sich so in die Geschichte reinsaugen lassen, dass sie sich kaum noch auf etwas anderes konzentrieren konnte. Und jetzt will sie das Buch unbedingt fertig lesen.

Sie hat gezögert hierherzukommen. Ihre Freunde rieten ihr davon ab. Sie sagten, dass sie keine Verpflichtung dazu habe. Sie müsse jetzt auf sich achtgeben. Auch Cleo hat das gesagt.

Die Sängerin hat sich völlig unerwartet bei ihr gemeldet und ihr bei einem Eiskaffee erzählt, dass ihr ein paar Dinge klar geworden seien. Sie habe sich von ihrem Agenten getrennt und sich für einen Massage-Workshop angemeldet. Sie machte einen sehr aufgeräumten Eindruck, nur der Kinderwagen, den Cleo bei sich hatte, irritierte Bea. Das ganze Gespräch über lag es Bea auf der Zunge, sie danach zu fragen. Doch schließlich beließ sie es dabei. Es war vielleicht verrückt, aber die selbstbewusste Cleo mit dem vermutlich leeren Kinderwagen gefiel ihr besser als das Mäuschen, das sie zu Beginn des Retreats kennengelernt hatte. Die Cleo hier hatte eine echte Chance. Sie verabschiedeten sich herzlich, und Bea versprach, zu ihr zur Massage zu kommen.

»Lass dich nicht von Männern bestimmen«, sagte sie schließlich noch. »Du bist ihm nichts schuldig.«

Doch so einfach ist die Sache nicht. Sie ist eine Ehefrau. Noch ist das ihr Mann, der dort in dem Verhörraum sitzt. Sie hat jetzt keine Angst mehr vor ihm. Nicht, weil er Handschellen tragen wird. Er wird in den Knast gehen und nie wieder einem Menschen etwas antun können. Sie hat auch vor dem Gespräch keine Angst. Er, der wollte, dass sie sich Schuldgefühle macht, hat keine Macht mehr über sie.

Nicht, dass sie keine Schuldgefühle hätte. Die wird sie immer haben. Wenn sie Elias nicht allein gelassen hätte, wäre all das nie passiert. Vielleicht wäre sie immer noch mit ihm und Rainer in der gemeinsamen Wohnung. An einem Samstag wie diesem würden sie einen Ausflug machen, womöglich in den Tierpark.

Doch es ist ihre ganz eigene Schuld. Sie wird sich vor niemand anderem dafür rechtfertigen als vor sich selbst. Und auf keinen Fall wird sie Rainer an sich heranlassen. Sie wird stark sein, und sie ist sich sicher, dass sie das kann. Sie wird ihm Fragen stellen. Manches versteht sie noch nicht so richtig. Sie wird ihn fragen, wie eine Frau ihren Partner fragt. Verständnisvoll, aber auch ein wenig wie eine Mutter. Wenn das stimmt, was Dr. Olson gesagt hat, muss sie ihn sich als Kind denken. Er hat vielleicht keine Schuld an dem, was passiert ist. Aber vielleicht kann sie doch mehr erfahren. Sie will mehr wissen, das spürt sie. Es wird ihr guttun, vielleicht.

Es ist ihr Abschied von ihm. Die Unterlagen zur Scheidung sind bereits bei ihrem Anwalt, es ist alles in die Wege geleitet. Vielleicht ist es sogar das letzte Mal, dass sie miteinander sprechen. Wenn das Gespräch gut ist, kann sie ihm vielleicht sogar irgendwann verzeihen. Nicht jetzt, nicht in einem Jahr. Aber vielleicht irgendwann, wenn sie alt und grau ist. Es liegt an ihr, sie muss es nicht tun. Aber wenn es für sie stimmt, wird sie dazu in der Lage sein.

In diesem Moment kommt Olson durch die Tür ins Freie. Er wirkt aufgewühlt, doch als er Bea sieht, lächelt er.

»Sie können jetzt zu ihm«, sagt er.

»Wie geht es ihm? Glauben Sie, man kann mit ihm reden?«

Olson nickt. »Ich glaube schon. Aber seien Sie behutsam.«

»Warum?«

»Er weint.«

Er verabschiedet sich mit einem Kopfnicken und geht mit schnellen Schritten davon. Es sieht aus, als hätte ihm jemand eine große Last von seinen Schultern genommen.

Wer nach Gott sucht, wird den Tod finden

Reinhard Kleindl
DIE GOTTESMASCHINE
Thriller

416 Seiten
ISBN 978-3-404-18417-0

Als Gefallen für einen guten Freund reist der römische Weihbischof Lombardi in ein abgelegenes Kloster im Montblanc-Gebiet. Hier erforschen Wissenschaftler aus aller Welt mit einem leistungsfähigen Supercomputer die Geheimnisse der Schöpfung. Aber der Frieden wird zerstört, als Lombardi den Mönch Sébastien, den er treffen sollte, tot im Computerraum findet. Die Leiche weist Spuren eines grausamen Rituals auf und ist mit rätselhafter Symbolen übersät. Gemeinsam mit der Physikerin Samira Amirpour findet Lombardi heraus, dass Sébastien eine folgenschwere Entdeckung gemacht hat. Und dieses Wissen wird nun auch für Lombardi und Amirpour lebensgefährlich ...

Lübbe